The Road Afar

远道苍苍 下

刘怀宇　刘子毅 ／著

重庆出版集团　重庆出版社

图书在版编目(CIP)数据

远道苍苍.下/刘怀宇,刘子毅著.—重庆:重庆出版社,2021.3
ISBN 978-7-229-15353-3

Ⅰ.①远… Ⅱ.①刘… ②刘… Ⅲ.①长篇小说—中国—当代 Ⅳ.①I25

中国版本图书馆CIP数据核字(2020)第200962号

远道苍苍(下)
YUANDAO CANGCANG(XIA)
刘怀宇 刘子毅 著

责任编辑:杨 耘 魏依云
责任校对:刘小燕
封面设计:尚书堂 夏 添
版式设计:戴 青

重庆出版集团
重庆出版社 出版
重庆市南岸区南滨路162号1幢 邮政编码:400061 http://www.cqph.com
重庆出版社艺术设计有限公司制版
重庆天旭印务有限责任公司印刷
重庆出版集团图书发行有限公司发行
E-MAIL:fxchu@cqph.com 邮购电话:023-61520646
全国新华书店经销

开本:890mm×1240mm 1/32 印张:13 字数:246千
2021年3月第1版 2021年3月第1次印刷
ISBN 978-7-229-15353-3
定价:48.00元

如有印装质量问题,请向本集团图书发行有限公司调换:023-61520678

版权所有 侵权必究

给我的父亲和所有建设者

目 录

第十九章　带家乡走进新时代　/1

第二十章　有尾狗亦跳,有尾狗亦跳　/20

第二十一章　重建的意志　/38

第二十二章　立案之路如天梯　/60

第二十三章　醉到天明月上中　/81

第二十四章　他只能不停地建设　/98

第二十五章　她的心贴着他的背脊　/125

第二十六章　灵与肉的双重滋养　/144

第二十七章　无所谓得到得不到　/170

第二十八章　建设者的血脉　　/204

第二十九章　比美国西部更蛮荒　　/226

第三十章　山下的热闹山上的心　　/247

第三十一章　他的信心从何而来　　/277

第三十二章　连画布都要没收　　/306

第三十三章　玫瑰玫瑰我爱你　　/332

第三十四章　该与不该之间　　/351

第三十五章　清澈的忧，深切的伤　　/372

尾声　远道苍苍　　/386

后记　　/393

第十九章

带家乡走进新时代

光绪三十一年（1905年）　广东新宁县朗美村

美琪回乡是在西雅图排华暴乱后的第十九个夏天，她曾经担心的事——有没有女子也可以上的学校？时过境迁，有了不同的意义。

一切陈旧而新鲜，奇异又带着熟悉的气息，虽然第一次见，从小到大却已听阿爸阿妈说过无数遍。

"欢欢，喏，这就是我跟你阿妈小时候摸鱼的水塘，从对面那个石梯下去，那边水浅……"进村的时候，阿爸的调门明显高了半度。阿爸阿妈一直唤她儿时的小名，虽然她都三十多了。上学后她的英文名是美琪·陈，美国护照上的全名是美琪·秀欢·陈。

"这么美的村庄，我该早些时候就回来看看。"她连续按下快门，挽起阿爸的手臂。

"一百年都是这个样子。"阿爸拍拍她的手，"不过，我们回来,就是要用金山的技术带家乡走进新时代,让家乡也有金山的好。"阿爸在田埂上驻足,左右巡视,目光里是专业铁路人的熟稔,似乎来回一扫便能在连绵不绝的翠禾间测量出一条最佳线路。火车要开到村口,阿爸说过,他要亲自把阿妈从火车站背进家门。

阿爸在香港就脱下洋装换上了清爽的白布袍,还扣上一顶带假辫子的瓜皮帽,帽檐下额角的鬓发雪白,可挺直的腰身仍像个意气风发的青年,走在回乡的路上,脚步比她还轻快。

村头大榕树下,乡邻们围上来,年轻人的关注点都落在美琪的装束上:宽肩窄腰的西式白衬衫、咔叽灯笼裤、鸭舌帽、短皮靴,玳瑁圆框眼镜滤过绿荫骄阳,在白皙的鼻梁两侧抹下暗红的影,更显得她目深眸亮。叔伯阿婶们拉起阿爸的手问长问短,眼睛也忍不住往她这边瞟。

和阿爸年纪相当的一位阿婶问:"这就是阿芳给你生的儿子吧?"

"哈哈哈,是小女秀欢。"阿爸又宠又嗔,"偏偏喜欢着西人男装。"

大家的眼珠滚出了眼眶,有个不怕生的小女孩走过来,摸摸她的咔叽裤、拉拉她的手指,证实她是个大活人后,又好奇地拨弄她手提的柯达相机。美琪蹲下身,拨开镜头盖,让女孩眯起一只眼睛,从镜头后探视世界。

"噢,这样俊俏的女儿定当嫁了好人家,怎没带夫君儿女一同回来?"阿婶打哈哈。

阿爸瞬间无语,嘴角绷起来,脸上神采黯下去。

"我还没嫁人。"美琪若无其事。

乡邻们的眼珠又滚落一回,嘴巴张成大小不一的圆洞。

一位面容温良、发髻梳得光溜齐整的阿姐赶来替他们解了围:"阿爸,在斗山码头没遇到秀年吗?他一大早就去等你们了。这是欢欢妹妹吧?"

阿姐拉起美琪的手,掌心的热流瞬间让美琪觉得自己跟满眼的葱绿和脚下的褐土连成了一片。"秀欣姐?"她早知道阿爸在家乡新宁还另有两位妻子,秋兰生了大姐秀欣,阿娇生了大哥秀年,她和西雅图的弟弟秀宗排在其后。揣测多年令人盼望又不安的相见,发生的时候如此神奇温暖,她张开双臂抱住秀欣。秀欣比她瘦小一圈的身体不自在地退缩,美琪却不放手,把姐姐抱得更紧。姐姐的肤发散逸着家乡的气味,饱含水分,略带土腥。

舟车劳顿,第二天美琪被秀欣叫醒时已近中午,朦胧中她还以为是阿妈撩开了蚊帐,把一碗热粥放到床头案几上,白米的暖香瞬间唤醒她一整天的胃口。那是十四岁前的美好记忆。美琪在西雅图欢欢客栈三楼被朋克尼一巴掌掴晕后,她的世界被狠狠地改变了。

她跌跌撞撞跑下楼,额角的创伤暴跳着,似有棒槌砸下,疼得她睁不开眼。她寻着浓厚的血迹一路冲进厨房,一屋人围着平时雇员吃饭的长餐桌,阿妈平躺在桌上,一动不动……

许多年过去,美琪还不时被噩梦惊醒。有时梦见餐桌上的阿妈被掏空了肚子,有时是阿妈整个人化成血水"哗哗哗"流淌,淹没了整间屋子。而她却总是像被魔法定住,手脚不能动,张嘴喊不出声。每次惊醒,美琪满脸泪水,额角一跳一跳地痛,心里恨得生出齿牙,恨自己那时白长了比阿妈高一头的个子,怎么轻易就被混蛋朋克尼打倒了?她要是勇敢些强壮些,或者阿妈就不会被墨菲拖下楼去,阿妈腹中的弟妹也不会丢了性命。

回到新宁的第一夜,她竟然睡得又沉又香,无梦。姐姐的圆眼睛温厚含笑,眼角和额上的皱纹里揉进了窗外纯净的绿。"什么在叫?"充盈耳边"吱吱"的鸣叫像一匹延绵不断的雪纺纱,滤过四周一切,人和物在这鸣叫里闪着奇幻的微光。她跳下床推开玻璃窗,迫不及待想钻到那匹雪纺纱后面去。

"蝉啊,欢欢。"秀欣好奇地看她,"金山没有吗?"

"没有,它们在哪里?怎么看不见?这么大的声音,该成群结队满天飞吧?"美琪半截身子探出窗外张望。

"呵呵,它们藏在树上,等阵我让阿志给你捉一只。"阿志是秀欣十二岁的小儿子。

美琪没等阿志捉蝉回来就跟阿爸坐船去了广海。一路上,家乡这种叫蝉的昆虫鼓噪不断,即便到了广海城东码头,岸上的锣鼓喧天也淹没不了它们执着的嚷嚷。每当鼓槌锣棒稍作停顿,"吱……吱"的蝉鸣就涌进耳朵,像斩剪不断的时间的河流。

大哥秀年昨天在斗山码头没接到人,今天自告奋勇陪美琪和阿爸来广海。秀年和美琪差不多高,两颊凹陷,眼大却不聚神,就算与他对视,美琪也拿不准他的目光落在何处。早上听秀欣姐私下嘀咕,昨天秀年等两班船没见她和阿爸,就进了码头边的酒馆赌牌九,输个精光庄家不让走。秀欣丈夫青松去替他还了钱,大半夜回到家,阿爸已经关房门歇息了。秀年在船上谈山论水,给美琪介绍家乡风物。美琪端着柯达相机东照西拍,阿爸却一直不苟言笑,绷着脸,对秀年正眼都不看一下,想必也知道了昨日的事。

美琪随阿爸刚踏上码头,一条望不见尾的彩缎长龙冲他们翻滚而来。蓝褂红巾的壮汉们擎举南竹支架,踏着鼓点,把长龙舞得旋风疾卷,时而腾空追逐彩球,时而贴地打滚,画出一圈圈晃眼的金环。

美琪不是第一次看舞龙,西雅图唐人街过年过节曾经舞狮也舞龙。一八八六年的排华暴乱赶走了大部分华人,唐人街冷清了十多年,阿爸带着全家和阿秋叔几位华商不懈坚守,近几年,西雅图唐人街的人气才又逐渐兴旺起来。

今年上半年美琪陪阿爸到美国和加拿大各埠为新宁铁路筹款集资,没在西雅图过年,听阿妈和秀宗说,今年的迎春祥龙足有八节身长。可那也比不上眼前这条生猛威武的巨龙,身长有二十节吧?滚动的玻璃眼珠里还装了灯泡,目焰四射。长龙身后是古老的城楼,雉堞肃穆齐整。远处青峰层层耸立,烽火台隐现云端。美琪拍着照片,像走进了小时候睡觉前阿妈讲的神话里。

翻卷的长龙忽然跃上林立岸边的梅花桩,在"毕毕剥剥"的炮仗声中,张开龙口,喷出一条鲜红长幅:"恭迎陈宜禧总办凯旋!"

城楼拱门内走来一位面目清癯的绅士,中等身材,乌纱长袍、红顶六合帽,虽须眉皆白,却步履矫健。隔着十几步远,绅士就拱手扬声:"本以为总办万里跋涉,当稍事歇息,老朽再前去朗美合谋宁路诸事,不想总办翌日即亲临广海。恕老朽疏忽,有失远迎了。"

"哪里话,余灼兄,你离家数月守在广海筹办处,为宁路招工筹款,辛劳之至,宜禧理当第一时间来探望。"

"你就是帮阿爸执笔起草《新宁铁路章程》的余老伯、余副总办啊。"美琪握住余灼筋结盘桓的手。

"老朽余灼,打理新宁铁路筹备诸事。你是……从西雅图回来的陈二公子?"

阿爸不得不又解释:"这是小女秀欢,华盛顿大学会计专业毕业,年初以来一直伴我在金山各埠筹款。"

"早些日子听闻金山回来的乡里说,总办在金山一呼百应,筹款顺风顺水,身旁有位得力助手,没想到是不让须眉的二千金。呵呵,喝洋墨水长大的千金都如此能干,更何况在那边照顾生意的二公子了。"

余老伯看来倒是开明。在金山,有的老派叔伯知道美琪是女子还侧目,说陈宜禧家阴盛阳衰,虎父养了犬子,让个嫁不出去的女儿抛头露面。

秀年在一旁干咳两声,美琪不自在:"我大哥秀年,余老伯想必见过……"秀年常年在家乡做什么事呢?家里管田产的好像是秀欣姐和青松哥——当年和阿爸同船到金山的乡邻阿发的儿子。秀年也没成亲,但她刚回乡,也不便多打听。

余灼的目光划过秀年抽紧的鼻翼和双肩,随即笑眯眯招手让舞龙的壮汉们过来:"请总办和大公子、二千金检阅我精挑细选的筑路生力军,有七个技工和两个有经验的领班呢。"

四十个年轻壮汉放下彩龙在城门口站成两排,阿爸撩起白袍前襟欣然上前,一个个招呼询问过去:从哪来?在家乡做什么工?为何来修铁路?……青年们多来自四邑,见名扬金山的陈总办不操洋腔也不摆架子,很快放松,围着他聊起来。

城门边有块顶天立地的花岗岩,整个岩壁被四个特大刻字填满:"海永无波。"铁画银钩,毫光闪闪,船还没靠岸,美琪就注意到了。

余老伯说:"广海又称溽洲,是海上丝绸之路的重要门户。唐宋以来,凡南洋、波斯湾、东印度等地来中国的商船,必经溽洲达广州。那石刻是明代军民抗倭平寇的纪功碑。"

"所以你和阿爸把终点站设在广海东边的三夹海。"美琪熟读宁路章程,今天算是把阿爸勘测的线路和实地对上号了。

"对,三夹海是三条内河与海湾连接处,四通八达。一旦铁路修成,新宁就和世界连通了,运到广海的洋米洋货,再分送到新宁各村镇,将便利安全许多。"

"到时金山客回乡,多带几个金山箱也没问题,呵呵。"阿爸与路工们相聊甚欢,又赞余兄教导有方,这些后生哥个个明了事理。

路工们兴冲冲:"陈总办带四邑人修自己的铁路,我们乐意出力流汗。"

"除了便利安全,铁路沿线还要开矿山,建工厂,办银行、学校……"

"四邑的铁路,不能像粤汉铁路那样,好处都让洋人占去。"

粤汉铁路开始是美国人承办,还拿了沿线煤矿开采权,近期资金不足,私下把股权转给了比利时。朝廷和广东绅商不满美国人违约,正沸沸扬扬要收回路权。美琪和阿爸在金山筹款,说到国内路权现状,举出粤汉铁路的例子,各埠华商纷纷认同,都说唐人在金山为洋人修了那么多铁路,该争口气,为唐人自己修条铁路了。

阿爸拟定的招股宗旨:"以中国人之资本,筑中国人之铁路;以中国人之学力,建中国人之工程;以中国人之力量,创中国人之奇迹。"看来不仅深得海外侨商人心,也顺和国内民意。

而"中国人之铁路与工程",对美琪而言,起初纯然是为了阿爸阿妈时常说起的家乡的山和水。她十四岁那年,玛丽指使墨菲把阿妈拖下欢欢客栈三楼,阿妈流产大失血,脊柱严重损伤,丽兹请来的医生束手无策,摇头看着阿爸把阿妈抱上三楼。阿爸关上房门,独自在他们的卧室里守着阿妈一整夜,也不知他和死神做了什么交涉,第二天早晨,他拉开房门喊阿正送米汤上楼。阿爸一脸浮肿青灰,像恶战后疲惫至极的幸存者。阿妈在床上一躺就是半年,然后坐进轮椅,再不能行走。

伯克法官①宣告美国政府为排华暴乱"赔款"二十七万那天,阿爸推着阿妈、美琪带着秀宗,一家人散步到西雅图海边。阿妈望着海湾出神,又说起家乡的风光。阿爸抚着阿妈的肩说:"我要在新宁为你修一条铁路,带你回家,带欢欢和秀宗回家。"美琪还记得爸妈对视的瞬间,他们目光的交点在晚霞辉映中,有实体、有质感,她至今还能触摸。

从那时起,美琪的想象中逐渐修起一条翻越新宁百峰山、沿着潭江伸展的铁路,阿爸和阿妈坐在车窗边,指点路过的芭蕉林、稻田、村庄给她和秀宗看;车到朗美站,阿爸便背起阿妈一路走进村,路过鱼塘、菜地,跨进家门。回乡这两天,美琪想象中这条铁路周边的人和物越来越具体鲜活,修路对家乡的益处、对同胞的意义也越来越明晰了。

美琪跟在两位踌躇满志的长辈身后走进古城,街道两旁

---

① 托马斯·伯克,1888—1889年为美国华盛顿地区最高法院首席法官。

纯中式的房屋屈指可数,大多是砖木结构、中西合璧带骑楼的款式,甚至还有两栋钢筋水泥的新式洋楼,红白月季点缀着阳台的锻铁栏杆。经过一处白石门、红匾额的庙宇,香火兴隆,青烟袅袅。美琪进去想替阿妈上炷香,却见坛上供的女神不像家里摆的观音。

秀年跟来说那是渔民供奉的妈祖:"很灵验,海上风浪都能平息。欢妹妹诚心拜求,说不定三妈就好起来,可以走路了呢。"

"三妈?"美琪一时没反应过来,虽然昨天晚饭时,一大家人凑在阿爸多年前回乡修的青砖楼里,她已拜会了阿爸的另两位太太。秋兰慈祥沉静,脸上的青记仿佛岁月留下的一笔旧账;阿娇打扮用心,总在说话、不停张罗,时刻都需要有人注意她。阿嬷(奶奶)问起"阿芳",阿爸小心回答,其他人都沉默。

秀年此时直愣愣叫出阿妈在阿爸婚姻里的排行,美琪心里很不适应。她长这么大,阿爸的妻子从来只有阿妈;秋兰和阿娇都是信纸上的名字、家乡的传说。秀年点燃一炷香递到她面前,目光透过香雾难得地聚焦在她脸上。她没接,扭头跑开去追赶阿爸和余老伯拖长在青石道上的身影。

行至挂有"新宁铁路筹办处"牌匾的两层洋楼前,争吵声赫然传出来,似乎还有人拍桌子踢板凳。余灼对赶出门来的中年人蹙眉:"赵主持,怎可以此紊乱之态迎接总办?"

"恭迎陈总办归来!"赵主持鞠躬,又立刻拉余灼,"请副总办借一步说话……"

"万事开头难,有什么麻烦事我们一起对付。"陈宜禧拦住他们,挽起余灼的手臂与他一起跨进筹办处大门。

门厅中央被众人围住的年轻人像座小山,胸膛两块疙瘩肉随时能撑破紧裹上身的对襟背心。他踩着踢倒的凳子骂:"陈宜禧喊大家来筑中国人的铁路,谁知新宁人一样没肚量,欺负我一个客家人。哼,一群没见过世面的土人修得出什么中国人的铁路?"

几个气盛的新宁后生逼近:"汕头仔,放尊重点,轮得到你直呼我们总办大名?"

"喂,你他妈说清楚,谁没见过世面!"

年轻人脱下背心往地上一摔:"想动手?官差洋人我都不怕,还怕你们!"

新宁后生们挽袖喊打,被赵主持喝住:"陈总办在此,休得撒野!"

众人第一次见陈总办,忙作揖行礼,唯有被大家叫"汕头仔"的年轻人抱臂斜睨。

"叫你走就走啦,闹得再凶也不能收你!"赵主持把汕头仔往门外推。

陈宜禧阻止:"好个百里挑一的精壮后生,几解(为什么)不能收?"如此高大壮实的唐人青年,他印象中可比的,大概只有留在西雅图照顾沐芳的阿正——年轻的时候。

"总办,这后生长得像蛮牛,脾气也蛮牛一般。"赵主持低声道。

"汕头仔"却听见了,瞪大浓黑的眼,几天未刮的胡子黑毵毵布满上唇下颌:"你就是陈宜禧?"

"老夫正是,请壮士赐教,何许人等才修得成中国人的铁路?"

"我……"年轻人脸红却不示弱,"既然说我像蛮牛,我什么活都能干,为什么不收我?"

余灼也乐呵呵道:"我看这后生亦冇(没什么)毛病。"

赵主持摇头把一张透着墨迹的报名纸递过来:"李是龙,汕头人,二十岁。"字体稚拙,看得出念书不多。可修铁路又不是考举人,字好不好有什么关系?

陈宜禧正要说话,余灼拉他到一旁,凝重低语:"李是龙是官府新近通缉的要犯,潮汕铁路命案。"

"后生一身正气,点会(怎么会)?"他差点没抑制住音量。潮汕铁路是第一条中国人的商办铁路,可他在香港听说那边最近出了大事:"我正想了解那边的情形,不如我们先问问清楚?"

余灼于是对年轻人拱手:"壮士,远道而来又累又渴,请到楼上喝杯茶。"

李是龙盯着余灼,确认他不是在开玩笑,拾起背心,跟一行人上了二楼总办室。

余灼关上门,从书案上拿一张文告递给李是龙:"请教李壮士,若你与老夫对换个位置,是否会收留老夫?"

李是龙显然识字不多,看着文告上自己的画像干着急。

美琪接过文告念:"通缉令:查凶犯李是龙原系潮汕铁路护勇队长,不服管理,聚众闹事,破坏筑路,趁火打劫,凶杀上司后,畏罪潜逃。凡知其下落报官者,重重有赏。"

"胡扯!贪官污吏乱抓替罪羊!"李是龙夺过文告揉成一团。

陈宜禧拉张凳子让李是龙坐:"后生别性急,屋里都是明理通达之人,你把事情原委慢慢道来,我们自会明辨是非。"

李是龙不坐:"陈总办,众位,我行不改名,坐不改姓,确实是文告里的李是龙。可是,第一,我虽曾是潮汕铁路护勇队长,但不是杀人犯;第二,潮汕铁路如今已不是中国人的铁路了。"

陈宜禧诧异:"据老夫所知,潮汕铁路是南洋华侨张煜南兄弟投股所倡办,几解不是中国人的铁路了呢?"

李是龙答:"确实是张氏兄弟投股创办,但后来日籍华人林丽生入了股,看国内尚无能承担铁路设计施工的公司,让张氏兄弟与日本三五公司签了合同,筑路权和管理权都落到日本人手里。

"日本人开工后,不管线路上有民房还是祖坟,叫拆就拆,叫挖就挖。乡民不服,就派我们护勇持枪驱赶。洋鬼子知道客家人和当地人积怨日久年深,护勇都招客家人,还挑拨我们说,当地土人对客家人恨不能赶尽杀绝,你们也别把他们当人看,打也好杀也罢,必须保证工程顺利开进。

"维护秩序可以,但对同胞挥棍子、拉枪栓,如何动得了手？铁路筑到海阳县的葫芦市(今广东潮州市内),日本人要在人多市旺处设车站,随意改了原定的线路,要铲去大片田园墓地。当地乡民上书反对,可海阳县令怕得罪洋人,不置可否。二月初,葫芦市那边几百乡民和东洋鬼打起来,洋鬼要我带护勇对乡民开枪,我丢枪说不干了,其他护勇也丢枪跑开,结果有两个洋鬼被乡民用田土砸死了。

"官府要追究护勇失职之责,大家各自外逃。我从汕头逃到新宁,几番转换渔船,几近葬身鱼腹,没想到被这张胡说八道的通缉令追上了！"李是龙把文告扯成两半,垂头坐下。

"看来李壮士受了冤屈……"余灼斟酌道,"我从还在为官的故交处听说,葫芦市出事后,日本驻汕头领事电告皇太后,要求朝廷赔款、严惩凶犯。两广总督岑春煊领旨处理,抓了两名乡民抵命,但坚持潮汕命案与大清官府无涉,着令铁路公司股东和当地乡绅赔给日本公司二十多万元。大概东洋人不满意,又对朝廷施压,通缉当时在场的护勇,尤其要抓你这个护勇队长。"

"东洋人自甲午战争以来飞扬跋扈,插手潮汕铁路,闹出这样的命案、冤案,实在是潮汕乡亲之不幸。"陈宜禧慨叹。其实,乘虚而入的又何止东洋人？他从金山、香港、南洋以及四邑各地筹来的两百多万洋银,每块银元都是唐人不甘再受洋人看低、挤压的心,他都不可辜负。

"阿禧,一定要回新宁？"一年前,伯克法官问他,"西雅图有你营建了四十年的基业、人脉,商业圈都看重你。而且,大清虽在尝试改制,但千百年的传统,改变起来恐怕艰难缓慢,人情始终重于法制。你习惯了美国依法办事的方式,回去是否寸步难行?"

"不知道,我只知道必须回去修一条自己的铁路,趁我还修得动。"他一直惦记带沐芳和孩子们回家的许诺。十多年过去,他带上千华工参与修建的大北方铁路(the Great Northern Railway)在一八九三年竣工,终点站落在西雅图;一八八九年大火后,城市重建,崭新的街道、石砖大楼群、有轨电车……西雅图已成为美国西北不可替代的重要港口。他攒足了知识、经验和财力,在金山唐人中一呼百应,是时候去建设他梦想中那条回家的路了。

做完这个决定,他呼吸顺畅,头顶有什么洞开;他知道这是对的选择。

"西雅图还有铁路、大楼需要你修呢。"伯克法官不舍。

"你要是能请我去西雅图商会的俱乐部吃顿饭,我或许会改变主意。"他调侃道。商会俱乐部明文规定:只为白人服务。他为西雅图修建再多的楼宇街道,公司利润再丰厚,甚至有幸结交到伯克这样的精英挚友,在大多数洋人眼里,他依然是不能与他们同坐在一间屋子里吃饭的低贱中国佬。此类无形的鄙夷,不知何时又会结成仇恨的石头碾压下来,不给唐人站立的空间。

伯克法官却当了真,邀请他和大北方铁路的首席执行官詹姆士·希尔(James J. Hill)一同去俱乐部午餐。陈宜禧那天特地穿一套黑西服,打上黑领结,一身正式到了俱乐部大门口。门卫撇嘴,仿佛是拿暗红制服上的铜纽扣在打量他:"阿星的朋友?"

"我是伯克法官邀请的客人。"他重复了三遍。门卫却像没听见,把他带到了厨房后门:"阿星,有人找。"

伯克法官最终把俱乐部经理叫来,大发脾气:"你们应该知道,西雅图第一条铁路是他修的,西雅图大火后第一栋石砖楼也是他修的,还有你们每天坐着来上班的有轨电车、你们走过的街道也都是他修的!"

经理毕恭毕敬:"伯克法官,实在抱歉,但规矩就是规矩,坏了规矩,俱乐部其他客人会很介意。我们不能破坏俱乐部一贯高雅的用餐氛围吧?"

"我以商会董事的身份命令你,必须让陈宜禧先生进俱乐部用餐!"伯克的口气,像是要当即召开董事会解雇挡道的经理和门卫。

迫于伯克法官的压力,经理侧身让道。陈宜禧随伯克走进俱乐部餐厅,终于看到那著名的二十英尺高的空间和落地窗。天花板上的壁画描着洋人神仙和天使,头和脚跟都长了翅膀的那个,伯克法官说,是商业之神,赫尔墨斯。

希尔先生坐在赫尔墨斯的翅膀下,饱满的额头,浓密花白的胡须;看见他们进来,他站起身。奇怪的是,餐厅里一阵稀里哗啦,其他客人也都接二连三推开椅子站了起来,摘掉胸前洁白的餐巾,搁下刚才还在读的早报,无声盯着他走过,忿然与鄙夷清晰无误,是两道可以触摸的墙壁。

客人们夹道对他行完"注目礼"纷纷离去。

伯克满不在乎:"就当我们今天为你包下了餐厅。"

三人在空荡荡的俱乐部里嚼着烤牛排、焗龙虾,喝着威士忌,刀叉碰触盘碟"叮叮当当"的声响显得零落,二十英尺高的天花板遥不可及。

希尔再次抱歉,大北方铁路竣工时,因大多数人反对,重要贡献者的合影没请陈宜禧加入:"但这份嘉奖令非你莫属,希望对你今后的事业有所帮助。"希尔的秘书递来一个黑皮夹,封面有大北方铁路的烫金羚羊标识。

陈宜禧郑重接过这份迟到的肯定:"希尔先生是我最敬重的老板,我永远感激你给我的机会,你的远见卓识让我终身受益。"至于十年前,他的黄色面孔应否出现在那两排模糊不清的"贡献者"影像中,他已不屑计较。人一生精力有限,自知推不倒的"墙",绕开就是。回到自己人地皮上去,把有限的精力投放在他最擅长的建设中。

伯克法官没再挽留他,最后举杯:"阿禧,祝你回家乡修铁路一帆风顺,马到成功!"

他回来修铁路,不收洋股、不借洋款、不用洋人,也是要给那些在商会俱乐部忿然离席的洋人看,他们的鄙夷多么无知,多么没道理,不过是习惯性偏见。

"我听闻陈总办修的是一条真正的中国人自己的铁路,

所以躲过官兵追杀、冒着大风大浪来投奔。"李是龙打断了陈宜禧的回想,"我一身力气,做什么都行。请总办、副总办千万别信通缉令上的鬼话,把我当凶犯。"

李是龙"扑通"跪倒,怎么扶也不起,说不收他就一直跪下去。

余灼为难:"不是我不愿收你,小兄弟,实在是有难言之隐。新宁铁路还在筹备阶段,要上报两广总督,再转呈皇上、皇太后立案后,才能动工。隔墙有耳,广海都司署、游击府看管严密,若有把柄给衙门抓住,借口不批准我们修路,岂不前功尽废?"

李是龙哭丧着脸:"那我真是走投无路了!"

"天无绝人之路。在自己人地皮上,总有办法的,容我想想。"陈宜禧拍拍李是龙肩膀,同时赞同余灼的谨慎。他和美琪在海外招股时已知晓,余灼一早将筹办新宁铁路的宗旨附上章程图说呈交给新宁知县,禀请转奏立案。可知县陈益却将余灼交的图文束之高阁,擅自拟订一份由县官倡办的铁路章程上报了两广总督。申请筑路执照第一步就遇到贪官作梗,的确不能再有任何闪失。

美琪插话:"既然是冤枉,怎不请个得力的律师打官司澄清事实呢?"

秀年脸上笑出两条沟:"欢妹妹喝洋墨水长大,自然不知道中国的官司怎样打。"

"怎样打也有法可依吧?"美琪不服气。

余灼摇头:"官府就是法,没熟人打通环节有理也说不清。"

陈宜禧回国不久,对大清官场可谓人生地不熟,与衙门打交道都仰仗曾任过官职的余灼。余兄摇头,向官府申诉肯定行不通。他绷着嘴不作声,或许……

"何不让李壮士先到宁路香港办事处避避风头?英国人的辖区,两广总督管不着。"秀年早他一步说出口。

到底是他的儿子,跟他想到一处了。陈宜禧点头,向秀年投去赞许的目光。余灼随即嘱咐赵主持尽快找艘可靠的渔船,送李是龙去香港。

秀年看美琪一眼,凹陷的脸上浮出自得的笑。

第二十章

有尾狗亦跳,冇尾狗亦跳

朗美村

陈宜禧下楼给正在堂屋吃早餐的养母兴婶请安。养母今年该九十了,眼睛几乎看不见什么,只能凭声音认人。

"我昨晚梦见你阿爸了。"兴婶抬头,撑起耷拉的三重眼皮,似乎望着他的鼻尖,"他的样子我看得好清楚。哎,你说怪不怪,活人看不见了,死人倒看得越来越真,我是离地府越来越近啦。"

"阿妈别这么说,你精神还这么好。"

"就是,老夫人还咬得动焖黄豆,昨日特地要我炖了一大碗猪手黄豆呢。"兴婶的使女红柳抱着刚换的被单从睡房出来,发辫绾成两个稠密的鬟,看上去凉爽清新。

"夫人想食么嘢(什么)都给她做。"陈宜禧走出门。

养母住的这栋青砖楼是他第一次从金山回乡时设计修建的。家里不断添丁,原来的空间早不够用,先是扩建加了第三层,然后又陆续在旁边起了两栋外观相同的洋楼。正面同是半圆拱顶的青石门框、朱漆大门,左右开的窗户也有对称的青石框和半圆顶,楼顶三角形女儿墙后是平顶露台。三栋楼每位夫人和儿孙各住一栋,养母住的这栋当然是给沐芳和美琪秀宗的。养母腿脚不利落,睡在底层,他和美琪住二楼。

"阿芳哪天回来看我呀?"他听见养母在身后问。沐芳受伤致残的事他至今未告诉养母,也不许家里其他人提,怕养母难以承受,只说因美国现行的排华法案,阿芳回来就再去不了金山。

三栋青砖楼前是水泥铺平的长方形地堂(晒谷场),地堂边上种满果树,黄皮、莲雾、荔枝,都是西雅图不常见到的亚热带水果。正值盛夏,绿荫如盖,累累果实在晨光里晶莹剔透,香气扑鼻。陈宜禧摘一个紫红的莲雾在长衫上擦擦,咬一口,清甜脆爽,果汁顺着嘴角流淌,清凉的晨风拂过鬓角。此刻的家乡,一切都那么舒适,虽然他心底惦记着铁路立案的周折。

美琪走出来,穿着秋兰送她的果绿百褶裙,上身是西式白布短袖衫,头发扎成马尾,是难得看见的女学生模样。欢欢回新宁后,身心似乎都放松了些,在西雅图紧抓住她的魔咒似乎因为距离有所懈怠,做父亲的能感觉出来。他摘一枚黄皮递过去,暗自祈愿家乡新鲜的人和事能把那个深藏的曾经活泼娇艳的女儿召唤出来。

"广海那条'猛龙'该到香港了吧?"美琪问。

"应该到了,但送信的人可能明天才到新宁。今天这身打扮是要去哪里?"

"秀欣姐说要带我去宁城(今台山市台城镇)看节孝祠,说那里也许适合办女子学校。"

"你帮阿爸办铁路,还有时间办学校?"

"可新宁还没有女子可以上的学校……"

"陈总办早安!"父女被一个爽亮的男中音打断。循声望去,一位后生弓身穿过地堂左面的丝瓜架走来,肤净眼明,身材高挑挺拔,新刮的脸闪着青铜般的暗光……而且,他公然顶着个东洋式平头,没辫子,也没戴六合帽。

陈宜禧认出是余灼的门客吴楚三:"余副总办他……"眼前青年玉树临风,陈宜禧却不安。前日广海作别,余灼回宁城,他回朗美村,说好明天去宁城桂水的习劳山房登门拜访,商讨立案诸事。余灼为何等不及,一大早就派人来找他?

"总办无忧,余副总办安妥,只是立案之事又添风波……"

"知县陈益偷龙转凤还不够,又要新花招?"

"现在陈益倒不算最大的麻烦了。总办,昨日……"

"又来一个搅局的?"美琪美目灼灼。这般没遮拦的新式女子做派,通常让对面的同胞转脸侧目,避之不及。吴楚三却没躲闪,直愣愣望回来:"二小姐早。"

美琪意外地静下来,扭头去挑树上的黄皮,指尖划过绿叶黄果,像是拿不定主意。终于摘了两枚兜进绿丝帕里,再回头时,吴楚三已听随陈宜禧招呼,转身向青砖楼走去。顾长的背影,白绸长衫后摆在晨风里飘起。

新宁宁城桂水

昨日午后,一顶八抬大轿在余灼的习劳山房门口停稳,颤巍巍走下轿来的长者眉疏牙稀,拄着包金龙头拐杖,家丁左右搀扶。

余灼迎上前作揖:"云眉伯屈驾山庄,小侄有失远迎!"

习劳山房傍山而建,四周簕竹环抱,门口两株连理簕杜鹃扎成天然的月洞门,园内遍植果蔬,绿叶丛丛,花香阵阵。两座石灰批挡的泥屋,各有正厅、天井和厢房两间,主人自题的"习劳山房"额幅横挂于两泥屋的门楣上。

云眉伯左右环视:"贤侄此处真乃世外桃源,怪不得你连官也不做,终日琴棋书画,贪杯恋盏,自得逍遥。"

余灼躬身:"小侄不敢,因官场无聊,才结庐山村,好为桑梓多办实事,未曾游手好闲。"

的确,现年六十五的余灼,曾考取贡生,官拜广西试用州同。然而余灼的心意不在仕途,终究辞官归里,与地方绅商兴办实业,筹建了宁城西区繁华的西宁市,还修建了连接城郊的通济桥和桂水桥,成立了益城会等慈善团体,为乡亲做了许多好事。其声名比过去取得功名官职时还响亮、远扬四邑。陈宜禧回新宁筹筑铁路,自然慕名而来。两个人同有大视野,都好公益、务实事,相见恨晚,一拍即合。

云眉伯坐下,饮过香茶,安慰余灼:"贤侄,那新宁知县陈益偷梁换柱,妄图把筹办铁路的大权据为己有。哼,区区一个七品芝麻官想吃天鹅肉!你伯父在省商务局忝居提调之位,凡属铁路立案之事,均由老夫亲手处理,你该早跟我通个声气,也不致为此愁苦经日。"

"小侄不敢烦劳伯父。"

云眉伯叫余乾耀,资历颇深,咸丰年间即中举,曾任过领事参赞,出使过日本、印度、暹罗(今泰国)等国。告老还乡仍不甘寂寞,继任广东商务局提调,官从四品。

宁路立案被知县阻挠,余灼不是没想过找这位同族长者疏通。但久居官场的云眉伯,老态龙钟、举手投足都不方便了,仍不退位,对职权的痴迷可见一斑。久不退位的真实意图,仕途上众人皆知、皆有:有权不用,过期作废,退位前捞他个满钵满盆。当官的听说陈宜禧在海外很快筹到两百多万巨款,一提新宁铁路,眼前都是白花花的银子、黄灿灿的金元。余灼驻足不前,实在是担心云眉伯的胃口比新宁知县更大更猛。

云眉伯见余灼沉默,把一份亲笔驳文递给他:"陈益既无资股,又不懂技术,拟就的章程也空洞无物,经不起推敲,老夫已秉公驳回。"

余灼看后忙起身鞠躬,拜谢不已。

云眉伯捋着两条白须："好事好到底，帮人帮到家。新宁铁路牵涉全县大局，凡事均需慎重考虑。对贤侄当副总理，老夫并无异议，唯陈宜禧当总理则欠妥。他长期身居海外，对国内事体不甚了了，搞工程技术尚可滥竽充数，至于用人理财等商务大事，依老夫管见，还需另请高人。"

果然来者不善，听他如此口气，余灼心中有数，故意试探："请问云眉伯，谁可胜此重任？"

云眉伯呷口香茶，清清喉咙："事关大局，老夫当仁不让。廉颇虽老，饭量犹佳。积数十年为官之经验，做个小小铁路总理，实乃不费吹灰之力。况有贤侄当副手，叔侄配合，更是红花绿叶，相得益彰，定能占尽上林春色。"窗外香花灼灼，云眉伯脸上点点老人斑泛出红晕。

在小小的新宁县，从四品的官阶算数一数二了，余灼当年也不过是个从六品的官，又是晚辈；而陈宜禧听余灼建议，为筹办铁路方便，花钱捐了个三品花翎顶戴，有职无权，在云眉伯看来，大概更不在话下，所以他这般理直气壮。余灼却不买账："伯父此举不妥。你未曾参与招股，亦未估测工程，对铁路无功而受禄，岂非名不正言不顺？"

余乾耀下颌颤动着："我乃朝廷钦定四品大官，全县排头之名绅，可谓德高望重，对乡里大业，自有监督之责；对铁路总理一职自有分权之理。"

把从四品的官阶说成四品，副职称正职，这类官场溜须拍马、自吹自擂的套路令余灼着实生厌，但他也无须直接驳斥:"陈宜禧在美操路矿业四十余年,不但精通工程技术,且有丰富的管理经验。况又是美西侨领,常出入朝廷驻美领事馆、大使馆,还为排华暴乱与美国当局打赢了官司,替侨胞雪耻申冤;在侨界内部常替人排难解纷,深孚众望。云眉伯欲取而代之,如何让海外股东心服口服?"

余乾耀不以为然:"老夫亦是为家乡着想!在商务局多年,对铁路事务颇有心得,你拟的筑路小序尚说得透彻,唯章程九条过于简略。老夫已另拟《宁阳铁路有限公司详细章程》二十条,并约请了十多位本县享有名望的绅商,明日在新昌名绅甄公之庄园集议签名,以此即可具文申报两广总督,转呈北京商部立案。老夫与总督公务往还,颇为熟络,美言几句,上呈下达,易如探囊取物。那立案之事,自当指日可待。若汝辈去做,衙门幽深如海,关卡重重,恐延误大事,一年两载亦难成正果。"

余灼接过章程细看,没有什么新鲜玩意儿,不过利用职权之便,把各铁路局的条文,东凑西拼,搞个大杂烩而已。正想着如何反诘,余乾耀凑过脸来,贴他耳朵悄声道:"贤侄,伯父主要为你着想,为余族着想呀。肥水不流外人田,伯父老了,能做几天?这总理宝座迟早还不是你的。贤侄做了总理,我们余族祠堂的门楣也增添光彩啊!贤侄明日在绅商会上明确表个态,带头在老夫拟定的章程上面签个名,便万事俱备了。"

余乾耀说话漏风还漏水,余灼感觉有唾液滴答到自己衣领上。此时再与这老贪官纠缠也无益,得细想对策,他忍住恶心敷衍道:"多谢云眉伯器重,明日小侄一定到新昌赴会。"

余乾耀放心坐回椅子里,家丁送上一碗自备的莲子银耳羹。余乾耀吃得稀里呼噜,直到日落风起,暑热消散,才让家丁扶他上轿,高举灯笼火把,前呼后拥,离开了习劳山房。

新宁朗美村

听吴楚三说完,陈宜禧抿一口红柳送上的菊普,想消解心中焦灼,却烫了嘴皮:"余乾耀压倒了县官陈益,对宁路要挟却更张狂。商务局提调不大不小,可恰恰就管着新宁铁路。"

"是,不怕官,就怕管。不瞒总办,我们刚跨进第一道门槛,往后两广总督、北京商部、光绪皇帝、慈禧太后……立案之路确实漫长。"

"老夫现在好歹有个三品盐运使的名,越过从四品提调,直接去拜会两广总督也无不可吧?"

"总办莫急,越级立案虽无明文限制,但不合常理,我们在新宁修路,地方官还是不直接冒犯为好。其实晚辈赶来,是要请总办一同去新昌参加余乾耀的签名会。"

"他从中作梗,我们反倒去签名赞同?后生哥,你和余副总是想唱哪出戏?"

"不是去签名,总办,去唱反调。昨日余乾耀走后,余副总即刻与晚生商议，余乾耀自称和两广总督岑春煊熟络，万一属实，他呈交一份有众绅商联名支持的铁路章程上去，还真不好办了。我们的当务之急是要劝阻绅商们签名。"

"去签名会上劝阻？还来得及？"

"时间虽紧，却须一试。趁今日甄家庄集会之际，我们把县内宁路股东都请过去，昭示众心所向。陈总办不仅筹款劳苦功高，而且对筑路方方面面了如指掌，只要总办在会上稍做宣讲阐述，各乡有头脸的绅商想必多非愚笨之人，一旦对总办的才干魄力眼见为实，哪有不服之理？余乾耀的妄想必不攻自破。"

虎将无犬兵啊。陈宜禧对这位头脑清晰、口齿伶俐的年轻人霎时刮目相看。他带回国足够的动力、资金、技术和经验，但去国多年，对家乡诸多状况需重新熟悉，也幸亏有余灼兄出谋划策、鼎力相助。"只是，这一时半会如何能把各乡股东都请去会合？"

"昨晚议定后，余副总已派家丁儿孙去各乡联络了。余乾耀的绅商会约在傍晚日落时分，朗美离新昌远，我们要尽早出发才能准时赶到。"

陈宜禧立刻吩咐秀年备马。一直在旁边认真聆听的美琪，不知何时上的楼，转眼已换了衬衫马裤鸭舌帽下来，一手提相机，一手抱着图纸、照片。吴楚三打量她，没对她一身男装咋舌，却摇头说带相机不合适。

"是说带我去不合适吧？"美琪瞪着他耸耸肩，"我在海外跟阿爸筹款,最清楚股东们拥护什么支持什么。"

吴楚三点头:"当然,久闻二小姐不输须眉。只是,恐怕很多封建脑瓜不会信服女子的话……"

"我看你才长个封建脑瓜!"美琪扬起秀眉径直去了楼后的马棚。

新宁新昌

桂水离新昌比朗美村近一半路程,余灼一大早坐小轿出门,到新昌城郊的甄家庄时,太阳刚偏西。闷热的天,庄园里花草树木都罩着浓密的水汽,层层叠叠的青砖瓦房望不到边。大门左侧,一座新建的钢筋水泥两层洋楼兀自独立,门窗石柱漆得大红大绿,天台上平添一座描金贴银的中式翼然凉亭,不伦不类地扎眼。

余灼下了轿,左右环视一圈,不见绅商也不见股东们,按计划该从广海过来的路工队也还没到,便想不如他先单独拜访这位知名的新昌富翁甄世勋。潭江边上的新昌是新宁县通向江门、广州、澳门、香港的内河重镇,新宁铁路计划从新昌开始修筑,直通三夹海口。既经新昌,当地名绅的支持必不可少。他与甄公在益城会有过一面之缘,记得是心宽体胖之人,但印象不深。

余灼拿着名帖,正要让看门家丁去通报主人,洋楼里忽然奔出一条金毛闪闪的狼犬,龇牙低声吠着向他逼来。甄家家丁袖手旁观,好在余灼的一个轿夫机警,举棍上前把狼犬喝退。余灼也后退几步,正要自报姓名,一抬头,却见天台凉亭中,余乾耀正和甄世勋在逗弄一只羽毛漆黑的海南鹩哥。"吃里扒外……"鹩哥学的人话幼稚可笑。

余灼心里一紧,他怕是晚来了一步,但不管怎样,跟甄世勋搭上话再说。于是拱手高喊:"甄公,云眉伯,桂水余灼前来参会集议。"

"是以集议之名,来行闹场之实吧?"余乾耀哼道。

甄世勋端着双下巴不说话,继续逗弄鹩哥。那黑鸟儿清脆地重复着一句话:"吃里扒外,滚开滚开……"

余灼这才意识到,鹩哥的话是冲他来的。莫非余乾耀已知道他今天来参会的真实意图?是家里哪个佣人小儿不慎走漏了消息?而他这位族叔显然已拉拢了甄世勋,鹩哥重复的骂人话带着浓烈的宗族色彩。

"铁路是为新宁父老而修,我举人唯贤,怎叫'吃里扒外'?"余灼一不做二不休,干脆开口理论。

"对自己一族至尊的叔伯两面三刀,还有脸面对余氏祖宗?"甄世勋背对楼下,声音却故意放大给余灼听。

"就嗨(是),他死后,牌位休想入余家祠堂!"

余乾耀话音刚落,洋楼大门闪开一道口,三条金毛狼犬一齐扑上来。余灼近旁的轿夫冷不防,立刻被扑倒,另一条狗张口咬住了余灼的小腿肚。撕裂的剧痛袭上脑门,鲜血流到脚跟,余灼眼前一黑倒下了。

"余兄！"陈宜禧惊呼，从马车座跳起来，恨不能飞身去救余灼，无奈马车猛一减速，他自己差点晃倒，被吴楚三扶住。

策马在前的秀年此刻出人意料地敏捷，剑侠般腾空落地，脚尖踢起轿夫跌落的长棍，一手凌空接住，向正冲余灼肩膀咬去的第三条狼犬狠狠挥去。棍子击中狗头，又沉又稳，狼犬哀号一声滚倒在地。秀年随即持棍一阵横扫，另两条狗呜咽着逃进了洋楼。

貌似孱弱的秀年何时练就了一身武功？陈宜禧来不及细想，待马车停稳，紧跟美琪向余灼奔去。美琪扯一截衣袖，紧紧扎住余灼小腿；吴楚三跪在一旁掐余灼人中。

余灼醒来，立刻对陈宜禧说："他们已知我们来唱反调，新昌站恐怕无望了……"

陈宜禧握紧余灼的手，心痛得咬紧了下唇。在金山，洋人没少对唐人动粗行凶，他自己曾被流氓里奇踢断的肋骨，在雨天还隐隐作痛；而乡邻间短兵相接，虽然少年时土客械斗的经历还在记忆中，他以为过去几十年时光已将岭南的彪悍民风磨钝驯服，可眼前发生的事又生生唤回当年的惨烈。自己人地皮上也不乏恶人。他全身皮肉像年轻时一样绷紧，骨骼"咔咔"响。

天台上，余乾耀像是官服掩盖的一堆朽木，唯一活泛的光亮，来自他紧握的手杖，包金龙头磷光荧荧，如垂死者贪恋人世的眼。

吴楚三要背余灼上马车，送他回家疗伤。余灼不肯，非要吴楚三扶他靠在路旁的百年白兰树下:"就让股东和绅商们都看清楚,如此横蛮无理之人如何做得宁路总理?"

太阳落山,乌红的霞光晕染在灰蓝的天空,暑气凝成一层薄雾,浮在尘土间。甄家派出一队家丁,呼啦啦在大门口站开一排。大门顶上两盏大红灯笼被点亮,红光下刀枪森严。余乾耀和甄世勋在洋楼天台凉亭里,把着栏杆,审视陆续到来的股东、绅商。

"各位乡亲,本官欲兴利益新宁之事,拟就宁阳铁路章程二十条,多谢各位不辞暑热前来集议……"余乾耀展开单薄的嗓音,抑制着喉头抖动。

然而众人却大多被白兰树下余灼的伤腿吸引,围上前询问安抚。有位乡绅随身备有金创药,亲手替余灼敷药包扎。只有一位穿灰绸衫的绅士,拨开人群往庄园里走。陈宜禧瞪着消失在树丛间略微发胖的身影,有些不能相信,那不是多年不见的明叔?

甄家家丁过来驱散人群:"凡与本会无关之闲杂人等、企图干扰本会之居心不良者,立刻走人,否则后果自负。"

吴楚三请陈宜禧站上路旁石凳,朗声宣布:"诸位叔伯乡亲,站在大家面前的,是新宁铁路公司总理,名扬金山的侨领陈宜禧先生。他自去年初回国倡办铁路,已探测好线路,筹得修路所需资金;铁路章程也已经由大家熟悉、景仰的余灼尊公拟就,上报官府立案。"

"那为何余提调还找我们来签名附议?"有位刚到的乡绅

不明就里。

"那要请余提调回答。"吴楚三抬下巴指向洋楼天台。

"哪里来的狂妄后生？谣言惑众，不怕本官治罪？"余乾耀手杖指过来。

"在下正是陈宜禧，这位后生所说属实，参拜余提调及各位乡亲。"陈宜禧拱手。

"这位正是陈总办。""这是余副总办的门生吴楚三。"认得的乡绅和股东们纷纷证实。

"众位，"余乾耀换了和蔼的口气与面孔，"陈宜禧与余灼所报章程，本官仔细阅过，实在与我大清商律不符；陈宜禧久居海外，对国内事务一概不知，不宜担当铁路公司总理之职。所以本官请大家今日来另议筑路之事。"

陈宜禧仰头："请问提调大人，我们上报的章程哪一条与大清商律不符？"

余乾耀哼一声："大清法令严明，衙门幽深，你以为花钱捐个官衔就可以通达？本官没功夫跟大字不识几个的村夫解释，众位绅公也不必浪费时间，请速进庄园，上楼集议。"

"余副总办主笔所拟之新宁铁路章程，详细参照了大清商部审批、皇上和皇太后御准的潮汕铁路章程，余提调说我们的章程不符商律，莫非是说商部大臣们和老佛爷她老人家都不通大清商律？"吴楚三的辩驳引起众人议论纷纷。

"大胆后生，敢胡言诬陷本官，给我拿下！"

甄家家丁持枪围过来，秀年横握打狗棍挡在陈宜禧和吴楚三身前。乡绅们屡屡后退,无人向庄园迈进。此时土路上传来齐整的脚步声,尘烟中,广海路工队跑步赶到。四十个彪悍的青年持镐提刀,跑在最前面的李是龙剃了光头,左脸从眉梢到颌骨斜添一道新鲜的疤痕。

他怎没去香港?陈宜禧与美琪对视。李是龙却不给他们时间细究,"啪"一枪射落大门上一只红灯笼。

众人抱头躲藏,甄家兵乱了阵脚,余乾耀趴到天台方砖地上。甄世勋倒镇静,挥手让家丁撤退:"天气炎热,各位绅公不愿上楼,就在露天集议吧,倒是凉快。"

陈宜禧对李是龙摇头,让他把手枪收好。

余乾耀终于抓着天台栏杆爬起来,看清路工队并无进攻庄园之意,又颤巍巍发话:"请各位仔细思量,陈宜禧是否有能力做铁路公司总理?"

明叔走上天台,身形比在西雅图时宽厚,脸上皮肉依旧滋润光滑:"在下陈景明,咸丰十一年与陈宜禧同船去金山,陈宜禧曾是我杂货铺一个小股东,根本没受过正规工程培训,他当年带人比赛修铁路,输给了洋人,丢尽唐人颜面。"

"叔爷,你贵人多忘事,比赛一年后,我阿爸可是为华道拿到了价值一万美金的铁路合同。"美琪轻盈的声线和一身洋打扮立刻招来众人目光。

"你?"明叔眼睛眯成缝盯下来,十几年没见,认不出美琪。

"我是欢欢啊,叔爷。"

"后生女知么嘢？轮不到你说话！"明叔点明美琪是女子，众人哗然。

陈宜禧站到女儿身前："宜禧我确实没上过正式工程学院，可西雅图的第一条铁路是我带唐人施工队修的，西雅图的主要街道、大楼、运河——半座城，也是我承包带队修建的；北太平洋铁路、大北方铁路，都是比新宁铁路更大的工程，我指挥上千人的队伍，没出过差错……金山的铁路大亨，詹姆士·希尔指名道姓专跟我合作，还发给我嘉奖令……"

美琪把带来的修路照片、新闻剪报、希尔的嘉奖令传给乡绅们看，毫不在意大家探究她的神情。

"我说这些，不是自夸，老夫别无是处，唯修筑铁路四十年，甘愿以多年积攒的经验心得，为新宁父老乡亲效力。如若有其他胜任人选，能为新宁修一条四通八达的铁路，宜禧也不一定要做公司总理。"

"哪有更好的人选？""谁比陈总办更会修铁路？""陈总办不能让位……"股东们个个面露忧色。

"众位，看来陈宜禧虽一介村夫，倒是明白人、识时务……"余乾耀抓住时机宣说他做总理的好处，甄世勋和明叔左右烘托："在国内做事，官府里没关系，何以成事？""中国人的铁路还是要懂中国事务的人来领头……"

"提调大人熟知中国事务不假，只是铁路公司总理多少得懂修铁路吧？"吴楚三打断天台上的空话，"敢问提调大人欲兴修之宁路干线，起止各于何处？总长多少？"

"这难不倒本官。"余乾耀摸着两条白须,"从新昌到三夹海,经宁城、斗山,共计九十余华里。"

"He stole our design!(他盗用我们的设计!)"美琪蹦了句英文。陈宜禧按住她肩膀。

"We'll see how long he can last.(我们且看他能坚持多久。)"吴楚三的英文口音怪异,却清晰。陈宜禧和美琪都不禁多看了他一眼。

吴楚三盯着余乾耀继续发问:"这条路线偏东还是偏西?"

"偏……偏西。"

"为何?"

"唔……"甄世勋凑到余乾耀耳边低语,余乾耀点头,清清喉咙,"偏西沿线村镇更为稠密,有利于日后铁路运行之收益。"

陈宜禧接过话题:"偏西的线路沿途人口略微稠密不假,可是要过潭江、跨百峰山,造桥开山工费巨大,在下所筹之两百余万股银不足以支付此等巨资,请问提调大人筑路之款项如何筹措?"

甄世勋与余乾耀对视,一时词穷。

陈宜禧跨前一步:"我设计的干线偏东,从新昌到三夹海沿途,旧路填筑者居多,既无大河水塘需要建筑长桥跨越,又无须开辟高山峻岭。即便有大小桥梁,也都是浅水沙地,比别处更省路工经费。"

美琪打开带来的线路图,吴楚三帮忙牵角,展示给大家查看。稍懂工程图的人都啧啧赞叹线路设计便捷巧妙。

"至于日后铁路运营之收益,凡铁路经过之地,总会吸引更多人口聚居,老夫在金山亲眼目睹西雅图从一个渔村,变成美国西北最大最繁华的港口。"

乡绅们鼓掌称道,李是龙领路工队跺脚,"吼吼吼"助威。美琪终于有机会举起相机按快门。

天台上,余乾耀猛烈咳嗽,摆手走开。

明叔冷眼啐道:"这个所谓侨领,你们只听说他跟洋人打官司赢了赔款,可你们知不知?他连自己的老婆都保护不了,让她被洋人拖下楼、丢了肚里胎儿,残废一世。有尾狗亦跳,冇(无)尾狗亦跳,他如果筑得成铁路,我永远不坐他的火车!"

"你……"陈宜禧指着天台说不出话,血往头顶涌,好在有美琪一旁扶住,不至跌倒。

甄世勋捏着双下巴:"三埠一水相连,这里任何一个码头都是我的地盘。铁路自新昌过境?哼,你们休想!"

第二十一章

重建的意志

1886—1888年　美国　西雅图

　　那一夜,陈宜禧躺在沐芳身边,握着她冰凉的手,随她游历幽冥。她跟他说过的因果的藤蔓,黑茫茫阴森森,卷裹拉扯;他们从一个深渊坠落另一个深渊,无力挣扎,来不及梳理、确认;肢体的碎片、心灵的碎片无声飘绕,集结成养母兴婶才看得见的游魂,死神编结的蛛网遍布每个角落……

　　他把她的手握得更紧,不肯放弃要留她在人间的意愿,而沐芳的指尖松懈地触着他掌心,没有回应,未擦净的血迹早干硬成壳。

　　很多年前,他被流氓里奇踢伤的时候,濒临过身体的死亡,灵魂悬浮在被重创的身体外,等待守候,随时准备再回到身体内。那时候他多么年轻。现在,他守着另一个破碎的身体——曾经给他无限温暖、令他心有所属的身体,像是流离失所、正在死亡的灵魂。

他试着低语，挽留她游丝般的残息，说起他初见她的瞬间，她的脸明净如月，双眼灿若星辰，她的出现点亮了他卑微的童年，一直照着他人生的路途，即使在他们天涯相隔、他以为无望与她相守的漫长年月里。"阿芳，别走……"

沐芳似乎长叹一口气，他连忙凑到她嘴边，却连那微弱的鼻息也感觉不到了。他失声，抱紧她："那带我一起走吧。"他闭上眼，丢开呼吸，让他和她被黑暗吞没、被死寂掩埋。

熹微的晨光落在脸上，耳边是沐芳胸口虚弱却持续的心跳，她还没走。他惊醒，一跃而起拉开房门："阿正，快送米汤来！"

记忆在那个片刻立起一道墙，墙那边是不能碰触的身心的废墟，一如窗外的景象——烧毁的铺面、断裂的房梁、塌陷的木板人行道、弃物、破砖、碎瓦。墙这边，他知道他得重新积攒力量，一砖一瓦地收拾、重建……可沐芳血迹斑斑地躺在那里，心跳若有若无，看一眼，他便只想放任自己的身体铅锤般落地、自己的心如她全身的灰白一样憔悴。

他伴着沐芳收拾、重建她残碎的身心。从她睁眼看他，到手指恢复知觉，到脖子稍能转动，到可以在床上坐起，每一步都缓慢艰难。最揪心的，是这个因为爱他承受太多苦难的女人，从此不能再行走、生育，虽然她坐在轮椅里安静地微笑，凄美的脸上毫无怨尤，他的心却在绝望的重压下不能自已地颤抖。他不能重建和沐芳曾经拥有的美好，其他一切都失去了意义。

阿秋和十多位唐人业主多次上门请求,伯克法官不时电话敦促,根深蒂固的责任心逼迫他打起精神,准备为西雅图唐人在排华暴乱中的损失打官司。他整理资料、给阿秋他们分派调查任务、和华盛顿地区起诉官开会商讨策略、去旧金山找清领事、给华盛顿清大使写信发电报敦促其与美国政府交涉……可熟悉他的人都能看出,他虽每天说着做着,却空着一颗心,是机器般的惯性运行。

让他终于从废墟里站立起来的,是美琪的勇气。美琪不顾恐吓,坚持走上法庭做证人那天,他绝望的心停止了颤抖,再生出重建的意志。

"我是唯一亲见墨菲拖阿妈下楼的证人,我不出庭,怎能告倒墨菲和朋克尼,为阿妈申冤?"

"朋克尼四处扬言要毁掉你。"他替女儿提着一颗心,怕她被谋害被毁容,美琪出门都让阿正带枪跟随。

沐芳也劝:"告倒他们,阿妈还是不能走路了……因果的藤蔓越扯越长。"

"阿妈,这个世界不只有因果要承受,还有正义要伸张。"

陈宜禧和沐芳一时都有些恍惚:女儿何时已长大成人,说出这样大无畏的理想主义的话?这两年他们的注意力主要在沐芳的康复上,仿佛一眨眼,美琪已经比他还高了,丰润的鹅蛋脸、米黄长裙下窈窕的身体,都绽放着新鲜的生命力。他们来金山多年、受尽磨难的长远意义,此刻忽然活泼泼、亮闪闪、实实在在地站在两人面前。

指控墨菲那天,美琪不知从何处弄来一套男式西装——那是她第一次穿男装,银灰底细白格的羊毛料子,垫肩英武地撑开,马靴擦得锃亮。美琪白着脸翘着下巴踏上证人席,在伯克法官庄严的注视中,手按《圣经》宣誓对法庭陈述事实。

听众席人满为患,大家赶来看一个十六岁的中国女子如何能告倒有权有势的墨菲警长和他的随从朋克尼。丽兹坐在陈宜禧和沐芳身边,也穿一身男装,表示对她钟爱的弟子从里到外的支持。墨菲的情人玛丽没有出场。

陈宜禧刚在证人席上做完自己的陈述,从一八八六年二月七日早上劳工骑士对唐人街的突袭说起,到第二天下午暴徒散去后,他巡视到的满目疮痍。他打开笔记本,逐条报出唐人的损失:阿秋的洗衣店、黄氏弟兄的杂货铺、周家的福记餐馆、华道被烧毁的货仓……还有弟兄们各自积攒的财物、现金,包括阿泉的金戒指和他再也伸不直的一条胳膊。

起诉官问"你妻子如何受伤"的时候,他望向坐在前排的沐芳,目光落在她紫红长袍遮盖的残腿上。来法庭前是他抱她上的轮椅,那双腿绵软细削,仿佛是额外的累赘,不再是她身体的一部分。想到那空洞异样的触感,他喉咙连咽了三下,眉头绷得发酸,拼命抑制住眼泪,说不出话。

他坐回到沐芳身边。美琪走上去,白着脸翘着下巴,目光定定地投进虚空,一字一句,带满屋子听众回到两年前那个傍晚,欢欢客栈的三楼。女儿娇嫩的嘴唇细密地颤动着,一只手的指甲深抠进另一只手的掌心,他看得见她内心的战栗。可她挺拔地站在那里,口齿清晰无误,勇敢的姿态再次令他鼓舞赞叹,虽然她说出的字字句句都如刀似剑扎在他心窝。

耳边沐芳的呼吸沉重、时断时续,如果不是伯克法官坚持要她坐到法庭上来,他怎舍得让她再经历那场灾难?他握紧她的手,握紧她全身不能自已的震颤。但愿他重生的意志力叠加到女儿的证词里,他深沉的愤怒托起女儿指向被告席的手。

"那天拖你母亲的人现在在法庭上吗?"起诉官问。

"在。"美琪指向墨菲的手如他期待般果敢有力。

"谁是那天打晕你的人?"

美琪指向朋克尼。

朋克尼干笑两声:"我可不止把你打晕,也许法官先生和在座各位都有兴趣听我还对你做了什么——十几岁,鲜嫩的身体……"

陈宜禧跳起来,挥拳冲过去,恨不能撕碎朋克尼的嘴,却被庭警拦住。

伯克法官猛敲法槌,喝令朋克尼住嘴。

庭上哗然大乱,阴阳怪气的叫喊和口哨声此起彼伏。

陈宜禧担心的事终于还是发生了。原来朋克尼威胁的,不是美琪的性命,也不是她的容颜,而是少女的清白声誉。玛丽虽不在现场,陈宜禧却觉察到她阴毒挑衅的眼神。

美琪的眼睛还定定地望向虚空,嘴唇抖得厉害,她猛咬住下唇,双手撑住台面。陈宜禧过去要扶她下证人席,她轻轻拨开他的手,虚空中的目光忽然转向朋克尼:"你以为,你肮脏的灵魂能够玷污我?你错了。"

光绪三十一年(1905年)　新宁宁城桂水

桂水在新昌与朗美之间,陈宜禧一行在甄家庄驳倒余乾耀后,星夜驾车,都歇息在余灼的习劳山房内。

余夫人替余灼洗伤、换药,美琪执意帮忙。陈宜禧坐在堂屋,看她在偏房忙碌的背影,想起十九年前沐芳康复那些日子,小心翼翼不去碰触记忆的围墙和墙那边的废墟。美琪应该是在帮他护理沐芳、照顾秀宗期间变得果敢坚强起来,可她的勇气和他的奔走都不足以告倒墨菲、朋克尼等人,虽然法庭指控的警察暴民都曾一时入狱,但很快又被释放,墨菲在随后的城市选举中还再次当选警长。美琪至今未嫁,她的牺牲是否值当?作为父亲,他只有满心痛惜。

唯一让他欣慰的是,在伯克法官极力推动下,美国政府支付了二十七万多美元给大清,为向排华暴乱中受害的唐人作"人道关怀"之用。虽无正式道歉,也算间接赔偿了。那天一家人在海边,轮椅里的沐芳眺望海峡,说她离开新宁已经二十多年,不知还回不回得去?他抚着她肩膀、顺着她的目光,望向比海天交接更远的地方,清晰地看见,自己要建设的到底是什么。"我要为你修一条铁路,带你回家,带欢欢和秀宗回家。"那条回家的路,通向摩登的新宁,通向他与沐芳重建的幸福美好,再不会有灾难发生。

陈宜禧最后一次见明叔,也是在那几天。他发电报给大清驻美大使,请求尽快把美国人赔的钱分发给西雅图受难的唐人。"这边情况极其糟糕。"他刚写完这句,不知何时回到西雅图的明叔闪现一旁,咕哝华道受损最严重,三年前塔科马(Tacoma)两百唐人被赶走时,他们欠华道的货款就泡汤了,西雅图欠华道的更多,更别说华道被烧光的货仓……赔款应该首先照顾华道。

"华道的确损失严重,可比起小本生意的阿秋他们,还有华道的弟兄们,我们多少还有点积蓄,钱要先分给大家,他们连锅碗瓢盆都被砸烂了。"

明叔跟他吵,他不理,说暴乱的时候你跑了,打官司你也不在,你没权决定这笔钱如何分配。

明叔拍胸口:"我是最早来西雅图的唐人,没我哪有你的今天?我知道有人推举你做西雅图的大清领事,你他妈的想用钱买人心,就是个踩我脊梁往上爬的小人!"

道叔爷才是提携我们的恩人,陈宜禧想,没跟明叔争。他负责的劳务生意从一八七五年开始,就一直占着华道收益的大头,他没必要跟与自己观念相左的人继续合作下去。他终于决意与明叔分道扬镳、组建自己的广德公司。铁路大亨希尔聘任伯克法官做他在西雅图的全权代理,并指明要陈宜禧承建大北方铁路连通到西雅图的路段。他先要把被迫离开西雅图的弟兄们都招回来,让西雅图唐人街再度兴旺……

明叔今天在甄家庄园诋毁他、刺激他,显然是泄私愤,而有人走漏风声,提前让余乾耀知道余灼和他去甄家庄唱反调,莫非也是明叔?等余灼兄伤势稍好再细究吧。

"秀年今日打狗的功夫好生了得。"吴楚三带个佣人端宵夜进来,鸡汤云吞面,配红豆薏米糖水。

秀年瞄父亲一眼,低头说:"雕虫小技而已。"

"一棍打晕大狼犬可不是雕虫小技。"陈宜禧真心赞叹,秀年打狗那一瞬间闪现的英武,让他想起自己年少气盛时的样子,"拜师何处?怎没听你说过?"

"阿爸生意繁忙,大概不记得了,我十岁那年,你回乡来,让阿妈把我送去肇庆庆云寺习武,防匪健身。"

陈宜禧记起来,四邑匪患成灾,各乡各村都修碉楼防范。他长年在海外,秀年又是陈家长子,怕他被绑票,让阿娇送去习武。可阿娇娇纵秀年,嫌庙里苦,三天两头往家里接,他懒得过问,也不知后来练成没有。秀年成年后跟斗山一群侨属子弟厮混,吸鸦片赌钱成瘾,不思进取。正经人家的女儿都不愿嫁鸦片烟鬼,秀年心气又高,干脆不娶。回想起来他又禁不住对这个儿子不齿,但秀年今天的表现的确值得他多问一句:"唔,一直练着?"

秀年难得被鼓励,凹陷的脸上泛起红潮:"阿爸去年回乡倡办铁路,儿子戒了烟,再习武,想跟阿爸有所作为。"

"陈大少爷这般好身手,做铁路护勇队长可谓威武。"吴楚三竖起大拇指。

说到护勇队长,陈宜禧想起在院子里纳凉的李是龙,让秀年去唤他进屋来,问他怎没去香港。

"赵主持第二天就找到可靠的船夫送我,但起航前,晚辈听说宁路立案遇到阻挠,要路工队去护驾,正是我能为陈总办效力的当口啊,我怎么能逃去香港?"

"你脸上的伤……"

"是龙被官府通缉,不想给总办惹麻烦,削发破相换张脸,官兵便认不出了。"

"哎,后生哥,你这是何苦?"陈宜禧摇头,叹李是龙血性。

"掩耳盗铃嘛,划一条疤还不是认得出。"秀年笑。

"那我剁鼻削耳……"是龙从腰间拔出短刀,被陈宜禧拉住。

"不去香港,就先在乡间避一阵吧。"吴楚三招呼大家落座吃夜宵。

秀年自告奋勇说,他明天就给李是龙找个可靠的农家躲藏。

余乾耀没得到任何好处,还在众乡绅面前被驳得丢了面子,新宁铁路立案自然不能再经他的手。次日陈宜禧和余灼商议:"干脆去广州向两广总督直陈路事。"

余灼靠在病榻上,犹豫:"两广总督岑春煊是慈禧太后面前的大红人,若没人引荐就直接去广州,可不一定能见到。"

"他在太后面前如何个红法?"

"光绪二十六年(一九〇〇年),八国联军打到京津,时为甘肃布政使的岑春煊亲率骑兵二千余人,从兰州昼夜兼程去北京勤王。两宫蒙难之际,天下如云的重臣名将,自觉率部勤王护驾者,仅岑一人,因而太后对他另眼相待,委以各路重任。他做四川总督时,弹压义和团余部立了大功;改署两广总督后,一到广州就着重整理海关税务,所得银两供朝廷偿还'庚子赔款',是朝廷救急的'小金库'。"

"那兄台是否已找到引荐之人?"

余灼摇头:"待我再寻摸些时日。"

陈宜禧来回踱步:"线路勘测好了,铁轨在西雅图订购了,路工主力也都招就,却因这立案障碍重重,耽误动工日程。"

"以总办在海外的声誉、还有三品盐运使的官阶,也不妨一试。只是,老夫腿伤未愈,瘸拐之态不能陪同总办登堂。就让楚三陪你去广州吧,凡事有个商量的人。"

余灼如此器重的吴楚三,是他在广西做官时收留的孤儿,十来岁随父母躲战乱逃离昆明,途中遭匪劫,父母双亡。吴楚三先在余府做书童,余灼见他天资聪颖,便刻意培养,后来还送去日本留学三年,研习西洋经济律例等。

"晚辈的英语也在日本习得,所以是东洋口音,让总办见笑了。"在去广州途中,吴楚三说起他的身世,对余灼的栽培之恩感激不尽。

"那你也足以做我的英文先生,我只会说古德(good)、败德(bad)。"秀年兴致十足。吴楚三提议让秀年跟随,因路上说不定还有"狗"要打;秀年多了个在父亲身边表现的机会,自然高兴。

广州

到广州当晚,已近深夜,三人在十三行①附近一个小客栈下榻。周边市声仍旧喧哗,酒楼、糕饼店、茶叶铺、金银珐琅器馆各式华洋商铺还都热闹着,街上张灯结彩,飘着万国旗,像总是在过节。宵夜和逛夜市的人接踵比肩,华夷皆有,珠江边紫洞艇②上的笑闹声不时飘到耳畔。鸦片战争后,广州不再是大清"一口通商"的港口,十三行不再独占中西贸易鳌头;陈宜禧去金山前,昔日商馆就已被大火烧尽,风光不再,可这片街区似乎有吸引生意的魔力,繁华依旧。

陈宜禧担心秀年禁不住外面诱惑,让他与自己抵足而眠。父子此前哪有如此亲近过,两个人都有些尴尬,和衣躺下,背对着背。他回乡前常带秀宗四处谈生意,同盖一床被子、同一个杯子喝茶饮酒是常事。秀宗聪明帅气又努力,从华盛顿大学建筑系毕业后,一直是他最得力的左臂右膀;回乡前,他理所当然把西雅图广德公司的生意全权交给秀宗打

---

① 明清时期广州对外贸易特区。
② 清代广州城区珠江河段上的酒船。

理。那天秀年说想跟他有所作为，倒是难得，毕竟子不教父之过，身旁这个他忽略多年、快四十岁的儿子，现在才管教是否太晚？

第二天天没亮，陈宜禧就起来梳洗，然后换上带来的云缎官袍。秀年帮他套上锦绣补褂、挂上朝珠长链，又把缀有孔雀花翎和蓝宝石顶珠的三品顶戴捧上了租来的绿呢小轿。两个轿夫抬着陈宜禧，吴楚三和秀年伴随左右，从十三行往西北走了约半个时辰，到了观音山（今越秀山）下的两广总督府前。

天色微明，隐约可见山顶镇海楼的五层飞檐。督府门楼上有相似的飞檐和绿瓦，大门洞开，两座石狮静卧石阶旁。清朝的衙门，惯例是天未明就开始办事。陈宜禧下轿，拾级而上，守门的清兵见他着官服，又是三品顶戴，也不阻拦。他走进去一大段，才意识到吴楚三和秀年都不在身后。回望大门外，吴楚三扬手张口对他说着什么，却被清兵横起枪杆赶走了。

陈宜禧第一次来省府见大官，怕节外生枝，想他既已进了大院，自行打听总督所在就是，楚三、秀年进来也不见得能帮上忙。有个小吏引他到浓荫深处一座园中园里，园子红墙绿瓦，花木扶疏，树上鸟声啾啾，地下绿影横斜，是个清幽去处。门房捋着山羊胡须对他细加盘问：从何处来？什么身份？找总督办什么事？陈宜禧逐一答复，并递上初见总督时要用的详细履历手本。门房翻查一阵，把他带进隔壁小屋里等候。

山羊胡子走开,该是去禀报总督了,陈宜禧抓紧时间温习见官的礼仪。他正一正头上顶戴,理理浆挺的白缎高领,顺一下胸前的朝珠,再抖抖身上的蟒袍补褂,手持记好禀事要点的象牙板,屈膝跪拜下去,又起身鞠躬弯腰后退,视线下垂,不能超过总督的第九颗纽扣……这都是临行前余灼的教导,他熟记在心反复练习,脚下蹬着的厚底官靴开始夹脚,迈起八字步来像在踩高跷,歪歪倒倒。

陈宜禧练烦了,坐到屋里唯一的板凳上等候。从日出时分直等到晌午,却无回音。问了门房几次,都说总督正忙,让他耐心再等。

正是苦夏时节,午后溽暑难熬,身上几层厚实的官服足有二十斤重吧,早被汗水湿透。陈宜禧既不敢脱补褂,又没扇子扇凉,浑身好像爬满蚂蚁。早晨在屋外吱吱啾啾的鸟儿,不知躲哪里避暑去了,代之而起的是没完没了的蝉鸣。去广海那天美琪头次听见蝉鸣,很感新鲜,他也随她新鲜,可此刻这些虫子的鼓噪实在令他头疼。透过蝉鸣,隐约从厢房那边传来吆喝声,像有人在行酒令,还有哗啦啦推牌九的声响,继而是几个人的大声哗笑。

陈宜禧到屋外侧耳细听,原来是在谈论一件趣闻:说岑春煊听闻广西玉林剧团有位丑角叫黑蛮,极会演喜剧,传令上调省城来演,好消暑解闷。谁料命令错传,下面以为黑蛮是官定罪犯。人正在台上演戏,也五花大绑,押解上省。害得玉林剧团鸡飞狗跳,人心惶惶,黑蛮父母妻儿呼天抢地。厢房里的人边说边喷饭,还有人用筷子击碗敲碟。

陈宜禧听了,啼笑皆非,心里更加烦躁。又过了许久,里面复归平静,他猜恐怕是督府歇晌的时候到了,大概总督实在太忙,上午拨不出时间接见我,看下午怎样吧。这样一想,心神稍定了些,才觉得饥肠辘辘,口干舌燥,想起临出客栈前备的干粮都在秀年那里,吴楚三先前在大门口扬手大概是要给他干粮袋……糟了,他忽然记起余灼说过,衙门门房需要打点,吴楚三当时说他来理会,可他今天连督府大门都进不来,如何理会?陈宜禧全身上下摸遍,翻出几个铜钱,哪里够孝敬总督门房?却想或许能讨口水喝。

他把铜钱攥在手心,问山羊胡子可有茶水润润喉咙。山羊胡子瞄他一眼,不答。他讪讪摊开手掌,说今日出门匆忙,实在抱歉只有几个铜钱买杯茶喝。山羊胡子这回看都不看他,哼着小曲儿捧起自己的白瓷杯,"咝咝"嗯两口。

陈宜禧知道再问也无益,更觉焦渴,舔下嘴皮,回隔壁忍耐思量。山羊胡子没收到红包给他脸色看,但不至于没跟总督通报吧?他为乡民谋福利而来,不是为一己私利求见,等大半天,可见一番诚意,总督不会不理吧?他要不要出去拿个红包来补给门房?可万一错过总督召见呢?

前思后想中,日影渐渐偏西,总督仍未传话召见,陈宜禧在酷暑中干熬了一天,头脑昏沉,腿脚发软,提醒他毕竟是六十岁的人了。想再坚持半个时辰,门房却照例来打发求见的人:"官人请回吧,今日总督大人无暇,明日请早。"

陈宜禧站到院子里张望一番,不知该说什么,最终叹口气,拖着疲软的身子往外走去。在大门外候了一天的吴楚三和秀年拿着水壶干粮迎上来,他一口气喝下半壶,却没力气啃干粮,秀年赶紧搀扶他上轿回客栈。

吴楚三听他说在园子里白耗了一天,抱歉不已,说恐怕门房根本没通报总办求见:"前两年总督府是让带随从进的,可今天门口兵勇说革命党叛乱、暗杀闹得太凶,所以总督府严禁闲杂人等进出,死活不让我和秀年进去。给兵勇红包不收,也不愿替我们传递东西进去给总办,还说为几个小钱掉脑袋不值。哎,都怪我没事先打听仔细。"

"不怪你,是老夫太不熟悉衙门规矩……"也没想到大清官府糜腐如此,他困倦到极点,后面这句没说出口就在轿里昏睡过去。

第二天,陈宜禧到底不甘心,又来督府求见。这次聪明些了,除了带干粮,还带了一葫芦凉水、一把纸扇,免受干渴酷热之苦。当然给门房的红包必不可少,塞得扎扎实实。山羊胡子因此殷勤许多,不时关照、递茶,可等了一天,仍是"庭院深深深几许",连总督大人的影子也没见着。

余灼的顾虑看来没错,太后跟前的红人哪是他一介凡夫轻易能见到的?给门房的红包再厚实也没用。陈宜禧叹自己在金山虽也算"红人"——洋人市长、法官的朋友,大清使馆、领事馆的常客,但在广州显然不招人待见。可既然来一趟,还是多待两天,再找找门路。

吴楚三四处奔波,打听到被岑春煊委任处理潮汕铁路案的洋务处总办温宗尧也是新宁人,而且温宅所在是前十三行一位行商的庭院,离客栈不远,便一大清早送去陈宜禧的名帖求见。当天午后陈宜禧在客栈就收到温宗尧派人送来的请帖:"久仰陈老前辈海外叱咤风云,今前辈锦归,造福乡里,实乃我等楷模。温某今夕略备薄酒,为前辈接风洗尘,企望不吝赏光。"

陈宜禧几天来在省城受尽冷落,读到这些热络的词句,很感动,还是乡亲情谊血浓于水啊。他即刻赏了信差,回帖答应赴宴。

温宅古色古香,雕梁飞檐、亭台楼阁散布林荫花丛中。陈宜禧三人随门童绕石径穿长廊,到了荷塘边一座水榭前,温宗尧迎出门来,握住陈宜禧双手:"哈罗,陈老前辈,久仰!久仰!"

温宗尧四十出头,戴副金丝眼镜,一身豆沙色的绉纱便服,清爽洋气。他既操英语,又说新宁话,一边把陈宜禧三人引进楼榭,让座上茶,一边亲热地问些西雅图和新宁的事。

水榭外荷叶田田,青雀在荷花莲蓬间飞起落下,一派水墨意境,宴客厅里却是清一色的西洋装饰摆设。淡红织花地毯,草绿丝绒沙发,红瓷砖壁炉,水晶吊灯柔和的光落在壁画里半裸的欧罗巴美人背上,窗边的三角钢琴照得见人影,东西两侧有落地风扇送来徐徐清风。陈宜禧恍惚间似乎回到西雅图,钢琴边坐着伯克夫人,正弹奏舒伯特的小夜曲。

温宗尧坚持让陈宜禧坐上座,他和吴楚三各在侧面相陪,秀年在下座。陈宜禧谢过温总办盛情,入座便说:"修筑新宁铁路是造福乡梓的善事,目前陈某已集股资二百七十余万元,海内外乡亲都翘首以待,希望能早日立案动工。仁兄高就督府,能否趁便在总督面前美言几句,使能转奏立案?陈某和家乡父老将感铭不已。"

"好说!好说!"温宗尧笑容谦逊,为陈宜禧斟酒,"为家乡办事,晚生能不尽力吗?陈老前辈请放心,我明日就禀报总督大人,促成其事。前辈请先饮杯(饮酒)启筷。"

晚宴丰盛无比,水里游的、天上飞的、山里爬的一道道上,味鲜香浓、色泽斑斓,比西雅图的粤菜正宗,比新宁的讲究精致。温宗尧夹菜劝酒,陈宜禧却惦记立案要事,哪能开怀畅饮,话也不多。好在吴楚三侃侃而谈,东西南北、古今中外都能跟温宗尧接上话。秀年闷头吃喝,一声不吭。四人足足吃了一个时辰,很领教了一番"食在广州"的含蕴。

撤席上茶,陈宜禧虽洋酒米酒都各饮了两杯,头脑却并未糊涂,谈着谈着,自然又回到正题上:"仁兄,这立案的事,还有余乾耀从中作梗,有劳费心了。不知总督大人的意思如何?"

"好说,好说,总督大人的意思嘛,当然是护着陈老前辈啦,那余乾耀无投资,能办成什么大事?"温宗尧用象牙牙签剔着牙,"请用茶,请用茶……总督大人的意思嘛,是只要陈老前辈能体会本督府的苦心,事情没有办不成的。"

"请仁兄赐教,怎样体会法?"

"本督府所辖之地,海疆辽阔,自道光以来,海事频仍,故方今之世,海防实乃头等要务。而海防要塞,首推崖门、虎门、磨刀门,不知仁兄对此作何思量?"

温宗尧打起官腔,陈宜禧听得满头雾水:修铁路如何就关联到海防的事情去了?我章程里也没说要把铁路修到这三门的海边去,不知温宗尧卖的什么关子:"仁兄不妨直言。"

"好说,好说。总督大人的意思正在于此。这'三门'之中,崖门隔古兜山即到我等故乡新宁,倘或洋人兵舰来犯,这铁路必首当其冲。故欲修路,必先巩固海防,以绝后患。诚望陈老前辈认捐一个崖门海防同知,为本督府分忧,则总督大人特加之知,对铁路诸事无不鼎力相助。如此,是陈老前辈之荣耀,亦是我新宁乡亲之大幸!"

陈宜禧这时才算听出点门道来,想只要有助于立案,再捐个海防同知亦无大碍。当初自己花三千元捐个盐运使,不就是为了便于办铁路吗?沉吟了一会,说:"承蒙厚爱,陈某理当遵嘱行事,只是不知捐此同知,所需银两几何?"

"总督大人之意……"温宗尧含笑伸出三根手指。

"三千?"

温宗尧摇摇头。

不是三千,那就是三万了?这价钱也涨得太多了。陈宜禧瞄一眼吴楚三,想看他的反应,却见他虚着眼晕晕乎乎,大概先前替他应酬喝猛了,便自己拿了主意:"陈某现手头上并无这样多银两,请宽容几日,待陈某派人回新宁,命家人凑齐三万元送来。"

"陈老前辈误会了,总督大人所言,不是这个数。"

"什么?三十万?"陈宜禧虽控制着自己,声调也难免愕然,"陈某今日就算变卖所有家产,也不一定凑得出这个数呢!"

陈宜禧正要起身离席,吴楚三酒醒,慌忙扯住他,衣袖带翻了面前酒杯。秀年在对面站起来,欲言又止。

"陈老前辈请少安毋躁。本督府岂敢让陈老前辈自家破费?"温宗尧似乎没看见三人的惊诧,把头凑近又说,"前辈手中不是握着二百七十余万吗?区区三十万算什么?况且也是为铁路……"

"那更不行!"这回吴楚三也没按住陈宜禧,"股东信任陈某,托付的股资没有股东大会决议,一分也不能动!"

"温总办,你看这认捐的价码是否可通融……"吴楚三试图讲价。

陈宜禧却越想越气:原来乡亲盛情是假,敲诈勒索是真,总督要天价捐官作为转奏立案的交换条件,还转弯抹角设鸿门宴。不等吴楚三说完,他拱一拱手,丢下话转身就走:"请转告总督大人,多承款待,但要动用股东的钱,陈某无能为力!"

温宗尧仰头靠到沙发椅背上,淡然道:"那么,晚生也无能为力了。"

吴楚三紧跟在后扶稳陈宜禧,怕他急火攻心脚下不稳。秀年却还耽搁在饭桌边,问温总办是否收到他上午亲自送到门房的信。

秀年喝多了?他给温宗尧送什么信?套什么近乎?陈宜禧回头,恼火地盯过去。温宗尧并不理会秀年,踱去窗边,手指在钢琴键盘上划一溜"叮叮当当"的声响。秀年站了一会,讪讪地跟了上来。

刚一出温宅,一队官差围过来。不捐官也犯法?陈宜禧正要喝问,却见官差们把铁索稀里哗啦套到了秀年身上。"他犯了什么法?"他和吴楚三再三追问,却无人搭理。

秀年惨白着凹陷的脸大喊"冤枉!"却终被官差拽走,脖上铁索勒得他出不了声。

陈宜禧心疼得直喊"秀年",声音和心脏一同抖起来。官差几番回头阻止,他却不停步,跟在差役身后疾走,眼睛一刻也不肯离开铁索缠身的秀年。吴楚三劝他先回客栈歇息,待他找人设法救秀年。陈宜禧却害怕,在官府就是法的大清,儿子可能很快就不明不白地消失了。

他们在黑夜里一直跟到省城大牢,却被"哐啷"挡在大门外。两人掏尽身上银两,给了一个面相还算和善的卫兵,请他打听秀年到底为何被抓。卫兵收了银子,说现在半夜三更,明天再来听信。

回到客栈,燠热难当,陈宜禧胸口发闷,先前在温宅吃下的禾虫,仿佛都活了过来,在肚里乱爬,他大口呕吐起来,发热、盗汗接踵而至,多日奔波劳顿,几番忧愤攻心,陈宜禧到底支持不住病倒了,客栈顿成羁旅。

难为吴楚三,一边请郎中给陈宜禧看病,侍候汤药,另一边又每天跑去省城大牢打听秀年的消息。

如此挨过几日,陈宜禧勉强可以起身,只是胃口大减,茶饭不思。吴楚三从大牢那边回来,面带踌躇。陈宜禧心里一沉,做了最坏的准备,坚持要听实情。

吴楚三斟字酌句:温宅宴请那天上午,秀年私自送了封信过去,说他知道温总办通缉的逃犯——李是龙身在何处,愿为温总办圆满解决潮汕铁路案助一臂之力,也盼他为新宁铁路立案助力。谁想弄巧成拙,温宗尧反告秀年窝藏逃犯、知情不报,要三万赎人。"总办看这三万元……"

陈宜禧气得发抖,吴楚三不敢再问,赶紧扶他上床躺下。陈宜禧气的已不是官府敛财手段百出,而是秀年不仁不义。出卖无辜,无论为什么目的,他断然做不出来,而自己的儿子……这是他的儿子吗?陈宜禧终于喘过一口气,按着太阳穴吐出两个字:"不赎!"

屋漏偏逢连夜雨。饮过吴楚三伺候的汤药,他正凭窗闭目,努力平息胸中怒气,忽听楼下店家喊:"陈大人,督府派人送来公文,等你亲自下楼收取。"

"什么?"陈宜禧一抹双眼转过身,忙让吴楚三扶着下楼去。

着青色官服的差役候在客栈厅堂,举起手中公文宣告:"总督岑大人亲笔文书一封。"

陈宜禧上前,软着腿行过礼,双手接过公文。不知是因大病初愈,还是因为心情紧张,他拆信的手抖起来。吴楚三替他打开文书,上面只有一行大字:"无碍田园庐墓始得筑路。"

陈宜禧默念了几遍,怆然长叹:"平原尽是田园,山野多有庐墓,平原山野都不能通过,难道要我把铁路修到天上不成?"

第二十二章

立案之路如天梯

光绪三十一年至三十二年(1905—1906年)　新宁

"阿芳,来帮我捏捏脖头(脖子),昨晚被隔壁蔡婶推落条水沟,爬起来脖头就硬啦……"阿嬷时常把美琪当成沐芳,过去现在将来、阳世阴间混为一谈。她说的蔡婶美琪不认识,肯定不是隔壁邻居,说不定已经过世多年了。

"阿嬷,我是欢欢。"美琪揉着阿嬷的脖子,仿佛揉着过往的悠长岁月。

"噢,那个拿走猫眼石戒指的靓仔呢?"阿嬷时而又很清醒,美琪知道她说的靓仔是吴楚三。

猫眼石戒指是阿爸送给阿嬷的八十岁寿礼,阿嬷一直舍不得戴,收在箱底。阿爸去广州求见两广总督不得,铁路立案被刁难,余老伯只好另找门路,通过他在广西为官十几年的故交好友,打听到岑春煊有个心腹幕僚叫张鸣岐,现在广西任布政使。一周前余老伯带着吴楚三去了桂林,想试试借张鸣岐之力去游说岑春煊。

听说张鸣岐以清廉自命，求见他的人，一律不准送礼，只许送束鲜花。但余老伯在广西的知交指点，见张鸣岐之前一定要先私下送礼给他的宠妾，而且是要能讨得宠妾欢心的厚礼。阿嬷的猫眼石戒指是阿爸在三藩市珠宝店寻到的，据说是乾隆皇帝送给爱妃的宠物，晚间如猫眼一样放光，戴在指间可细读枕下情书、照见遗落床底的绣花针。庚子之役，洋人从宫里抢去，不识货卖了。戒指上的宝石是难得的粉色，足有拇指头大小，毫光闪闪，华贵可人。

阿爸跟阿嬷讨戒指的时候说，这宝贝能打通修铁路的关节。阿嬷问："铁路修好了，阿芳就能坐火车回来看我了吧？"

阿爸说是，现在要借阿妈这宝贝去求老佛爷批准动工修路呢。

阿嬷拉起美琪的手，指着来家里等拿戒指的吴楚三说："铁路动工了，这个靓仔就该娶阿芳了吧？"

大家都明白祖母说的是美琪不是沐芳。美琪却装糊涂，揉揉阿嬷的手："哎呀，阿芳早嫁给你儿子做媳妇啦。"吴楚三忍俊转过身去，怕美琪尴尬；阿爸的目光在两人身上来回几趟，想说什么，却终究一言未发上楼取戒指去了。

在阿嬷身边待久了，美琪发现阿嬷貌似迷乱的呓语中其实自有清晰的逻辑。阿嬷脸上的眼睛虽看不清了，心里的眼睛却关照着四方，明白着呢。

习劳山房别后，美琪脑子里就开始放幻灯片，吴楚三白衣飘飘的身影、宠辱不惊的神情,与她的每次对视、每句对话,甚至他那怪异的英语口音,都循环再现,她想停也停不下来。他投向她的第一眼,似乎就在她心里启动了什么。

美琪的念想曾经也被一个人这样挥之不去地占据过。那年她十九岁,当嫁的年纪,玫瑰般的姿容,却因为三年前在法庭上被朋克尼泼了污水,媒人都不敢上门。阿爸私下托人去找俄勒冈州、加州的唐人子弟,许诺丰厚的嫁妆,也无人问津。美琪有宠爱她的艾略特海湾中学校长丽兹做榜样,骄傲地认为女子独身反倒活得更出彩,不着急出嫁,高中毕业后,要继续念大学。

因丽兹校长和伯克法官热心推荐,华盛顿大学破天荒收了第一位亚裔女学生。可美琪走进课堂的第一天,就被其他学生像瘟疫般躲开。她身后却总有"嗡嗡"的低语,是流言的蜂群紧跟不舍。

午后课间,她孤零零在雪松树下翻书,干啃三明治,有人递过来一杯水。美琪抬头,莱恩·摩塞尔(Ryan Mercer)的样子就此印刻进心间。浅棕色胡茬儿涂抹的颌角和下巴,柔和了原本刚劲的棱角,深邃含笑的眼,宽阔坦诚的额,栗色短发潦草凌乱。

莱恩指着不远处的操场问:"傍晚有空来看我训练吗?"

她不知如何反应。

"你一定要来啊。"他恳切的口吻和眼神让她躲藏的角落温暖起来。

莱恩比美琪高两届,是学校田径队的主力,在跑道上身披晚霞疾驰缓退,像希腊男神般,被男女师生瞩目。美琪在人群外眺望,想他下午的善意不过出于怜悯。

过了两天,莱恩又找到她,问那天你怎没来?她低头不语,他说今天你不来我就不练了,还像小男孩般噘噘嘴。她抱着书本跟他走进操场,坐在跑道边的板凳上。他的长项是百米冲刺,每冲完一次,就转身对她挥挥手。他脚步矫健,身形俊美,一迈腿,每条筋骨、每缕肌肉都流动奔腾起来,脚与地面的每次接触都是速度和力量的精准吻合……美琪想到旷地里驰骋的野马、乘风破浪的帆船,不禁为他鼓掌。拍着手,脸忽然热起来,她从没如此留心过男子的体格;她喜欢莱恩的身体一次次在她视野里划出稍纵即逝的金丝银线。

再后来,莱恩约美琪散步,说起她十六岁出庭做证的事。他当时坐在观众席后排:"那么沉重的苦难,常人哪能承受……你真勇敢,真特别。"莱恩眼中的光烫了她的睫毛,她闭上眼,他毛茸茸的唇贴上来吻了她。她惊愕地推开他,他却把她拥到胸前:"我不相信朋克尼的话,一个字都不信。"她咬紧牙关营筑了三年的坚硬外壳,在那个瞬间开始融化,她感觉自己一滴一滴流淌进他怀里。

他带她去西雅图海边最豪华的派克餐厅晚餐。侍者、领班个个对他客气无比,显然是尊贵的常客。烛光绰约,海水轻漫沙滩,不断有绅士淑女过来跟他寒暄。他微笑着介绍她,对大家极力抑制的诧异视而不见。有位银发女士挽着珠链手袋过来问："你叔叔好吗？摩塞尔校董能接受亚裔女生可真是开明啊。"美琪才意识到，莱恩的叔叔就是华盛顿大学的创办人和第一任校长阿萨·摩塞尔，那位三十年前说服丽兹和几十个单身女子，从马萨诸塞州迁徙来西雅图的开城元老。

美琪在校园里被更多的女生白眼、男生恶嘲，走在路上冷不防就有人故意撞她一下、推她一把，或者将烂苹果、霉土豆扔过来："嘿，滚回唐人街去！"某天一位众人钦慕的金发校花主动找她，和气地说要带她去个好玩的地方。美琪受宠若惊，跟她绕过大半个校园。出了后门，拐角有间唐人开的洗衣铺，店主垂着鼠尾辫，低头熨床单，灰白的水汽"噗噗"喷出店门外。金发校花头一偏，扬起细描的眉毛："喏，这才是你该待的地方。"预先藏在附近的男男女女都跑出来哄笑怪叫。

校园里最受人欢迎的"白马王子"莱恩，挑谁不行？却偏偏要跟一个"有历史"的黄种女子陈美琪约会；每天找她吃饭散步自习，田径训练也要她陪在跑道边，恨不能每分钟跟她在一起。他在的时候，没人敢打扰她；即使他们不在一起，她嘴边也浮着笑意、心里充满勇气。他的爱在她四周立起一层保护屏障，她根本来不及理会其他人的伤害。所以那天等着看她哭、看她闹笑话的男生女生都很失望。美琪推开金发校花，白着脸翘起下巴走回校园，嘴边挂着让他们愤恨的笑。

十九岁的爱恋来得突然，无从抵御，美琪坐在幸福的快艇上，眩晕，不能自控。回望过去，她却对这种失控感有了深刻的戒备，不想再贸然踏上一段不知方向和目的地的旅程。而且，吴楚三不过是看她的眼神有些特别，别说像莱恩当年那样攻势迅猛，连一句暗示的话都没有，她脑子里转幻灯片又怎样？金山的土著仔①都不能接受她所谓的污点，他能？她只能盯着自己，被吴楚三的挺拔峻逸吸引，欣赏他举手投足间隐约的东洋风、他的才干，感激他在广州对阿爸车前马后的悉心照顾，还有，如果没有他，大哥秀年说不定至今还在省城潮湿肮脏的大牢里发霉呢。

  吴楚三是背着阿爸派人送信来朗美的。二妈阿娇盘出自己所有珠宝和值钱的家当，阿嬷和大妈秋兰也拿出各自的首饰去宁城当掉，只凑了三千大洋。二妈要秀欣和青松卖田筹钱，说人命关天，秀欣姐却因没收到阿爸的准信，不敢随便动田产。阿娇便天天嚷着要卖她和秀年住的青砖楼，可远亲近邻都知道陈家三楼一体，就算有心买也不敢撕破脸来开价。

  阿爸一回家，阿娇就来屋里哭，坐在花砖地上数他如何偏心眼：娶她的时候不肯在朗美摆酒，让她黑灯瞎火做贼一样摸进村；她难产，在床上死去活来整整三日，替他生出长子，他却对他们母子不闻不问，秀年都十岁了才回来看一眼；现在秀年关大牢里，到底是不是他的亲骨肉？见死不救……她上辈子欠了什么债，遇到这样狠心的人！二妈年轻时一定是个美人，彩绣长裙摊开一地，涕泪横飞的数落间，翘起的手

---

① 美国出生的华裔。

指、飘出的眼风还韵味十足。

阿爸却紧绷着满脸疲惫,一甩衣袖,上楼关门睡觉。美琪扶阿嬷爬楼梯去拍门也不开。

最后是吴楚三四处找人借钱送去广州,把满身烂疮的秀年赎了出来。秀年回到家,追悔的不是他出卖李是龙,而是逢人便说他傻,没料到温宗尧如此狡诈横蛮,给阿爸帮了倒忙。阿爸听见更气得厉害,抓起扫帚要赶秀年出门。美琪使劲拽住他,说大哥糊涂,可也是出于帮阿爸心切,再说李是龙也没事——余老伯觉得让他藏农家终究不妥,早托可靠的人送去了香港。

余老伯和吴楚三去桂林这一周,阿爸心里焦急,在家坐不住,每天带美琪往公益跑。甄世勋不让铁路过新昌,筹建公益埠的伍于政老伯便邀请阿爸在公益设火车站。伍老伯也是归侨,参照纽约的城市设计规划了公益埠。街道成正方"井"字复式组合。每条街道都将有其专营的行业,绸缎街、珠宝街、家什街等等,还有专开酒店、剧院及舞厅的娱乐街区。整座新城江边全砌石堤,遍植古榕,美观又防水患风灾。城区左侧已设定广场、学校、医院;右侧,阿爸指着已铲除了杂木荒草的平地和伍老伯磋商:"留给我来修火车站,建铁路分局大楼、机器厂吧。我要让公益成为新宁铁路的重镇。"

美琪今天跟阿爸请了假。她为办新宁女子学校筹划的募捐会,要在宁城节孝祠开第一场。新宁有没有女子上的学校?她十九年前在西雅图对阿妈的提问,现在成了她为新宁女子们操心的一桩大事。节孝祠年久失修,借做学堂必须修缮扩建;添置桌椅、课本,还有教师的聘金,她琢磨等筹到修缮费后,再说服阿爸捐赠。

节孝祠门外,秀欣姐和几个姐妹在米兰树下搭起一张长桌,把她们蒸的咸鸡笼、煎的马蹄糕摆上去,还配了一大桶甘甜的罗汉果茶;美琪写的"新宁女子学堂"大红横幅牵在桌子上方。有吃有喝,还有米兰诱人的沁香,桌前很快聚拢一群乡亲。

美琪穿一袭宽松的蓝布旗袍,长袖立领,下摆的白滚边触及鞋面,比新宁闺秀们平日的秋装还朴素平常,她不想自己的"奇装异服"为募捐惹来额外的挑战。重男轻女,在中国是牢不可破的迷信般的传统,她要为女子办学,不知还有多少波折等在后头呢。

美琪的开场白尽量平易近人:"新宁地处山洼海澨,出产不能自足,所以男子大都离乡别井,渡洋海外谋生,家里事务全靠女子维持。新宁女子对家庭的责任尤其重大,如果没受过教育,怎么胜任持家、培育儿女的重任呢?"

美琪想到二妈和秀年,即使阿爸常年在外,二妈如果像大妈那样读过几天书,懂得如何教导秀年,大哥也许不会这么惹阿爸糟心?"丈夫从海外写信来,还要请别人读,回信也要人代写……"二妈、阿嬷都不识字,阿爸写回家的信都是大妈读、大妈回。

美琪说的是侨乡现实,乡亲们有目共睹,人群中的金山婆①尤其有共鸣。秀欣姐端着筹款箱走进人群,当即有人掏铜板银钱。有个金山婆抹下指间的翡翠戒指放了进去。

冷嘲热讽也不少:"女人会做饭生仔就够啦,读书有鬼用?""就算下田也不必识字嘛!""女子无才便是德……"

"看看你们身后是什么?"说话的是位老乡绅,面色凛然。

节孝祠门口的牌坊立在那里几百年,日晒雨浇,上面小字刻写的节妇烈女姓名大都模糊了,唯有牌坊两端最上层"贞明执操""瑶池冰雪"八个大字还清晰牢固。

"在贞节牌坊下为女子办学募捐?要新宁女子跟你一样,抛头露脸、招惹是非?简直荒唐!"老乡绅在美琪脸上狠狠刮了一眼。

美琪不想直接冒犯长者,避开他的目光,走近一位种田人打扮的年轻人问:"这位后生哥,难道你不愿意娶一位能写能算、能辅助你持家做生意的女子?"

"如果像你这样的靓女,当然愿意。"种田人笑,"可哪里轮得到我娶靓女?"

"腹有诗书气自华。后生哥莫笑,如果我们今天办起女子学堂,让每个适龄新宁女子都上学,不出三年,说不定你就能遇到一位能写会算的靓女呢。"

众人起哄,推种田人去筹款箱前:"多捐几个大洋当下聘金啦……"

"荒唐!胡闹!"老乡绅拂袖而去。

---

① 丈夫长期在海外谋生的女子。

美琪不为所动:"荒唐的,其实是长久以来社会对女子教育的成见。我们中国传统是男主外女主内,可女子无知愚笨,如何相得好夫、教得好子?只能是丈夫的拖累。女子受了教育,懂常识、通晓道理,不必事事求人,治家有条不紊,实际上减轻了男子内顾之忧,让丈夫在外更专心进取。所以,为新宁女子办学堂,其实也是为新宁男子办学堂呢。"

明叔挺着圆肚子踱过来:"有其父必有其女,以办学之名非法集资,跟陈宜禧以办铁路之名非法集资一样嘛。"

明叔的出现很意外,而且他趁机在众人面前诋毁阿爸,美琪心里忽然乱了。自己这办学"副业"虽重要,却不能对阿爸的筑路大业有丝毫影响。正想着如何对答,吴楚三飘然站到她身边,白绸衫触着她的蓝旗袍。一股清风拂过美琪心底,抚顺了凌乱。她盯着心里的自己向他挪动,被他掩不住的英气覆盖。

吴楚三对明叔拱手:"前辈,倡办西学、铁路可都是在奉行老佛爷推行的新政呢,何来非法之说?"

"是啊,叔爷,你比我早回乡许多年,应该更清楚啊。"美琪对明叔眨眨眼。

明叔见来了生猛的援军,也不恋战,虚着眼丢下一句话,挤出人群:"我当然清楚,有些人以为办学能漂清过去的污点,有些人以为办铁路能遮盖从前的卑微。"

美琪被噎住。吴楚三若无其事接过秀欣手里的筹款箱吆喝:"来来来,有钱出钱,没钱出珠宝啦……"

在场乡亲没想到这位白净书生的言语能雅俗共赏,被他逗得笑作一团。

陈宜禧与刚从广西回来的余灼漫步公益潭江边,水鸟成行掠过头顶。秋风渐起,水波时而翻卷出灰蓝的天色,时而又沉伏到墨绿的江底;白鹤在辣蓼和席草中觅食、亮翅;江流对岸,停泊的渔船和丛丛葵叶间,能看见开平县的一座座碉楼。

余灼说他拜会的布政使张鸣岐才三十出头,却"官情"练达:"据他分析,两广总督刚处理过潮汕铁路案,恐怕对民办铁路心存芥蒂,懒得扶持,多一事不如少一事。而且,若在章程上报岑春煊之前找他,他或许还能献议,促成美事,但既已成议,他也不好再让岑春煊收回成命了。"

"那仁兄此行白辛苦一趟?"陈宜禧胸中也转起江心的旋涡。

"呵呵,总办别急,令堂的猫眼石戒指这次立大功了。"

"博得宠妾欢颜?"

"应该是,只是老夫无缘得见,呵呵。那张鸣岐虽不愿游说岑春煊,却为宁路立案另指了一条明路。"余灼从胸前摸出个白皮信封,上面写着"面呈商部大堂王丹揆大人亲启"。

"商部?跨过两广总督?记得楚三曾劝诫我,最好避免越级办事、冒犯地方官,兄台怎知是条明路?"

"楚三好为人师,总办请别介意,但愿他今天能帮令爱在节孝祠多筹些大洋。"先前陈宜禧说美琪在宁城为办女校募捐,余灼预料阻力重重,同来公益的吴楚三便毛遂自荐声援去了。

"这王大人是什么人物?"陈宜禧此时却无心过问美琪的事。

"王大人名清穆,号丹揆,是现任商部左丞。张鸣岐与他公事来往密切,称他为人谦恭和蔼,凡有正当相求,皆尽力提携。王大人不日将南下考察商务,到香港勾留数日,张鸣岐提议你我结伴去拜见,呈上铁路章程,直陈其详。"

"王大人高居商部左丞,肯屈尊接见我一个村野匹夫?"陈宜禧并没忘记自己捐的三品官衔,但在广州受尽冷嘲热讽,知道他不过花钱买了一套唬人的戏服而已。

"所以老夫求张鸣岐修书一封,希望王大人体察我等苦衷。章程越级递解商部,虽于体制不合,但事可权宜,若王大人肯斡旋于商部,再由商部与两广总督咨商,即可具文转奏,一旦商部奏准,不怕岑春煊不依旨而行。"

余灼说得肯定,陈宜禧虽觉立案之路仍如天梯在云雾里飘摇,也只能随了余灼的乐观,同去找寻一线生机。

香港—新宁—广州

"阿禧哥,放我下来,你歇息一下。"沐芳扒在他背上说。

他背着她走在回家的山道上,穿竹林,绕溪沟,不知走几天了。每次眺望,朗美村总在云雾间。他的确有点累了,但有沐芳均匀的心跳贴在背上,他感觉踏实。

可走着走着,怎么又是在西雅图下城?主街何时变得这样长,没有尽头?脚下沙土开始松软、塌陷,沐芳说"跑",一手指向前方的松木办公楼……

陈宜禧醒来,一只脚仿佛还陷在西雅图的沙土里。他和余灼来香港前一天收到沐芳的信,问立案进行如何。他不想她担忧,没立刻回信。从去年初回新宁开始筹办铁路,眼看就快两年了,万事俱备,却没想到拿个开工执照要过五关斩六将。沐芳到他梦里来指路?可怎么又指到西雅图去了?

当天在港岛城中心见过王清穆,他才明白梦里沐芳的意思。

陈宜禧和余灼首先惊奇的是,王大人的门房拒绝了他们"孝敬"的大红包。走进王大人行辕,又见陈设清简,客厅里只有椅子、茶几、办公桌,皆是普通杨木所制,唯一闪烁的珠光来自王大人二品顶戴上的红珊瑚。王大人中年,体格修长,语调随和。

余灼呈上张鸣岐的信,王大人仔细读过,随后只问了三个问题。

"新宁铁路以不倚靠洋人为宗旨?"

"回王大人,职商愤吾国路权多握外人之手,故立志不借洋债,不招洋股,不用洋工,以使利权不致外溢。"陈宜禧正襟危坐,斟字酌句。

"志向可钦,只是不知如何实施？"

"大人过奖。职商自去岁往金山各埠及香港等地,劝募华商股份,幸各埠华商及本邑绅商,洞明大义,踊跃附股,统计招集入股的款,共二百七十五万元,其中一百万元存入香港汇丰、渣打两家银行备用生息,其余用以在美国订购机件,已陆续运抵本邑。请大人明察。"

余灼向王清穆呈上铁路章程及线路勘探、施工计划等图纸文件,并说明已招就华人技工和管工。

王清穆一一翻阅,最后问:"如此,何以立案申请未报得本部呢？"

不知是因王大人抚须倾听的神态,还是窗外维多利亚港湾吹来的湿润秋风,陈宜禧绷紧的身心一时裂开几条缝,立案一年多来种种挫阻抑郁涌上眉心,酸楚聚集在鼻腔里——从何说起呢？

余灼开口,道尽宁路立案所受梗阻、轻怠、敲诈勒索。

"要知道国内办事,往往艰难,得立志坚决,百折不挠才好。"王大人勉励了一句,也没做任何承诺。陈宜禧心里却不知为何,感觉立案有望了。

走出王大人行辕所在的花岗石洋楼,穿过熙攘人众,陈宜禧和余灼登上有轨电车。沿街大楼华灯初上,霓虹渐起,广式丝竹随风飘来。

沐芳在梦里指给他的,原来是办铁路的贵人啊,陈宜禧恍悟。就像多年以前,他在西雅图下城的松木办公楼里,遇见了托马斯·伯克；在萨克拉门托的木板人行道上撞到伊丽莎白；在斗山圩被道叔爷"发现"。在北花地，他被流氓里奇打个半死能活过来，又从冲天大火中逃生；在西雅图，他能在杜瓦米希营地化险为夷、化敌为友，后来忍辱负重一整年拿到瓦拉瓦拉铁路承包合同，又在排华暴乱中保全唐人性命、赢得美国政府的补偿金……金山那么多天灾人祸他都挺过来了，活得好好的，如今在国内、自己人地皮上，再难的事也应当可以办到。

电车路过一片大排档，烧鹅烤猪的脆香扑鼻而来。他不等电车停稳，拉着余灼跳下车，跑到白底红字的"九记"招牌下，各自要了一大碗牛腩面，撒上胡椒粉，埋头"呼哧呼哧"，吃得满头大汗，直呼"好爽！"

王大人说话言简意赅，办事雷厉风行。陈宜禧和余灼刚回到宁城，吴楚三就报：王大人派来核实宁路筹备状况的官员已抵达，他将提供详情资料，尽心协助办理。

商部调查员走后不到十日，陈宜禧收到岑春煊亲自接见他的通知，想必是商部已发公文与两广总督咨商，立案有了眉目。于是，他又身穿官服，披挂整齐，兴冲冲三进总督府。

岑春煊接见陈宜禧的会议厅，摆设如同法庭，前面高台耸立，台下是一排排听众的座椅。岑春煊坐在高台后，身旁立个书记官，等陈宜禧跪拜完毕，问："余乾耀告发你，未经皇上皇太后批准，未经本督同意，就擅自招股，自行勘测，是不按商律办事。如今,你又越过本督,直通商部,可知这是不合官场规矩?"

空间高旷,岑春煊的话音"嗡嗡"回响。陈宜禧随即醒悟他是被召来问罪的。岑春煊被老佛爷宠幸,有恃无恐,连商部都不放在眼里;跟他来广州的吴楚三又被拦在大门外,他说话得留心:"回督宪大人,职商办事心切,盼铁路早日动工,唯望谅察。"

"本督向以宽大为怀,自不计较。然修筑铁路非同儿戏,你虽有两百多万股资,若不掌握工程技术及管理艺术,亦断然修不成。本督问你,你是美国哪所大学毕业的?"岑春煊的脸在二品顶戴下一团模糊。

"职商在美国不曾念大学,但在金山承办铁路工程四十年,领有造路工凭照,还有承包修筑大北方等铁路的证书、修筑西雅图有轨电车线路的证书、希尔的嘉奖令……"陈宜禧耐着性子复述一遍履历,并双手捧起带来的证书凭照,等书记官来收。在金山,唐人大都知道他,洋人里听说过他的也不少;回国来,他得一再证明自己是谁,虽无奈,也必须接受。

"希尔是何人?"岑春煊问。书记官对岑春煊低语,也不来取证书。

陈宜禧正要回答,岑春煊哼一声:"我大清官办京张铁路,总工程师詹天佑是耶鲁大学毕业的高才生,尚且雇了几个洋人工程师;国内首条商办铁路,潮汕铁路,华侨有股资无技术,不得不请了二十五名日本工程师,以致实权尽失……"提起他刚处理过的麻烦,总督更不耐烦:"据本督核查,你不过在新宁乡间读过几天私塾,如何担当总理、总工程师?你章程所言'不用洋工'岂非空话?陈宜禧?简直就是儿戏,儿戏!①"

陈宜禧无话可说,也不想再说,死了通过督府转奏立案的心。抬起头,岑春煊已起身退堂。书记官走到面前,说把你的凭照证书留下,给督府外务处验证,验证费每份文件三千元,立案准与不准,一律不退。

官府各类巧立名目,陈宜禧已见识够了,不再冒傻气,推说没带够银两,改日再来办理。

出了督府,吴楚三问过堂上详情,对两广总督也不再抱希望,指着陈宜禧手里的证书说:"让他们勒索,不如再去找王清穆大人商讨对策。"

二人打听到王大人此时已到上海筹办沪杭甬铁路,便即刻购了船票北上。

北京

商部尚书载振府邸,晨雾缭绕,蜡梅傲挺枝头,仆人开始清扫院子里的积雪。

暖香四溢的卧房里,振贝子刚酒醒,正与新得的美人杨翠喜在红绡帐里相拥滚扑,胶成一团。

翠喜是名震京都的花旦,振贝子亲往戏楼赏鉴,一曲倾

---

① 粤语"宜禧"与"儿戏"同音。

心。因以往风流丑闻曾牵连老爸——军机大臣兼外务部总理庆亲王一同被参,不敢放肆,相思多日而不得。这事被一进京办事的地方官听闻,高价赎出翠喜,充为侍婢献进相府。振贝子心花怒放,替那地方官运动了一个署抚缺,报他厚德。

院里忽然"咚"一声,庆亲王踢开大门,不理仆人高声嚷嚷贝子爷还没起,径直闯进卧房,把一对交颈鸳鸯的好事拆散,大煞风景。

庆亲王倚老卖老,拉开红绡帐喝道:"畜生,尽日寻花问柳,还要老子跟你一起被参? 快给我起来!"

帐里两人光着身子,杨翠喜尖叫一声,扯起鸭绒被从头捂到腿。振贝子硬是被他老爸拖下床来,赤条条站在红绡帐前。

他也不红脸,搓搓眼,打着呵欠,涎脸道:"黎明的觉,半路的妻,羊肉饺子清炖鸡,还没受用够呢,就叫孩儿起来干什么?"

庆亲王喝道:"少贫嘴,快穿上衣服,随我来!"

振贝子边穿衣服边跟着跑出门:"父王有何吩咐,孩儿照办就是,忙什么?"

庆亲王气得脖上冒青筋:"岑春煊都站在咱们头上拉屎了,你还说忙什么! 你前后左右惹下风流债,他那一班人马尽抓住这些把柄弹劾老子。你闯祸,还要老子给你揩屁股!"说罢,狠狠往振贝子膘肥肉厚的屁股上打了几巴掌。

振贝子不敢顶撞,低头道:"孩儿知罪,父王有话尽管说。"

于是庆亲王把新宁铁路的事说了一遍,振贝子松口气:"孩儿以为是什么大事,一条小小的铁路,也值得惊动父王吗?"

庆亲王又恼起来,扯着振贝子的耳朵:"你晓得什么!岑春煊成天在太后面前跟老子作对,你老子哪天被参倒了,你以为你还有好日子过?要抓住这个问题,狠奏他一本,让他闭嘴滚蛋!"

振贝子揉揉耳朵,依然满不在乎:"其实孩儿不在,父王也可以叫左右侍郎转奏新宁铁路立案之事嘛,何必一定叫我?"

庆亲王扇了振贝子一耳光:"你还是不是我儿子,这些机要之事,叫其他人弄合适吗?特别是一些汉官!"

振贝子不敢再说话了,乖乖随庆亲王乘车去到商部办公楼。他一边伸懒腰一边翻阅王清穆报上来的新宁铁路文案:"伏念路政为近今要图,内地商力薄弱,每难兴办。该商在美国包办路工,垂数十年,深知利弊,为金山各埠华商所信服。今兹眷念祖国,竭意组织此举,殊堪嘉尚。查阅报纸所载,华商认股清单,籍贯厘然,并无洋股在内。港埠诸商,亦颇知颠末,均谓以本邑之人,办本邑之路,招外埠商股,开内地风气,其事至为稳妥。倘使中途废弃,嗣后内地各省,更何能招集商股开设各项公司?关系全局,实非浅鲜。为此遂请电催粤督克日声复,以便具奏。"

振贝子念罢,提笔就批:"电催粤督声复。"

庆亲王在旁又喝:"岑春煊已经复电了,谓陈宜禧无大学文凭,不宜办。"

"那孩儿怎么批?"

"看大使梁诚来电!"庆亲王递给他一封从华盛顿拍来的电报,"陈宜禧筹办新宁铁路,苦心经营,募集巨款,确有把握,应责成专办。"并附有对陈宜禧技术资历认可的证明。

庆亲王道:"甭再理会岑春煊,立即写呈文上奏皇上及太后。"

振贝子召来左右侍郎:"你们快按亲王说的去办,我等着签名盖章。"

不一会,奏章写就,振贝子批阅:"臣等伏查该职商陈宜禧请办新宁铁路,自行修筑,洵足创开风气,保全利权,于路政商务均有裨益。合无仰恳天恩,俯准立案,以重路务……"

广州

光绪三十二年(一九〇六年)正月二十八日,陈宜禧与余灼昼夜兼程赶到广州,匍匐在总督府大堂内,恭听太后钦差宣旨:"商部奏职商陈宜禧等为办新宁铁路申请立案折,旨曰——"

陈宜禧与余灼一动不动,屏息静听。

"'依议。钦此。'谢恩!"

陈宜禧反复默念"依议"两个字,脑中竟一片空白,愣在那里。余灼推他一把,他才猛然醒悟,连连磕头,与余灼齐声高呼:"谢皇太后慈恩!谢皇上圣恩!"

陈宜禧呼罢,伏在地上,一时竟觉精疲力竭起不来。"依议"两字,饱含他和余灼多少奔波劳碌、辛酸苦楚啊,而这铁路还没开工!

"接铃记!"钦差又一声令下。

余灼连忙扶起陈宜禧,趋前捧接钦差手中一枚光闪闪的铜章。这是朝廷颁发的印鉴,上面刻着"商办新宁铁路公司铃记"几个篆体字样。陈宜禧小心捧着那枚印章,像捧着十世单传的婴儿,长长地舒出一口气。

第二十三章

醉到天明月上中

光绪三十二年三月初一（1906年3月25日） 新宁

My dear friend（我亲爱的朋友），

I have wanted to write to you for a long time, but have had to delay that pleasure from time to time.（想给你写信很久了，却不得不经常推迟这个享受。）因为筹办铁路千头万绪，尤其申请筑路凭照，过程漫长曲折。不过，现在我终于能坐下来给你写几笔字了，你要知道，这对我来说是件多么愉快的事。

首先让我祝愿你和伯克夫人健康依旧，你的生意顺利兴隆。我听闻美国经济局势已不那么紧张，希望各方面的事务也随之恢复好转。

你一定很想知道新宁铁路的进展，这也是我急于和你分享的消息：我已经获得大清皇太后和皇上的御准,一旦我带工程师们完成最后的线路核实,便可开始修筑。记得我回中国前,你曾问我:在西雅图多年,习惯了美国的制度和办事方式,回到传统和人情重于法制的故土,是否寸步难行?当时我告诉你,不知道,我只知道必须回来修一条自己的铁路。

　　过去两年里,我常想起你的话,也时常怀疑我是否做了正确的决定,但今天我可以很欣慰地说,回来修铁路,我不后悔。我的国家古老臃肿,但她也在缓慢地开放、进步。申请筑路凭照确实艰难,我得跨过一道又一道官僚的门槛,但你看,我最终还是拿到了。大清五年前开始推行的"新政",改革旧制、兴办铁路工业,不是为了敷衍西方,是一件正在发生的事。

　　真希望你能来新宁和我一起走走,就像我们当年并肩勘查大北方铁路那样。你一定会喜欢新宁春天的风光,满田绿禾苗,遍山粉红的山稔花,湿润的风里飘满野花和稻田的香,吸一口,比酒还醉人。我用自己的脚步丈量故乡的山和水,标尺竖起来好像格外轻松,水平仪放得也像是更应手。白天走累了,流了一身汗,晚上用潭江水洗洗冲冲,睡觉像婴儿般香甜。

　　潭江边有个苏渡亭,传说是中国宋代大才子

苏东坡被贬来广东时,遇见仙女的地方。昨天收工后,我们和公益埠附近的乡绅在那里即兴饮酒作诗,预祝铁路开工大吉。新宁的才子学者个个文采飞扬,尤其是我们公司的余灼副总理和吴楚三文案。我中文生疏了好多年,也勉强写了一首凑热闹。美琪正在编译昨天的诗,等她编完就寄给你和伯克夫人。

　　诗酒会上,吴文案还带来一个神奇的人——沐芳的父亲在深山修道仙逝前的唯一传人,李宗全医师,他或许能帮助沐芳重新站起来。所以我要恳请你,帮他办理入境美国的相关事宜。你知道美国现行的法案对想去那里的中国人很不友好,希望能尽快有所改善,因为这对中美贸易实在不利。

　　有空请给我写信,亲爱的伯克先生,同时请你确信,我一直都是,

你忠实的,
陈宜禧

　　美琪在宁城总公司的办公室帮阿爸打完给伯克法官的信,立刻着手翻译昨晚抄录的诗。她从前只知道阿妈诗书满腹,却没见过阿爸作诗。昨晚两盅米酒落肚,阿爸出口锦句成行,而且还把他勘测线路走过的地方吟进诗里,大家恭维

说他被苏东坡的诗魂附了身。

远望巷山树色浓,条条古道透上冲。
野猿渴饮三仙水,鹊鹤群栖渡头松。
麦巷牧童吹玉笛,金鸡僧寺撞铜钟。
夜来携酒水口饮,醉到天明月上中。

刚被阿爸当众宣布为新宁铁路总文案的吴楚三,如平常一样,随和地坐到美琪身旁帮她笔录,细心解说每句诗里的地名:"伍姓的巷村,李姓的上冲村,供奉歌仙刘三姐的凤山三仙寺,伍姓的渡头圩,梁姓的麦巷村,求神赐子颇灵验的金鸡僧寺,潭江对岸开平县的水口圩。"

众人赞阿爸的田园牧歌妙不可言,随即纷纷步韵唱和。余老伯的两首诗稳重谦和,古朴意深,用典讲究:

常话茶浓与酒浓,旁人泼水淡相冲。
欲名佳士胸无竹,那羡大夫腹有松。
过去迷金兼醉纸,醒来暮鼓并晨钟。
不知吟髻何时秃,犹作扬州好梦中。

阅尽人情淡与浓,生平善怒转谦冲。
道旁苦处叹遗李,岭上寒时识古松。
未作和羹三足鼎,休持撞木一声钟。

清风两袖翘翘举,常引南薰满座中。

吴楚三一气应和了四首,气势磅礴,眼界开阔,纵观现实局面,针砭时弊,还把阿爸在北美筑铁路的事吟进诗里。

沉沉大陆黑烟浓,铁路风潮偏激冲。
芦汉榆津材借楚,绅川商粤腹横松。

九州铸错嗟成铁,碧眼持柯倒撞钟。
千古英雄能爱国,满腔热血洒寰中。

万户宁城万树浓,群材群策矢和冲。
三弧测地平于水,一木擎天健似松。

北美路成天画堑,西阜夜筑电鸣钟。
问谁独力筹全局,财政工程一手中。

美琪译完这几首,忽记起昨晚散场时,吴楚三私下往她挽在手上的织锦袋里塞了张诗笺,说他写太多不好意思再念,给她有空看看就好。银白的月光下,他脸上浮着红晕,眼神迷蒙,不胜酒力的样子。美琪从织锦袋里翻出那张诗笺,读完,脸忽地烫起来。

85

往来士女似云浓，两轨分驰大洋冲。
千里蛛丝看结网，百年鸟巢筑古松。
异时铁道跨江佛，不求勋名记鼎钟。
荆棘莫愁前路蔽，只愿栖息卿怀中。

这是向她表白心迹的诗，自然不可当众吟诵！美琪心"咚咚"跳，赶紧把诗笺叠起放衣袋里。吴楚三不鸣则已，一鸣惊心啊。修铁路到江门、佛山，却不求功名、不忧前路险阻，只要和她相守，这是美琪心中理想的爱情，来自这位才华横溢、应该自幼就被教导要出人头地的东方男子，她没理解错吧？美琪起身到办公室门口探查一番，阿爸和余老伯带一班人马去了斗山筹备开工典礼，公司里现在只有门卫和一个小文书。她掩上门，倚到窗边，又把诗拿出来反复读了几遍。

诗的意思明白无误。细想起来，吴楚三悉心辅助阿爸筹办铁路，不辞劳苦、三番两次陪着跑广州、上海打通关节，促成立案。而对她的关注也总是落到实处：那天突然出现在节孝祠的募捐会上，替她抵挡明叔的诋毁、助威圆场；不声不响寻访到外公的闭门弟子，带到昨晚诗酒会上，给她和阿爸莫大的惊喜……他懂得她的心思呢，虽然她从没跟他说过，他不留心怎能揣摩到？

李宗全医师个头瘦小，面色黑黄，一身粗布短打，走在路上是个再平常不过的农夫村民。能找到他，吴楚三应该是很下了一番功夫。李医师一开口说是"含章大师的弟子"，阿爸不敢信，毕竟外公把阿妈托付给他后再无音讯。几十年过去，除了在阿妈的梦境里，谁也没见过外公。李医师把阿爸请到苏渡亭外说话，美琪见阿爸点了两次头，再走回来声音有些发颤，说这确是外公弟子无疑，因为李医师跟他说的两件事，此前除了阿爸、阿妈和有神通的外公，没别人知道。

吴楚三在一旁摇扇纳凉，云南人的高挑在岭南乡绅中间显得突兀，他眼里映着潭江上点点渔火，新刮的脸有青铜的暗光，白绸袍在夜风里飞起落下。美琪此刻想着他的模样，抚拨诗笺柔软的毛边，又看看上面隽逸的小楷，被他润物无声的含蓄细致感动着，昨晚江边清甜的草香花香似乎还在鼻翼间缭绕。

一抬头，萦系她心念的人推门走进来。美琪摁住狂奔的心："你……不是跟我爸和余老伯去了斗山吗？"

"我……总办让我回来取份图纸……文书说，你在……"口齿伶俐的他也有点语无伦次，尤其看到她手中的诗笺后。

他走上前，试探地拉起她的手。她没动，让自己的手停留在他微微潮湿的掌心。他的体温环绕过来，手臂抬起，落在她肩头，指间热度透过雪纺纱衬衣烙进她肌肤；她握紧他的手，脸贴近他的胸怀，但立刻拉住了身体的缰绳："你先问我阿爸。"

吴楚三松开手，红晕飞上鬓角，点头："那……我先回斗山去了。"他慢慢向门口倒退。

美琪抓起桌上的派克金笔追过去："西雅图的特别版，给你……写文书方便……"

吴楚三接过金笔,目光在她脸上流连,邀约着她更热烈的反应。

美琪却一反常态,垂下了眼帘。他如果知晓了她的过去,还会"只愿栖息卿怀中"吗?她还能再不顾一切把自己完整地给出去吗?

当年美琪与莱恩热恋,除了众人的白眼、憎恶、冷嘲热讽,最大的阻力来自莱恩的家庭。他父亲不止一次中断了他每月的供给,美琪便从家里带双份午餐去学校,晚间带他回家吃饭。阿爸阿妈对美琪的独立独行已接受习惯,而且她带回家的男友出色又讨人喜欢,毫不掩饰对她的呵护眷恋,他们自然好饭好菜地款待。爸妈都看见,她在他的注目中又回复成鲜嫩娇艳的女孩,身心轻盈,随时起舞;她的男装都收进箱底,还不时跟阿妈讨衣料做时髦的裙衫。但莱恩是白人,而且是摩塞尔家的白人,美琪觉察得到,爸妈的宽容后面其实满是忧心。

美琪心底也一直有把小提琴低回,轻手轻脚地拉着。夜阑人静,她听得见那些语重心长、娓娓道来,像阿爸眼里的询问、阿妈默然的叹息。太美好的都不真实——那些颤音揉弦、分弓连弓都这样劝诫着——梦,终究要醒。美琪在心底提琴的声声回旋中入睡,早上醒来却选择忽略忘却,更急切地奔向爱与青春明亮的重奏、热烈的欢歌。

莱恩家里软硬兼施,诱导他相亲,还恐吓他说如果不跟美琪分手,就让他做校董的叔叔提议开除美琪。莱恩跟美琪说,他们要是真那样做,他就带她私奔,去加利福尼亚最南端,那里的蓝天总是被阳光照得透明。

莱恩毕业的时候,美琪要跟他私奔。她无法想象教室门口没有莱恩洒脱的身影等候,图书馆里没有莱恩抬头招手灿烂的微笑,操场上没有莱恩风驰电掣、温柔转身……她一定忍受不了那人去楼空的寂寥,没有莱恩的华盛顿大学如同没有舞狮和鞭炮的中国新年,意趣全无。

约定的夜晚,盛夏饱满的圆月升起在他们初次相遇的雪松树巅,黄灿灿似乎带着太阳的热度。年轻的情人在圆月下长久地接吻,缠绵不舍,往后的日子都要如此浓得化不开。

长吻的间歇中,他捧着她的脸告诉她,他不能跟她走,不能毁了她的名声,她能上大学多不容易,应该完成学业,做个令人艳羡的独立的新女性……而他,应该去东部继承遗产祖业。

她以为她听错了,抱紧他说,我只想做你的女人,给你做饭生孩子。

你能想象我们的孩子将遭受怎样的冷眼吗?他的脸往后偏,从她的角度看上去,下颌、鼻头都走了样,肿胀起来。头顶的月光瞬间失去了温度。

她不甘心,整个身体追过去挽留,迷乱、孤注一掷。心底的小提琴嘶鸣着"不可为,不可为",心和身双重地惊慌,撕裂。她为爱挣扎,不顾一切地给,把自己里里外外全给出去了,却感觉更糟。月亮隐进云层,莱恩的背影在漫起的夜雾中消失,她的身体还着魔似的发烫。她不懂,上一刻他和她都恨不得把对方从头到脚融化成自己的一部分,那么强大一股魔力,却留不住莱恩的心。梦幻破灭原来是这样,转眼之间,漆黑,寂然。心底的提琴也戛然噤了声。

死寂中,美琪听见自己的心开始结冰,"嚓嚓嚓",一厘一毫地被封冻。寒冰流散到胸、肩、手臂、指尖,直到她整个人被冻僵,不能动不能呼吸不能思想。然后,那颗冰封的心开始碎裂,无数锐利的冰缝呈放射状伸展,短刀长枪刺透全身。她看见自己从里到外地碎裂,冰冷的碎片在盛夏的暗夜里四处飞散。

陈宜禧把开工典礼定在五月一日,除了万事俱备、黄道吉日、天气不冷不热等等考虑外,其中另一层深意大概连女儿美琪也不见得知晓。一八七四年,三十二年前的今天,在太平洋对岸,他第一次带领华道弟兄们修铁路。那是西雅图的第一条铁路,当时美琪才两岁。雅斯勒市长在开工前对大家吼:"别耽误功夫了,开干吧!"那位头发倒竖、眼神里有股狂奔劲头的老朋友,十三年前已经去世。他要是能看到一会就要揭幕的精彩,是否会笑骂一句:"中国佬,歪点子真他妈的多!"

新宁铁路斗山办公楼比宁城总公司的办公楼小很多,但同是红砖斜顶圆拱门的新式洋楼。陈宜禧官袍顶戴披挂齐整,同余灼、吴楚三候在一楼大厅,作揖恭迎前来庆贺的股东、乡绅和官员们。楼外锣鼓喧天,红黄两对醒狮在广场上起舞奔腾。广场中心,有个巨大的圆形浅穴,两尺深;圆穴正中,巨幅红绸覆盖下,"据说是昨天刚组装完的蒸汽火车头","听说火车头下还有个神秘机关,不知做么嘢用……"大厅里"嗡嗡"的低语多是在打听这传说中的看点。

美琪今天特意穿一身喜气的桃红,中式短衫长裙,头发梳成两条小辫,端着柯达相机左拍右照:"要是阿妈、秀宗、丽兹和伯克法官、夫人都在这里多好。"

"等修完从斗山到公益的路段,我们就接阿妈回家!到时办个热闹的庆典,把伯克法官他们都请来。"云消雾散,回家的路已清晰可见,只待他挥动铁锹。

上午十点,各路宾客陆续来齐,看热闹的乡亲把广场围得水泄不通。天公作美,挂起不疏不密朵朵白云。太阳在云朵间慢行,明媚而不刺眼,清风吹散初夏渐起的燥热。

两串大号鞭炮炸响过后,陈宜禧站在办公楼前的台阶上宣布开工。巨幅红绸被"唰"一声拉开,火车头浑圆黑亮,透过云隙的阳光正好射在车头"新宁号"三个红字上。"好威武的铁龙头。""穿山越岭够劲。""黑旋风李逵!""红字红须,明明是红脸关公……"人们展开想象。

"呜——呜——"两声汽笛,广场安静下来,两位头戴斗笠的白衣工人分别走向火车头前后两端。人们这时才留意到,车头俯卧的两条铁轨下,还有块铅灰色的椭圆形钢板,像盘子一样托着闪亮的"龙头"。两位工人各自站到钢板两头半人高的铁扳手前，陈宜禧一声令下，他们推动扳手，钢板便载着车头缓缓转起来，钢板下有齿轮"吱呀呀"唱着轻快的号子。

火车头原本朝南，正对着办公楼大门，向东沿着钢板下的圆弧原地转了一百八十度，面对北方停下。鞭炮再次炸响，醒狮在锣鼓声中再次起舞。陈宜禧和余灼左右搀扶着在场年岁最高的新宁名绅走到火车头前，工人递过来一把系着红绸的铁铲，陈宜禧握着白须名绅颤巍巍的手，共同接过铁铲，撬动了脚下第一铲沙土。

一百多年以后，当新宁铁路的铁轨铆钉都如烟消散了，深居乡间的白须名绅的曾孙还会对偶尔来访的记者、作家说起斗山的转车盘："都说当时是陈宜禧的独创，省下机车掉头的占地……当然没亲眼看到开工典礼，我还没出世呢，但细路（小孩）那时，阿爷阿爸会讲起；过年过节都盼大人带我去斗山看转车头……每天近晚都有火车经过，村里人一听到'呜呜'汽笛，就知该洗米做晚饭了……"九十多岁的老人努力从父辈和自己的记忆里打捞模糊的碎片，被岁月磨搓得如薄纸般的脸皮在风里漾起褶皱，他眼眸深处，这片土地上曾经激动人心的摩登时刻似乎还依稀可见。"哦，听阿爷说，开工那天，还有人在转车盘上结婚了！"

美琪拍下了阿爸与白须名绅联手为新宁铁路破土动工的历史时刻，绕到他们身后，想给转车盘上手握铁扳手的白衣工人来个特写,他黝黑的肤色与黑亮的火车头辉映,笑容明朗健康,饱满的脸颊透着发自内心的期待,她得捕捉这个新时代中国人的象征符号。正要按快门,吴楚三轻拍她肩膀,拉起她的手走到火车头前。

美琪流连镜头,白衣工人却已知趣地走开,周围的人也随阿爸和余老伯让道、走下了转盘,面对她微笑。吴楚三忽然单膝下跪,右手把一个红盒子捧到她面前,盒中钻石折射的光刹那间迷糊了她的眼。

美琪审视自己十多年前碎成冰碴的心,那颗在爸妈多年呵护中似已恢复原状的心,曾经的裂痕还在,她却感觉不到尖锐的痛了。时间可以治愈伤痛,阿妈当年告诉她的时候,她当然不信,就像溺水的人不相信一根稻草可以带她浮出水面。但即使在她"溺水"的日子里,她也没允许自己沉到命运的河底。

莱恩离开后的秋天,美琪白着脸翘着下巴,继续在华盛顿大学念书。他不是要她做令人艳羡的独立新女性吗?她就做给他看好了。上流下流的谣传蜚语洪水般要淹没她,她逼自己沉住气,惹不起躲得起,除了上课,远离人群。她逐渐看清并相信,专心念会计学、拿学位,不是为莱恩或者别的谁,而是为自己;她的生命力便是救生圈,托着她最终浮出水面。

"陈秀欢小姐,你愿意成为我的妻子吗?"吴楚三朗声问,仰起的下巴似乎融化在阳光里。美琪睫毛扑闪,留意到他今天穿的一身白西装是亚麻质地,颈端领结跟他手里的盒子是配套的红丝绒。她第一次见他穿西装,更显肩宽腿长,俊逸的东洋风十足——原来是为了向她示好?

众目睽睽,花间蜂蝶的翅膀都停止扑闪,上千人正为她屏息。

在场多数人没见过洋式求婚,屏息应该是诧异、看西洋镜;见过的,屏息期待、无声地用目光怂恿,比如阿爸。吴楚三在开工典礼上公开求婚,一定已经预先跟阿爸和余老伯说过了?阿爸对她点头。

"我征得总办同意了,他说你同意才行。"吴楚三也似乎听到她心中询问,又重复,"你愿意做我的妻子吗?"

这回她喜欢的是同肤色的男子,没人白眼、恶嘲,没有强势家族阻挠,大家都眼睁睁,等着她这个喜欢穿男装的大龄土著女同意嫁人,毫不介意吴楚三的高调、唐突,甚至觉得他的洋式大手笔与今天的场面很契合——她和他身后的火车头,不就要把这片古老的村镇拉进崭新的时代了吗?人们乐于见证一对璧人以划时代的浪漫形式喜结连理。

美琪不知道眼前这个东方男子是否会让她再次心碎,但上千双眼睛吹来怂恿的劲风,她的生命力也鼓动着她。她点头,看见自己的左手如白帆升起、张开,让吴楚三把晶亮的钻戒套上了无名指。

"呜呜呜——"汽笛再次拉响,鞭炮在广场上第三次炸响。

吴楚三向陈宜禧提婚时，听闻美琪比自己大三岁，说："女大三抱金砖。"

洞房花烛夜，他怀抱美琪，抚着她润泽柔滑的肌肤，的确也这样觉得。

他儿时不幸、早失父母，幸得恩公余灼收留赏识，教他诵读古今诗文，还送他去东洋游学，开眼界、长见识。恩公向来对官场不齿，近年朝廷又推行新政，改革科举，仕途更显得扑朔迷离，他因而一直未向官场进取，只求常伴恩公左右，直至他百年。两年前恩公应邀辅助陈总办兴建铁路，吴楚三终于看到自己为之振奋的前程——实业兴邦、洋为中用，这才是学贯中西的新青年的用武之地。他用心、努力、诚恳，总办赏识，任命他为公司总文案是意料中的事。

而美琪，怎么说呢，可真是意外从天上掉下来的"金砖"。第一次见她，在陈家地堂上、黄皮树旁，他当即被"砸"得发蒙。之前是听说过陈总办的二千金能干、独立、有个性，却没人说过她还靓丽脱俗，如仙女下凡；人们说她穿男装、说洋话，还要办女子学堂，不是省油的灯，新宁男子可驾驭不了，他那天却一眼看到白衣绿裙的她，内里温婉，有很女人的一面。他们目光相撞，她迅速转过脸去摘黄皮，他却捕捉到她女学生般羞怯的眼神。他不是新宁男子，出生在云贵高原，不清楚祖上来自何方；因生得白净高大，常被人说有蛮夷血统。当时被美琪激发的征服欲在血脉里蛮横地奔涌，他转身往陈家青砖楼大步走,生怕失态。

开工典礼上公开求婚,是有点冒险,但那天在美琪办公室,她手持他写给她的情诗欲说还休的神态,她在他掌心、胸前和注目中那些微妙的进退,她送给他的派克金笔,都越发地激励了他。随后又有总办几乎毫无保留的应允、恩师由衷的祝福,即使可能被美琪当众拒绝成为笑柄,他也豁出去了。总办最宠爱的千金,美国华盛顿大学毕业的第一位华裔女子,若非这般盛大的形式还不一定娶得回家。

吴楚三在日本有过几段短暂的情事,体验过东洋女子芦苇般的纤柔、西洋女子满怀满抱的丰盈。美琪特别,既东且西,可又不是那么东、那么西,温的烫的甜的辣的都呼之欲出,更没有新宁本地小脚女子的扭捏作态。她的身体就像一架调试精良的钢琴,他的弹奏,无论轻重缓急,都有最恰当的回应、最美妙的和音。

拥着这样一块"金砖"沉醉梦乡,他夫复何求?斗山广场上担那点颜面上的风险完全值了。早上吴楚三醒来,美琪已起,披着淡蓝轻纱睡袍,靠在窗边读书,晨光勾勒的侧影毛茸茸、金闪闪。她的体香还氤氲帐中,他半躺着看她,像饮着他喜欢的加利福尼亚赤霞珠红葡萄酒。

吴楚三的目光在收回的瞬间,不知为何,不自觉地滑过美琪空出的那半床枕,床单洁白。他翻身下床,拉开锦缎薄被。整张床单被他们一夜缱绻搓皱、揉褶,却一片雪白。他忽然有点失落,又立刻提醒自己,娶美琪的男人不该计较陈腐小节。

　　提婚时,总办跟他说过,美琪在西雅图跟洋人谈过恋爱。他很坚定,说自己是受过西方教育的新人,不在乎伴侣以往的情史。他是有心理准备的,可面前的白床单怎么还是刺眼?他走开去脸盆架子前洗脸,再次提醒自己:不应该刺眼。

第二十四章

他只能不停地建设

光绪三十四年(1908年)　新宁宁城

　　陈宜禧的办公室在三楼,两扇玻璃窗敞开,正对广场另一边刚竣工的宁城火车总站。铁轨、道岔交纵盘桓,向刚被春雨洗过的禾田延展,在转晴的天光里银辉闪闪,如巨毫挥就,凝练劲道;但车站目前只是一列红砖斜顶平房,不够起眼。陈宜禧站在窗前,脑子里勾画着铁路全线通车后的宁城总站:应该以西雅图火车总站为参照,西班牙式的两层大楼,红砖墙、白色花岗石半圆拱门,前侧两端要有凸出的厢楼,中间的钟楼要建三层高,金顶绿瓦……希望铁轨全程铺完,还有资金剩余,总站要建得足够气派。

　　两个工人各举着一幅油彩画进来,是刚完工的伯克法官和伯克夫人的肖像,他专门请香港的画师按伯克夫妇的黑白近照定制的,一式两份,另两幅作为礼物,已经让手下托运去西雅图给伯克夫妇了。

"挂我办公桌正对的墙上,并列。"他指挥道。每天看到老朋友的样子,也让自己记起在西雅图修铁路建高楼时使不完的劲头。伯克法官头发快掉光了,脸颊的圆弧仍然饱满,亲和力不减当年;伯克夫人比年轻时富态许多,更显高贵优雅;两位老友都从玻璃画框里关切地望过来。

正端详着,文书把阿娇和秀年引进来。秀年"扑通"跪到他面前:"多谢阿爸宽宏慈心,多谢阿爸仁爱不弃,多谢阿爸……"

他前两天刚让青松卖了一片上等田产,把两年前吴楚三为赎秀年借的最后一笔款项还清了,心里却仍旧恨秀年不成器:"修筑宁路处处都是开销,三万大洋可不是个小数目……"拿来修路建车站不好?还要为你的心术不正买单!最后两句他没说,却写在绷得板直的脸面上。

"就是嘛,说尽天下的好话也报答不了阿爸对你的恩情,要出死力帮你阿爸办铁路才有用。"阿娇拍拍秀年后背让他起来。她今天穿一身宝蓝色的长衫,前摆绣了白鸳鸯、翠荷叶。

四十多年前他第一次从金山回乡,养母替他做主娶了阿娇。洞房里,红绸被面上仿佛也是绣的鸳鸯戏水荷叶间。阿娇那年才十六吧?皮肤水嫩,眉眼娇俏,窈窕的身姿他还依稀记得。可如今她整个身体似乎都不听指挥了,该圆的地方扁下去,该凹的地方凸起来。脸上的肉都往下巴、脖子上堆,倒是模糊了从前他不大喜欢的那些精刮的线条。

阿娇老了。和她做夫妻为数不多的时日里,她给过他身体上的愉悦,尽管他心里总想着家门对面的沐芳。他耽搁了阿娇,大把的青春年华都是如何度过的?他按时寄银信回家养着她没错,可除了衣食住所,没别的能给她。伊丽莎白在北花地点醒他之前,他"肋骨下的那条线"就跟沐芳连在一起了,他此生的爱恋都倾注给了沐芳,而他跟沐芳一起度过的幸福时光,曾经无可比拟,也不可再重复。

"阿爸,儿子从前的坏习惯都戒得一干二净了,这几年一直练功夫。"秀年接上阿娇的话头。

他瞄秀年一眼,的确,脸颊丰润了些,短襟下的肩膀也厚实了。

"阿爸,当初你让阿妈送我去习武是为了防匪,四邑匪祸如今比当年有过之无不及,不幸得很。就让儿子一身武艺为阿爸办铁路效力吧,有我领着护勇队巡护,看谁敢招惹宁路?"

陈宜禧眼前闪过秀年在甄家庄飞身打狗的英姿。是该给这不成器的儿子找点正经事做,可他在广州那趟的表现太不地道,铁路护勇队长非忠义之人不可委任之。况且,他心里早已有了更合适的人选。

阿娇见他沉着脸不说话,换了话题:"阿娇多年无福常伴老爷身边,尽心伺候,如今人老珠黄,也自知讨不得老爷欢心。可老爷为办铁路劳心劳力,身边怎可没个顺眼的人照料?我擅自做主,为老爷物色了几个人选……"阿娇从衣袋里掏出几张黑白照片,摊开在办公桌上。

宁路动工后,陈宜禧和美琪夫妇平日常住宁城总公司附近的一间小寓所里,日常起居有美琪照料,倒也没觉不适。最近美琪有了身孕,虽添了佣人,他却意识到小两口该有更多自己的空间,正打算另找个清净的独门独院,再寻个能干的管家。阿娇有此贤德,替他预先着想,他倒没料到。他往桌前挪步,忽觉异样,找管家看什么照片啊?目光却已下意识落到桌面照片上。

不看则已,一看心里崩塌了,他撑着椅子把手慢慢坐下。照片里的几个年轻女子,或多或少都有几处和沐芳相似的地方,眼眉、神态、轮廓……

阿娇是想给他纳妾呢。可是她哪里知道,那个地底黑洞般的夜里,他躺在沐芳伤残的肢体旁、随她游历幽冥,他的肢体也仿佛残损了;身体曾经的愉悦,对他来说成了负担,欲念都被埋在那片记忆的废墟里,至今仍不能碰触。他何曾没想过在办公室墙上挂张沐芳的照片,每天看见。他终究没挂,因为,他连那片废墟外的围墙都不敢碰触。阿娇怎会懂?还要他每日面对像沐芳的真人、面对仍待重建的废墟?或者,她以为,替他找个像沐芳的年轻女子,就能抹去沐芳在他心目中的位置?

"再娶女人回家做么嘢?"他没好气地说。娶个不爱的人,再耽误人家,就像我耽误你……他也不指望阿娇能听懂这些,干脆拂拂手,让她和秀年走。

101

阿娇像没看见:"娶回来伺候老爷啊,别人都娶,明叔都娶老十了。"

"我不是别人!"

他不是哲人,说不出什么生与死的大道理;也没有章叔的神通,能看透过去未来。可活了大半辈子,他知道自己是什么样的人。他是英文里说的 builder ——建设者,他擅长并且热爱的是建设。

一八八九年夏天,西雅图下城失火,火海浓烟迅速席卷以木质建筑为主的三十一个街区,欢欢客栈也未能幸免。他抱着沐芳,带欢欢、秀宗奔逃,跑到海边,就想一路跑去比海天交接处更远的地方——去建设他半年前顺着沐芳的目光所看见的摩登的新宁……但伯克和雅斯勒都拦住他。苍老的雅斯勒被浓烟熏得睁不开眼,气急败坏吼他:"西雅图被烧光了,你走了他妈的谁来重建?"伯克律师满脸烟灰,说大北方铁路就要往西雅图修,你不能走。

大火灰烬未清,他便开始修建西雅图的第一栋石砖楼,广东大厦;楼下作广德公司的门面,楼上是客栈、居所。随即他带人把西雅图的市中心整个抬升了两层楼,把涨潮时回流成灾的老城下水道,以及大火烧垮的旧楼、烧焦的老鼠蟑螂都埋在升高的路基下。新铺大街、新建砖楼、新设有轨电车……他重建了大半个西雅图,沐芳依旧坐在轮椅里。他不知道,曾经的幸福,余生还能不能重建回来?

他只能不停地建设,从"新大陆"到故土,从西雅图到新宁；替洋人修建，现在替自己人修建。从凭空构想，到把具体的点、线画到设计图上，再一砖一瓦、一条铁轨、一颗铆钉从无到有地，把蓝图变成空间里真实的存在——整个建设过程中，他的生命纯粹安宁、惬意舒展，最终在他建成的实体里完善表达。

如今对宁路建设全身心的投入，宗教般让他充满信心与活力，他凭着建设本身的无限愉悦，抵御人生的无奈与不公。铁轨一段接一段被稳稳钉在线路上，人世间种种不确定似乎也稳固下来。而一旦宁路竣工，回家的路修好了——他隐约有个期待，说是想入非非也罢——沐芳的身体或许就能复原。李宗全医师神奇的出现给了他切实的希望。

阿娇继续唠叨："听美琪说，斗山到公益的铁路快修好了，好事成双，铁路通车、老爷迎亲……秋兰这两年病在床上，沐芳远在西雅图，身子又不方便，只有我替你操心……"

"荒唐！"他失去耐心，起身把桌上照片全抹到地上。秀年慌忙捡起，扶着阿娇出门去。

他把文书喊进屋："让秀年明天去公益机器厂报名，当工人。"

新会

阿娇只听说斗山到公益的铁路快修完，却不知那只是新宁铁路的第一阶段。第二阶段，从公益到新会会城，虽已经朝廷批准立案,新会当地的名门望族却排斥抵触,筑路所需用地,拿着银元还买不到。陈宜禧和余灼正为说服、疏通新会乡绅的事焦头烂额。

新会是古代冈州首府,人杰地灵,历代考取举人、进士的人数居邻近各县之冠。新会人特别骄傲的,是明代出了大儒陈白沙,既是理学家、教育家,又是书法家兼诗人,被万历皇帝诏命从祀于孔庙。广东历代人物中,从祀于孔庙者,仅此一人,故有"岭南一人"之美誉。

几番求见,新会的体面乡绅只答应接见余灼,地点定在圭峰山的白沙讲学亭。进门先烧香,余灼是贡生出身,虔诚拜谒本县先贤陈白沙是起码的礼数。至于陈宜禧,乃一员商贾,虽捐了个盐运使官衔,新会名绅们认为他并不在儒生之列,不具备朝圣的资格。既然是虔诚拜谒,就不能坐轿,要像进山的朝圣者一样,九步一拜,毕恭毕敬匍匐于地。不过鉴于余灼已六十七岁高龄,礼节可以从简,徒步上山即可。

会城依傍的圭峰山,峰峦重叠,古木参天。山间气温比城里低许多,感觉正值隆冬;朔风呼号,落叶飞旋。余灼由吴楚三搀扶,攀登陡峭的石级,走走停停,身体大致还能支撑。

"听说今天新会来的人都是有功名的文士、举人、进士,还有翰林。"吴楚三把水壶递给余灼。

"是,满腹经纶,又受皇恩,估计大多目中无人。兵来将挡,你我见机行事。"

到达山脊绿叶掩映的白沙讲学亭,余灼气喘吁吁、腿脚酸软。新会文人们已亭前恭候;他们显然都是坐轿来的,几乘大轿置于凉亭左右。余灼饮罢主人礼节性送上的香茶,点烛焚香,带吴楚三一起向刻着"明大儒陈白沙先生讲学亭"的石碑跪下,磕了三个响头。

敬拜完毕,宾主礼让坐下,共啖新会盛产的蜜橘。为首的名士鹤骨仙姿,率先自我介绍:"鄙人陈耀川,归退之翰林。"在场各位随之报上姓名,有进士三位,举人四位。

陈耀川又道:"素仰余兄大名,继承我白沙先贤遗风,不为官只务实,隐归故里为乡亲做实事。修通济桥,现又筑新宁铁路。风尘仆仆,犹不辞辛劳,登山朝圣。可敬可钦!邻县修铁路,自当鼎力相助。但古云,以文会友,文友相叙,必先论文。今在白沙先贤讲学亭里,更当如是。"

余灼缓过劲,深吸一口清冽醒脑的山间空气,作揖接招:"余灼不才,愿献丑,请赐题。"

一青年进士斜睨问:"余兄既是白沙先生信徒,想必也是理学先师朱熹信徒。请问湖南岳麓书院朱熹讲学之赫曦台,有副什么对联?"

余灼看一眼吴楚三,笑:"此背诵之功,我习劳山房弟子便擅长。"

吴楚三得令,对答如流:

是非审之于己,毁誉听之于人,得失安之于数,
陟岳麓峰头,朗月清风,太极悠然可会。

君亲恩何以酬,民物命何以立,圣贤道何以传,登赫曦台上,衡云湘水,斯文定有攸归。

另一青年进士不屑道:"余兄不齿记忆之功,当精于音韵,那就请以眼前景物,为白沙讲学亭作楹联一副,留作纪念如何?不过这楹联应提及南宋崖门之英雄旧事,并隐含圭峰山、玉台寺、白沙讲学亭等本地名胜。"

天空万里无云,圭峰山顶玉台寺的飞檐在翠林间隐隐若现。鸟瞰山下,田连阡陌,禾苗、葵叶翻滚翠波墨浪,潭江如银练穿行其中。更远处,海天相接,可见崖门出海口点点白帆。白沙先生曾有诗吟颂宋末千艘战船化火、十万将士横尸海域的惨烈。思绪至此,余灼的楹联脱口而出:

真佛本慈悲,忍看寡妇孤儿,与丞相偕亡,不为援手。

灵山多钟毓,试望黄云紫水,后白沙继起,可有异人。

一位名叫杨秋阁的中年进士听后,耸起瘦高个子,拉长脸:"余兄,你这弦外之音,借古讽今,说我们不援助你修新宁铁路,而你自己是继白沙先生之后的异人。好大的口气!"

余灼不置可否:"诗无达诂,老兄有老兄的解释,我有我的本意。"

杨秋阁又道："好,你既然才华横溢,以诸葛亮自命辅助陈宜禧,请以武侯旧事作楹联一副,让在座开开眼界。"

余灼接过吴楚三替他剥的两瓣蜜橘,细细嚼完,再要过笔砚诗笺,振笔疾书：

收二川,排八阵,六出七擒,五丈原前,点四十九盏明灯,一心只望酬三顾。

取西蜀,定南蛮,东和北拒,中军帐里,变金木土草爻卦,水面偏能用火攻。

老翰林陈耀川念毕鼓掌："好！上联用数位,下联用方位,对得精巧,奇才也。"

杨秋阁仍不服,又出难题："雕虫小技,何足挂齿！如今你们修筑新宁铁路,要占用我县良田无数。你应以田字为题写一诗,每句带田字,而句中还要一字带田字偏旁。诗成,方可答应划田予你。"

余灼略一沉思,又要过诗笺,飞龙走凤写起来：

田为富之足,田为累之头,田在心上多思想,田在中央虑(慮)不休,当初只望田为福,谁知田多叠(疊)叠愁,筑路献田世代蕃昌,良田万顷千里平畴。

他边写,几个青年人便围过来看,都瞠目结舌。老翰林眉开眼笑,连连拱手:"果然名不虚传,余兄是当今名士,陈某相见恨晚了。我们定与县令禀报,欢迎新宁铁路从本县通过。"

唯有杨秋阁仍不服输,冷笑:"且慢！余兄既然吉星高照,得我新会名士信服,定可逢凶化吉,履险如夷。我这里有一副不太吉利的对联,敢问余兄如何改才吉利?"

余灼两手一拱:"请便!"

杨秋阁却并未拿出对联来。老翰林问:"对联呢?"

杨秋阁道:"时辰不早了,余兄该下山了,我已备轿相送,请上轿前再对答。"

余灼走出讲学亭,见轿子一乘,抬杆上贴着红纸对联:"福无重享,祸不单行。"旁边有空白红纸,显然是等他来写改过的对联。

吴楚三没忍住,瞪杨秋阁一眼:"杨兄这道题出得有伤和气了!"又在余灼耳边低语:"此联贴在下山的轿上,实在不祥,恩公请莫再理会。"

余灼拍拍他的手,心平气和道:"这有何难!"他要过毛笔,立即在上下联末各添三个字:"福无重享今朝享,祸不单行昨夜行。"

众人莫不啧啧称好,杨秋阁也再无话说。

余灼因上山受累,出汗吹风,回到习劳山房后就卧倒病榻,恶寒发热,又喘又咳。几年来他为宁路操心奔波,积劳成疾,旧病加新症,一卧大半月过去,仍心悸身软。但想到从新会到江门展筑宁路的立案仍待邮传部①批审,便勉强支撑坐起,让仆人送来堆积的信函。

没看到邮传部的公函,但有好些友人来信,问候病情。余灼一一拆读,忽然虚汗直冒,一口气堵在胸口出不来,手中信笺抖落床下:

自愧病难除,三战疟床,鬼卒每怜寒疾苦;从今尸可借,十年地狱,阎王特赐早还魂。

"谁……"他为习劳山房自题的楹联"自愧学无成,三战棘帏,主事每怜寒士苦;从今书可读,十年窗下,朝廷特赐老臣恩"被谁窜改成这般恶毒的诅咒?余灼忽觉胸口爬满虫子,奇痒难当,抓胸干呕至喉咙痉挛。

仆人慌忙捡起信笺,上面却没有落款,刚才随手拆开的信封上也没写发信人姓名。余灼捧胸急喘,两滴暗红的血洒在信笺上。他极力调息,劝告自己不可为此懦夫之举、小人之恶动火伤肝。守门的家丁慌张跑进来,手里举两块煞白的墨鱼骨头:"老爷,门口来了一大群人,把这些鱼骨往院里丢,说玉帝要罚老爷去海底作墨鱼,给龙宫挤墨汁,还说……"

余夫人听到动静进来,抬手让家丁收声:"还不去好好把

---

① 晚清1906年底设立的中央机构,总管邮政、船政、铁路、电政事务。

守院门？老爷大病初愈,哪有精神理会门外的无理取闹？"

"无理取闹？"余灼坚持要看家丁手里那扁平的墨鱼骨,见两块鱼骨上都刻个"余"字,再想刚才无名氏信中的诅咒,明白是自己得罪的人趁他大病,落井下石来了。咒他也罢了,只怕肇事者更是冲宁路来的。陈总办去广州一个月了,不知现在何方？是否也遭小人算计？"快去找吴文案！"他撕心裂肺咳起来。

家丁把院门拉开一条缝,又立刻"砰"地关上,飞快把上、中、下三条门杠牢牢实实地插上。门外,习劳山房已被上千男女重重包围。

聚集在外面的人倒不吵闹,男穿黑衣、女挂白袍,都虔诚跪在地上,嘴唇嚅动、念念有词。在他们前方,一个男巫身穿藏青道袍,头戴柿形罩帽,肩上放一把长剑,剑上伏一只大红冠公鸡。公鸡像是喂过酒,醉醺醺两眼发直。男巫口中时而唱诵咒语,时而又像鬼神附体,大幅度摇晃身子,哼着阴沉的调子。

家丁从门缝里瞅着,不寒而栗。待他惊魂甫定,男巫哼唱里时断时续的说辞涌流耳边:"陈宜禧、余灼在新宁掘地修铁路,招灾惹祸；又来新会开山通火车,殃及池鱼……历朝历代,新会人才辈出,皆凭风水得天独厚,有玉皇大帝恩赐之圭峰山龙脉……龙脉结灵气于猪姆岭孔庙、西山文昌宫。陈宜禧、余灼要炸断猪姆岭、挖空西山,破我天赐龙脉,断我新会功名富贵、锦绣前程。斩断龙脉者,必受上天报应……余灼触犯天条,玉帝大怒,已责阎王速押其阴魂下丰都地狱……凡间舞文弄墨者,当罚入海底碎肝裂胆,供墨汁于龙宫。墨鱼者,乌贼也,'乌贼余'在阳间时日屈指可数,近日圩市余字墨鱼骨层出,乃老天有眼,昭示人间……"

一堆墨鱼骨头"噼里啪啦"又被扔进院里,家丁抱头躲到玉兰树下,硕大的白玉兰夹杂鱼骨砸在他脊梁上。

男巫吊起花旦般细亮的假嗓,展开长袖,手舞足蹈:"听,火车呜呜叫,分明是鬼哭神号;看,车头喷黑烟,分明是女人奔丧、披头散发。火车隆隆过,房倒楼塌,祖先牌位翻筋斗,生人不得安宁,祖先不得清静,母鸡生不出蛋,母牛下不出崽,禾苗结不出谷粒。乞求天兵神将,雷打陈宜禧,电劈余灼,严惩铁路公司喽啰!"

"乞求天兵神将,雷打陈宜禧,电劈余灼,严惩铁路公司喽啰!"信众跟着念诵,一遍又一遍。每个人声音不大,汇集起来却摇撼大门,院墙上的灰土簌簌震落。

家丁胆战心惊,想纸包不住火,这震耳欲聋的声响,夫人也屏蔽不掉了,可怜重病缠身的老爷,怎堪如此中伤?正不知如何应付,门外有人声如洪钟:"朝廷赐我尚方宝剑在此,谁敢滋事扰民,剑下绝不留情!"

余灼去圭峰山舌战群儒之时,陈宜禧去了广州,原本是找门路参见现任两广总督张人骏[①],请总督派人调解新会方面对宁路的阻拦。哪料时局动荡,同盟党人黄兴由安南(今

[①] 岑春煊两年前与满人党争败北,被庆亲王调任至云贵高原。

越南）入广西,再次率众在钦廉上思武装叛乱,听说两百叛军与两万清军周旋,总督大人亲赴广西坐镇,忙着对付革命党。

  陈宜禧托付的乡亲收了厚礼也不马虎,左拐右绕,不知如何找到了慈禧太后的皇叔。皇叔正在广州游玩,听陈宜禧说他全靠中国人的技能资金、修中国人自己的铁路,却受人百般阻挠,便从腰上解下太后赐予的尚方宝剑,转赠给他。"谁再敢妨害你修铁路,把他人头砍下!"大碗喝酒大块吃肉的皇叔猛喝一声,拍得满桌五颜六色的菜肴"叮当"晃悠。

  他开始不太相信所托乡亲真找到了皇叔,但还是在陶陶居①定制了一套满汉全席恭敬迎候。皇叔人高马大,倒是满人体格,只是穿着随随便便,如满街商贾之一,马褂袖口磨得泛油光。直到他吃得开怀,绘声绘色地讲起宫中轶事,陈宜禧才觉得他至少在宫里待过不短的时间。白发稀疏之人畅饮到酣处,哼起北边原上的歌谣,焕发年轻时的容光,曾经马背上的彪悍依稀可见,哪管他有人在广西还是日本高呼"驱逐鞑虏"。

  陈宜禧抱着尚方宝剑星夜兼程回来告慰余灼,半路碰到闻讯习劳山房被围、从宁城总公司赶来救护恩师的吴楚三。"听说除老翰林陈耀川外,新会士绅多感宁路展筑至他们地盘,侵犯了他们的权益,铁路该由新会自办。他们签名上书

---

① 广州老牌茶楼,建于1880年。

邮传部申述,被邮传部驳回。没想到又竟转借巫术、煽动乡民生事取闹。"夕阳染红的暮霭中,习劳山房四周人头涌动,密密麻麻如黑蚁困山。吴楚三拦住陈宜禧,说他带来的两位路工虽强壮,他们四人可不是上千人的对手。

他曾在西雅图破解过"中国佬必须滚"的魔咒,洋人暴民的真刀真枪都没吓倒他,难道今天在故乡、自己的乡邻中间,还要向一个虚张声势跳大神的男巫妥协?陈宜禧抽出尚方宝剑大喝一声,四周众人停止唱诵,慢慢让开一条道。吴楚三接过宝剑擎至额前,率先开路;两位路工紧紧护卫在陈宜禧左右。

皇叔赠剑时,陈宜禧感激之余,只注意到剑鞘上镶有红蓝宝石的七星图,还未有闲暇认真看过剑身。此刻宝剑上精雕细刻的龙鳞凤羽,像瞬间交汇了天地精华,每道纹理都灵光闪烁,如活物般,带着皇家不可侵犯的凛然威风。大半辈子过去,他对神佛之事早已淡漠,抽剑之时,只想镇一镇惑众的妖言。但宝剑从吴楚三头顶放射着不可思议的威慑力,他暗自感慨,脚下这方土地上的人与物,他的了解确实还太肤浅、太疏漏。

人群阴郁地观望他们四人走过,惴惴不安地避开尚方宝剑的光芒;也有一些大胆的,横眉冷对,用眼神诅咒着他们。太阳坠落山坳,山梁被夜幕隐没,人群的沉默却像山一样压来。每人手里抓着纸扎的人形,上面写着陈宜禧和余灼的名字,或者是写着余灼名字的纸墨鱼,还有写着"新宁铁路公司"的纸房子,写着"新宁号火车"的纸箱子。

差几步就到院门了,身后忽然"毕剥"一声,一团火焰蹿上昏黑的天空,善男信女鱼贯而过,把手中纸物逐一扔进火堆焚烧……

陈宜禧走近余灼的病榻,浑身沾满焦燥的烟火气。余灼虚弱得几乎睁不开眼,攒足力气嘱咐:"老朽无福陪总办修完宁路全程了,总办身旁,出谋划策有楚三,可宁路还需有个忠实可靠的护勇队长……三年了,官府追捕风声已过,李是龙可以从香港调回来了。"陈宜禧唏嘘点头,说他也正有此意。

余灼游离的眼神落到他手里的尚方宝剑上:"见到老佛爷啦?"

陈宜禧顺着余灼的幻觉点头:"老佛爷凤仪威严呢。"

余灼眼角舒展开,吐出微弱的气息:"有了尚方宝剑,宁路该畅通无阻了……"

"是,老佛爷说,谁敢阻拦,就砍下他的人头……老佛爷一身锦绣,福寿绕身,脚踩祥云……"他握着余灼的手,低声转述皇叔当年被赐予尚方宝剑的情形,自己也恍惚起来。

他掌心中,余灼皮肉松弛的手逐渐失去了体温。大门外的灰烬乌烟从门缝窗隙漫进来,呛得他不能呼吸。

余夫人命全家用篾片和黏纱纸扎成小山状的孔明灯,灯底放团蘸满煤油的棉花,陈宜禧亲手打火点亮。孔明灯乘着热气冉冉升上夜空,一盏接一盏,仿佛是他不能当众任性挥洒的一颗颗清泪。孔明灯放了一整夜,直至澄明的灯辉与破晓的晨光连成一片。

余灼去世后第三天傍晚，圭峰山头满天红霞，一道龙鳞状红云直插峰顶，由粗渐细，恰似一条龙尾。乡民们说，这是龙汲水，暴风雨要来了。果然，晚上狂风大作，飞沙走石，会城遭受龙卷风侵袭。大树倒了，县衙和学堂的旗杆都被拦腰刮断。第二天，核桃大小的冰雹从天空倾泻下来，房顶被砸破，人畜被砸得头破血流。冰雹后又是倾盆大雨，洪水从潭江上涌来，淹没了稻田、村庄。

乡民们极度恐慌，都相信是陈宜禧斩断了圭峰山龙脉，惹玉帝发怒，派龙王爷来报应了。猪姆岭和西山上盖满红土，大雨冲刷，褐红的泥浆滚滚奔流，大家都说那是龙颈被斩断流下来的龙血。冰雹砸烂的房屋中恰恰有老翰林陈耀川的一幢，人们说那是自作自受遭报应，谁叫他答应向县令禀报、欢迎陈宜禧来修铁路！会城里还传言，筑路工人正在修桥，龙王老爷怕桥倒砸破龙宫，要逮童男童女放在桥墩底下作护桥神。母亲们于是把儿女都关在屋里，怕龙王爷把自家孩子摄去作护桥神。

暴雨一停，宁城总公司大楼外，又围了上千人；新会各处线路测量点也被巫术信众包围。同样的勾当——念咒语、跳大神、烧纸人纸屋纸车厢……男巫的唱词里说，老天有眼，除去了斩龙脉的罪魁祸首之一——余灼，但还不够，要雷打陈宜禧、电劈新宁铁路公司，新会人神才得安宁。

陈宜禧屡次试图与信众对话，无人理睬。李是龙从香港赶回宁城，挥舞尚方宝剑带护勇队驱赶人群，但陈宜禧禁止他动武，所以每次护勇队转身刚走，信众们又聚回原地。如此对峙了十数日，新会境内的线路测量搁浅，毫无进展。

与此同时，《香港中外新报》上突然刊发一封落款为"新宁铁路股东甲"的匿名信，指责宁路管理不当，不按时分红，失信于股东，倡议股东们退股，股息毫厘不能差。雪上加霜，陈宜禧不得不赶去香港召开海外股东大会，稳定人心，又命吴楚三到四邑各镇去安抚本地股东。

股东们大多仍信服陈总办的威望。两周后，《新报》匿名信风波大致平复，只有个叫黄玉堂的，没参加股东大会，却几次发电报催退他一万元的股份。陈宜禧从香港回来，吩咐管理公司财务的美琪："公司现金吃紧，一万元也不能少，从我个人账户里退款给这人。"

"好在本地股东要求退股的不多。"吴楚三汇报说。至于新会的困局，他到会城登门拜访了老翰林陈耀川："翰林家堂屋被冰雹砸穿，两匹拉车的马被砸伤。不过，翰林还是支持我们，说解开困局的关键在杨秋阁，他才是新会名绅文士中的头面人物。总办，你猜杨秋阁的大姐是谁？"吴楚三眉眼间难得轻松，似乎这个问题的答案就是解开新会死结的金钥匙。

陈宜禧不懂吴楚三卖的关子，绷额摇头。

"总办，能否劳烦你家大夫人尽快回趟娘家？"

"秋兰?"陈宜禧静心一想,秋兰娘家确实姓杨,而且是当年新会一家大户。

"正是,杨秋阁是总办大夫人的弟弟!"

"那……也只能试试。"据他所知,秋兰嫁到朗美后,好像就与她娘家无甚往来了。

秋兰知足。因为脸上先天的瑕疵,她从能记事起,就不敢奢望爱。其他人略带善意的一瞥就足以让她感激。新婚之夜,掀起盖头那一瞬间,阿禧虽惊诧迟疑,却最终没嫌弃她,还跟她生了秀欣;现在秀欣和青松又给她生了三个外孙。她识字懂理又孝顺,公婆都看重她,阿禧去海外闯荡,寄回家的银信都交给她管。她平平稳稳地活了七十多岁,这两年身子虚,这病那痛接连不断,秀欣、青松还有三个外孙争相在床前伺候。秋兰想,她前世或许做错过什么,被阎王爷扇了巴掌,带着脸上的印记来到此生;可她一定也做对过什么,否则哪会有如今这福分?

阿禧难得上楼来探望,每次都提着补品汤羹,郑重其事。今天又提来龟苓膏、黑枣泥,还有一盒刚从金山运到的西洋参。秋兰知道,他们之间,夫妻的缘分也就在阿禧第一次出洋前,那一个来月的时间,他一走就完结了,但他多年来一直信任她,有她替他在家孝敬父母、看管家业,他后顾无忧。

每次阿禧来,秋兰不管身体多不舒服,都坚持穿戴整齐,才请他上楼。她耳上戴的珍珠耳坠,是她出嫁时,母亲从自己耳垂边摘下送她的,有时她闭目回想,似乎还能闻到耳坠上母亲淡淡的温香。阿禧与她对坐在窗前茶案边,说不了几句话。她依旧习惯性地偏头斜肩,避开他的目光;花白刘海早不如年轻时蓬松,遮不住半边脸,只是象征性地在左脸的青记上抹一撇灰。多数时间,他们一起沉默着,看着窗外地堂上晾的衣衫、晒的菜干、儿孙来往的身影……果树、花枝飘香阵阵,在两人刻意放轻的呼吸间绕来绕去。然后阿禧说:"好好调养。"便起身下楼。

可今天他说完这句并未起身,像还有话要说。秋兰就耐心地等着,叫阿志上楼来给阿公添茶。吩咐阿志的语速稍快,她喘起来,头也晕,扶着案几一时不敢睁眼。

阿禧等她气息平缓下来,才开口:"你病成这样,本不该扰你静养,只是宁路在新会遇困,困阻的源头,没想到竟与你娘家人有关……"

阿禧说的弟弟秋阁,秋兰是记得的,长脸,瘦高,和她一样继承了父亲的身型。秋阁是丫鬟所生,排行最小,小时候在家,嫡庶子女都欺负他。秋兰是嫡出长女,比秋阁大十几岁,虽因脸上青记自己就常被羞辱,还总想着要保护五弟秋阁,替他抵挡其他弟妹的明枪暗箭。秋兰背上至今还有块没长平的疤,是当年她替秋阁阻挡三弟掷来的火炭烫伤的。秋阁倒是争气,从小念书就叻(聪明),又用功,父亲五个儿子当中,他及第最高,考中了进士。不过,秋阁谁也不服的傲气也是从小就有,如今跟宁路作对,不知拧上了哪根筋?她还能像从前那样抚顺他的硬颈脾气(牛脾气)吗?

秋兰答应阿禧,明天她就去新会:"你也不必顾忌我这身子,坐车里、躺床上反正都是个痛,能为你修铁路出点力,倒痛得值得些。"

第二天清早,秋兰下床,换上天蓝色镶白边的长衫,戴上母亲给她的珍珠耳坠。不知是否因为新的使命感,她下楼的时候腿脚感觉比平时轻盈。出门前,她又让阿志爬上阁楼,把当年她从娘家带来的小皮箱搬来。

秋兰和妹妹秋菊一起嫁到朗美村那天,她这褐色的小皮箱搁在装满秋菊嫁妆的两个樟木箱子上,沉甸甸坠得抬箱子的竹竿"嘎嘎"响,看热闹的乡里都猜里面装满了元宝。其实这箱子里面,除了她的几套衣服和首饰,只有一份地契。那是她母亲缠着父亲破例给她的一份田产,地不大,却肥沃,在杨家大片田亩的正中央。田产向来传男不传女,父亲说,但她肯为成全妹妹出嫁而下嫁给穷人,就划六亩田给她,为她今后的生计做保底用。父亲要她答应,不到万不得已时不可卖田。这六亩田中田当年收的租,补贴家用足够,在阿禧寄回第一笔银信前,公公便不必再走街串巷卖酱油。

秋兰打开积满灰尘的铜锁,拿出地契放在贴胸衣袋里,也说不清为什么想起要把地契带上,是否有这凭证,她跟杨家人说话会更有底气?她出嫁后,除了父母离世时去新会奔丧,这还是她第一次主动去走访娘家人。

舟车辗转,阿志一路陪着秋兰到了新会,没直接进会城找秋阁,而是先去城外梁家村找到秋阁当年的奶妈阿琼。阿琼白发苍苍,见到秋兰像撞到前世阴魂,张嘴半天说不出话。阿琼嘴里的牙都掉光了,一个个黑洞像等待下种的坑。秋兰笑:"琼姐,我们的确都离地府大门不远了,不过我还是个活人,中秋将近,来叙叙旧。"

阿志捧上双黄莲蓉月饼、水晶桂花糕,还有一篮金黄的米柿子。阿琼喜笑颜开一一收下,喋喋不休讲起杨家的事:"当初大夫人把那狐狸精丫鬟赶出门,找我去奶五少爷(秋阁),我开始不情愿,名不正言不顺的出身……可见到个苏虾(婴儿)哭得接不上气,也顾不得那么多,即刻把奶头塞他嘴里……呵呵,没想喂出个叻仔来,虽比不过到外省做官的二少爷,但比那几个光靠卖田度日的杨家弟兄出息多啦……"

杨秋阁虽中了进士,那硬颈脾气在县里省外却不吃香,至今也没谋得个一官半职。多年来他用心经营田产,杨老爷走后,秋阁收购了几个败家兄弟分得的田亩,杨家的地现在大部分都在秋阁手中。"不过,听我那替五少爷做管家的儿子说,"阿琼瘪嘴抿着桂花糕,放低了声调,"有块肥田夹在杨家田产中央,五少爷几次出高价,人家就是不卖,少爷恼得摔杯子砸碗呢。"

秋兰听到这里,记起青松跟她说过好几次,有人要买她那块肥田,买家不肯露面报姓名,派中间人谈价。她告诉青松价再高也不卖,不管怎样,那是她与自己出生之时、之地仅存的实实在在的关联了。原来,匿名买家是秋阁啊!冥冥之中,谁在指引她临出门前带上了地契?

她故意问阿琼:"那夹在中央的田地不是杨家兄弟的?"

阿琼贴到她耳边:"听说是陈宜禧的田产,就是那个斩断圭峰山龙脉修铁路的,你知道吧?也不知陈家何时购得那块地,巴掌点大,却就是横在秋阁少爷的田地中央⋯⋯"

秋兰又笑,阿琼显然已不记得她嫁给谁了,而且,杨家知道她分得这块田的人,也都已不在世上。

秋阁却当然记得秋兰嫁给了谁:"大姐当年嫁得可真是委屈,那一文不名的穷酱油贩哪配!"他扶秋兰到堂屋上座,敬完茶还要给她磕头,被她拦住。

"大姐的好,秋阁一直铭记在心,要是当初没大姐护着,秋阁恐怕早被杨家那几个黑心衰仔打残、打死了。"

"你现在不是好了?那几个衰仔都遭报应了,他们的田产都到了你名下。"秋兰说着,掏出地契,"听说你一直想要杨家正中这块田,我今天是来送田给你的。"

秋阁耸起瘦高个子,半晌才挤出一句:"大姐何必为小弟冒犯夫家?"

"这块地是我出嫁时,阿爸阿妈给我的嫁妆。阿爸叮嘱我,不到万不得已不可卖这块田中田。我如今把它送给你,也算没有愧对阿爸的嘱咐了。"

"可二姐夫,明叔说,这田是陈宜禧趁杨家群龙无首时买去的,因为杨家把大姐嫁过去之前,欺瞒了⋯⋯"秋阁指指自己的左脸,秋兰淡然笑笑,替他说:"我脸上的瑕疵。"

"小弟眼里,大姐纯洁无瑕……"秋阁苦笑,"明叔说,陈宜禧故意占一块杨家的中央肥田,报复杨家当初欺他穷困骗婚。"

秋兰把地契展开:"你看,这地契上写着我的名字呢。我公婆、丈夫都没难为过我,阿禧不是心胸狭隘之人。"

秋阁接过地契,面对白纸黑字还不敢相信:"可明叔说,大姐的公婆管得严厉,不让你见外人,娘家人更不让见,因为大姐,呃,大姐脸上的胎记不祥。所以小弟一直没去探望过,不想给大姐惹麻烦……"秋阁说着竟像儿时一般,用袖口抹起眼泪来。

秋兰没像从前那样掏手帕给他,只是叹一声:"我还以为,弟弟中了进士,早把大姐忘了。"

"大姐这么多年不回新会,一定是被杨家人伤透了心……小弟可真是枉读了一世圣贤书,连谣言与实话都分不清!"

秋兰说:"以后铁路修好了,火车从斗山直通会城,我回娘家就方便很多。"

"大姐说的是。"秋阁何等聪明,秋兰点到即止。

从秋阁家石山玲珑、花草争妍的园子出来,秋兰才觉脚下飘忽,站不住。可秋阁立在两扇红门前相送,她不愿示弱,更不想惹他不安,倚紧阿志的肩,勉强撑上了轿子。轿夫起步没走多远,她就恍惚起来,意识忽近忽远,身子越来越轻,纠缠了她两年多的骨痛筋酸,一点一滴地消解……

阿志跟在轿旁，阿婆的絮叨时断时续，让他想起小时候，阿婆带他在地堂边乘凉，手里不是在缝衣、纳鞋底，就是在摘菜、剥花生，嘴里有一搭没一搭地说着他不太懂的话，声音很轻，像蚊虫哼鸣、微风拂动。"阿婆有福分呢……阿志乖孙……五弟硬颈，也肯听大姐话……没白活……"

　　阿志埋头走路，时而踢一脚道旁野草、石子，忽然觉得耳根静得出奇。中秋，喧腾了一夏天的知了已噤声，阿婆的絮叨也停歇了好久似的。他叫了几声"阿婆"，没回应；让轿夫停下来，掀开门帘，见阿婆端坐其中，头不偏、肩不斜，双目微垂。阿志又轻声唤她，伸手探到她鼻尖下，才知阿婆已经走了。

　　杨秋阁带着新会惯常出面的两位进士、四位举人，到各处包围新宁铁路的人群中劝说："大家多日虔诚祈求，老天都看见了；巫师也作法，知会了玉皇大帝。老天一定会保佑新会的，该回家过节去了。"又给在场每人分发了过中秋的月饼、米酒、猪肉，信众们才终于散去。

　　在县衙召集下，新会的名门望族又在会城明伦堂与陈宜禧、吴楚三面晤。这次文士们礼数周全，不似在白沙讲学亭那样咄咄逼人，对陈宜禧捐来的三品顶戴花翎也没明显表露不屑。双方商定：任命杨秋阁为新宁铁路副会办，协助总办管理会商铁路工程事宜；凡新宁铁路在新会境内所设的车站，每站均安置两名新会人供职；沿路所占农田耕地，铁路公司一律按田主标价收购,不议价。

会罢,杨秋阁私下对陈宜禧拱手鞠躬,感谢他重金厚葬了秋兰:"大……"秋阁似乎想叫他"大姐夫",却始终没叫出口。

"杨进士功名在身,叫我阿禧就好。"他不在意,还替秋阁圆场。回归故里近五年,他已深知,在祖国传统中,对商人的轻视根深蒂固,一文不名的穷秀才也比腰缠万贯的商贾受人待见,跟有钱就能称老大的金山习俗大不相同。他也不奢望能赢得新会士大夫们的真心敬重,他们不再干扰他修铁路就好。

只是,阿志回家转述了明叔对杨秋阁的挑拨,让他深受困扰。他没想到这么多年过去,明叔对他的嫉恨不仅没淡薄,反而变本加厉。他又想起三年前甄家庄的集议,问吴楚三:"那时会不会是明叔有意走漏的风声,让余乾耀提前知道了我们去唱反调的计策?"

吴楚三思索一番,摇头:"当时恩公和晚辈都未派人通知明叔,因为他不是宁路股东;明叔应该是余乾耀预先找去做反证的。"

第二十五章

她的心贴着他的背脊

宣统元年至二年(1909—1910年)　新宁

沐芳上一次看见潭江,是四十二年前。物是人非,可除了灰绿的江水、水流的节奏、空气中熟悉的潮与腥,物也相当不同了。

广州嘉祥公司的火轮停靠在公益码头,舷梯的另一端,整座公益埠像刚出炉的洋银般崭新锃亮。石砌堤岸坚实端正,街道洁净井然,洋楼挺拔、花木欣然,"新宁铁路机器厂"和"职工学校"的红字招牌豁然耀眼……而最惹人注目的,是与码头出口浑然相接的公益火车站,绿廊红瓦,锻铁镂花圆拱门,洋气又带着中国色彩。月台上此刻站满翘首等待第一趟火车到达的新宁乡亲。

沐芳离开新宁的时候,是从新昌上的船。当时的公益,只是两户人家的渔村,江岸遍布荒滩水凼,长满编席用的水草和开红白小花的辣蓼;水鸟盘旋俯冲,啄食江水漫进滩凼的鱼虾；蟾蜍气鼓鼓地鸣叫，更显寂寥蛮荒。离岸边稍远，有农夫新垦的耕地，稀稀拉拉长着玉米和青豆。

"阿妈！"美琪跑上甲板来，刚坐完月子的身体略显浮肿，脸却比过去鲜亮粉嫩。四年一晃，美琪也做母亲了。

李宗全医师伸出一只手臂，沐芳右手搭上去，左手撑着轮椅扶手，前倾，等待。疼痛的细流从腰椎分两股向下，像两只会拐弯的钻子，钻开麻痹与混沌的封锁。她以前怎能想象，自己每天竟会对疼痛充满期待；尤其当她瘫软多年的腿第一次有了痛感，她喜极掉泪。可疼痛并不是每次都发生，她总不确定自己能否再次重复同样的动作，每一次都是挣扎，也都是奇迹。疼痛让她感觉到双腿的位置和力量，她慢慢抬起身体，半寸、一寸，重心前移，呼吸，平衡，终于站立起来。

美琪愣住，向她张开的双臂悬在半空，泪水涌上面颊。沐芳觉得美琪的热泪落到了自己腿上，淌到膝盖又消失了，脚下依旧一片混沌。

"Isn't she amazing?（她真了不起，是不是？）"丽兹走到沐芳身后，下巴轻轻搭到她肩上。专程去香港接他们的李是龙扛着行李箱跟上来。

美琪扎扎实实地抱过、亲过她，又去拥着丽兹雀跃，像个被成串糖果砸中的孩子。两个月前，沐芳经宗全医师两年多的治疗调理，终于站了起来。她没急着写信告诉禧哥和美琪，而是掐着通车典礼的日子，算好了归期。丽兹欣然同行，自愿成为另一个惊喜。而为了成全禧哥要从六村车站背她回家的愿望,她和丽兹特地在香港逗留了两天,跟美琪来回拍了几次电报,算准时间。

美琪按计划领着一行人先到了码头边的中华酒店等候。中华酒店三层高,红砖红瓦的西式洋楼,占了半个街区。半年前酒店在公益落成后,就成了新宁最时髦、最豪华的去处之一。大堂中央挂的水晶吊灯据说是全新宁最大的一盏;法式落地百叶窗前,轻纱随阔叶吊扇曼舞,竹沙发掩映在高耸的棕榈叶间;这里每天有西洋乐队吹拉弹唱;酒吧的玻璃架子上排满五颜六色的洋酒瓶子。

大家乘电梯上了天台,在白布阳伞下落座,面对东侧的火车站。正午的阳光下,铁轨闪着银光,向苍绿的远山蜿蜒。酒店侍者送来清凉的山泉水,沐芳嘬一口,仰面深呼吸,久违的家乡的灵气全方位渗进身心。西雅图也可谓山灵水秀,可总有些生硬的东西隐形四周,时不时地硌手硌脚,让人不顺心。而新宁的山、水、空气,如果有什么无形的隐藏,那该是只轻柔的手,抚摸她的肤发,舒展着她长久远游的心。江水的腥、泥土的润泽与四月漫天的花香草香融汇交织,她闻到十八岁的惆怅伤怀,也闻到那时跨越万水千山的思念与眺望。

"新宁号"喷着黑烟出现在东南方,汽笛长鸣,似乎是禧哥对她的呼唤,发自肺腑、穿透山川。二十一年前,他对轮椅里的她发誓,要为她修一条回家的铁路,他到底修成了。分别四年后,他们的团聚,将在他已经建造成事实的承诺里。当然这个承诺是他们一家人的秘密,她也不想外人知晓。此刻沐芳的心是幸福的,凡事有因有果,倘若二十三年前她承受的苦难是促成眼前这条铁路一个必需的因,就算她能够行走的距离永远只有五步,她至少没有白白受苦。

"上午在宁城的通车庆典来了二十五万人呢,各省要员、广东各地的官人巨贾,当然最兴奋的是新宁乡亲们,敲锣打鼓烧鞭炮、舞狮、游龙,还踩高跷。阿爸请了三个八音乐队,还有两个广州来的西洋乐队。招待贵宾们的吃喝简直就是满汉全席……"美琪是在庆典开场一半后赶来公益迎接沐芳的,"没想到还多接了一位贵宾。"

丽兹曾经火红的卷发已显暗淡,夹满银丝,她的诙谐、对生活的兴致却几十年不减,鼻子两边的雀斑生动地跳着舞:"我倒是想提前一天到新宁,来参加你父亲办的庆功大派对呢,可你母亲坚持要成全你父亲的什么愿望,中国人浪漫起来也是没治了。"

美琪笑:"今天只是新宁铁路第一期工程完工的庆典,从斗山到公益路段通车。接下来还有公益经会城到江门的路段,还有白沙支线,我们还会办更隆重的派对。丽兹,每次你都要来参加才好。"

火车进站,人群欢呼,都踮起脚尖、伸长脖子,迎接这传说已久的铁龙。

从李是龙递来的望远镜里,沐芳看见禧哥从第一节车厢率先跳下来。他穿着银灰西装,身姿矫捷,哪像六十四岁的人?回新宁修铁路仿佛让他扳回了时钟,他看上去更像是二十多年前那个劲头十足、无所不能的壮年。英文里有句老话,"in your element",说人在合适的环境里便得心应手。沐芳想,她和禧哥的元素(element),无论金、木、水、火、土,应该都是在新宁。

跟在禧哥身后的英俊后生该是美琪的丈夫,吴楚三。和美琪般配呢,对美琪听说宠爱有加,她等不及要看两人刚生的儿子,她和禧哥也有外孙了。秀宗在西雅图娶的是阿秋的女儿莉莉,生了个女儿,不知何时能给禧哥生个孙子……

八音乐队悠扬的丝竹在前,西洋乐队闪耀的管弦断后,中西混合的吹拉弹奏里,禧哥和楚三陪着兴致勃勃的华洋嘉宾们走向码头,登上候在江边的一艘艘花船。船舷扎满鲜花,船头有盛装的艺人弹琵琶唱曲,船尾铺排着丰盛的酒席。白衣招待一瓶接一瓶打开香槟酒,把溢满气泡的高脚杯送到每位宾客手里。看样子花船队要畅游通宵,一醉方休。

禧哥领着楚三到每艘船上拱手、寒暄,所到之处,无论华夷都鼓掌、竖起大拇指。而禧哥大概因为知道她已到公益,谈笑间不时朝中华酒店望过来。最后他独自下了船,目送花船一艘接一艘起锚离岸,漾起一道又一道白浪。

沐芳拄着拐杖立在中华酒店门口,冲那熟悉而笃定的背影喊:"阿禧哥。"

禧哥回头,惊诧得不能动,呆立江风里,海鸥擦肩飞过。沐芳便向他迈步,一步、两步、三步……禧哥回过神向她奔来,在她就要扑倒的瞬间抱住了她。箍在两只小腿上的特制钢架从玫瑰红长裙下露出来,钢架内的腿脚仍旧绵软。禧哥脸上欣喜的狂潮顿时凝结成痛心的冰凌。

沐芳逗他:"宗全医师为了成全你背我回家的愿望,故意留着下半截腿没治呢。"

"我盼望的奇迹只成真了一半……"

"你修成了铁路,我站着回到新宁,我们该知足。"

他们耳语。禧哥咬着嘴唇抱紧她,脸上是不甘的妥协。

新宁号首次从公益向朗美奔驰。此趟车的第一节贵宾车厢专门留给了总办全家,其余车厢都挤满第一次坐火车的新宁乡亲。通车第一天,铁路全线免费,每到一站,乡亲们兴奋的喧嚷和好奇的张望便涌进车窗。

"请转告伯克法官,中国乘客的热情不比美国人低。"禧哥咧嘴笑,丢开礼貌的含蓄,由衷地自豪。

"我亲眼所见。中国人为自己修的铁路,毫不逊色!"丽兹对窗外掠过的风光赞不绝口,不断指着田间五颜六色的亚热带水果,问都是什么果。

"莲雾、荔枝、番石榴……"美琪回乡四年,已经都能辨认。沐芳很欣慰,她还曾多余地担心,洋玫瑰般的美琪能否在家乡存活。每听她数一样果子,沐芳记忆中遥远的年少时光就恢复一层色彩:童年的懵懂染上莲雾透明的淡紫,番石榴是初恋的青涩,未经世事的女仔心中莫名的渴望,如荔枝树端跃动的火苗……

"我们这条线往东要修到江门,接到广东的铁路线上,以后从新宁可以坐车到欧洲;往西修,就连到法国人的铁路线上,可以一直到印度支那。"禧哥描绘着宏大的蓝图,深黑的瞳仁映着熠熠生辉的远景。

沐芳不是第一次听,他在西雅图跟她说过——修一条回家的铁路,把新宁建设得跟金山一样摩登,一样四通八达,与世界接轨。衣锦还乡,在别人,大概就是绣衣荣归,光宗耀祖;但在禧哥心里,他要"锦绣"的,她懂,不只是自家门楣,而是整个家乡。这是"禧哥该做的事"——二十三年前,在她弥留之际,阿爸推她回到人世的时候说过。而她,能够再次踏上朗美的小道石径,呼吸朗美湿润清甜的空气,拉着禧哥的手坐在门前老榕树下吹吹夏日晚风,心里就踏实舒展了。沐芳眼里盛满盈盈的笑,禧哥的目光像蜜蜂飞来,吮吸她笑里的蜜,就跟从前一样。

丽兹忽然想起似的:"对了,伯克法官说,西雅图商会想吸纳你做荣誉会员,要我先征求你的意见。"

沐芳懂得丽兹的小心,西雅图商会俱乐部曾经伤过禧哥的尊严。

"呵呵,等我修完到江门的路段,请伯克法官亲自来新宁吸纳我吧。"禧哥的托词很得体,今天是个欢乐的日子,谁也不想提那些不愉快的陈年旧事。

列车在六村站停稳,宗全医师把轮椅推过来。禧哥推开说用不着,在沐芳面前扎稳马步,低头把背躬给她。

"总办,背夫人当然是我来,怎能让你受累?"李是龙赶紧蹲到沐芳另一侧。

"背自己老婆怎会累?"禧哥笑呵呵,"后生哥,你以后就知道了。"

美琪也笑:"这些年我阿爸一直练着腿脚功夫,保存一身力气,就为了今天这一刻,你们都别争,别打岔。"

丽兹恍然大悟:"阿禧的心愿是背沐芳进家门啊,跟美国人抱新娘进洞房的习俗差不多。"

沐芳和禧哥含笑,都不说话。她的心贴着他温暖的背脊,与他的心跳"嗵嗵"相连。进村的路,一步一步都是时光倒流。春日晚霞里,他们偷偷下水田摸螺蛳,两个人滚进泥凼,望着对方满脸泥糊傻笑;夏天的午后他举竹竿粘知了,她在一旁仰头拍手,阳光迷糊了眼睛,满世界都是五彩的光点;她在溪边洗衣,忘了皂角,他立刻摘一把送来,她的搓衣板上搭着他的裤子;趁圩(赶集)的路上,她背乐府给他听,他只顾看她,差点把板车推进沟里;那年秋收完,她崴了脚,他就像现在这样背着她,去村头看戏,温吞吞的风擦过面庞……

多年以后,年近九十的丽兹在西雅图对艾略特海湾中学的新生讲话时,说起记忆里这一幕:"命运再不公平,人生再多苦难,只要有爱,一家人就能够笑对,能够傲视。"她又指指男孩女孩们的心窝:"好好保护你们心中那柔软的地方。"

新会

新宁铁路第二期工程快修至会城,猪姆岭上筑路工的工棚里忽然闹起鬼来。会城又人心惶惶,大家说陈宜禧请来的尚方宝剑只管得住人,平息了一次次因人而起的风波,但看来修铁路的确有违天意,现在连鬼都要闹事,老佛爷的尚方宝剑也镇不住了。

"总办,外面又谣传修铁路的要倒霉,先是余灼恩公遭报应,现在女鬼又要来咬断筑路工的舌头。还说凡是被女鬼咬过,便终生不育,断子绝孙……新宁和阳江来的工人已经有十几个不辞而别。"吴楚三发愁。

"是真有鬼,还是有人捣鬼?"在美国修了几十年铁路,陈宜禧见过的怪人怪事不少,地底下挖出过尸骨也刨出过金子,但没撞见过鬼。

吴楚三也不能确定:"猪姆岭原是乱葬岗,葬的多是四邑男子卖猪仔出洋后留在家乡的女人。丈夫一去十年八载不知死活,妻子被辱身亡,或者常年思夫郁郁而终,草草埋掉。传说许多年前,在月白风清之夜,猪姆岭上就有女鬼出游,专抱白面书生、英俊少年。现在我们工棚里都是清一色的青壮男人,乡里们说,肯定是被女鬼盯上了。"

"都是迷信!"李是龙不信邪,"请总办下令,我拿尚方宝剑去捉鬼。"

说到尚方宝剑,陈宜禧眼前浮现两年前他和吴楚三举剑穿过人群走向习劳山房的神奇景象。家乡的人情风土,回来这六年,他已知道轻易否定不得。四邑乡亲信神信鬼,拜菩萨、敬北帝,即使是迷信,也大概自有他们的道理:"是龙,不如你先陪我去拜会一下这些女鬼?"

南方春三月,雨下个不停,圭峰山终日雾气沉沉,山道泥泞,树枝挂满水珠。会城普通人家的泥墙砖壁和水泥地板上都整日滴水,圭峰山脚用南竹搭架、葵叶编墙盖顶的工棚,在雨雾笼罩中,就更像是被水浸过一样,衣服、被盖、蚊帐样样发霉长毛,又没个女人清理照料。

这般恼人的春雨春夜,雨点自顾自地敲打着工棚外的芭蕉叶。棚内,劳累了一天的工人们,多已呼呼入睡。一阵夜风吹动雨幕竹门,吹灭了挂在门口的马灯,随即静悄悄飘来三位丽人,白衣白裙,白脸白手,长发飞散风里,殷红的嘴唇闪现电光中。靠近门旁的路工,睡眼蒙眬之际,觉得身上有个娇娇小娘压来,又惊又喜,搂着闻着,满身幽香,于是越抱越紧。小娇娘也善解人意,香唇吻上来,焦渴多日的工人更是销魂荡魄,舌尖急切地伸出去。谁知小娇娘的尖尖银牙狠狠一合,工人的舌头被咬断一截,满口鲜血,昏厥过去。三位丽人"嘻嘻"一笑,又飘然消失雨雾中。

棚子内侧,起夜的工人看得目瞪口呆,尿湿了裤子,最终跳起来叫:"女鬼又来索命啦,大家快起身……""还修么嘢鬼铁路啊,再修连命都冇埋(连命都丢了)!""走为上策,走人算数……"

李是龙身披蓑衣出现在门口,拦住乱作一团的工人们:"大家稳住,总办亲自来捉鬼,还有尚方宝剑在此,不要惊慌!"

陈宜禧打着手电筒走进来,让是龙点亮棚内马灯,又吩咐几个工人赶快用盐水给女鬼咬过的人清洗伤口。其余工人围过来,要看他手中的尚方宝剑。陈宜禧抽剑,即使在黯淡的油灯下,剑身上每道纹理依旧灵光闪烁,宛如活物,带着皇家的凛然。

"这把剑该镇得住女鬼……"大家眼里生出敬畏,"总办早点来,阿新他们也不至于被鬼咬。"

陈宜禧在门口的铺位坐下,点一支吕宋烟(雪茄)夹在指间,让淡蓝的轻烟缕缕散开:"在金山,印第安人相信烟草能敬神安魂呢。现在开始,我每晚都在这里睡,当把门将军,你们各自安心去睡吧,有女鬼来,先咬我。"

陈宜禧平日常和工人们一道铺铁轨、吃大锅饭,说说笑笑,工人们与他都不生分。一个后生笑:"总办,我看你胃口不小,阳间的三妻四妾睡腻了,又来等阴间的鬼妹换口味。"

陈宜禧喷口烟,笑道:"我是来给你们做媒的,捉到女鬼,当场配给光棍做老婆。据说这些女鬼都顶爱慕后生哥呢!"

几句玩笑话,再给工人们讲讲当年他在西雅图偷袭杜瓦米希营地的旧事,工棚里近日的恐怖气氛消散了许多。陈宜禧如此淡定,是因为他和李是龙先前藏在棚外树丛里,仔细察看了女鬼的踪迹。从女鬼们在泥路上留下的成串足印可以判断,他们都有实体、有重量,多半是人而非鬼。

第二天夜里,三更已过,陈宜禧熄掉挂在门口的马灯,让大家安寝。他和李是龙握着左轮手枪,和衣拉被躺下,但两人都睁大眼,警惕着门外动静。春雨"滴滴答答"敲打着野地里的芭蕉叶,癞蛤蟆"咯咯"鸣叫,工人们熟睡,鼾声如雷。

一阵香风忽地刮进来,三个全身缟素的女鬼又飘然而至,正要各自钻进工人帐子里,陈宜禧和李是龙起身把住工棚大门,一手打亮电筒,一手举起手枪,大喝:"你们是什么东西?从实招来!"

工人都醒了,跳下铺位,围住了女鬼。

李是龙用电筒射到女鬼脸上:"把衣服都脱光!"

年轻工人嘻笑:"对,脱光,陪光棍睡觉!"

年长的工人看不顺眼:"伤风败俗,把她们捆起来丢火堆里烧了干净!"

三个女鬼掩面低头,簌簌发抖,跪地求饶。

李是龙提着尚方宝剑跨到女鬼面前,对就近的工人示意:"动手!"

后生们三下两下撕开女鬼的衣裙,瞪着他们前胸下身哄笑:"几解同我们一样,有带鼓槌的春鼓(四邑俚语,男性私处)!"

陈宜禧严正发问:"谁叫你们来装鬼的?"

三个"鬼"边拉衣裙边供认:他们都是会城的浪荡少年,

赌场失利,各自欠了不少钱,有个大老板买了他们的债,说只要听他指使就不但不催债,还有赏钱花。

"这个大老板是谁?"

"我们也没见过,只听说他是新宁人。"

李是龙扬起手枪,顶住"鬼"们平坦的胸脯。

"打死我们也不知道啊,大佬!"

陈宜禧让李是龙收起枪:"冤有头,债有主,说到底你们也是被利用,我倒想给你们一条生路,愿意修铁路吗?来做工吧。"

三个"鬼"伏地,连连磕头。

李是龙急了:"总办,他们游手好闲惯了,哪会干活?"

"能干多少是多少。留着现身说法,让大家知道鬼都是人装的。"

既然在猪姆岭捉到的"鬼"说是受新宁大老板唆使,陈宜禧不由得猜到明叔身上,立刻到会城找杨秋阁打探就里,以便应对。新宁铁路第一期路段通车后,陈宜禧的名字在四邑家喻户晓,朝廷赏赐他为农工商部四等顾问,官晋资政大夫衔,秋阁喊起"大姐夫"来也丝毫不犹豫了。

他被请到秋阁府上"闲人免进"的清雅书斋,敬茶奉果客套一番,最后秋阁分析:"明叔的确常在人前人后说大姐夫的不是,可他诋毁起人来毫无遮拦,装神弄鬼倒不像他的做派,而且,明叔三个月前就去了香港,下周才回来,猪姆岭闹鬼不见得与他直接有关。两年前往习劳山房院里扔的'余'字墨鱼骨都是道士搞的鬼。"秋阁画蛇添足时有点气短。

陈宜禧估计刻字鱼骨与他脱不了干系,但事情已经过去,也不必追究了。他只想顺顺当当地把公益至会城的线路修完,别再闹什么天灾人祸。

新宁

"不管明叔是不是干扰新会修路的幕后老板,这么多年过去了,你们又是一起出道闯金山的叔侄,有什么不能化解的结呢?"沐芳在家劝他。

"是明叔不肯原谅我啊。通车大典前我派人专程给他送去请柬,他当场撕烂扔到信差脸上。"

"你们虽说同年出生,你是侄,他是叔,礼数做没做到很要紧呢,派人送请柬恐怕远远不够……从前的怨结,不趁早消解,迟早会成为妨害。"

沐芳提到因果,陈宜禧不再辩驳,静下心,梳理过去几十年的恩怨。明叔之外,青松他阿爸死得冤,而绑架阿发的财哥,被内华达县法庭判罚重金后,带小玉离开了北花地,早不知去向。

明叔从香港回新宁那天,陈宜禧用轮椅推着沐芳,美琪用婴儿车推着儿子阿春,一起到公益码头等候。

明叔大腹便便迈步下船,一见他,目光立刻跳开,却又不禁落在沐芳脸上,两颗黑豆眼诧异得停止了滚动。沐芳挽着陈宜禧的胳膊稳稳立在一旁,玫瑰红长裙在江风里拂动。

"明叔,好久不见。"沐芳的声音依旧后生女一般脆脆甜甜。

秋菊从明叔身后钻出来,小脚飞快挪动着奔向沐芳,拉起沐芳的手一阵惊叹感慨,又从婴儿车里抱起阿春,摘下手腕上黄灿灿的纯金镯子,套到阿春藕节似的小肥腿上。秋菊回头见明叔正挥手招唤候在码头上的轿夫,立刻抱怨:"你这硬颈阿叔,明明有火车半个时辰就到家,风光体面,他不坐;每次非要坐轿,这么热的天,晒着捂着,大半夜才一身臭汗回到家,难受死了不说,一路上还被乡里嗤笑。"

"你识么嘢(懂什么),妇人之见!"明叔一甩衣袖,抬脚要上轿。

陈宜禧忙拱手上前:"明叔,新宁铁路通车都快一年了,你每次还坐轿回家,实在是侄儿的过失。今日侄儿携家眷三代恭迎阿叔返新宁,请阿叔无论如何赏光坐火车回家。"陈宜禧九十度鞠躬,双手拱到头前,是明叔不答应就一直躬身不起的姿态。

"你以为鞠个躬就够了?你在西雅图犯浑,当众打……"明叔涨红了脸。

陈宜禧知道明叔记恨他二十五年前在雅斯勒会堂扇的那个耳光,当着四周迅速围上来的乡里又不想认衰仔(自认无能)说明白。乡里们只知道明叔五年前公开发誓,永不坐陈宜禧的火车,叔侄间的不和早传得尽人皆知,围观的人越来越多,都想看他们如何收场。

陈宜禧直起身,对明叔笑道:"那时侄儿后生,不知天高地厚,冒犯了阿叔,今天当着众位乡亲的面,任凭阿叔责罚。"说完又九十度鞠躬下去。

明叔咬牙切齿,揪住陈宜禧的长袍领口,把他拎得脸侧向一边,又举起巴掌。秋菊把阿春塞给美琪,颠着小脚奔过来,压嗓子骂:"你还真打啊?都是六十五岁的人了,还为老不尊,也不怕乡里笑掉牙!"

明叔眼珠左右一扫,松开手,沉下脸:"君子动口不动手,今天你当大家的面,扇自己一耳光,承认你目无尊长、猪狗不如,才算你有诚意。"

早上出门前,沐芳叮嘱陈宜禧记住一个字:"忍",所以他做好准备,打不还手、骂不还口。可明叔刁钻,出个难题要堂堂新宁铁路总办受胯下之辱,让他以后如何面对公司上千雇员?真是得寸进尺的小人……陈宜禧迟疑,众人眼睁睁观望,潭江水"哗哗"地流。沐芳探询的目光落到他脸上,他感觉到了,却不敢看她。

"自家人就算千差万错,也不及西雅图暴乱的洋人凶狠恶毒吧?一忍泯恩仇。"他仿佛听见沐芳贴在他耳边说,心一横,举起手掌……

阿春在美琪怀里忽然放声大哭。乡里们笑,说外孙不忍心看公公打自己呢。也有乡里劝:"明叔见好就收吧,阿禧真心实意求你原谅呢。"

美琪哄着阿春:"别哭,快给太叔爷作揖,太叔爷是刀子嘴豆腐心,给你派大红包啊……"

明叔翻眼皮:"算了算了,以后我坐火车你们别追着我买票就是!"

陈宜禧正身,扯直袍子,又是一个长长的九十度鞠躬。

众人鼓掌感慨,让开一条道,莫名其妙的乡里还夸明叔大人大量。

明叔看着沐芳艰难地移步坐进轮椅,脸上抽搐两下,抢上前去推轮椅。没推出几步,便低头对沐芳说:"你当初要是跟了我,也不至于这样。"

秋菊一巴掌拍过去:"老不正经!"

火车上,陈宜禧与明叔缅怀在西雅图早年的时光,说到明叔娶凯瑞公主,在波特拉奇①上被灌了迷魂酒,不由自主地跳大神:"你不知你当时摇头摆尾有多癫狂,哈哈!"

"你和道叔爷也醉得只知道傻笑。"明叔像当年一样,嘴角弯到耳边,露出镶金大牙。

"你当时,有没有灵魂出窍的感觉?"凯瑞燃放的"蘑菇烟花"怦然闪现记忆中,还有她如烟漫舞的黑发。

明叔没回答,呆望着窗外。

青葱岁月的冒险与奇遇,透过时间的烟尘望过去,仿佛是别人的梦。他窥视到的梦中旖旎,都是传说。偶尔在别人的梦里飘浮,完全失重、失控,完全没有顾忌,也是难得。

---

① Potlatch,北美西北部印第安人的"千金散尽"宴。

"凯瑞在香港水土不服,染疾不治,上月刚去世了。"明叔终于喃喃道。

"还要拉我去处理后事!"秋菊不满。

"阿婶太能干了,明叔这么大一家子的事,打理得有条不紊。"沐芳笑。

"道叔爷走后,管得住明叔的也只有秋菊阿婶了。"陈宜禧也打趣。

"他要是再娶,我也管不过来了。就没见过这样花心的男人,不知是我哪一辈子欠了他的!"

"听说叔爷在为新宁筹办学堂。"美琪插话。

"是啊,十房子孙,不能整天跟乡下野孩子似的满地乱跑啊。"秋菊说。

"妇人之见!"明叔啐道。

"阿婶,明叔此举可是造福乡梓,我先认捐一万洋银。"陈宜禧昨晚和沐芳、美琪已经商定此事。

"我为新宁女子学堂募捐到的一万元也全数交给叔爷,请叔爷做总理,为新宁办一间中西并重、男女合读的学堂。"美琪拿出一张银票来。

昨晚陈宜禧和沐芳说服了美琪:她整日管理铁路公司的账务已经忙不过来,阿春又小,办学实在难以兼顾。听说明叔是真心办学,他们一家成全他,给足他面子,他应该再没理由和宁路唱反调了吧?

明叔诧异,眯缝眼眨巴着,接银票的手有点发颤:"承蒙贤侄孙女不弃,老夫理当办一所让所有新宁后生、后生女都受益的学堂。侄孙女品貌兼优,是金山大学堂的毕业生,届时请一定来学堂做协理,也为新宁后生女立个榜样。"

第二十六章

灵与肉的双重滋养

宣统三年（1911年） 新宁

"欢姐，上月从澳大利亚进口的枕木，人家又来催单了。"工程处王处长拿着电报走进财务处。

车务处的李处长也跟进来："阿欢，煤炭的账单，从越南寄来的，怎么处理？再不支付，人家不供煤，火车怎么开？"

"金山订的钢轨，嘉祥的船运到江门了，要一手交钱，一手取货……"收支处的陈股长也来催过好几次。

作为新宁铁路公司的总会计，美琪近来相当头痛。斗山至会城的铁路已通车，天天来回开几趟，趟趟要烧煤；铁路继续往江门修，每寸钢轨每颗铆钉都要花钱买；通车路段的收入远不能平衡两边的开支；动工前筹集的二百七十多万已经耗尽，而第二期工程目前只筹到三十万股资，远远不够。她给工人发了工资、批钱给李处长去买越南煤，就再无余款给王处长和陈股长去买修铁路的原材料，顾头顾不了尾，华盛顿大学的会计课没教过她如何做无米之炊。

她却不能再向阿爸诉苦,此刻两位交通银行的大员正在隔壁阿爸办公室催账呢。她听得见他们在墙那边无礼叫嚷:"陈总办,你借的三十万是以新宁铁路作抵押的,期限已过,生意人以诚信为本,过期不还,我们就要按借款合同拍卖铁路公司的资产了,包括这座办公楼,还有你的办公桌,你的椅子……"

阿爸耐着性子请他们通融:"……有点意外……连本带利都会还。"

阿爸说的意外,与窗外下得昏天黑地的瓢泼大雨有关。借交通银行的三十万元,原以为本年六月斗山至江门全线通车后收入大增,便可依次还清。谁知开春以来,雨水连绵,施工困难,而且新会至江门沿路地势低洼,乡民怕修路积水,都要求造桥。平添的几十座桥梁使耗资陡增,严重拖延了工期。

如今整个大清的局势也像窗外的天气般风雨飘摇。五月,邮传部大臣盛宣怀牵头,从美、英、德、法四国银行集团借得巨款,将粤汉和川汉等全国铁路干线收归国有,拱手把路权让给了洋人。六月,保路运动在四川爆发,成都民众罢市、罢课,几千人拥到总督衙门前抗议,总督赵尔丰下令枪杀了三十多名示威者。继而保路热潮席卷全国,各地纷纷集会游行,支持川人义举。

时局动荡,加之铁路展筑至江门一带时,粤汉铁路公司再三争夺修筑权,阿爸费尽九牛二虎之力,也再难动员股东们多掏一分钱来修路。干线收归国有,虽说支线仍可商办,但朝廷政策一日三变,谁知宁路今后命运如何?再投钱给宁路,不等于把钱白白往大海里倒吗?

"做买卖按合同办事,天经地义,下个月再不还钱,别怪我们不客气!"两名交通银行大员拍桌子下了最后通牒,摔门走了。

楚三摇着头从隔壁过来,胸前别着她送的派克金笔:"邮传部属下的交通银行,朝廷说是为支援全国电讯、邮政、航运和路业发展而成立,可这新政实施到宁路这里,怎么就如此苛刻?"

"你对衙门那一套比阿爸熟悉得多,好好想个办法吧。"

"朝思暮想。"楚三看看虚掩的门,在美琪脸上亲一口才说,"我确实想到个办法可以试试,还没敢跟总办说,先跟你商量——我们得拿宁路的金字招牌做文章,先砸了自己的招牌。"

结婚五年了,楚三仍常有让美琪看不透的时候,她觉得那是他东方的含蓄的一面,也是他的魅力所在,可这次她猜到了他没说出口的话,捂嘴道:"你是说借外债?"

"不错,我们跟国内外股东求爷爷告奶奶地募资,一无所获,总不能让交通银行把铁路拍卖了吧?只好去香港向外国银行借钱了。"

美琪摇头:"自拆宁路'不招洋股、不借洋款'的招牌,你这算什么馊主意?"

"听我讲完再批评嘛……"

阿爸推门进来:"小两口办公时间还要关起门来说私房话?"

"我们在想办法为宁路筹钱呢,阿爸。"

"那我更要听听了。"阿爸拉椅子坐下。

美琪对楚三点头:"跟阿爸直说吧。"

"总办,三不主义是宁路的金字招牌,也是粤省的骄傲,甚至是全国的骄傲,在商办铁路中绝无仅有。不但现任粤督张鸣岐不愿看到这面金字招牌垮掉,就是邮传部大臣盛宣怀应该也不愿意。既然如此,如果我们不得已去借洋款,他们或许就会同情我们的处境,做点实事来维护这面响当当的招牌。这是孙子兵法里的'陷之死地然后生'。"

每当楚三提起东方谋略,美琪就被他再吸引一次,她轻轻拉起他的手,像触摸到一个无形的锦囊,里面装满中国人两三千年的洞见。三言两语,就是古代智者为后世铸造的一把钥匙,专为解开人生锁结,精准好用。楚三总知道何时何地该用锦囊里的哪把钥匙。

阿爸犹豫:"这样做违背我们的初衷,股东和舆论恐怕不容。"

"总办,我们被逼无路才行此苦肉计,况且是权宜之计,并非真心如此。但这么一喊,张督及邮传部或许就会伸出援手。国难当头,银根短缺,朝廷无计可施就借外债,而且一借就上亿,盛宣怀刚跟四国银行借了六百万英镑强收粤汉、川汉铁路,我们借个几十万算什么?"

阿爸起身:"欢欢,你马上去给秀宗拍电报,让他尽快把西雅图的广东大厦卖掉,总额全部电汇过来应急……"

"阿爸,你……和阿妈商量好了?卖了楼,广德公司搬去哪里?秀宗一家住哪里?"一八八九年西雅图大火后落成的第一栋砖石结构大楼,当时引来全城多少围观钦叹。那三层洋楼里,装满美琪青春的欢喜悲伤,装满他们全家相濡以沫的记忆,也标志着阿爸作为美国西部华商翘楚的骄傲和荣耀。她还曾想,等阿春懂事了,就带他和楚三回去西雅图走走,从她三楼卧室的窗口,指给他们看她年轻时每日面对的宝蓝色海湾。

阿爸目光闪动,仿佛随她的心思也看到了大楼赭红色的楼面、花岗石雕刻的弧形窗台;耳朵侧起来,似乎也在听松木楼道里她和秀宗"咚咚"的奔跑。可他最终一挥手,心意已决:"仔大仔世界(儿女大了,独立行事),让秀宗自己想办法安排!"又转向楚三:"为宁路,我倾家荡产都不怕,背个骂名又何妨?股东那边我可以尽力去说服;只是近来革命党攻势迅猛,数月前黄兴带兵破了总督府,听说张督越墙出逃,一家老小都被俘获……这般纷乱的情势下,让他和邮传部出手相助的把握有多大?"

"总办,广东大厦是你名下最宝贵的资产……"楚三一定也看到美琪脸上的不舍了,"我们先去找张鸣岐想办法,你再决定是否要卖楼可好？"

"我不竭尽全力，怎可说服股东们？对了，欢欢，让青松把中等以上的田产和沙坦市的五间店铺也全部卖掉。"

阿爸这架势，楚三再不回答，他恐怕连朗美老家的三栋青砖楼也要卖掉。美琪推一下楚三："你快讲如何让张督伸出援手吧。"

"张鸣岐……呃，他现在的确千头万绪，一边受命于朝廷要平定叛军，一边要借外债维持广州市面，谨防民众惊慌暴乱，听说广州市民都拒用纸币，到银行抢兑现洋……"楚三显然早已理清这条思路，重新集中精神笃定剖析，"但是总办如果亲自到广州求助，他定当会接见。张督向来以光绪新政的代表自许，宁路是他推行新政的辉煌业绩，从立案之初他就大力支持，一定看重这笔政治资本；他能击败众多政敌，甚至他的老师岑春煊，宁路的政绩该是一枚沉甸甸的筹码。现在全国这条唯一不招洋股、不借洋款、不用洋工的商办铁路办不下去，这块金光闪闪的粤省招牌要倒了，他怎能撒手不管？"

阿爸沉吟："倒是不妨一试。办铁路是造福千秋万代的事，皇帝来来去去，朝代更迭不休，而铁路实实在在修建在大地上，印刻在地图里，张督若能再度支持宁路，后人会记得他的功劳。但愿乱世之中他还有此胆识卓见吧。"

广州

两天后的早晨,吴楚三陪同陈宜禧到了广州天字码头,李是龙带四个护勇持枪跟随两旁。六年前还一片繁华的南方大都会,战乱中已面目全非,几乎成了一座空寂的鬼城。曾经夜晚都座无虚席的茶楼酒肆,食客寥若晨星;路上经过的丝绸、珠宝、参茸等百年老店,都怕遭抢劫,早关门大吉;曾经人声鼎沸、鸡飞鸭跑、鱼蹦虾跳的集市,只剩下空荡荡的木盆和铁笼;洋楼别墅、古宅深巷里,也听不到留声机播放的粤曲和搓麻将稀里哗啦的声响,富豪们早逃到香港、澳门或者沙面租界去了;只有银行还在营业,神色紧张的市民在门口排成长龙,端枪的兵勇来回巡视。

为避免劫掠,一行人全部平民装束,长袍马褂或者短打,雇了黄包车谨慎前行。而且听说四月黄花岗叛乱后,总督下令凡穿洋装剪短发的人都抓去审讯,吴楚三也只好学总办,扣了一顶带假辫子的瓜皮帽。到了被叛军手榴弹炸塌过,至今还残缺着檐角墙根未完全修复的总督府门楼前,吴楚三心里一路敲过来的鼓声更响了:如此兵荒马乱的氛围中,张鸣岐是否真如自己对总办力荐那样,还有闲暇和余力来关注新宁铁路?

总办像听到他心里的鼓声,拍拍他肩膀:"既然来了,就尽力一试吧。毕竟是在自己人地皮上,总有办法的。"

吴楚三给门房塞了红包，再奉上名帖与呈文。门房去禀报的空隙中，总办换上了蟒袍补褂，蹬上高底官靴，他再把一早备好的光绪帝的灵牌递给总办。

川人保路，都在成都街头搭灵台，供着光绪的神牌，满街飘着黄纸魂幡，上书"庶政公诸舆论""铁路准归商办"等字。他既然建议拿先帝新政做切入点，从自己拟的呈文，到总办身上的官袍、手里的灵牌，内容形式都马虎不得。吴楚三手里还拿着下船时买的一份《羊城日报》，上面有川人保路的报道。现在川人扬言要活捉赵尔丰，碎尸万段之，以祭光绪先帝及死难志士在天之灵。如果张鸣岐允许他陪总办进见，他就手持这份报纸前去，说不定有震慑之功用。

或许因总办这两年名声大噪，又或许总督大人血洗广州后急需一项安抚人心的政绩——朝代说改就改，聪明人都知道要留条后路，他们很快被传见了。吴楚三与总办交换眼神，总办立刻把光绪帝灵牌捧到胸前，哭丧起脸，迈开沉重的步伐。

张鸣岐在一间小客厅里接见他们，几张酸枝椅配茶几，简单至极。张鸣岐比六年前吴楚三第一次在广西见他时瘦削许多，眼神里多了只警惕的鹰，支着坚硬锐利带钩的喙，话音也不如从前圆润。吴楚三对这位与自己同岁的青年才俊曾钦羡不已，在官场如鱼得水扶摇直上，除了才学与幸运，足智多谋必定高过自己数倍，但今年黄花岗叛乱以来，他却庆幸自己选择了实业而非仕途，眼前的偶像险些丧命不说，沾染那些浓厚的血腥,实在不是自己一介书生所能为。

张鸣岐对他们倒是客气,进门便请总办把灵牌供到正中的圆桌上,唤随从送来香火,带头合掌跪拜,口中含糊念叨:"先帝英年仙逝,吾等含泪偷生……凌云壮志难忘……祈先帝英灵垂顾……"

拜到中途,秘书慌张跑来,请总督去接紧急电话。吴楚三和总办长跪在灵牌前,起也不是,继续拜也不是。线香燃掉大半截,膝盖在磨石方砖上抵得快麻木了,总督匆匆赶回来,再撩起蟒袍前摆跪下号哭三声"先帝呀……"

待大家起身坐定,总督脸上闪现和气的笑意,不见泪痕。总办陈述宁路困境,总督收起鹰钩眼神垂目倾听,时而点头,时而感叹,吴楚三却似乎能感到总督的心神游移在十万八千件事情之间。末代枭臣,与檐角残缺的督府门楼一般,说倒就倒,神闲气定之态向来只属于繁昌盛世。

总督临末一开口,清晰的条理却叫吴楚三吃惊:"陈总办于乱世之中矢志不渝,毁家纾难,一心为乡亲办铁路,确乃继承光绪皇帝未竟之志、延续新政之举,实在令本督感动,作为粤省父母官,当尽绵薄之力促成宁路全线通车。"

总督不仅承诺帮忙,还即刻招秘书来拟写两份电文。一份给本省劝业道衙门抄转邮传部,动员全省绅商积极支持宁路;一份直接给邮传部,切盼邮传部饬令交通银行将宁路前借之三十万元缓期两年偿还。"不过,陈老伯啊,宁路'不借洋钱'之豪迈气概曾鼓舞海内外众多人心,时局再难,本督也不愿看到宁路的'三不'招牌蒙尘褪色。"

张鸣岐果然不容宁路自毁招牌,吴楚三心里的鼓声落回到正常节点上:"那么,可否烦劳大人再发一份电文,嘱邮传部饬令交通银行再借给宁路三十万元,以竟全工?"

"本督与邮传部盛宣怀大人交情不浅,只要盛大人下令,估计交通银行已借予宁路的三十万,缓期两年绝无问题。不过,盛大人目前疲于应对川路风潮,恐怕无暇分神过问宁路。"总督眼里的鹰钩刮到吴楚三手中的《羊城日报》,吴楚三慌忙把报纸扔茶几上。

"况且,当前全国银根短缺,再借三十万,把握不大。我们不能只盯住一处不放,要多方设法……"张鸣岐说着走到门口,推开房门,院里的暑热蝉鸣哄拥而来。

接见结束了?总督对宁路推心置腹的关怀到底也落不到实处?吴楚三与总办对视,正要趋步上前斗胆追问,却见总督瘦削的背影定在门框中间,进退两难的样子。门外天空灰蒙蒙,欲雨沉闷,似乎也在等待着什么发生。

总督忽然转身:"这样,本省的官银钱局借一部分资金给你们,不过数目超过十万都得由朝廷的户部广东司审批。王清穆大人过去任职户部,宁路最初立案,王大人也起了关键作用,你们再请他找找过去的熟人疏通一下。而且,王大人目前在浙江省任财政监理,借款方面,你们也请他想想办法。这样两处一凑,完工所需的三十万就不难筹措到手了。"

是啊,还有王大人呢,虽然远在浙江,毕竟也是帮过宁路大忙的贵人。吴楚三不能不佩服张鸣岐多谋善断；他的心思,的确像蜘蛛一样,随时在官场密布的十万八千条网丝上游走平衡。不管他出于何种动机,能帮助宁路解决资金大难题,就是宁路的及时雨。

浙江

　　出了总督府,吴楚三与总办兵分两路,他带个随从买票登上了开往上海的轮船,由上海转道杭州去拜会王清穆大人;李是龙带其余人护送总办去香港召集股东大会。

　　吴楚三在舱房安顿好,已近黄昏,晚餐还在准备中,他便登上顶层甲板透风纳凉。甲板上只有一群学生,聚在一处热烈谈论,见有人上来,谈话戛然而止,警惕地打量他。他笑笑逛到甲板另一头。日落时分,曾是珠江沿岸华灯初上之时,岸边接踵比肩停泊的紫洞艇上莺歌燕舞,笑浪起伏。他还记得五年前,与总办坐船去上海找王大人打通宁路立案关节,坐的同是英国太古公司的火轮,走的同一条水路,当年的灯影喧哗却暗淡沉寂了,莺莺燕燕不知去向。

　　再回头,学生们已散去,遗落的笺页飘到脚边,他弯腰拾起,上面工整的小楷抄录着:"《与妻书》林觉民……"

　　关于这位受伤被俘,公堂上对张鸣岐慷慨陈词的青年烈士,吴楚三在新宁早有所听闻,他的绝笔信也听人说过,却是第一次读到。字字句句,读得心潮澎湃,又无限痛惜,以天下为先的豪情壮志里还包裹着此般柔肠百转。

吴楚三拿着《与妻书》走进餐厅,问侍者要了信笺,准备用餐前抄录一份,下站到岸寄给美琪。他此行虽说不上是为天下,可至少是为新宁父老吧?兵荒马乱、路途遥远,颇有些风萧萧兮易水寒的悲壮。

他刚掏出派克金笔,有人走过来:"是新宁铁路的吴文案吧?"

吴楚三抬头,是位穿米白西服的体面绅士,六十岁上下,身形厚重,颌下赘肉把本来的圆脸拉扯成与体形相应的秤砣形状。

"在下新宁黄玉堂,难得与吴文案碰巧同船。"黄玉堂的目光从外眼角斜下来,度量着他。

"黄玉堂"这名字有印象,吴楚三一时想不起何时何处听过,但此人却是第一次见。而铁路动工、通车之时,他和恩师、总办等人的合影都见过报,所以人家知道他是谁不出奇。他起身拱手:"幸会,黄先生。"

黄玉堂反客为主,在吴楚三对面坐定,洋气地摊手示意他也入座:"久仰吴文案乃余灼副总理生前的得意门生,文韬武略,当今乱世少见之青年才俊,新宁铁路有吴文案出谋划策、鼎力扶持实在是不幸中之大幸。"

类似的赞誉吴楚三听过不少,已不在意,但最后一句话中有话,他立刻提防起来:"黄先生此话怎讲?"

"听说宁路第二期招股艰难,在下有个建议,不知吴文案是否有闲暇听我讲两句?"

说到招股,吴楚三想起来,"黄玉堂"曾列在第一期股东名单上,占的份额不大不小,一万元。第一期铁路还没完工时,《香港中外新报》匿名信风波里,黄玉堂是吵着要退股的一位。当时宁路现金已紧缺,总办与他分头奔走香港、四邑,逐个股东去说服,却没见到黄玉堂,只收到他几封催退股的加急电报。为了息事宁人,总办自己掏腰包退了他那份股资。今天这人找上门来,不知有何高见?吴楚三默然不语。

黄玉堂却当他洗耳恭听:"宁路迟迟不能完工,入不敷出,可见年近古稀的陈总办已力不从心,就算他思路还清晰,精力也难胜任了。宁路该由吴文案这样的新生力量来扛大梁。"

"黄先生大概没见过我们总办吧?他精力充沛像个后生哥,下工地还和工人一起抬铁轨呢。"

"呵呵,那也抬不了多久。余副总理去世至今三年多了,吴文案为宁路作了多少至关紧要的贡献,几解还是个文案?副总理的位置,依鄙人所见,早该给你。"黄玉堂紧盯着他,不肯错过他脸上最细微的动静。

吴楚三面皮僵硬起来,低头扶额。他是总办的乘龙快婿,恩师余灼走后,又是总办最信任最得力的军师,从立案之初到这次筹集资金,他为宁路出力流汗更绞尽脑汁,副总理的位置理当归他,不争朝夕。只是三年过去,总办仍无提拔他的表示;他在心里劝说自己,宁路目前困难重重,总办分不出心思来调整人事,反正他埋头苦干,尽心辅助总办就错不了——真错不了吗?总办不会以为他就安心做一世文案吧?"吾平生未尝以吾所志语汝……"林觉民临终还能在一方白巾上畅言志向,他的平生抱负又该向谁去诉说?

"陈总办运筹帷幄,成竹在胸……"吴楚三听见自己像学生背书般牵强作答,担心自己的疑虑已表露于色。他心中的隐秘怎能让一个陌生人道破?

黄玉堂喉咙里滚出两声冷笑:"副总理的位置长期空缺,陈宜禧一人大权独揽,财务交给他女儿掌控,股东的权益如何保障?那迟迟不肯给你的副总理位置,恐怕是留给他西雅图的儿子的吧?肥水不流外人田嘛,哈哈!"

对呀,总办吩咐把西雅图的广东大厦卖掉,广德公司的大本营就没了,秀宗不回新宁去哪里?一语惊醒梦中人——他再尽心尽力,却永远不可能成为陈家人。吴楚三猛抬起头,见黄玉堂已起身,意味深长盯了他最后一眼:"说实话,我和一帮朋友手里都有钱投资,几十万不在话下,但除非吴文案做总理,谁愿意把白花花的银钱往珠江里扔?"黄玉堂拄着银雕蛇头拐杖,拖着左腿,一扭一拐走出餐厅。

副总理本已足够,瘸子黄玉堂竟要他替代陈总办……吴楚三被这大逆不道的提议搅得整夜未眠,第二天就闷在舱房里,怕再碰到黄玉堂。闷到傍晚,又想,凭自己的才干学识,还有这些年积累的筑路经验,如果哪天总办想休息了,他来接替,完全可以胜任,而身后有自己一干股东支持更有说服力。于是晚餐时,他禁不住走去餐厅,像在一步步靠近魔鬼的诱惑。黄玉堂当晚却没出现。随后的航行中,吴楚三不止一次有意找寻,黄玉堂却像幽灵般消失了。

吴楚三心里一路潮涌浪伏,临近上海才意识到起航时给王大人发的求见电报还没收到回复。是船上的电报收发不可靠,还是王大人那边有什么变故?官场险恶,谁能预料又发生了什么?

清廉能干的王大人曾是商部的顶梁柱,可听说商部上折奏请设路务议员,稽查各省铁路利弊,某些权贵心虚起来,王大人便被莫明其妙地贬为直隶按察使去主管一省刑事,振兴全国交通的宏图伟愿再难施展。郁愤中恰逢其母去世,王大人便以奔丧为名申奏南归。因他的盛誉早传遍江浙,守孝期满,即被浙江总督任用为该省财政监理,监管一省财政要务。

吴楚三到了杭州,直奔省府财政衙门。一打听,原来王清穆为太湖水利局查办一宗经济案去了,十天半月回不来。手下人说,电报收到时,大人已去太湖,根本没看到。吴楚三等不及,讲明王清穆与新宁铁路的特殊关系,求留守官员即刻派小厮带他和随从去王大人办案的现场。

他们风雨兼程来到水波浩渺的太湖边,随小厮登上一艘渔家的大号乌篷船。船上满载黄色片石,看似治堤的备料。在船尾渔家弄炊的台案旁,王大人身披蓑衣,躬身捡起一块黄色片石,与他手中的青色方石一碰,黄色片石即刻碎成粉末。

王大人训诫两名下属:"本来用石灰岩筑湖堤,里里外外都应是坚实的青石。可监管工程的官吏上下串通,只在表面铺一层青石,堤内塞的都是这种风化的泥质沙岩,泡水后很快化成烂泥。十几里湖堤,本是百年大计,却金玉其外,败絮其中,不到两年就崩塌,水患殃及方圆几十里。为贪污十几万,便不顾百姓性命家产,此等忘义枉法之鼠辈怎样严惩都不为过。你们放胆去处理……"

原来他们就在赃物现场。五年不见,王大人两鬓染霜,面貌更加清瘦黧黑,两眼在风雨中更显炯炯神采。但看见他,有点愕然:"吴文案,因何而来,路事有何变故?"

"宁路遇到了大难题,十天前即给大人拍了电报。"

听罢吴楚三简述,王大人叹:"对新宁铁路,我本想一管到底,只恨调离了商部,浙江和广东又省分相隔,不能直接发号施令。"

吴楚三不安:"凭大人向来的威望、旧时关系,或许还能影响有关部门?"

王大人左右思索:"当今情势之下,各地官家银根短缺,江浙也差不多……这样,我一方面请户部旧日的知交关照,敦促广东官银钱局那部分借款落实;另外再用我个人名义作担保,到官商合办的浙江银行借一部分,就按张督的建议,双管齐下。你看,需借多少?"

"三十万。"

"好,广东官银钱局二十万,浙江银行二十万,共四十万,留有余地。为期两年,如何?"

"足够了,全线通车,很快就可以本利清还。"吴楚三忙鞠躬拜谢。

"这我相信。"王大人点头,"官场上都说,有权不用,过期作废。时局如此动荡,多数人在末班车上只顾以权谋私;我能用手中实权做点实事,就心安理得了,做一件算一件……"

凄迷烟雨中,吴楚三跨上渔人的舢板,与王大人拱手作别。王大人的"末班车"慨叹,令他对国家和自身的前途都更为迷惘,虽然他相信大人对宁路的支持是可靠的,正如立案之初,他和总办在上海与王大人挥别后,岑春煊的阻挠不久便通过庆亲王排除了。可连王大人都说做一件事算一件,乱世之中,宁路也只能修成一段算一段,走着瞧。

王大人雷厉风行不减当年,吴楚三在太古公司返广州的船上,就收到了他转抄的北京及广州复电:借款没问题。

新宁朗美村

禧哥和楚三去广州后,兴婶体力忽然衰退,下不了床,神志更加不清;夜里时常从噩梦中叫唤坐起,说阎王爷责备她从前看了不该看的东西,派小鬼们拿催命索追她呢。

沐芳便让下人在兴婶的睡房里搭了个竹榻,每晚陪睡。

红柳体贴道:"夫人行走不便,还是让我来陪吧。"

沐芳说:"阿妈需要的是心安,我走不动,死守着她,她就不怕鬼追了。"而且,兴婶好像只认得沐芳的声音,只听她安抚;她儿时与兴婶如母女般在老榕树下做女红的时光仍触手可及。

兴婶应答她的却总是那一句:"阿芳终于回来看我了,再给我生个孙子。"

沐芳拉起兴婶的手,感觉老人家的气脉时断时续,便让美琪拍电报去香港,请禧哥尽快赶回来。

这天兴婶难得睡了个安稳觉,早上醒来要人抬她去堂屋,还要红柳去烧黄豆猪手来吃。沐芳陪坐在茶案旁,吩咐红柳先把门窗打开通风透亮。

阿娇进来,手里红漆盘托个小砂锅:"听说阿妈今日好点了,我早起无事,做了黄豆焖猪手,正好端来孝敬阿妈。"

兴婶闻到肉香,鼻头耸两下:"阿芳烧猪手来吃……"

"是二姐烧给你吃的。"沐芳笑。阿娇其实比她小两岁,但她是二房,回到朗美自然按朗美的习俗称谓。她对阿娇欠身:"二姐真是有心。"

阿娇放下托盘,坐到沐芳对面跷起二郎腿:"听说老爷卖楼卖田为铁路筹钱,阿芳,我们姐妹多少也该为老爷出点绵薄之力吧?"阿娇瞄一眼沐芳手腕的白玉镯。

"二姐说的是,都是身外之物。"她抹下玉镯放桌上。

禧哥在出售广东大厦前问她,她也是这句话。禧哥对她的无所谓有点吃惊,毕竟,西雅图大火后的新家,有凤凰涅槃的寓意,她的确也是在那里一点一滴攒足了重新站立起来的力气。她记得很深刻,那些躺在病榻上的深夜、坐在轮椅里的午后,光阴之河淌过脚边,她一丝一缕梳理因果的藤蔓,从心到身层层卸落痂壳伤疤。有时她甚至看得见体内某条筋骨贴着她理顺的藤蔓生长复原,或者被没解开的某个结阻挡。但那栋楼,她跟禧哥说,其实更像她和他褪去的一层壳,他们已经回家,舒展在适合自己的"元素"里,那个空壳留着也不过是个摆设。

阿娇又打量她的耳垂和领口,可她连耳朵眼都没扎,也从来不戴项链。她几乎没什么首饰,桌上的玉镯是秀宗去年送她的生日礼物。

秀年抱着阿娇的檀木首饰盒进来,看到桌上只有一只玉镯,显然失望:"这点东西能换几块钱?"秀年在机器厂老老实实做了两年工人,半年前由吴楚三保荐,被提拔去学习开火车。他穿着蓝色咔叽短裤、长筒软皮靴,头戴西式工装帽,不时拨弄胸前挂怀表的银链子,那是司机级别最重要的标志。

阿娇叹:"你三妈大概是做自梳女那时就养成的清简,也怪不得她。"

沐芳回乡后,极少出门,是因为腿脚不便。她曾经招人顾忌的自梳女身份,二十多年前禧哥为保护她而不愿带她回新宁的主要原因,在新时代,似乎已不是个问题了。独立做工养活自己的女子越来越多,不必屈从媒妁之言,也无须发誓终身不嫁。而且,知道她当年自梳的乡里已不多,还在世的也都到了病痛缠身的年纪,少有精力搬弄是非了。家里只有阿娇寻着机会就提一句。

"阿芳不能自梳,还要给我生孙子。"兴婶插话,两眼茫然对着门外。

"阿妈真会说笑,阿芳连路都走不动了,还生孙子呢,哈哈哈……"阿娇拍着茶案;秀年露出被鸦片熏黑的牙。

"阿芳……小鬼,小鬼来啦!"兴婶忽然瞪直两眼,双手在脖子上乱抓,好像真有绳索勒上来。

"阿妈,我在呢!红柳,快来赶小鬼!"沐芳拉住兴婶的手,红柳跑来一阵揉胸捶背。

阿娇无趣,让秀年抱起首饰盒跟她走。正巧禧哥赶进门来,让秀年去找宗全医师,一边和李是龙把兴婶抬回床上。

岔了气的兴婶终于缓过劲,接连唤"阿芳"。沐芳握紧她的手不断宽慰:"阿妈,我在。"兴婶还是撑着眼皮四处"张望"。她莫非是在找美琪?可美琪在公司上班。沐芳催李是龙去叫美琪,只是不知还赶不赶得及?

红柳端来参汤,舀一勺吹凉,送到兴婶嘴边。兴婶一把抓住红柳的手,汤水洒到蓝褂前襟、蓝花被面上,红柳忙抽出手帕来擦。兴婶却使劲拽过红柳的手,拍进沐芳手里:"阿芳再生个孙子……"

大家愕然。阿娇捂嘴"吃吃"笑,推禧哥一把:"这回可是阿妈的意思。"禧哥绷直了脸;红柳更是不知所措,脸红成莲雾,惊慌与尴尬揉乱柳眉凤眼。

沐芳看进兴婶涣散无光的双眼,算作个确认,然后拉起禧哥的手,又把红柳的手叠上去,一起放回兴婶手中。兴婶搓摩红柳和禧哥的手,闭上眼睛,逐渐安静,喃喃念着"再生个孙子……"沉沉睡去。

兴婶放心地走了。禧哥厚葬了养母,戴孝至百日大祭,便住到宁城忙公司事务去了,只字不提收红柳做偏房的事。兴婶临终的意思很明白,大家都看懂了,是进是退,沐芳一时也不知如何处置。阿娇以陈家女主自居,挑头张罗,派秀年去斗山镇上祥瑞家什店定制红木雕花架子床,又吩咐下人把兴婶住的房间打扫布置一新,说喜床做好,就为禧哥和红柳挑个吉日圆房。

红柳上楼到沐芳房里私语:"三夫人在老夫人和老爷心中的位置,大家都心知肚明;老夫人临终也分明是要三夫人做主,红柳只听三夫人的话。"

"你自己怎么打算?"红柳伶俐乖巧,又生得清爽俊俏,沐芳向来喜欢她。

"红柳十四岁从北方逃荒过来,跟了老夫人十多年,也没别的去处,愿意伺候老爷和夫人一辈子。"

"家里许多事确实都离不开你。可你不想寻个好人家,嫁个年纪相当的人?"

红柳低头,脖子耳根瞬间红透:"红柳……听夫人吩咐。"

看来红柳是愿意留下做偏房。前日梦中兴婶又来跟她唠叨,说红柳健康结实屁股大,保准能生儿子……

替禧哥纳妾,沐芳之前不是没想过,每次话到嘴边,禧哥对她的百般疼爱却让她踌躇。或许是她的私心,她受重创的身与灵确实需要他心无旁骛的爱才能重新落定人间。

只是秀宗和莉莉多年没生儿子,兴婶在那边还担心着陈家的香火。"看老爷的意思吧。"她最后说。

在斗山定制的架子床十天后送到陈家第一栋青砖楼前:棕红海南花梨木,镂空花的圆洞门,若有若无的清香。"衬你呢。"阿娇瞥一眼红柳,让脚夫抬床去底层兴婶房间,又叫红柳:"再把你编的红双喜挂到床梁上。"

沐芳拄着手杖出来:"喜床抬去二楼老爷房里,老爷的旧床摆到阿妈房里去。"

"不是说好……"阿娇扬起蛾眉。

"我住底层方便些。"

"哎呀,阿芳,你又何必赌气?你知阿妈临走前对我嘱咐……"

"老夫人嘱托的是三夫人。"红柳插嘴。

"你个小狐狸精!你好意思住去三夫人屋里?"阿娇手指戳向红柳。

红柳低头躲开:"我听三夫人吩咐。"

"喜床抬去老爷房里。"沐芳侧身指二楼,不想多说。

花梨木喜床安置好一周后,禧哥才从宁城回到朗美,楼上楼下转一圈,走进沐芳执意搬去的底层房间:"我今晚……"

"上楼吧。"

"现在兵荒马乱……"

"兵荒马乱才更要添丁啊,铁路需要后继有人。"

"有欢欢和秀宗。"禧哥捧起她的脸,"你知道我心里只有你。"

他说过,头一趟去金山,帆船在浪峰波谷中随时可能沉没,而与她白头偕老的愿望便是他紧紧抓住的救生索。沐芳看着禧哥花白的发丝,心里潸然泪下:"我知道……"

"我们一起,连死都度过了……我人生的起点和终点都是你。"

曾经黄泉路上,是他追着拽着,硬把她拉回了人间。她好想抱紧他,抚摸他嘴角的褶皱,脸上却端着:"可阿妈临走前嘱咐的……我们不好再违背父母的嘱咐了。"谁能说她现在的残疾与他们当初在西雅图违背阿爸的嘱咐无关?

禧哥默然垂手,转身出门。

沐芳斜躺到竹榻上,听禧哥拖沓脚步上了二楼,红柳窸窸窣窣屈膝道万福,迎老爷进屋……兴婶掌心的温热仿佛还氤氲空中。她的心抓紧,扶着竹榻把杆的手微微发颤,呼吸不由自主停下来。万般不舍,带着丝丝凉意渗透她有知觉的大半身。她记起多年前藏在榕树下目睹禧哥迎娶秋兰时,铺天盖地的无奈与悲伤。

爱是灵与肉的双重滋养。她在西雅图受重伤,禧哥恨不得把他整个生命倾注给她,可她躯体受的损坏太重,对他顽强的源源不断赋予的养分,接收与回馈都有限。她下半部肢体成了石头般的死结,阳光雨露渗透不进,断了生机。宗全医师带着阿爸最后的能量到西雅图,替她找到她自己无法内视的阻塞,用外力疏通一道道拐弯处的积淤,包括那个在她腹中逝去的胎儿的冤屈。她现在的状况,像是石头裂缝,有了一线活力,有缓慢的生长,然而石缝中萌发的幼苗是否还能长成大树,她和他是否还能全身心水乳交融,却不得而知,毕竟她和禧哥的生命都不在枝繁叶茂的时段了。

她不能给他的滋养,希望红柳能给,既顺了兴婶的遗愿,也安放了她的担忧。禧哥生命力的表达,建设铁路只是一方面,而另一方面,他因为爱她而抑制的天性,她作为兴婶郑重嘱托的一家之主,要成全、释放。

沐芳长舒一口气。忽听见头顶楼板上"扑通"一声,红柳似在磕头:"多谢老爷为红柳着想,老爷夫人对红柳恩重如山!"

禧哥"咚咚"下楼,推门进来。墙上挂钟长针又跳一格,总共才走了十分钟。

"红柳不如你意?"她疑惑地看他。

"红柳愿意嫁。"他坐到竹榻边。

"我问过她。你……"

"不是嫁我,嫁是龙,呵呵。"禧哥咧嘴笑,露出齐整的白牙,恍如多年前捉麻雀送她的少年,"怎么样,我第一次做媒,还不差吧?"

她哭笑不得:"阿妈可是要她嫁你的。你没见她用尽气把红柳的手拍给我?"

"可我以为,那是阿妈把红柳托付给我们,要我们给她配个好人家。她跟是龙不是天生一对?我没乱点鸳鸯吧?"他等她慢慢反应,浑圆深邃的眸子里,是只给她一个人的温情与耐心。

她眼角闪出泪花,一把抱紧他,像抱着失而复得的珍宝。

凌晨梦中,沐芳跟宗全医师去了一趟阿爸访仙修道最后落脚的地方。北边一处翠竹环抱的山间,潺潺溪流绕过竹舍门前,竹舍旁有个衣冠冢,墓碑上刻着"恩师陈含章羽化升天处"。竹叶在清风里"哗哗"拂动,她在阿爸温暖的注目中醒来。

宗全医师在西雅图下船那天就告诉过她,他一早醒来不见了师父,床上只剩师父头天穿戴的青布长衫和罩帽。师父走前说,看见女儿阿芳困在一团浊气里,要他下山去找在新宁修铁路的女婿。

"如果师父的女婿不相信我是您的闭门弟子呢?"

"你问阿禧两件事就能证实:他带阿芳去金山前对我承诺了什么?他跟阿芳成亲那晚,桌上的蜡烛被风吹灭了几支?"

宗全医师为师父建完衣冠冢,便千里迢迢一路南行打听过来,在临近江门的路上遇到外出办事的吴楚三,被当作额外的惊喜,带到了庆祝铁路立案通过的诗酒会上。

"楚三为阿妈求医,四处寻访,很下了一番功夫才找到宗全医师。"这是美琪的版本。沐芳自有判断,却无心道破。女儿的灵与肉都有充分的滋养就好。

第二十七章

无所谓得到得不到

民国元年至二年(1912—1913年)　新宁

十月底,秀宗沐浴着中国南方的秋日艳阳,一路护送他在香港监制完工的火车渡轮到达牛湾码头。潭江上的风还有点烫脸,他凭栏享受,又在身旁画架上青峦环护的稻田里添两笔金黄;西雅图此时通常已进入阴冷的雨季,难得见到阳光了。

舷梯搭好,阿爸踏着橙红的晚霞走上船来。秀宗收起画夹,领阿爸检阅渡轮:"铁质甲板,一百零六米长,三道铁轨,每次可运五节车厢,船尾甲板渡河时拉起挡风浪,到岸放下与码头铁轨对接,当然最关键的是这两部卷动钢缆的电动马达……"

阿爸掂量着电动机旁的钢缆:"英国人做工倒是不马虎。"

秀宗是在宣统皇帝退位后,带着妻子莉莉和四岁的女儿艾米回新宁的。上了年纪的乡里都说他长得像阿公（外公），魁梧，眉目间有章叔当年的英气，当然，吃金山饭、喝洋墨水长大，又添了阿公当年没有的洋气，鼻梁像洋人般高挺，肤色透着金山的阳光。

他八岁时，跟阿爸回过家乡，还记得和村里小伙伴们漫山遍野疯玩，捉蚂蚱、掏鸟蛋，在牛尾巴上点炮仗，惊得牛群狂奔；偷了大妈厨房里的碎牛肉去喂鹩哥……犯了错阿爸要责罚，却总有阿嬷和大妈护短，被宠得像掉进了蜜糖罐——关于家乡的记忆都是快乐与香甜。所以七年前，阿爸带美琪回新宁办铁路，留他在西雅图守家业，他还怅然若失。

这次举家迁回新宁，碰巧赶上家乡改朝换代，莫名的兴奋和期待外，真正令秀宗摩拳擦掌的，是他终于能够学以致用了。他在华盛顿大学修的是土木建筑，毕业后，在金山却找不到肯雇华裔工程师的建筑公司，只能子承父业，经营广德公司的进出口生意。去年按阿爸吩咐变卖掉广东大厦后，他便请求回国帮忙修铁路，并逐渐把广德公司在西雅图的生意移交给岳父阿秋去管理。

阿爸欣然聘任他为主任工程师，分派给他的第一项重任，是设计从牛湾跨潭江到新会的铁路桥。铁路公司原计划从公益修桥至对岸开平水口，再从水口铺路入新会，但开平士绅强烈抵制，丝毫不通融，阿爸只好另择建桥地点。潭江江面在牛湾相对狭窄，阿爸说，在此建一座铁桥，对华盛顿大学建筑系的高才生来说，应该是蛋糕一块（a piece of cake），小菜一碟。

秀宗带队仔细勘测一番,却得出让阿爸大失所望的结论:水流湍急,两岸土质疏松,要承受四百米长的桥梁,固定地基的工程巨大,耗资费时,而且不一定能保证持久;最适于建桥的地点还是在公益过江到开平水口那一段。

"你别硬搬洋人那套理论,要学会因地制宜。"阿爸开始不信他的判断,亲自与施工队长实地测量证实后,着急上火了:"眼看铁路全线还差几公里就修到江门北街终点站,怎可功亏一篑?"

秀宗急中生智,记起桥梁史上读到的苏格兰前河入海口[①]案例,对阿爸建议:"既然目前修桥过潭江有政治阻碍、技术难题,我们可以效仿英国人,先定制一艘渡船,建一段'浮动的铁路',运载火车过江。等全线通车,经营稳固扩大后,再设法建桥。到时开平士绅们看到铁路带来的各种好处,说不定会改变想法,欢迎我们架桥修铁路过去了呢。"

阿爸听他详细讲解了钢缆轮渡(cable ferry)的设计,以及两岸码头传输火车上船的平台构造后,像从前在西雅图那样拍拍他的后脑勺:"看来我没白花钱送你去读洋人大学。虽然用轮渡过江缓慢,但这的确是目前时间和资金允许的范围内最安全可靠的办法。"

牛湾码头已经建造完工。父子携手下了渡轮,秀宗迫不及待东奔西走,检查码头的承重结构、坡度、铁轨、固定钢缆

---

① The Firth of Forth.

的钢筋水泥柱等等细节:"看来一切就绪了,明天就开始测试车厢装卸吧。"他负责的关键环节,自然要尽早确保运作正常。

一艘快艇翻着白浪疾驰到岸,李是龙提着手枪跳下船,脸上身上血迹斑斑:"总办,白石河工地被白石乡团练突袭,他们绑走了我们三个工人。"

七月底,秀宗临出发去香港定制渡轮前,原本还差两三公里完工的铁路干线,在江门边上的白石乡遇到了麻烦。白石乡有条潭江支流,白石河,河道不宽,平时只能行驶小木船;铁路经过,须架设连接南北两岸的桥梁。工人刚开始搭建施工用的便桥,就被几十个手持大刀木棍的本地乡团围住,不准动工。

为首的汉子吆喝:"叫你们陈宜禧到观澜书院见我们老大!"白石乡所在的区域由九大书院主持乡事。因地处水乡,各书院皆以观澜、伏波、听潮、凌海等字命名。

为了顺利施工,秀宗随阿爸去拜访了观澜书院。葵丛围绕的三进大院里,进门是天井,两侧厢房是课室,正中是大客厅。课室与客厅的朱红大柱上,均有烫金大字写的对联:"十载寒窗,缔造英雄于粤地;廿年秉笔,但求豪杰满冈州"等等。秀宗刚回国不久,第一次走进家乡的学堂,东张西望,但新奇感很快被把守书院的乡兵们狠狠地瞪跑了,乡兵手中的长枪短剑和院里本该有的书香气息很不协调。

他们先被带到后院祠堂,在祖先神牌前礼拜一番,然后被带进大客厅。

民国了,满街都在剪辫子,书院主持鲁正平仍拖着乌黑的长辫,前额剃得油光水滑:"陈总办来敝乡修路,本该欢迎,但目前这么架桥,九大书院辖下的上万乡民均不同意。"鲁正平指着墙上挂的地图:"白石河发源于邻县鹤山莱秀峰,合琶水、桐水、川水南流至白石乡,三水集成一水,水势浩荡而湍急。若在此架设水泥桥墩,势必阻塞水流,造成水患。因此,你们必须先在白石河上游开挖一条小河,绕江门市背面流入天沙河,分泄上游之水,方可免致水灾。"

阿爸问:"此小河需多长,多宽?"

"宽度和白石河相等,四十余米吧;长呢,大概两公里。"

秀宗跳起来:"从这里到江门北街,铁路铺轨才两公里,小河的长度竟也要两公里?"

阿爸按住他:"挖河道是水利局的业务,工程浩大,旷日持久,非本公司能力可以胜任,也不应是本公司的责任。"

鲁正平立即正色:"陈总办,你们不能只管自己谋利,不管棠下各乡受灾吧?"

书院其他人附和:"大禹治水是疏通河道,陈总办修路是堵塞河道……"

阿爸并不理会,低声与秀宗商量改建钢架吊桥的可行性。"四十米长的吊桥完全没问题,就是钢架成本高些。"他确认。

阿爸走到地图前:"鲁主持,我们愿意改用一变通的方法——架设钢架吊桥,只需要在白石河两岸设桥墩作支撑,河水照样畅流无阻……"

鲁正平把茶杯盖"当"一声扣上:"桥墩立在河岸上,导致两岸泥土松动,亦会堵塞水流。过去白石乡一直用渡船过河,并不架设任何桥梁,就是此理!"

"过去有人设计钢架吊桥吗?"这清朝遗老也太不讲理了,秀宗不服道,"我们会用最先进的美式设计,从金山进口钢架材料。"

"你个土著仔识么嘢?鬼佬的嘢(东西)在乡下水土不服,钢锈铁烂有鬼用?任你们修么嘢桥,西潦水一来,棠下区各乡化为泽国,人皆成鱼鳖!修铁路的人马拍拍屁股溜之大吉,可数百个村庄的身家性命,谁来负责?"鲁正平说完,惊堂木在八仙桌上一拍,院外葵丛后,上百个乡团跳出来齐声吼:"不挖河,不准架桥!""铁路公司赚大钱,乡民遭灾遭作践!"

秀宗回想起观澜书院那天的情景,看电影一般,虚实难辨:"三个月过去,还没能与九大书院达成共识?"

"九大书院分明是胡搅蛮缠。"父子俩随李是龙登上快艇,向白石河疾驶,阿爸一边跟秀宗牢骚,"修路一百多公里至今,公司为顺应民情,处处妥协。碰到祖庙祖坟,乡民说有碍风水,我们改道绕弯数十处;乡民说地势低洼必须泄水,我们又多架了几十座桥梁,额外的耗费巨大。最后这两公里,公司能做的,也就是多花些成本改设吊桥了。

"可九大书院就是不同意。鲁正平上书状告省交通司,说非挖河不可。我别无选择，请交通司派工程师来实地调查、裁决。交通司调查后，也认为九大书院是无理取闹，批示我们即刻着手建钢架桥。这几天刚搭好工棚准备施工。"

李是龙把着驾驶盘报告，说下午来了几百乡兵，举着大刀长枪冲到工地乱砍乱砸；又冲进工人宿舍，把财物洗劫一空。护勇队二十个人奋力保护大家，但寡不敌众，十几个架桥工被打伤，被绑架的三人不知去向。

惨白的月光下，白石河工地是一片废弃的战场，挖土机、打桩机被五马分尸，东一截、西一块，刚建起的脚手架被推倒、砍断，钢架材料被扔进河里。工人大多数被吓跑了，遍地是丢弃的工具，溅洒在铁锹、榔锤上的血迹干成了暗紫色。工人宿舍里一派狼藉，除了受伤留守的护勇，只剩四个北方来的路工，扶头哀叹：老家回不去，四邑也不能待了。

阿爸上前安抚，说明天送他们去北岸，住到近终点站的工地宿舍去。

虽然工地没有火烧的迹象，秀宗却闻到一股焦煳的气味，那气味来自他十岁的记忆，暴乱中的西雅图。当年的景象虽已模糊，弥漫唐人街的气味却经年不散……他骑在阿正叔脖头上，跟阿爸去唐人街查巡损失，越往前走，那气味越浓，黑面罩一般蒙住他的脸，他看不清听不清，焦灼无助，本能地哭喊起来："要回家，要阿妈！"

阿爸开始还哄他："你不是要跟阿爸出来吗？阿爸看清楚阿秋叔、周伯店铺的情形，马上就回去，马上啊。"

阿爸终于被他闹得心神不宁,转身往欢欢客栈疾走,可他们还是晚了。秀宗远远就看见阿妈躺在客栈门口,身下铺开殷红的绒毯。他踢着抓着逼阿正放下他,向阿妈飞跑……他使尽全身力气也叫不醒她……

那黑面罩般阻碍视听与呼吸的气味,从此与秀宗的神经根源交织,成了灾难与不幸的预警。白石河边暴力留下的残迹,与他记忆里家乡的香甜反差太大,在如诗如画的田园间修铁路,需要付出血的代价?他沉默了许久才支吾一句:"报警没有?"

阿爸摇头:"西雅图有警察,香港有警察,光绪新政刚刚才要在江门设巡警道,人马都没凑齐,就改了民国。政府官员走马灯一样换,就算还有警察,恐怕也群龙无首,不知听谁指派了。"

秀宗记起路过广州时,看到新任省督胡汉民贴出告示:"广东军政府已成立,要切实保护商办铁路。如有滋事者,即由公司就近商请驻军派兵弹压。"

李是龙答:"已电告江门驻军,谭统领回电说尽快派人来。没受伤的护勇都派出去找寻被绑架的人了,我还是先护送总办和主任工程师去公益吧,此地不宜过夜。"

阿爸却坚持要守在工地,等江门驻军到达。

黎明时分,谭统领带十个轻骑兵赶来,马背上驮着三个被绑架的工人,都被殴打成重伤,急需护理。

阿爸谢过谭统领:"地方乡团人多势众,统领能否多派些士兵来守卫？"

谭统领无奈："各地纷争不止，都要弹压，目前只能派这么多人来白石河。"

谭统领脚蹬马靴挥鞭驰离不久，天光乍现的白石河两岸又聚集了上千乡民，刀枪锄镐捅破了晨雾，吼声一浪高过一浪："再动工，刺刀见红！""再打桩，去见阎王！""挖河道，防水涝！""挖河道，交出买路条！""架钢桥，鬼才要……"

秀宗又恍如站在电影屏幕前，不能相信眼前正在发生的景象。

"各位乡亲，在此架桥有百利而无一弊！"阿爸挥动双臂向河边走去，要同白石乡民理论，又喊李是龙："去把我的尚方宝剑取来！"

李是龙拉住他："总办啊，现在是民国了，尚方宝剑不灵了！"

燃烧的气味再次面罩般盖过来，秀宗追上前："阿爸，混乱中谁听你说理？"

谭统领派来的士兵只会催大家撤退，说能护送大家平安回新宁就不错了，工地肯定守不住，架桥的工程更别想进行。

第二天，新宁铁路同时收到省府、县府两份文告，谓钢架吊桥方案乃交通司及铁路公司之错误决定，纸上谈兵，不切实际，恐怕后患无穷，饬令工程先行冻结，民政局再另组人员查勘，调研"白石桥案"的前因后果。

吴楚三推断，新会县府、驻军，甚至省府的有关人员大概都被鲁正平领头的九大书院买通了:"民国初立,官府也好,驻军也好,充斥前清遗留的旧人,官袍换成了中山装,'咸与维新',但脑筋未换,又被鲁正平塞了大封红包,不知要多久才查出个论调来?"

事情不幸被吴楚三言中。民政局的调研成员踏遍鹤山群峰,走尽新会碧水,既察看现实,又追溯历史,包括查阅所有水文资料、地形图表,收集街谈巷议,然后公文往返,等因奉此,上呈下达。半年过去,还是得不出确切结论。

民国二年(1913年)　广州

梅雨天,吴楚三困在十三行路的"为民客栈"里,其实就是八年前他陪总办第一次来求谒粤督住过的小客栈,民国了,改个招牌,店家剪去辫子而已。他站在木格窗棂前,雨珠顺着屋檐成串落下,在青石街面溅起白亮的水花。秀宗刚回新宁,就帮总办解决了火车过潭江的技术难题,宁路干线眼看快完工,论功行赏指日可待。吴楚三有点心慌,他若不尽快做成一件大事压倒秀宗的风头,不仅提升副总理无望,恐怕连首席军师的位置都坐不稳。白石桥工地的僵持倒给了他一个机会。

他这次是独自来的广州,连个随从都没带;离开新宁的时候,只跟总办和美琪说他到广州来找"通天的门路"。不是吗?每次宁路遇到棘手问题,往往要"通天"才能解决。他几次三番帮总办"通天"至张鸣岐、王清穆甚至庆亲王,才解决了重大难题。如今正在改朝换代的当口,人人嘴上挂着"民权、民生",孙文的临时大总统交椅还没坐热,又让给袁世凯,谁来维持民权民生?靠什么来维持?依旧是人治的乱糟糟的社会,不找个大官做靠山,如何扳倒九大书院那群无赖?

可是,在客栈羁留近十天,无论是找熟人引见,还是直接去省府呈文拜谒,别说大官,连个九品芝麻官都没碰到。现任省督胡汉民忙着帮孙文组建国民党,武力讨袁,代都督陈炯明忙着巩固自己的军事力量,对其辖区内一条小小民营铁路自然无心关照。他对总办夸口的"通天之路"究竟该去哪里寻摸?

吴楚三扣紧中山装领口,问店家借了把油纸伞,撑起往珠江边走。该去码头买几份当日报纸,细细研读时政,理个头绪出来。雨幕中忽然飘来歌声:"月亮弯弯挂山口,想起我的阿哥在远路,月圆月缺有时候,阿哥哪天才回头……"清甜的云南小调,仿佛从家乡盘山越岭的古道上传来,他耳根一振。

顺着歌声望去,前年夏天黯淡沉寂的江岸旁,横七竖八的疍家船和渡船之间,竟停泊着一艘豪华的紫洞艇,两层高的红木船身刷了亮漆金粉,在灰云白雾里流光溢彩。船头精雕细琢的门枋上,有不知哪位狷士酩酊后狂草的"蓬莱仙舫"字样。晌午刚过,通常莺歌燕舞到天明的酒船上,姑娘们此刻才起床梳洗,楼上楼下两排齐整的刻花玻璃窗,只有两幅透出飘忽的灯光。

吴楚三登上舷梯，不见小厮迎出来招呼，便径直走去撩开大厅门口的琉璃珠帘，一只脚刚跨进门槛，屏息愣住了。对面窗边拨月琴唱小调的绿衫女子，身影神态都像极了他失散多年的表姐彩蝶。

彩蝶当年因其父常年带兵在外，与她母亲寄住在吴楚三家。彩蝶只比他年长一岁，却懂事许多，讨人喜欢。她无事爱在窗下抚琴，也喜欢穿绿衣。十二三岁的男孩，情窦初开，又说不出所以然，只会在门口、窗外逡巡，偷偷看表姐弄琴吟诗，想象自己很快长大成人，与她执手低语花间月下。没得到的总是最好的，战乱中离散的表姐彩蝶，在吴楚三心中一直是女子所有美好的总和，似乎连美琪也不能及……

窗边女子听见动响，转头望过来，白皙的皮肤、深黑的圆眼睛、翘鼻尖，甚至两条蛾眉间略超乎寻常的宽度，都和他记忆中的彩蝶一模一样，好像表姐跟姨妈去了一趟姨父扎营的北方，待两年又回来了。他差点失声唤"彩蝶"，却立刻意识到，眼前女子看上去不过十五，彩蝶比他还大，如果活着，该早已为人妻母，不可能仍是这般鲜嫩青春了。

他收起油纸伞，也收起心中怅惘，在门口茶桌前正襟危坐。水珠顺着伞尖滚落，红木地板上很快积了一摊水。

女子对他略微打量，又收回眼神放出窗外，继续拨琴悠唱："月亮弯弯挂山口，挂山口，想起我的阿哥在远路，月圆月缺有时候，月圆月缺有时候……"有时一句曲调反复几遍，像是在演练新曲；而在他听来，琴声歌声都珠圆玉润，句句扣中

181

心扉。她似乎终于唱累了,放下月琴,整整绿衣飘带,向他走来。

"小姐技艺卓尔不群,仍精益求精,难得。"吴楚三微微欠身。

女子万福:"先生不厌其烦,静听山茶学曲练嗓,才真可谓知音难得。"

"你叫山茶?"他心底还侥幸期冀着与彩蝶重逢的奇迹。

"我们蓬莱仙舫的台柱,红山茶,这都不知道?"大概听见人说话,一个黑衣小厮提着水壶、茶具进来,瞪他,"山茶小姐练曲的时候,连我们黄老板都不敢打扰呢。"

"失敬,失敬,在下吴楚三,昆明人。在江边听见山茶小姐所唱恰似弥渡古调,便冒昧上船来寻乡音。"

"吴先生果然知音,正是弥渡小调。山茶老家也在昆明。"

他心里又一颤,干脆打破砂锅问到底:"敢问小姐芳龄?"

"十六。"红山茶毫不忌讳,黑亮的瞳仁里闪着让他动心的好奇。

他又何必隐瞒,叹一声:"山茶小姐像极了在下失散多年的表姐。"

红山茶浅笑出两粒酒窝,为他斟一杯铁观音:"恋恋红尘,谁又能说我不是先生心心挂念的她呢?请问表姐大名?"

"彩蝶。"

"那先生以后就叫我彩蝶吧。"

接下来五天，吴楚三每日午饭后踱步到江边买报，然后任红山茶妙曼的歌喉牵引，登上蓬莱仙舫。他赏钱大方，小厮每次抢着泡好铁观音，连同糖莲子、杏仁饼之类茶食送上，然后隐退。午后两三个小时，仙舫大厅的红木茶桌、玉雕屏风和景泰蓝花瓶间，只有他和"彩蝶"两人。窗外梅雨连绵，江水长流；窗内，山茶练歌习舞，转轴弄弦，他捧茶聆听、凝视，翻翻报纸，抽出派克金笔勾画重要时事……"通天之路"在何处？他像是有了线索，一点点明晰，虽然不知该怎样落实。不过，有山茶甜美的歌声浸润、曼舒的广袖环绕，有她酷似表姐彩蝶的一颦一笑，他似乎没那么着急了。总办不是常说"在自己人地皮上，再难的事也应当可以办到"吗？

　　比如，山茶不仅弹月琴唱民间小调，也弹钢琴唱洋歌香颂，说是时常有从沙面租界上船来饮酒的洋人，仙舫黄老板要求歌舞班华洋兼顾。听起来这紫洞艇的老板有些见识，交游也不贫乏，若有缘结识，不是又打开一道门？

　　墙上挂钟"当当……"响了四下，酒保到吧台摆弄瓶瓶罐罐，山茶的姐妹们下楼来，绣衣罗裙五彩缤纷涌进大厅，吴楚三便起身告辞。山茶眼里的留恋越来越明确，他又何尝不想多和"彩蝶"消磨些时光，却不愿见她周旋于风月场所，破坏心中彩蝶纯净的样子。他咬咬牙，果断转身下船。

　　这天又快到辞别的钟点，却不见酒保和山茶的姐妹们；进来的是位穿米白西装的绅士，挂着银雕蛇头手杖，肥厚的身躯一扭一拐。山茶迎上前万福："黄老板吉祥。"

原来前年在太古轮船上遇到的黄玉堂就是蓬莱仙舫的老板,吴楚三诧异,又觉得像意料中的事。南征北伐的变迁中,没有枭雄的强横、输得起的本钱,如何再现珠江昔日的歌舞升平?哪怕仅仅是点亮一艘紫洞艇。

"久违了,吴副总理,还是吴文案?"黄玉堂的目光从外眼角斜下来。

他忽略了黄玉堂的挤对,起身拱手:"黄老板于乱世重建太平,有胆有识,楚三佩服之至。"上次因自己清高犹豫,错失了与黄玉堂磋商的机会,而秀宗回国对自己在宁路地位的威胁,不幸被这位老谋深算的前辈言中,姜还是老的辣,他这回可要认真讨教。

"吴文案过奖啦,老夫开仙舫,是不忍心珠江上才艺双馨的姑娘们无家可归,呵呵。"黄玉堂拉起山茶的玉手捏一把,紧盯着吴楚三的反应。

"黄老板菩萨心肠,舍重金买下旧仙舫,修缮一新,收留我和姐妹们,是我们的再生父母呢。"山茶嗲声嗲气,尖下巴抵到黄玉堂肩上。头一回亲见山茶的风尘做派,吴楚三心里虽有准备,仍不是滋味。

"听说吴文案与我们仙舫台柱山茶姑娘不仅是昆明老乡,还高山流水,情投意合,日日包场陪山茶练曲?"

黄玉堂虽是调侃的口气,吴楚三却听到了胁迫,"彩蝶"别是这块老辣的姜设下的美人套吧?小厮说平时山茶练曲连黄老板都不打扰,却连着让他打扰了这么多天,山茶对他有意不必说,黄老板放长线要钓什么鱼?他虽欲结交,但是否往黄玉堂设的套里钻可得等等。"楚三久不闻乡音,山茶姑娘歌喉婉转,我是想趁在广州这几天多听两回,如果坏了仙舫规矩,还望黄老板海涵,若欠了缠……花销,"他不争气地打了个顿,明知此"彩蝶"身在青楼,还是不忍用"缠头"这样的行话来玷污心中的彼彩蝶,"……我即刻奉上,不过,山茶姑娘的一根指头我都没碰过。"

"哎呀,吴文案,想哪里去了?真是太见外了,你是我们请都请不来的贵客,更何况……"黄玉堂拍拍山茶的脸蛋:"去把我收藏的加利福尼亚红酒拿来,今天我们与吴文案一醉方休。"黄玉堂摸出雪茄叼上嘴,小厮立刻跑来擦火柴点燃。他冲山茶袅娜的背影喷口青烟:"看得出这女仔颇合吴文案口味,你喜欢,大哥就送给你。"

黄玉堂开门见山,吴楚三一激灵,满头汗珠:"那怎么使得?山茶可是黄老板,不,黄大哥的仙舫台柱,小弟岂能无功受禄?"他谨记着恩师余灼的教导——无功受禄,后患无穷。

黄玉堂拿起茶桌上的毛巾递给他:"老夫向来钦佩吴文案,不,吴贤弟的雄才大略,送个女人给现世难得的青年才俊,湿湿碎(小意思)啦。不过,听说新宁铁路就快竣工,吴文案为何不在江门等陈总办论功行赏,却来珠江独赏乡音?"

好,言归正传——吴楚三料想,黄玉堂抬举他、使美人计拉拢他,一定是对宁路有所图谋。上次在太古船上,他一语挑破了自己的打算,可自己对黄玉堂的图谋却不甚了了。钱财？黄老板似乎已坐拥金山银山；权力？他推举自己做宁路副总理甚至总理，莫非想垂帘听政？他曾经入股又退股的真正原因是什么？一万元对他来说应该湿湿碎，他当时为何那样较真？

"功成身退，自古是君子之举，智者风范。"吴楚三试探道。

"此言差矣，贤弟正是该宏图大展之时，何故身退？七老八十的人才该身退。"

"总办爱子秀宗擅工程、长商业，能文能武，有他接班，我悠然采菊东篱下，何乐而不为？"

"呵呵，贤弟大智若愚，佩服！"黄玉堂竖起拇指，"能者多劳，陈秀宗有洋人的工程师文凭，修路修桥自然归他，可他一个土著仔，对国内人情世故两眼一抹黑，公司运营管理怎离得开贤弟？你为宁路出谋划策、呕心沥血八年多，想两袖清风歇一歇可以理解，但以我所见，解甲归田可更像是丧气之举、颓废之态。"

"仁兄以为小弟该如何？"

"《新宁铁路章程》想必贤弟早烂熟于心，第十一条，'总理、副总理各一员主持一切外，在股东中推举董事若干员，仍以照章会议公司各项事务'。可实际上呢？只有第一句实施无误。请问你们公司有几个董事？章程立定八年，开过董事会议吗？余灼副总理离世后这五年，分明就是陈总办他老人家大权独揽。"

原来黄玉堂琢磨的是董事局,的确高明。修路这么多年,别说成立董事局了,公司连一位董事都未推选过。总办之外的高职位,有领头建公益埠的伍于政担任的督办,主营公司官府交接及稽查事务;还有香港万兴珠宝行老板龙保真担任的会办,管理会商事宜;新会圭峰山龙脉事件后,杨秋阁被任命为副会办。这三人凡事都听总办指挥,形同虚设。不过,吴楚三要说句公道话:"中国南方没人比总办更会修铁路了,建设阶段,由他一人统领,必要而有效率;但仁兄说得是,干线建完,一旦运营起来,大笔进账,不打破现在一言堂的局面,群策群力,公司未来如何发展扩大?"

"贤弟真是说到点子上了。"黄玉堂拍着他肩膀,"设立董事局,限制总理的权力,改变一言堂局面,副总理谁做都无所谓。副总理其实是个苦差,余灼不就是累死、气死的?贤弟要想办法坐进董事局,在关键问题上发号施令,平日无事仍可采菊东篱,再有山茶姑娘红袖添香,岂不两全其美?"

"仁兄高见。只是山茶姑娘艺高貌美,不仅是蓬莱仙舫的花魁,大概整个粤省也挑不出第二个,小弟实在受不起如此大礼,况且小弟已有妻儿……"

"自古佳人配才子,英雄爱美人嘛,贤弟就别推托了。"正好山茶拿来红酒,黄玉堂亲手斟满两只高脚玻璃杯,要吴楚三与山茶当他面喝交杯酒。吴楚三摇头摆手一再推辞,山茶脸上的红晕飞起又散落,黯然离席。"你看你,让山茶姑娘伤心了。"

吴楚三看着山茶消失的背影低声道："说到英雄爱美人，小弟有个不情之请，不知仁兄是否真舍得割爱？"

听山茶练曲这些天，吴楚三脑袋里其实一直在梳理"通天"的头绪，报纸都没白翻。报上讲，去年夏天代都督陈炯明拉拢广西济军统帅龙济光，让他做了广东军政府经略处的副总经略，年底袁世凯又任命龙济光为广东护军使副使，广东的兵权实际上掌握在龙济光手里。还有传言，道袁世凯将册封龙济光为一等公爵，荣加郡王衔，使之成为名符其实的"南天王"。这位彝族土司出身的武夫进驻广州以来，除了搜刮民脂，还在观音山上大兴土木，建粤秀楼，四处招募绝色佳人、歌舞班主，人称"龙宫"；从"龙宫"到督军府还要修一道便捷的天桥，方便龙将军来回往返。

要是他能够通达龙济光的"天"，解开白石桥困局当易如反掌；山茶这样百里挑一的花魁，正是"龙宫"大门最好的敲门砖。可他苦于没有实施的可能性——总文案每月一百五十元的薪水在公司已是顶级高薪，他却连加利福尼亚赤霞珠都不能尽情享受，山茶的天价赎金更是想都不敢想，而要说服总办和美琪支出一大笔钱来使美人计，无异于对牛弹琴。

现在既然黄玉堂自愿把山茶送给他，吴楚三便讲出宁路在白石桥搁浅大半年的实情："仁兄如真能忍痛割爱，不如请山茶姑娘进'龙宫'献艺？若讨得龙将军欢心，请他下令派一连雄兵去白石河，九大书院那群乌合之众必定闻风而逃。另一方面，一旦解决了宁路最后这个大难题，仁兄设立董事局的举措就自然有了足够的筹码。"

黄玉堂夹着雪茄吞云吐雾,仰头枕着肥厚的手臂,目光从外眼角斜下来打量他。吴楚三来回审视自己的言语,没什么破绽啊,两全其美的事,黄玉堂犹豫什么呢?

黄玉堂忽然把吸了一半的雪茄戳进茶杯,冲他拍巴掌道:"贤弟不贪财色,一心只为促成宁路完工,为新宁父老谋福利,大哥我没看错人!山茶姑娘才貌皆优,又是龙将军老乡,而且,尚未破瓜,定能讨得龙将军专宠……她能为宁路献身,也可留名青史了,呵呵,北京有赛金花,广州有红山茶嘛!我来跟她说。不过,我替你们陈总办解决这么个天大的难题,设立董事局必须是先决条件,而且,董事局里至少两个终身席位,需由我来任命。"

"好,我来说服总办,仁兄为宁路贡献巨大,进董事局理所当然。"

黄玉堂端起酒杯:"为宁路全线通车干杯!"

"为仁兄进宁路董事局干杯!"

"哪里,应该为贤弟进董事局干杯!"

加利福尼亚赤霞珠入口,太平洋彼岸的果香花香涌流唇齿间,浓郁丰满。吴楚三感觉自己的人生也进入了一个浓郁丰满的新阶段。

据传,龙济光虽为武夫,却非绿林莽汉,因土司贵族的背景,更是个涉猎宽泛、见多识广的公子哥。吴楚三认为,要博得"南天王"青睐,单靠山茶的个人魅力,胜算把握可能八九成,此外仍需安排一套精彩独特的歌舞表演,充分展现山茶的绝代风华,才能稳操胜券。

山茶听话聪颖又勤奋,按吴楚三的点拨,不到两周就与姐妹们排练出一套中西混搭的歌舞,涵盖彝族歌舞、滇粤两地小调、粤曲精品,甚至英法民歌、法国古典舞。黄玉堂立刻开支票找能工巧匠制作行头道具,又找仙舫熟客打听好进"龙宫"的各项环节。

去"龙宫"献艺前一天,山茶请求吴楚三陪她好好吃顿晚饭:做不成夫妻,那就正式结拜为表兄妹吧。酒席设在蓬莱仙舫二楼的单间里,红烛纱缦,玉碟金盏。厨房特地做了汽锅鸡、小刀鸭、过桥米线等云南菜,两个蓝花碗盛着清亮的云南玉林泉酒。

山茶双手捧起酒碗,举过眉头:"表哥一上船,山茶就见你气度非凡,表哥却谦逊,不说你就是大名鼎鼎的新宁铁路吴文案。旁人都赞吴文案足智多谋,山茶却更钦敬表哥智谋之外诗有别才、潘江陆海。新宁铁路印发的庆功诗集里,山茶最爱表哥这首:

    联吟衮衮酒情浓,谁识寒芒剑匣冲。
    百里风光供画草,七言天籁谱涛松。
    工成不学车同轨,诗到无题律叶钟。
    自古英雄多韵事,汉高歌已入云中。

他七年前在宁路立案通过后诗酒会上的即兴之作,山茶朱唇皓齿随口背出,吴楚三惊喜而受用,可转眼又想,山茶这小精怪,哪里寻到宁路的庆功诗集来读呢？该是黄玉堂让她背来讨自己开心的吧？于是问道:"楚三的歪诗一首,何以值得表妹记挂？"

"怎是歪诗呢？听说表哥当时七步内成诗,简直才比曹子建,神似李太白。'百里风光供画草,七言天籁谱涛松',山茶读到这两句,像是在彼时表哥作诗之地,见表哥之宏见,叹表哥之慷慨呢。"

吴楚三耳朵"嗖"地竖起来。山茶引的两句,正是他自认为最豪放的得意处。

"还有这句,'诗到无题律叶钟',表哥用典更是独具一格,裴次元的《律中应钟》,'羽调入金钟,密叶翻霜彩',隐秘深幽的词句,却似信手拈来。"

裴次元这首五言是《全唐书》中颇为偏僻之作,吴楚三早年跟恩师研习唐元和年间裴尚书筑堰垦荒的政绩时读到,诗酒会上饱学之士如林,却都无人提及。吴楚三端起蓝花碗一饮而尽:"表妹才是楚三的知音！没想到表妹不仅长于音韵,还通达诗书。"

山茶红着脸垂下睫毛:"因为喜欢,山茶还特地请教过一位归隐的老翰林。"

山茶的诚实更使他动容:"表妹真是用心。"宁路诗集或许是黄玉堂塞给山茶的,为讨好自己她把诗背下来足矣,又何必读得如此细致透彻?而她请教的老翰林不知是何方神圣?当然他不能问,问了显得自己太在乎;诗山自有高人在,诗好还需佳丽读。美琪虽读过诗书,骨子里却是个浸透洋墨水的"鬼妹",汉学之博大精深,尤其诗词的精髓又哪里体会得到?更不用说花功夫来悉心解读他的诗词。

山茶捧着香腮,星目灼灼仰望他。吴楚三心中妙不可言,提起酒坛自斟一碗,仰头灌下,喊小厮笔墨伺候,要赠诗与红颜知己。山茶两鬓飞霞,解下颈间鸳鸯戏水绣花白丝巾,在案几上铺开,牵袖秉烛:

梨涡星两点,隐隐溢琼浆。
彩蝶眉心舞,山茶齿下香。
拨弦瑶翠溅,弄管乐成行。
问是谁家女,嫦娥下粤江。

吴楚三一气呵成。山茶捧起丝巾惊叹:"表哥奇才大才,豪放似太白,婉约赛柳永,山茶得此馈赠,岂止三生有幸!"

山茶又为他斟满酒碗,抱起月琴慢拨浅唱,把赠诗和上曲调,弹来唱去一遍又一遍。窗外江上夜雾弥漫,"表妹"对他的景仰与痴心在字字调调中回旋,吴楚三喝着听着凝视着,模糊了视线,朦胧了意识,分不清山茶与彩蝶。正是"故人何在,烟水茫茫"……

清晨醒来,吴楚三身边躺着"彩蝶"。少时美梦今成真的狂喜闪过,随即是闯大祸的惊乍与懊恼,他怎么把自己的锦绣前程给睡了呢!他"噌"地坐起,惊醒了山茶,她的玉臂绕上他袒露的腰肋。他记起她昨夜的千娇百媚、百依百顺,又惊见她身下的血斑——山茶的确如黄玉堂所讲,昨夜还是个处子。

吴楚三掀开红纱帐,急得不顾措辞:"你怎么让我坏了大事呢?"眼睛禁不住往床上的血斑瞟。

山茶噙着泪:"你就那么不喜欢我……"

"当然不是,山茶姑娘,倘若楚三未婚,倘若楚三富甲一方……"

山茶裹着罗衾坐到床边:"表哥何必找借口?你知道的,即便你是落魄书生,山茶也愿意跟你走。"山茶又说,她少失父母,十二岁随舅父逃荒到广州,被卖到仙舫,十三岁开始献艺。至于她的女儿之身,"阿妈"待价而沽,一心要等来个富可敌国的"相公",却不料等来了战火。"阿妈"被流弹击中丧命,老板也不知去向。她和姐妹们生计无着,幸亏遇到黄老板慈善,出钱把酒船装修一新,雇来小厮保镖,跟她和姐妹们合伙做生意。

"你,是自由身?不欠黄老板?"黄玉堂可真是老奸巨猾,占尽便宜还卖乖。难怪一开口就要送山茶给他,不过是见他和山茶郎情妾意,做个顺水推舟的人情而已。可既已与他称兄道弟,先借其力来稳固自己在宁路的地位也无妨。

山茶眼里有只小鹿楚楚可人："山茶对表哥一见倾心,只想跟你过平常日子,不要去伺候什么大将军、南天王!"

平心而论,他对山茶颇有些不舍。一开始因她酷似表姐彩蝶,爱屋及乌;而昨夜山茶贴心捧读、红袖添香,更让他留恋。美琪在家是他供着的"金砖",凡事参拜请示,日积月累,身心俱乏;而与山茶相伴,轻松爽快,仿佛沐浴久违的故乡清风。身边床单上,山茶为他印记的殷红"花瓣",再次让他想起与美琪新婚时,自己心中的隐隐不快。他虽常提醒自己不应该不快,可这样提醒多了,反倒长了心结;那结有自己的主意心机,悄悄长出脚趾和翅膀……

吴楚三把山茶搂进怀里,她顺势一倒,两人又滚回床上。他真想睁着眼睛狠狠再要她一回,纵情浸泡在她身体的温汤里,但酒醒后的他怎可再犯浑自毁前程?眼前女子再伶俐可人,搂在自己怀里也修不成白石桥,于他的雄心抱负毫无益处。山茶的绝色与才艺,只有送上山才能物尽其用,鱼与熊掌哪可兼得!吴楚三心一横,推开山茶,翻身下床,说起林觉民的《与妻书》,说起自己的平生志向:"'吾幸而得汝,又何不幸而生今日之中国!'报国无门,连一条小小乡间铁路都不能完工……"

山茶听他说完,脸贴到他胸口:"表哥学富五车,才倾八斗,本应是国家的栋梁。山茶原以为,以身相许便足以报答表哥的知遇之恩,可现在我懂了,表哥诗中的豪情壮志真实不虚,岂能独善其身?山茶报答表哥最好的选择,是上观音山,以成全表哥平生抱负。"

　　山茶冰雪聪明,吴楚三更加怜惜,"扑通"跪下:"表妹深明大义,真是巾帼豪杰,你若能拯救宁路,楚三没齿不忘,新宁乡亲也将永远感激你!"说完他想了想,又从搭在床边的中山装胸袋里抽出派克金笔:"楚三常用之物,表妹如不嫌弃,权作临别纪念吧。表妹貌似西施,才如飞燕,志比昭君,此去必将贵为'天王妃',享尽尊宠荣华。"

　　山茶接过金笔,默然无语。他穿好衣服迈出门槛的瞬间,她掩面幽泣,他一阵揪心。然而日上三竿,原定送山茶上观音山的时间快到了,山茶的两个姐妹已端着脸盆候在门口,要帮她梳洗化妆,他再多说亦无益。

　　傍晚,按照黄玉堂事先找熟客、塞红包做好的安排,吴楚三佯作歌舞班老板,带着红山茶、四个伴舞的仙舫姐妹和一名乐师,来到警备森严的观音山。山脚大门口当值的军官问过姓名来意,电话请示一番。不久一辆军用卡车"哧溜"开下来,载上一行人,又"突突"往山顶爬行。

　　梅雨季结束了,暮春的观音山上,暖风拂面,花香袭人,将近圆满的月轮挂上了东边夜空,橙黄的晖晕呼应西边渐沉的晚霞。吴楚三却哪有心思赏春,一路忐忑:龙济光今晚是否会亲自来选秀?山茶会不会临时改变主意?她能否搞定龙济光?即使一切按计划进展,他找到机会为白石桥请兵,龙济光又是否会同意出手相助?上山前黄玉堂拍胸脯说,该打点的关节他都打点到了,不会有问题,吴楚三却不知他打的保票有多可靠,而且,自己酒醉失控让山茶破了女儿身……他不时把目光投向山茶,下意识想从她那里得到某种确认。山茶的眼神却一直落在暮霭深处,其他几个不知内情的人大概以为她还在默练词曲唱腔。

随处可见直插云霄的脚手架,起重机、挖土机、打桩机停置在山腰。如果是白天,这里一定不清静,半边山头应该都是建设"龙宫"的大军,尘飞土扬。但此刻山间草木俱寂,唯有流萤飞绕、草虫与猫头鹰不甘寂寞地啾鸣。

卡车在观音山顶的镇海楼前停下,龙济光的副官把他们领进华灯齐放的会客厅。大厅中央有个两尺高的舞台,正对舞台摆着一张龙头太师椅,台后挂一张红丝绒帷幕。副官说你们准备好就开场吧。

"不等龙将军吗?"吴楚三指了指空着的太师椅。

副官瞪他一眼:"有戏马上开场,没戏就滚蛋!"

没有更衣间,四个姐妹只好打开带来的衣箱,扯起四幅长裙把山茶围在大厅一角。山茶再出来,便是一副彝家姑娘打扮——粉红镶边短襟,五彩褶裙,头上乌辫束一条绣花方帕,满脸透着山野的明媚清新。

乐师吹响葫芦笙,山茶挎起小背篓,领姐妹们扭动腰肢舞上台。"茶山阿妹俏模样,啊吔吔吔,十指尖尖采茶忙,啊吔吔吔,引得蝴蝶翩翩飞呀,引得蜜蜂嗡嗡唱,啊哎哎哎,啊吔吔吔,引来了对面坡上的砍柴郎……"山茶歌如莺啼,舞似燕飞,吴楚三心里被挠得阵阵酥痒。

采茶歌舞演毕,山茶又抱着月琴独唱了缠绵悱恻的《彩云追月》。龙头太师椅始终空着,副官抱臂站一旁,没叫好也没让他们滚蛋。

按事先排好的节目顺序,接下来该表演热烈奔放的火把舞。三个姐妹从道具箱各取一只火把举起,吴楚三擦火柴点燃,准备依次抛给台上的山茶。山茶却不理睬,也没给乐师任何暗示,放下月琴,一手叉腰一手竖到嘴边,敞开嗓子大声唱起来:"哎……哥是天上一条龙,妹是地下花一蓬,咦呀哎,哎咦呀,龙不翻身不下雨,雨不洒花花不红……"

这是茶马古道上对山歌的阵势,吴楚三没见山茶表演过,心里一惊,怕是她如他担心那样,改了主意使起性子来。定睛一看,她那顶胯抬胸半侧脸的姿态,撩人之极;她火辣的歌声在大厅回荡,简直就像在喊:龙大哥,你快给我出来!

果然,山歌唱到一半,丝绒帷幕后传来洪钟般的云南口音:"给是(可是)小老乡来找我玩啦?"随声进来了虎背熊腰的龙大将军。他四十出头,身穿蓝灰色军装,肩章上缀五角金星、下垂金丝绶带,胸前挂着勋章,国字脸红光闪闪。

"这歌我也会唱,年轻时在家乡和姑娘们隔着海子对喊,'哥是天上一巨龙,妹是地下山茶红……'"龙将军唱着,一步跨上台,将山茶小猫般拎到胸前,"后两句更妙,没我龙王爷腾云降雨,哪有遍地山茶火红怒放?没哥哥我翻云覆雨,哪来妹妹你千娇百媚?哈哈哈!"

山茶躲着龙济光凑过去的八字胡,桃红绣花鞋悬在半空:"山茶还为将军准备了孔雀舞、法国歌舞,将军请先上坐,待山茶换套衣裙……"

"龙将军威武!"吴楚三同时上前鞠躬,打手势让乐师奏乐、姑娘们上台。

"还给我带来一群姐妹,好,好!"龙济光叫着好,也不看吴楚三,把山茶撂上肩头就往幕后走,"今日天时已晚,小老乡该歇息了,明日接着唱、接着跳,来日方长。"

副官挥手让姑娘们跟上龙济光,却把吴楚三和乐师推向门外:"司机送二位下山。"

突变太快,山茶从龙济光肩头投来无助的一瞥,吴楚三反应过来,她已被丝绒帷幕掩没。对着副官腰间别的驳壳枪,他却连大气也不敢出。山间夜雾翻涌,镇海楼云缠雾绕,翼然飞檐若隐若现。"侯门一入深如海,从此萧郎陌路人",以后再难见到山茶了。他只暗求她能为白石桥吹吹枕边风,搞定龙济光,否则自己可是赔了夫人又折兵。

观音山突兀在一马平川的广州市区,山顶的五层镇海楼就是整个广州的制高点,山下楼宇一概俯首称臣。

"当然,'龙宫'会修得更高。"五层楼上,山茶挽着龙将军的胳膊,将军抚着她的手。她刚为他单独跳完孔雀舞,娇喘吁吁。窗外工地尘烟飞扬,机器的轰鸣与几百个工人的号子此起彼伏。"这明朝修的楼,五百多年,太老旧了,再怎么翻修,木石结构都不够扎实。'龙宫'必须修九层,成为观音山的新顶峰,而且要钢打铁铸,风雨不动安如山,世代永存。"龙济光大臂一挥。

"将军武功盖世,高瞻远瞩,更难得的是,还重文化、解风情。"她翘起下巴冲他飞个眼风,"山茶能为当今独一无二的大英雄献歌献舞,何其福分!"

"你就是我前世的小冤家……"龙济光的八字胡刷到她脸上,手摸到她胸前。她闭上眼,手臂绕上他粗壮的脖子,任他撒欢。

威武将军、饱学鸿儒,脱了衣服都一样。仙舫"阿妈"管教严厉,学琴练歌,错一个音打手,两个音打腿,三个音不仅挨打还没饭吃;踩错了舞步更阴功(惨),挨打饿饭,还要跪倒扣的瓷碗……可"阿妈"的管教却让她一早把人世看透、男人看穿。"这世上没一样东西是你的,包括男人,看看就好,千万别动心想得到。"阿妈一再教诲。

对吴楚三,她却动了凡心。上仙舫来专心致志听她弹琴唱歌的人,她是头一回遇到,何况他一表人才、谦谦君子。尤其黄玉堂跟她说了白石桥的事,她知道了吴楚三新宁铁路总文案的身份后,竟企图托付终身。"阿妈"三年的不懈敲打也没能让她认命,她还暗自奢望与合适的男人过举案齐眉、琴瑟和鸣的日子。

为套住这难得一见的"君子",她真下了功夫,拿黄玉堂给她的新宁铁路诗集去请教仙舫一个老学究熟客,让那说话漏风、手抖腿颤的老鬼在她身上揩了好几把油。可她真是看走了眼！吴楚三喜欢她或许不假，却一样重利轻别离；睡了她，还能翻脸就谈《与妻书》。呸，什么平生志向？分明是利欲熏心，他又不必抛头颅洒热血，不过是要计谋拿她做交易而已；他脸上的君子面具倒是比旁人的更厚更完整。"阿妈"要是还在，一定罚她跪瓷碗，狠狠在她脑门上敲爆栗："动了凡心就丢了活路，懂不懂！"

从她登上仙舫的那一刻起，活路，就是天，丢什么都不能丢了活路，当然这是经过"阿妈"三年敲打才有的领悟。龙济光有枪有炮，指挥广东十万军马，她来做"南天王"的歌舞班主，自然强过在仙舫上跟黄玉堂混日子。既然吴楚三没心没肺，不想她跟他过平常日子，黄玉堂更是靠不住，她何不借他们的"美意"来观音山"登天"？从前她想投靠这样有权势的将军都无门。可笑的是，那天她在台上唱《彩云追月》，吴楚三眼中的迷恋竟让她还抱一丝幻想——或许唱完那一曲，他便回心转意，喊停，带她下山去。可吴楚三紧接着点火把，分明是让她继续招惹龙济光。她终于"相思泪已干"，狠狠掐断最后那寸藕丝。

招惹男人是她的看家本领，她瞄一眼、闻个味道，就知道他们喜欢什么路子，纯的、浪的、顺服的、桀骜的……百般模样她都可以做到家。吴楚三懂什么？他让她唱的那些调调都是犹抱琵琶半遮面，对他那样装斯文、扮清高的假君子或许合适，可龙将军是武将，彝族土司，什么法国香颂洋气、火把舞热闹,洋气热闹之后,还不一样得宽衣解带?累不累?接连上了两个歌舞都没动静,简直是砸她红山茶的招牌!按她的直觉,干脆来个山道上、海子边没遮拦的求偶歌。龙大将军果不其然就从幕后走到台前。她被龙济光扛上肩头去"后宫",投给吴楚三最后一瞥,他的怯弱、无措再次确认了"阿妈"的教导——活路才是天。

"冤家……宝贝……不,'龙宫'修好,你就是正宫娘娘……"龙济光叼着她耳垂喃喃,八字胡擦得她两颊发烧,手伸进她跳孔雀舞的白丝裙里胡摸乱捏,她喘息呻吟。

她知道吴楚三送她上山时惴惴不安,怕她不肯为他吹枕边风。他把她拱手让给"龙王爷",又酸溜溜送派克金笔给她留念,不就是要她惦记他、死心塌地帮他办事吗?黄玉堂找人打通'龙宫'关节时,吹嘘的一定不仅仅是她的技艺和美貌。那天清晨吴楚三以为破了她的处子身,她就讨不得龙王爷欢心了,还不知所措,又问不出口。她心里又恼又笑。上了青楼,还以为真有处女?或者说,上了青楼,还愁没处女?"阿妈"把她当"处女"高价"梳拢"好几回了。她的技艺可不是白学白练的,除了歌舞琴曲,她更擅长的是让男人欲罢不能。担心她搞不定龙济光?哼,这才第三天,龙大将军就要封她做"正宫娘娘"了。外面令人闻风丧胆的"南天王",关起门拉上帐子,倒不讨厌,虽说粗野如牛,她照样能拨响他周身弦簧。

白石桥的事,冲吴楚三那德行,她不说也罢;黄玉堂吹嘘什么为民献身、流芳百世,她也不稀罕,流芳百世能当饭吃吗？依她的脾气，就让那俩混蛋干等着、干着急去。

龙济光被撩得浑身起火，又搂起她往肩上扛。她猛拍他后颈窝："哥先等等，等等……"

"好妹妹，哥等不及了。"

"好哥哥，窗外那些脚手架、起重机让我想起件事，烦心呢，一时怕伺候不好哥哥呢。"

"什么事？快说，没有哥摆不平的！"龙济光强按住欲火。

只因吴楚三做了她几天的知音？哪怕他曾有过仅仅一成真心？或者只是为了证实她魅力无穷，连"南天王"都听她指挥？山茶也不知为什么，竟忽略着内心的疑问，逆着自己的性子，转述了白石桥的困局。

"呸！什么九大书院、新会县府、新会驻军、交通司、民政局，还不他妈的统统听我龙大将军的指挥，他们算个鸡巴蛋！来人！就说是我龙济光的指令，谁敢再动新宁铁路一根汗毛，斩立决！那些抢去的财物，拆坏的机器，打伤人的医药费，统统叫他们赔，翻几倍来赔！心肝，你表哥他们总共损失了多少？"

"听说损失过万。而且误了一年通车，损失无法计算。"

"叫他们赔五万。副官，传我命令，立刻派一连精兵随山茶班主的表哥去江门，带两挺马克沁机枪！这班刁民，这班不为民做主的贪官，老子给他们点颜色看看！"

七年后，山茶提着衣箱登上从江门至宁城的火车，飞驰过绿野、红土、稻田、碉楼……到了潭江牛湾码头，汽笛长鸣一声,车轮停下来,车窗外,青砖小楼、芭蕉、秀竹、嚼草的黄牛却慢慢向后移动。渡船上的火车,铁头巨兽般神奇地浮动在碧波白浪间。那时山茶才明白,"阿妈"的教诲也不全对,活路之外,还有些美好的东西,虽然不能当饭吃,也无所谓得到或者得不到。

第二十八章

建设者的血脉

民国二年至四年(1913—1915年)　新宁/台山

吴楚三从广州发电报说白石桥僵局有解时,陈宜禧正和伍于政督办协同省城十大善堂派来的调解人员,在江门县衙与鲁正平等人再度谈判。十大善堂是各行各业捐助的慈善机构,名声大却无实权,费尽口舌也没用,九大书院还是那横蛮的口气:不挖河就别修桥!

楚三随后又在电话上说,设董事局、让两个董事席位,就能找龙济光派兵来摆平九大书院。陈宜禧根本不信,电话声音也不清晰,时断时续,他没多问就答应了。

没想到十多天后,楚三带着一队装备精良的官兵挺进白石河边。部队在河滩上扎营,步兵排齐刷刷住进了观澜书院,一片蓝灰色的森严。两挺马克沁机枪,一架立在河左岸,一架在右岸,暑月烈日下闪着不可抗拒的寒光。鲁正平噤若寒蝉;九大书院该赔的钱,一分也不敢少,一周之内全赔给了新宁铁路。

秀宗的设计早已完成,陈宜禧立即把工程队调来,点起火把,白天黑夜加班赶工。八月底一个晨光通透的早上,白石河的摩登吊桥完工,新宁铁路终于全线畅通了。吊桥上披红挂绿,钢筋铁骨熠熠闪烁,上千民众敲锣打鼓到白石河两岸庆贺,炮仗声声,络绎不绝。

陈宜禧在河岸找块青石坐下,点支吕宋烟,等第一趟列车从北街终点站驶来,心里慢慢给过去十年画了个句号。曾经的辛酸苦辣、得失悲喜,所有投入与消耗、忍耐与等待,顺境逆境、偶然必然、绝处逢生……一时哪里捋得清,想想都费劲,暂且收进那小小的完整的圆圈里吧。路修成了,日后的运营、台城经白沙至阳江支线的扩展,还有公益大桥、铜鼓商港的筹建等等,也暂且都拖成一串省略号吧……雪茄浓郁的香浸透心肺,他揉揉眉心,搓搓太阳穴,不记得绷紧的神经何时真正放松过。

秀宗是吊桥的总工程师,还带着工人们桥上桥下、从南到北做最后的巡查。这是按他的独立设计修成的第一座桥,兴奋之情全然溢于言表。陈宜禧远远就能看见儿子脸上的光芒,像颗小太阳。汽笛声从北街传来,列车出站了,秀宗像孩子般挥舞手臂欢呼奔跑起来,工人们也随他喊着舞着跑下桥头。

陈宜禧还记得三十多年前自己修完西雅图—瓦拉瓦拉铁路时的心情。一钉一铆看似机械的添加铺排,日积月累,忽然某天,设想在脑中、画在纸上的铁路就实实在在呈现眼前,虽是他亲手所建,仍如神迹般令人惊叹。秀宗体内流着经他而来的建设者的血脉,而秀宗又比他幸运,修成的第一座实体就落在家乡的土地上,稳固牢靠,为自己人所有,不欠洋人一分一毫。

列车轰隆隆驰过,白石桥安然耸立。李是龙在陈宜禧身旁,激动得搓手跺脚:"通啦,总办,通啦!"

吴楚三走来问:"全线通车,是否该筹办一场更盛大的庆典?"

陈宜禧递给他一支吕宋烟:"西洋人习俗,生仔派雪茄,呵呵,楚三,不急。女人十月怀胎,我们十年修路,先让我们这条龙仔飞起来。"

"十年啊,总办,真不容易!"

这十年也多亏先有余灼、后有楚三出谋划策,越过崎岖险境;楚三的功劳,陈宜禧当然看在眼里,记在心上。是否已到了论功行赏的时候?如何平衡女婿和儿子在公司的位置?他犹豫着,也暂且画一串省略号……

他拍拍楚三手背,起身叫是龙陪着,去了北街终点站,坐上第二班列车,直接回了朗美。午后院子里蝉声明亮,沐芳坐在门口竹椅上,淡绿的树荫拂动,一条深长的纹路从她眼角向鬓发延展。他怎么才注意到?伸手去抚那时间列车碾出的痕迹,心疼。她笑,拉他的手握着,额头像小时候一样放光。

"走,我们坐车去江门行街(逛街)?"在她面前,无论岁月如何流逝,他总能回复少年的兴致。心中为她建的铁路全线完工,人世间种种不确定都被他用一段段铁轨稳固地钉住了,他怎能不第一时间赶到她身边,与她分享?

"为家乡修的铁路,让乡里们先坐够火车再说吧。"沐芳自然懂他的意思,却总有他爱不够的分寸。她支着椅把起身,叫阿志帮红柳在院里摆饭桌,端来她让红柳和秀欣早准备好的酒菜。

都是他爱吃的,五味鹅、黄鳝饭、沙白贝炖冬瓜、粉葛猪骨汤……李是龙和阿志挂起彩灯,又放了鞭炮,阿娇、青松、秀欣和住在朗美的外孙们都来庆贺陪坐。但大概只有沐芳知道他今天必定回朗美的家,美琪、秀宗两家和秀年都没来得及从宁城过来。

吃完饭不久,他就被疲倦轰倒,进屋和衣便睡,第二天下午才醒来。记忆中,这是他十年来最稳最沉的一觉,连梦都没有。欣慰与疲劳沉淀下去,不安浮上来。替白石桥搬来援兵的黄玉堂,是个什么人物?两月来赶工建桥,没顾得上细想细问。黄玉堂能搬兵来成就宁路,翻脸不也能搬兵来夺取甚至拆毁宁路?广州城头隔三差五变换大王旗,乱世中,拿枪的就是王。楚三如何结交上这种人的?

想到这,陈宜禧翻身下床,到院子里找李是龙跟他回宁城。

沐芳拄杖跟出来:"是龙难得回趟朗美,我放红柳假,小两口回家团圆去啦。"李是龙和红柳婚后,沐芳让青松在朗美替他们置办了一处农舍作为贺礼,离陈家不过三个巷口。他等不及,让在院里晒药材的阿志马上去叫是龙。

一到办公室,陈宜禧就签了份特别支出的批文,让李是龙拿去找美琪取钱增购枪弹,尤其要购几挺马克沁机枪。又把秀宗叫来,要他跟李是龙好好练枪法,协助是龙扩建护勇队:"每列火车上至少要配一个班。"他说得尽量平缓,像在谈一个技术细节。不得不承认,他当初回乡,完全没预料到这场巨大的变动,但毕竟在自己人地皮上,凡事可以兵来将挡;只怕秀宗兴致勃勃赶回来,对家乡又还不甚了解,难免惶惑、失望。

"The Wild West,跟蛮荒的(美国)西部一样?"秀宗诧异的同时,有跃跃欲试的亢奋。

年轻真是好,什么都吓不倒。他稍微宽心,却必须告诫:"也许更蛮荒,非常时期,不是兵就是匪。你要替阿爸守住铁路。"

陈宜禧跟吴楚三谈得最久,一直到深夜:"造路这些年,你最清楚,我疲于应付各方困阻,公司内部事务少有闲暇调整。如今干线修成,支线还未开工,倒是个内部改进的时机。既是你倡议,就由你来领头筹办董事会如何?"

"谢总办器重!"楚三显得惶恐,"可董事局哪是楚三的倡议?黄玉堂老板开了条件,当时白石桥困顿难解,楚三也是出于无奈。"

"你不必多虑。宁路创办之初,我参照美国大北方铁路等股份公司的建制,就在章程里提出设董事若干。宁路目前大小股东人数已过千,也该设董事局了,不能像我在西雅图开的华道和广德公司,两三个股东自己说了算。不过,二十多年前,我替希尔建大北方铁路时,着实见过董事局内部纷争给公司带来的诸多阻碍,破坏性有时甚至超过资金和技术难题。"

"总办是担心黄玉堂……"

"肯替宁路出力的,都是盟友,只是老夫对此人一无所知,不知今后能否共事?"

"总办担心得有理。其实总办听说过'黄玉堂',他曾是宁路股东,后来又退了股。"

楚三一提醒,他想起来那些催退股的电报:"看来这位黄老板对宁路很有想法,退了股,如今又要来办董事局。"

"据我所知,黄老板早年也如总办出洋金山,如今主营酒店,生意遍布广州、香港和金山,但他对铁路并不在行,当年摇摆不定,现在大概又看好宁路的将来。"

"做酒店生意的,如何搬得动'龙王爷'的兵?"

"花钱罢,买通各种门路,听说最后是跟龙济光的副官说上了话。楚三是经新宁乡亲介绍认识黄老板,详情知道得不多。"听起来楚三这次是瞎猫碰上死耗子,运气好。国内官场商场本来就曲里拐弯,世道又如此混乱,楚三凭他的三十六计在污泥浊水中摇橹摆渡,总让人提心吊胆。

吴楚三见他不语,又说:"总办如觉得不妥,董事局的事不一定要兑现。"

"那怎么行?君子一言,驷马难追。"计谋归计谋,食言耍滑头却不是他陈宜禧的做派,"我何时能拜会黄老板,当面致谢?"

"总办放心,我来安排。"吴楚三起身告辞。

"对了,楚三,把你和秀宗的名字都列进董事候选人名单。"

"谢总办抬爱!"

两年前吴楚三献计解决了资金问题,他就有意提拔,只是不知什么位置合适。余灼在他心中一早立下副总办的高标准:图谋公益,中西并重,文能降翰林、通官府,武能建新城、架新桥,最重要的是人品正、气节高。楚三虽是自家女婿,智谋过人,但或许还是年轻,时有奇思异想让他感觉不踏实。另一方面,秀宗回国不久,技术虽过硬,对国内事务还有太多要学习,自然也不能胜任副总一职。而两人一个擅策略,一个长工程,凑一起正好文武双全,把他们都提拔进董事局暂时解决了他心中这个难题。

半年后,新宁县更名为台山县,新宁铁路董事局筹备会议在台城(原宁城)首次召开,久闻大名的黄玉堂,陈宜禧才终得一见。

黄玉堂挂着银雕蛇头手杖,一拐一扭走进新设的董事会议厅。陈宜禧作揖,迎到门口八仙过海的红木屏风前,恍惚间觉得此人似曾相识。他努力在记忆中打捞一番,却是徒然,前尘往事如灰影晃动,意识的灯一照又都散了形。

"陈总办,久……久仰,久仰!"黄玉堂比他高出大半个头,目光从外眼角斜下来,点到他的脸又悠忽收回,眼仁陷在肿眼泡里,肥厚的腮帮堆起和煦的笑。

端午前夕,会议桌上摆着两大盘咸水粽,给大家做点心。黄玉堂的头和身体就像小粽㩒大粽,沉甸甸都压在右腿和蛇头手杖上,左腿拖在一边。秀宗忙拉椅子请他入座。

"这位该是陈公子,陈主任吧?"黄玉堂上下打量秀宗。

秀宗点头,没说话。

"正是犬子。黄老板为白石桥搬来援兵,本来宜禧早该当面叩谢。"

"陈总办为乡亲造福,黄某不过略尽薄力,不值一提,不值一提。"

"听楚三说,黄老板生意兴隆繁忙,所以半年来,宜禧几次求见都不得,呵呵。今日黄老板拨冗赴会,荣幸之至。"

"实在是黄某失礼,小本经营,还成日忙碌不迭,比不得总办修铁路的宏伟大业。"

黄玉堂的态度比陈宜禧料想的谦和,他心里略微放松了些。今天参会的各位,倡建了公益埠的伍于政督办是志同道合的老友;龙保真会办是华道、广德供应商八叔之子,知根知底;妻弟秋阁不打不相识,恩怨早捋分明;楚三、秀宗是自己的左臂右膀；只有黄玉堂是个未知数。但承诺就是承诺，但愿董事局日后能与他同心协力，一步步实现他为家乡描绘的蓝图。

董事候选人到齐，书记员就位，陈宜禧开场："宁路干线完工，只是公司事业的新起点，我们要建设的宏图才刚刚展开。紧接下来，要建设白沙支线、阳江支线、公益铁桥、铜鼓商港、新宁水电站等等，公司业务和资金需求都将日益扩大，设立董事局势在必行。去年夏天，黄老板提出成立董事局，与老夫想法不谋而合；宁路今后的经营更需要集思广益，更需要规范有效的管理。在座各位德高望重、资历丰厚，今日共筹此事，望不吝赐教。"

伍督办与陈宜禧年纪相仿，虽年近古稀，鬓发斑白，却天庭有光："近十年来，陈总办为宁路殚精竭虑，出钱出力，百折不挠，带领大家修成了斗山至江门的干线，为新宁、新会等县带来便利的交通、繁荣的商业，功不可没。如今建董事局，要在总办之上再设个衙门，以老夫拙见，大可不必，试问在座谁比陈总办更懂得修建、经营铁路？谁更有资格为宁路做主？"

杨秋阁与龙保真点头称是。

"伍督办谦虚了，公益车站能成为宁路在潭江边上的枢纽，铁路分局、机器厂、印刷厂和职工学校能在公益埠扎营兴办，全靠仁兄精心筹划、大力支持。今后公司在各方面的发展，仅靠宜禧一己之力远远不够。"

"那可以扩大总办办公室嘛，吴文案和秀宗忙不过来，我们都可以来替总办打工、听你指挥。"杨秋阁摇纸扇笑道。

"董事局其实也相当于总办办公室,总办任董事长,董事都听董事长派遣的。"吴楚三打圆场,看一眼在旁边剥粽子的黄玉堂。

"楚三,不能这样说,董事局是代表股东利益的机构,我们都要为股东服务。"

黄玉堂放下粽子,拍三声巴掌:"总办所言极是,拿股东的钱就要替股东办事。总办成就了宁路干线大业,毫不居功自傲,且有设立董事局的远见卓识、宽宏大量,我宁路股东何其幸也。"

龙保真五十上下,梳着时兴的中分头,瞪黄玉堂一眼:"听说某些人一不满意就退股,不担股东的风险,又有何资格谈股东权益?"

吴楚三立刻接话:"接下来就要开工的白沙支线,黄老板已认股五万。按照宁路章程设立董事局,由股东选举董事管理经营,是让乡亲们心悦诚服的新举措。一旦成立了董事局,白沙支线所需的七十万股资应该很快就能筹集完毕。"

伍督办叹:"老夫惭愧不懂铁路诸事,最多敲敲边鼓。"

"伍督办,请别谦让了,今后铜鼓商埠的筹建需要仁兄大伤脑筋呢。诸位也请不要推辞,我已请楚三拟好董事候选人名单,下月由股东大会投票选举确认。"

吴楚三把需商议的文件分发给大家:"在座各位都列入了候选人名单,接下来还要讨论董事局的权利职责、常务董事的推举流程、公司章程增补等议项。"

黄玉堂嚼着咸水粽,翻翻文件,撑手杖抬起巨粽般的身躯:"我任命的两个席位,一个提名吴文案无可厚非,他为宁路立下的汗马功劳,众所周知,以我所见,他早该升任副总办之职位。但我黄某何德何能?做董事却不合适,况且鄙人生意繁忙,经常不在新宁,恐怕也难能为宁路尽心尽力。"

众人面面相觑。黄玉堂主张建董事局并要了两个终身席位,为何又不要做董事?只一味抬举吴楚三?

"黄老板为白石桥搬来援兵,怎能说是何德何能?"陈宜禧说。难道他错度了黄玉堂的君子之腹?然而回乡多年,诚挚可靠、一心为公如余灼副总和伍督办那样的能人实在不多见。

黄玉堂摆手:"白石桥解围,功在吴文案的锦囊妙计,黄某不过推波助澜,微不足道,微不足道。"说着他推开椅子作揖:"黄某接着要赶去新会谈事,走先一步。各位,后会有期。"

"可黄老板的董事席位就空闲了……"吴楚三起身,不知所措。

"那就空着,股东大会也可以推举嘛……"黄玉堂一拐一扭出了会议厅。

锦囊妙计?楚三不是说新宁乡亲介绍认识了黄玉堂,"详情知道得不多"吗?黄玉堂怎么说得像是楚三一手策划?白石桥的援兵到底如何搬来的?楚三隐瞒了实情?他和黄玉堂到底是什么交情？陈宜禧目光划过女婿脸上的惶惑，忽然不知其中几分是真，几分是假。

天台上养了两株半人高的吊钟，一串串粉红卷白边的小铃铛在夕照里透明欲滴。美琪提着花洒浇水，食指划过花铃，仿佛听见了"琮琮"的乐音。这两株吊钟是过年时工程处王处长和车务处李处长送来的。"金钟一响，黄金万两。"王处长说。"但愿公司财源滚滚，欢姐再不用为难，顾头还是顾尾。"李处长说。"谁是头？谁是尾？"她笑。

的确，干线通车一年半，公司以前欠的债款都还清了，客运货运的收入除保障运营开支外，还有盈余给股东们分发点股息。美琪不用再每天为平衡收支焦头烂额，无论给王处长还是李处长批款，都痛快利落了许多。

四邑乡亲逐渐体会到火车的便捷，看清修铁路不仅无碍风水，还给本地带来生意和人气，不再抵制阻挠，反而期盼铁路从自家门前经过了。于是，从台城总站通往新宁西南的白沙支线紧锣密鼓筹办起来。阿爸策划这条支线，除了让繁华的白沙镇与新宁其他重镇陆路相通，也是为了再下一步，从白沙修路至阳江，把阳江附近丰富的原煤矿藏开发利用起来，减少、最终停止从越南进口火车燃料，大幅度降低成本。

楚三提着一篓金黄的蜜橘走上天台。

"今天回来得早。"美琪有点意外。白石桥事件后，楚三的应酬多起来，国民政府这个官、那个将，地方帮派这个爷、那个哥,早出晚归,有时在公益那边一待好几天。

楚三扬起蜜橘篓子:"白沙镇乡民送的,一篓放厨房了,这篓专给阿春。他跑哪去了?"

"刚刚听见他跟艾米在楼下捉迷藏。"

楚三胸前闪过一道熟悉的亮光。她送他的派克金笔,他曾经奖章一样每天佩戴胸前。搬兵到白石桥后,很久不见他戴;她也没问,不想显得小家子气。最近他兴起又戴上了?不管为何,她看着安心。

楚三拨弄吊钟花:"这两棵树该换大缸,长得高。"说着搁下蜜橘篓子,挽起衣袖,到天台另一角去搬空花缸。

"你何苦自己动手?我明天找个工人来换不好?"这样的体力活,楚三向来不沾手,今天哪来的兴致?

"不行,黄金树要自己亲手栽。"

"这又是三十六计的哪一条?"

"不是计,是要守住运气。"

"那我们一起种。"美琪戴上帆布手套。

楚三不让:"哪敢有劳公主大驾?"

美琪拿两个蜜橘从天台下来。侄女艾米跟阿春在楼道里尖叫笑闹,楼上楼下地跑。她追着给他们发蜜橘,想起她和秀宗小时候在西雅图的时光。

这是台城一栋常见的三层洋楼,青灰色楼面,红框玻璃窗,与左右同款洋楼接踵比肩,骑楼都跨到街边,连成长廊,遮阳挡雨。因为就在公司斜对面,方便上下班,阿爸、美琪和秀宗共同买来合住。美琪一家住三楼,二楼给秀宗一家,阿爸住一层,说是懒得爬楼梯。

秀宗的太太莉莉不上班,打理家事。美琪无事,便到厨房帮手,与莉莉闲聊。莉莉细皮嫩肉,身形玲珑,有洋娃娃般浓密的翘睫毛。她比秀宗小五岁,小时候在西雅图,总跟在美琪和秀宗屁股后面转,扑闪睫毛问:"我们今天玩什么?"雨天下棋打牌猜谜语,晴天跳绳赛跑打棒球,都听美琪安排,是美琪乐得收编的乖小妹。

"几时再给阿春生个弟弟?"美琪逗她。

"跟你弟去讲。"莉莉翻眼皮,"阿宗成日跋山涉水勘测线路,要么就是跟李是龙耍刀弄枪,还有力气生仔?还是你跟姐夫多努力吧。"

佣人请示今晚煮几人的饭,莉莉说七人,加个姐夫爱吃的白斩鸡。又凑美琪耳边笑:"姐夫今天难得回家早,早吃完早睡觉。"

美琪没说话。楚三从广州搬兵到白石桥后,回到台城家中,晒得黝黑,胡茬满脸,头发黏在额前,中山装灰里泛白,袖口掉线散了边,胸袋口不见了派克金笔。美琪看得心疼,她那白衣翩翩、纤尘不染的清爽夫君,怎么好似刚从泥坑里爬出来?她跑过去抱他,他垂着双臂,隔了好几秒,才回应了她的拥抱。

这是他们婚后分别时间最长的一次,三个月,难道就生疏了?

当晚楚三话不多,美琪问,他短促地答,不像以往,凡事都跟她仔细说明解释。他太疲惫了,美琪想,关灯上床。他的身体压过来,熟悉的气息、稳妥的重量,动作多了几分霸道。她没多想,欣然迎上他的索取。胶着沉迷处,他猛地换了花样。她一惊,睁大眼。窗纱透进的月光里,他仰着脸,没像往常那样专注着她,眼神不知落在何处。

这些细微的变化,美琪想,或许是她太敏感,又或许是小别胜新婚,还打趣:"三个月换了个老公。"

楚三听了,笑笑不语。

但美琪担心,换掉的那个老公会不会越走越远?从前空闲的时候,他总围着她和阿春转;兴致所至,还亲自下厨做两道云南小菜,端上三楼与她对酌,闲话、废话连篇,说得她不耐烦。如今忙得似乎没一丝闲暇;晚上在公益那边回不来,开头还打电话跟她通个气,说有会——董事会、股东会、筹资会……后来索性电话也懒得打。

他们结婚九年,时间不算短,阿春快六岁了,这样的婚姻状态正常吗?是她期待太多?家乡的男人们,有点钱有点势都接二连三地纳妾,只当是身份与财富的象征,与爱情无关。楚三只是不像从前那样把她捧在掌上,时间心思更多花到公司生意上。事业是男人安身立命之本,单守着老婆孩子做不成大事,她自然懂得,可他当初写给她的求爱诗里不是说,"只愿栖息卿怀中"?而且,有阿爸阿妈几十年恩爱如初的楷模,美琪对楚三的疏离还是相当失落。

正说着,阿爸和秀宗也从白沙勘测归来。家里三个男人这一阵都往白沙那边跑。阿爸总指挥,楚三负责筹款置地、梳理当地人事,秀宗负责勘测、设计。美琪随他们去过一趟,拍了照片,黑白照里的山清水秀,却比不过墙上秀宗的油画写生:白沙河清澈湛蓝,白鹅黄鸭在水中拍打翅膀;两岸浓密的翠竹边,洗衣女一个在绾秀发,一个在搓衣裳;一座尖顶碉楼耸立在河流中央的沙洲上。

秀宗钟爱家乡的田园风情,画里自然略去了碉楼尖顶瞭望台上的长枪短炮,以及居高临下把守水路的黄姓男丁。黄姓是白沙镇的两大姓之一,另一大姓,马姓,人口比黄姓略多,却因与外界通商的交通命脉掌握在黄姓手中而长年受钳制——白沙河通向潭江,河上来往的粮食、物产要交税不说,从马姓地界经黄姓地界出入潭江的人也要留下买路钱。

马姓头领说,那沙洲原是他们的,被黄姓设计夺去。黄姓却说,沙洲是他们出高价从河对岸开平县买来的。两大姓族斗了近百年,县官立在沙洲上的石碑明文规定此地为全镇共有,从来无人理睬。

"在马姓地界设车站,线路沿途都是平原,比原定从黄姓地界经过的线路省好多工程。"饭桌上,秀宗自然又提到白沙支线。

"原定线路在白沙最繁华的黄圩设站,如果改设马圩站,黄姓一定怕马姓报复,以后像他们控制水路一样控制铁路。"楚三说。

"黄姓管水路,马姓管铁路,平分秋色,也公平啊,以后或者就不打架了。"秀宗说。

"阿宗侠义,呵呵,可事情没那么简单。"楚三夹一块白斩鸡。

"线路走黄姓地界,约有十里是崇山峻岭,要劈山穿洞挖隧道,多绕十二里,多花二十万筑路费。如果走马姓地界,线路平坦顺畅,施工省力省时省钱,何乐而不为?两条线路,该选哪条?连三岁小孩都会,我们为什么要舍易就难?"

"阿宗,纯粹从工程意义上选择,或许三岁小孩也会,但要考虑到马姓和黄姓之间百年来的血仇怨隙,就不仅仅是纯工程意义上的选择。"楚三把筷子"砰"一声敲到桌上,"现在大家知道了铁路的好处,都抢着要铁路经过他们的地盘。目前筹集的资金,有十二万来自黄姓,如果铁路不能带给他们足够多好处,他们随时会撤资。"

"马姓认股二十五万呢,就不怕他们撤资?"

"怕,所以才不能急于做决定!"

秀宗和楚三争论不休,阿爸安静地喝眉豆鸡脚汤,时而给阿春和艾米夹两筷子菜。秀宗回国三年多,依然率真,一身理想主义,美琪很了解;而楚三担忧的,一定不仅仅是那十二万股资,他考虑到的问题层面,比秀宗,甚至有时比阿爸都入木三分。国人重重叠叠的心机,没在谋略文化里受过充分熏陶的人,又如何看得透?阿爸最终要做的决策实在不易。

"阿宗,楚三更了解台山民情,多跟他学。"她更希望阿爸多跟楚三商量。不过,她看得出,白石桥完工后,虽然楚三和秀宗都进了董事局,阿爸对楚三却不如从前那般言听计从了。

阿爸喝完汤,起身在饭厅来回踱步,不时在秀宗那幅白沙河的油画前驻足思量。秀宗和楚三都不说话了,埋头吃饭,眼角瞟着阿爸的举动。

"我们毕竟只是一家铁路公司,平衡乡里间的关系固然重要,最终还是要考虑公司的经济利益,线路从马姓地界过,更符合经济利益。"阿爸终于开口。

楚三"噌"地起立:"可是总办,改变原定线路,黄姓不依,闹出事来怎么办?"

"我们又不是县政府,管他那么多!"秀宗也跳起来,扯开领口纽扣。他跟李是龙练武以来,肱二头肌明显鼓起来。

"护勇队再添人、再买枪也有限,白沙黄姓历来以彪悍著称,否则也不能把持白沙河这么久。"楚三哼道。

"你又不姓黄,怎么总替黄姓说话?"秀宗凑近,与楚三鼻头相对。

"你什么意思?"楚三毫不退让。

阿爸拉开秀宗:"我们选哪一边都可能让另一边不满,这件事要最后由董事会决定。楚三,不管车站设在谁家地界,都要辛苦你在马黄二姓间尽量调解,避免冲突。对了,黄老板乡下(老家)不知是不是白沙?"

"不清楚。就算是,他长年在外,人都找不到。"楚三脸上青铜般的光暗淡下去;阿爸艰难的选择,美琪也看在眼里。她站在僵局正中,只能端起装满蜜橘的果盘:"都累了一天,吃完早休息吧。"

上了三楼他们的小窝,楚三解下中山装,摔到沙发上。

美琪上前抱他,安抚道:"白沙镇的两姓对立,外人实在不容易平衡,难为你了。"

楚三推开她:"秀宗跟你爸'不是县政府',我他妈的就是县政府?惹出烂事,到头来还得我去收拾!"

"阿爸不是说,由董事会最后决定吗?"

"董事会?哼,他妈的就是个摆设。"

"毕竟,阿爸办铁路的经验最丰富嘛,可你跟秀宗的辅助,他缺一不可,尤其白沙这么复杂的环境……"

楚三没接茬,从柜子里拿出加利福尼亚赤霞珠,一屁股陷进绿丝绒沙发里,给自己连倒两杯,仰头饮尽,眼神缥缈,不知落在何处。

从不在她面前说粗话的楚三连骂两次娘,这话题还是先别碰了。美琪换上蓝纱睡裙,坐到沙发扶手上,搭着楚三肩膀:"秀宗和莉莉不给阿春生弟弟,我们自己努力?"

楚三看着她不说话,像在琢磨她的邀请。他们很久没这样近距离对视,他眼里多了些她不熟悉的刚硬,以致,她感觉被抵挡,目光不由得拐弯,投向窗外深蓝的夜空。楚三的脸凑近,像是要吻她,美琪闭上眼睛。

"叮铃铃……"楼道里电话炸响。楚三跳起来,出去接完电话,回来打开衣柜抓件西服就走:"我得去趟公益。"

"什么事这么急?阿爸知道吗?"

"我去就行了,不用打搅总办和秀宗。"楚三匆匆下楼。

美琪跟到楼梯口,看一眼墙上挂钟,他还能赶上八点的末班车,但今晚肯定回不来了。她怅然走回卧室,拾起他扔沙发里的中山装,烟草和烈酒的燥气,从他越来越热衷于奔赴的各色场所一哄而上,夹杂一丝泥土的潮湿,是傍晚他在天台上给吊钟花换盆的时候沾上的吧?美琪从中山装胸袋抽出派克金笔,当初送笔给楚三时的志忑与甜蜜仿佛又握在手心。这么多年,笔筒依旧光彩熠熠,看不到磨损的痕迹,可见楚三一直用心爱护着。有这份珍惜,即使不再朝朝暮暮、如胶似漆,她又何必计较?

美琪的指尖轻轻转动金笔,再把金笔插回胸袋,忽然留意到,箭形笔夹尾端的羽毛是密集的一簇。记得她当年在西雅图挑的特别版,羽毛是左右各三撇,简洁大方、与众不同,国王街坡顶上戴小帽的犹太店家还称她眼光独到,"这支笔就像是专为小姐你做的"。她知道那多半是店家为推销商品说的奉承话,但刚刚拿到会计毕业证书、挣脱失恋淤泥的她,身心像坡顶飘过的云朵般洁白轻盈,愉快地花光了整年积攒的零用钱。

这不是她送他的那支笔,真正用了九年的笔也不该如此崭新。笔筒闪耀的金光突然变得刺眼。

美琪手一颤,中山装连带金笔"啪嗒"落地。她走进过道对面阿春的房间,儿子已经睡熟,稚嫩的脸闪着毛茸茸的银光。她轻手轻脚在儿子身旁躺下,耳边自己的气息却粗重起伏,与儿子纤细平稳的呼吸很不协调。她又轻手轻脚爬起来,靠着床沿坐到地板上。

美琪环抱双膝,疑问如片片羽毛回旋暗空。金笔是楚三从白石桥搬兵回来后不见的,如果他丢了金笔,为何不告诉她?怕她生气?结婚这么多年,他早知道她的脾气——开诚布公,不计较细枝末节。但他和她到底从小受的文化熏陶不同,这些年,她也终于意识到,他的细致周到同时还有另一面——对得失的精密计算,即使家庭琐事,也走不出那样的思维模式,习惯性掖着藏着。他为何瞒着她,暗自弄来支替代品?金笔后面,他真正隐瞒的是什么?他渐行渐远,和这支假冒的金笔有什么关联?疑问的羽毛撩着鼻尖、睫毛,美琪打了个喷嚏。

窗外夜风渐起,树叶窸窣作响,几点星辉跃动在对面墙上相框里:她与他挽手并肩的婚纱照——她如花开放,他如获至宝;刚满月的肥白婴儿阿春被他欣然举在胸前,镜头后是她欢喜的凝视;还有她拍的阿春学步照,楚三蹲在两步外打开双臂,耐心等候……她用快门捕捉的温暖与幸福,真实不虚,可是楚三的另一面,她曾以为是他东方魅力所在的一面,这么多年她仍然看不透,如今成了一堵无形的墙横在她与他共筑的爱巢中央。

相框旁边,挂着四年前楚三去上海找王大人途中抄给她的《与妻书》。美琪当时读罢,震撼不已,请人精心裱糊,含泪挂上墙。不过,每日面对楚三那隽逸的小楷,她也有疑问——如果爱得深,怎舍得抛妻弃子?为天下?男人的理由宏大而空泛。当年华盛顿大学的"白马王子"莱恩,舍得冰冻她的心、粉碎她的初恋,说是为她的学业与独立、为祖上家业,可后来美琪懂了,其实是因为爱得不够。

她在失恋的黑洞中爬行时,丽兹告诉她:"女人受伤,并不是因为男人比我们强大,恰恰相反,他们迷惑,不知道自己要什么;或者怯懦、没担当,不敢面对自己想要的。"阿爸阿妈的理解安抚是她身心愈合的无尽养分,而最终点醒她的是丽兹。伤透心的小女生发现了内在的亮光,留意到情爱之外自己独立的人格。

儿子在梦中无辜地呻吟。美琪起身,轻抚他的小脸。她守护着这样纯净的孩子,担负着整条铁路的收支平衡,还要确保台山女子能进学堂读书,何苦在楚三的惯性思维里绕弯,小女生一样自寻烦恼?美琪回到卧室,捡起地板上的中山装,挂上衣架。金笔的来龙去脉,她迟早会弄明白。他要是还在乎她和阿春,也不该藏污纳垢。

第二十九章
比美国西部更蛮荒

民国七年（1918年）　台山

　　新宁铁路宣布白沙支线在马姓地界设站,黄姓自然不依,闹到香港台山商会,又上告到交通部、甚至广东省长朱庆澜办公室,说铁路公司被马姓收买,不顾黄姓利益,擅自改变原定线路,国民政府要为国民做主。地方和省会的调查和调解过程一如既往缓慢冗长,折腾一年多,批文迟迟不能下达。工程队从台城一路修过来,到了决定线路最后走向的关键地段,几百民工晾在工地上,等省长发令,工钱照发,公司哪承受得住这个压力。

　　阿爸和姐夫赶去广州找省府要员通气,李是龙带一队护勇全程护送。秀宗守着工地烦闷得慌,想:理在我们这一边,听说朱庆澜是个清官,最后批文肯定是支持公司选定的线路;一时不能修路,先做些准备工作总可以吧？便跟施工队长说:"走,挑些精壮的弟兄,跟我先往前面找地方搭工棚去。"

秀宗带领十几名护勇,扛着枪骑着马,按设定的线路走在前,五十个精挑的民工壮汉扛着锄镐,驾着搭棚的工具车紧跟在后。路过一片坡地,玉米刚收过,剩些青黄相间的玉米秆,坡顶是一片竹林。这片旱地看上去够高够开阔,搭十几座工棚正合适,而且还能就地取材。秀宗便让人马停下,请施工队长去附近打听,是谁家的坡地?能否租用?

施工队长不安:"附近就是黄姓住的横坑村和水寨村,他们对修路的人可没有好脸色。"

施工队长和秀宗年纪相仿,但跟阿爸修路的年头比他长很多,谨慎些总没错。秀宗便指派三名护勇护送施工队长进村:"跟乡民说,我们不是在这块地上修铁路,临时借用一段时间搭工棚,还按跟马黄两姓签的合同高价补偿,折价入股。"

不久施工队长回来,神情比先前舒畅:"总工,这是马姓乡民的坡,主人还说,反正这坡刚收割完,空着也没用,铁路公司高价租用,傻子才不愿意呢。"

于是秀宗和护勇们纵身下马,与民工一起动手搭棚。秀宗又不时带人勒马到坡脊上瞭望,两姓的村落里都树荫郁郁,炊烟袅袅,不见异样。

三天不到,十几座南竹作梁、葵叶作顶的简易工棚整齐地排列在山坡上,棚顶飘着彩旗。从阳江等地招来的民工,有的还携儿带妇,立即搬迁过来,搭铺、垒灶、架铁锅,吵吵嚷嚷,好不热闹。夜里,秀宗派了护勇巡逻,哨兵肩上扛着带刺刀的步枪,清朗的月色里,刀锋冰光闪闪,十米外可见。

第四天中午,施工队长飞奔来疾报:"黄姓说我们没等省长最后裁决,就向前动作,分明欺人太甚,还租用马姓的坡地搭工棚,把好处都让马姓占尽。今天上午,几百黄姓壮汉聚拢到祠堂里,饮誓师酒、吃烧猪肉,发誓要拿出黄姓的威风给铁路公司看,给马姓看。"

秀宗不信:"护勇队日夜巡逻,没发现特别的动静,黄姓虚张声势唬人吧?"

"啊呀,总工,黄姓刁蛮又阴湿(诡异),想闹事怎会给护勇队看见?我派暗探潜进黄姓村落,才得到他们今夜突袭的消息。"

派暗探?怎没告诉我?秀宗不舒服。公司里的"老人"包括姐夫吴楚三总把他当洋人看,总认为他不懂本地人事,只会工程设计。可此时责怪施工队长不合时宜,他要以大将风范服人:"不怕,我立刻把护勇队主力调来,他们有多少人?我们民工里再挑些勇猛精悍的,把机关枪摆上,阵势就吓死他们。"

"黄姓壮汉大概三百多吧,白沙黄姓打起架来,是出了名地不要命。他们族长有言在先,为黄姓利益械斗致残的人和死者的家属全部由族里供养。还有啊,总工,总办临走前交代过,不能动刀动枪!"

"那你说怎么办?"

"我们撤吧,把民工撤走,工棚拆掉。"

"岂有此理,我们又没犯法,按合同租用地皮搭工棚有什么错?撤走反而显得理亏,不撤!"

施工队长急得要哭:"总工,民工里有家有小的总可以撤吧?万一打起来……"

"好,你带有家小的民工撤走,胆小怕事的也都可以走!"

施工队长带着大部分民工和家属撤进了坡后马姓村落的碉楼。秀宗带一连护勇和几十个民工猛汉防守工棚区。李是龙不在,秀宗实际上就是护勇的统帅,三个分队长都听他指挥。五年前白石桥冲突,他开了眼,虽然油画写生依旧是一派田园浪漫,却把阿爸的告诫——家乡可能"比美国西部更蛮荒"切记在心。在蛮荒地界,枪就是王、就是法,所以这几年他跟李是龙学枪法拳脚、带兵打仗一直很用心。

秀宗带三个护勇分队长仔细查看地形,山坡阳面是工棚区,坡脊上竹丛大半被伐来搭了工棚,藏不下大队人马;坡后是马姓村落,有马姓村民在碉楼上架炮守护,黄姓从背面偷袭的可能性不大,最有可能是分几路从阳面包抄而上。护勇队加民工人力足够,又有机枪,守住工棚区应该没问题,难的是如何能不动刀枪,让黄姓一开始就死了进攻的心。

他与三位分队长策划一番,便让护勇和民工们在工棚区前挖战壕,分几个方向架好机枪。十挺机枪对着坡下,旁边竹架挂上强力电筒,聚光打在机枪阵列上,夜里远远就能望到;另外两挺机枪摆在两侧暗影里,对着坡上无人处。又下令,如果黄姓冲锋,左右侧的两挺机枪先冲坡上放空枪、造声势,其余没他命令不许开枪。

李是龙说过,不战而屈人之兵,才是上上策。秀宗希望黄姓也不过像白石桥九大书院的乌合之众,这边一摆开机枪阵,他们就闻风而逃。后来秀宗回想起来,惊讶自己怎么盲目自信,连神经里那根深蒂固的黑面罩般的预警都麻痹了。

夜深,风来,玉米秆和竹叶的清香四起,夜虫呢喃,星光从云隙间洒落,无异于往常。秀宗正想,施工队长的消息不知是否有误?黄姓几百人忽然明火执仗从坡下林子里冲出来,杀声阵阵。他按住狂跳的心脏,见对方并无明显的队列,应该都是凭愚勇在猛冲,便立刻下令护勇队打开"聚光灯",照亮机枪阵,同时放空枪。

喊打喊杀的黄姓们确实瞬间被震住,都骤然止步,甚至喊声、枪声都戛然悬空,停了半拍。然而十来个不怕死的壮汉立即又往前冲,其余人又扯开喉咙为他们助威壮胆。

"怎么办?"三个分队长都盯着他。

开枪?秀宗到那一刻才意识到自己根本没做好迎敌的准备,对方到底不是绝对意义上的敌人,他也不是美国西部传说中的冷面牛仔枪手,他与坡下乡民无冤无仇,怎么狠得起心肠下令开枪扫射?

就在他犹豫的瞬间,率先冲上坡的黄姓壮汉们个个铆足力气把手中火炬抛了过来,有几支火把流星般飞越战壕,落到工棚顶上。葵叶和南竹都易燃,火峰转眼突起,"毕毕剥剥"乘风奔向四周,火光刹那冲天。

"撤!"秀宗别无选择,带着护勇、民工撤上了山脊,才闻到那黑面罩般焦煳的气味。

陈宜禧第二天闻讯,立刻与吴楚三、李是龙等赶回台城。从火车站出来,已近黄昏,广场上挤满民众。广场对面,公司的红砖办公楼面被夕阳染成血红。人群交头接耳:"陈宜禧儿子指挥护勇杀人……十几挺机枪专扫人头……""还勾结马姓刁民炮轰黄姓……""人面兽心,真没想到啊……"

秀宗发给他的电报上只说黄姓"火烧工棚",没说出了人命啊?憨直的秀宗闯下了什么大祸?陈宜禧提着一颗心,在是龙和护勇们的严密保护下,穿过广场到了公司大楼前。

一顶白布帐篷横在路中央,门幔两侧各挂蓝白灯笼一盏,正中扯一条横幅:"陈秀宗罪责难逃!"帐篷里架两块门板,门板上各摆一具白布遮盖的尸体,两个妇人披麻戴孝,坐在尸体旁轮番号哭。

"儿呀,你死得冤呀,只以为铁路从家门前过,你去尽点力,谁知铁路公司黑心毒肠,勾结马姓,用机枪扫你……"

"我的儿,你这么后生,还没娶新妇(媳妇),没养仔女,撒手就走,留下我这把老骨头,谁来照顾呀?"

"儿呀,陈秀宗和他奸贼老爹陈宜禧都不得好死,白沙黄姓兄弟叔伯都要为你报仇,要挖护勇和马姓刁民的心肝为你祭灵……"

"住口,大白天不许诬陷好人,平白无故咒骂我们总办和总工!"李是龙怒喝,上前一把掀开尸体上的布单。尸体的头颅被枪弹打烂,惨不忍睹。另一具尸体也如此。

陈宜禧胃里一阵痉挛,捧腹勾腰,吴楚三忙扶他绕进公司大楼。门外黄姓乡民呼声高涨:"交出罪魁祸首陈秀宗!""有种杀人,就冇怕见官!"

"阿爸,姐夫,省长批示了?"秀宗迎上前,脸上还有昨夜浓烟的残迹。

"朱庆澜被排挤卸任,去了上海;新省长还没坐稳交椅,宁路的事无人接手。"楚三叹。

"秀宗啊,省里批文没着落,只能靠我们自己跟黄姓协商,可你,哎,你到底闯了什么大祸?黄姓怒气冲天,怎么可能协商?"陈宜禧扶着椅背慢慢坐下,揉着胀痛的太阳穴、绷紧的肠胃,跑一趟广州就累成这样,体力跟从前真是没法比了。

"阿爸,我是不该心急,往前去搭工棚,但放火烧我们工棚的是黄姓啊,他们还来公司门前闹事。"

"外面那两具尸体是怎么回事?"他掏出手帕,让秀宗擦擦颧骨上的烟灰。

"我也不懂。我根本没下令开枪,只让两个弟兄朝坡上无人处打空枪。"

三个护勇分队长都在,为秀宗证实:"我们一一问过昨晚在场的弟兄,除了开空枪的两人,其他人都没动扳机。我们还仔细检查过撤下来的机枪,的确只有两挺开过火。"

"那开空枪的护勇有没可能误伤了黄姓的人?"

秀宗把昨夜负责开空枪的护勇叫来,都是二十出头的壮实小伙,笨嘴拙舌的闷葫芦,问三句答一句。两个人的话总结起来就是:他们一晚上都瞪大眼、伸长耳朵,子弹都射进坡上竹丛了。黄姓都在坡下,虽然火把抛到了工棚区,却没一个黄姓冲过战壕,更没人进入空枪的射程内。

"我早就说过,车站设在马圩,黄姓必定会存心找碴,逼我们把车站修到黄圩。"楚三发牢骚,却立刻有条锦囊妙计,"我们解释不了外面那两具尸体。广场上旅客南来北往,黄姓这样死缠烂打,施工进行不下去,公司名誉和经济上受双重损失。我们应该上法庭跟他们一决雌雄。"

不过楚三这条妙计,陈宜禧觉得更离谱:"上法庭?县衙吧?"对美国的法庭,他可谓久经沙场,可在家乡他只拜谒过省督和县官。

"是,总办,你还没听说?北洋政府准备接受西方列国组团来考察司法改制,以便收回治外法权,如今开始在各省各县普设法院,建司法公署。台山侨属多,一早就接轨西洋文明,宁路通车这些年,民风更开化,所以台山是首批司法试点的县份呢。"

"那谁是被告?谁是原告?"他问,他可不愿意把秀宗送上被告席。新设的县城法庭,建制肯定远不够完善,像五十年前的西雅图,庭审如马戏表演。他更不能让无理取闹的乡民伤害儿子一毛一发:"秀宗,事情解决前,你就住在办公楼里,哪里也不许去;是龙,派护勇队严密守护大楼!"

第三天,黄姓的几十名武装男丁强占了两节货车厢,把尸体搬进去,带上死者家属、治丧八音乐队,再摆满祭幛、花圈,把车厢变成灵堂。那条"陈秀宗罪责难逃"的横幅,也挂在车厢外,一路随风抖动。从台城到江门,火车一到站,治丧乐队就奏起"呜呜"悲音,黄姓男丁放火炮、撒纸钱,两个死者母亲一把鼻涕一把泪地哭诉。两具烂头血尸的冤案,沸沸扬扬传遍铁路沿线村镇,成了家喻户晓的新闻。

第四天,白沙河出入潭江的水路被黄姓封航。他们对空鸣枪,不许任何运往马姓地界的粮油百货通过,加倍付税也不行。马圩的粮油突然紧张起来,价格抬高三倍;马姓乡民惶惶不安。

"阿爸,不能再拖下去,就让我上法庭吧。我和护勇们没杀人,马姓乡民也没开炮,理直气壮,做被告也不怕!"秀宗英气勃勃,眼睛像沐芳,清澈透亮。

陈宜禧长叹:"你太天真啦,我就不该留你独守工地……"

公司大楼门口忽然又是一片吵嚷,父子推开窗门。楼下一群披头散发的妇人,个个提着马桶。为首的是两个死者母亲,撕心裂肺:"陈宜禧和他儿子都是黑心恶魔,用机枪打烂我们儿子的头,我们儿子的亡灵升不了天……姐妹们,拜托帮我们镇邪啊,泼屎泼尿,镇住他们的妖术魔法!泼呀!"

"泼,泼!"妇人们的声讨震耳欲聋,一桶桶屎尿向公司大门泼来。

楚三探头去劝阻,没来得及躲闪,被泼了一头污物,用袖子揩着头脸,逃进大楼。

第五天,台山县新上任的司法公署署长带两名警察到公司来传讯秀宗。

"哎,黄姓闹得满城风雨,我们现在失去主动性,不做被告也得做了,找律师都来不及。"楚三昨日被泼了脏污,怕长虱子,剃光了头发。

陈宜禧挡在秀宗身前:"你们要拉人,就先拉我,我是他老爸、老板,他如果有错,都是我的责任!"

李是龙抱臂站在一旁,左脸疤痕暗光闪闪,腰间驳壳枪凛然森严。

司法署长嘴上无毛,一脸稚嫩,像毕业不久的大学生,又对陈宜禧大名久仰,为难道:"老前辈,晚生也是办公差……这样吧,你担保贵公子三天后一定到县审判厅出席庭审,现在就不勉强公子跟我走了。"

开庭审讯那天,县审判厅内外人山人海。新闻记者、铁路公司员工和马黄两姓乡民,早早就在厅内等候;凑热闹的民众争相往里挤,踮脚尖、仰脖子,像等待看大戏。

双方按司法公署要求,都预先请了律师。替秀宗辩护的方律师,是吴楚三亲自去香港请来的,据说从未输过官司。

楚三却因在香港照顾公司另一桩急事而赶不及回来。方律师如洋人律师般披黑袍戴假发,被众人指指点点。

秀宗穿着规整的白衬衫黑西装,泰然站上被告席。他没做亏心事,行得正,坐得端,倒想看看黄姓耍什么把戏。

一队黑衣警察小跑进来,腰间别着短剑和手枪。书记官令全场起立,恭迎署长大人入庭审案。署长也如洋人法官一样,穿黑袍,戴银灰假发,比去公司传讯秀宗那天显得老成。他拍响惊堂木,待众人安静,问:"被告陈秀宗,白沙黄姓乡民集体控告你,指使新宁铁路公司护勇开枪杀人,你认罪否?"

"我没指使任何人开枪杀人,无罪。"

"如何证实?"

"署长大人,辩方请传护勇队三位分队队长。"方律师撩起黑袍,侠客般飘然行至前庭。

三位分队长分别讲述陈总工如何与他们部署防守,千方百计避免开枪伤人,在黄姓冲上来放火时也不肯下令开枪。"十几挺机枪摆着不用,眼睁睁看着工棚被黄姓烧成灰烬,有这样的杀人凶手吗?"三队长扼腕。

听众中,马姓点头慨叹,黄姓摇头质疑。

控方的袁律师没披黑袍,自带一头银发:"三队长,你们当晚摆了多少挺机枪?"

"十几,十二挺。"

"枪口对着谁?"

"两挺对坡上无人处,其余对着坡下。"

袁律师接着传黄姓敢死队队长做证。敢死队长一身瓷实精肉走上证人席,眼皮都不抖闪一下:"两名死者都是我手下,被陈秀宗的机枪打烂了头。"

"讲大话!""胡编乱造!""诬陷好人!"护勇和马姓乡民们站起来,冲敢死队长挥拳头、吐口水。黄姓乡民也不示弱,漫骂、扔石子,甚至有个莽汉冲出人群,揪住马姓乡民扭打。警察吹哨子冲进人群,把莽汉拉走。署长拼命敲打惊堂木:"肃静!"

三位马姓壮士趁乱跑到署长的高台前,手里各提一只公鸡,按乡下风俗,当场拔刀砍下鸡头:"署长大人在上,我们若说假话,就似这公鸡一样,身首异处!秀宗公子面慈心善,平日里连鸡都不愿杀,何况杀人?我等均愿签名画押,以性命担保!"

围观群众被这一幕逗得哄笑不已;新闻记者"啪啪"按快门;署长大人拍着惊堂木:"没叫你们上来,还不快退下去,否则判你们扰乱法庭罪!"

马姓壮士被推回观众席,三个鸡头泡在堂前血泊中。方律师精准地绕开,"唰"地一甩袍尾,问敢死队长:"请问两名死者姓甚名谁?如何证明是当晚冲锋的黄姓敢死队员?"

"黄金峰,黄金发……"

"黄金毛!"观众席里不知谁多嘴,又一阵哄笑。

敢死队长伸出右手,挽起袖子,现出一条青龙文身。他翻转手臂,指着手腕内侧铜钱大小的梅花刺青:"黄姓敢死队员腕上都有这样的梅花,请署长大人验明尸身。"

署长叫来法医,法医说两具尸首右手上的确有梅花刺青,又递两张照片给署长看。

控方袁律师再叫来两名黄姓敢死队员做证,两人均说当晚亲眼目睹死者被机枪打死。

署长问方律师是否要向黄姓敢死队员提问,方律师双手垂在袍前,一筹莫展。

到此之前,秀宗觉得家乡新设的法庭如一台不中不西的闹剧,他像个旁观者,静观其变,但此刻意识到事态比他想象的严重。黄姓为何如此仇视他?为何要编排这番伪证,置他于死地?为一条铁路支线的走向,至于吗?这场闹剧的背后,似乎还有阴谋,如夜间觅食的野狼逡巡。黑面罩般的窒息感扑上来。

阿爸坐在前排,离他不远,看上去很沉静,但大概只有他注意到,阿爸叠放在胸前的双手,不时按揉着腹部,按压他内心的忧虑。秀宗实在后悔自己贸然行事,给了黄姓闹事的借口,陷阿爸和公司于不利境地。

李是龙忽然冲进法庭,像火山喷发,大声嚷着他可以证明黄姓诬陷好人。是龙发现了什么?秀宗这几天忙着准备出庭,竟无暇跟他打照面。

署长喝令"肃静"。警察围过去要架走是龙。阿爸忙趋前说明是龙的身份,请求署长允许他与是龙私下说几句话。

法庭门口,阿爸和方律师与半路杀出的李是龙低声讨论。全场都盯着他们,等庭审出现拐点。方律师最终点头,甩开袍子踱回庭前,传招辩方证人。走上证人席的却不是李是龙,而是两名穿白布袍、裹白头帕的妇人,扭捏着,称是台城光雅街的专职哭丧妇。

"说具体点。"署长皱眉。

"就是专门帮办丧事的人家呼天抢地的嘛,喏,"一名哭丧妇双臂朝天,吊起眉头咧开嘴,哭叫起来,"我的儿呀,你死得好惨……"

袁律师抗议:"辩方传这两个证人毫无意义。"

署长却听得饶有趣味,让他们继续。

"哭不出来怎么办?"方律师问。

"用辣椒抹眼皮,用黏米汤糊鼻孔,即刻涕泪交流;饮几大口麻油,即刻就成豆沙喉。"

众人捧腹不已。有人尖起嗓子装哭腔:"我的妈呀……"

等法庭回复安静,方律师突然问:"你们认得那两名妇人吗?"他指向坐在控方前排的两名死者母亲。

"当然认得啦,她们是光雅街哭丧最犀利(厉害)的阿贞和阿贤啊,好生意都是她们先抢到。"

披麻戴孝的死者母亲站起来厉声否认。袁律师抗议辩方诬陷,对死者家属大不敬。

方律师便请死者母亲逐个坐进证人席:"请问令郎姓甚名谁,生前贵庚?"

第一位母亲伤心道:"我儿子黄金发,生前才十八,被陈秀宗指使杀害,儿呀……"

第二位母亲走上来,紧一紧白腰带,扯一下麻衣领口,吸鼻子道:"我儿子……黄……黄金……黄金毛……不,不……"她捂住嘴,额上渗出汗珠。

"阿贤,"方律师声音不大,全场却都听得见,"别装啦。"

阿贤"哇"一声哭出来:"本来说好是哭丧嘛,又泼屎泼尿,又上法庭,还不加钱,老娘早不想干了……"

庭上忽然一片死寂,阿贤意识到只有她在号哭,戛然收声。

袁律师"啪啪"鼓掌:"演得好,演得真好!但这只能说明辩方财力雄厚,连死者的亲妈都可以收买。"

"你到底是不是死者亲妈?"署长喝问。

阿贤惶然的表情仿佛被鼻涕眼泪糊住,多皱的眼皮、嘴唇都动弹不得。

"抗议,控方律师捏造事实!"方律师愤然一甩袍摆。

袁律师全然不顾方律师干预,逼视秀宗:"请署长和各位乡亲不要被辩方律师误导,避重就轻。两具黄姓敢死队员的尸体明明就摆在司法公署的停尸间,法医亲自检验过,被告陈秀宗,你如何解释?"

"我请求做证。"忽然有个裹着浓痰的声音从观众席后排传出,随之一个秤砣般沉重的身躯一拐一扭蹒跚过来。

"黄老板?"秀宗吃惊。四年前董事筹备会后,他和阿爸都再没见过黄玉堂。

而黄姓族长,一位穿灰袍黑褂的中年乡绅,显然也惊见黄玉堂现身,慌忙迎上前:"何必烦劳黄老板亲临?"

黄玉堂没搭理族长,径直走到署长台前:"在下新宁商人黄玉堂,请求出庭做证。"

"黄老板早年出洋金山,归来乐善好施,为家乡修桥铺路,乃我白沙镇德高望重的前辈。"黄姓族长满脸恭敬。

黄玉堂果然是白沙镇人,他不请自来,莫非要落井下石?虽然只有一面之交,秀宗本能地对黄玉堂不信任。他穿衣打扮虽有归侨的体面,整个人却有说不清的污浊感;秀宗尤其不喜欢他打量人的眼神,从外眼角斜出来,蝌蚪般滑溜,落不到定处。而且后来听说,他开的酒店,不少其实是妓院,上次是因为献了个绝色艺妓给龙济光,才为白石桥搬来援兵。黄玉堂以立董事会为帮助宁路的条件,在筹备会上,又莫名其妙不要做董事,让人琢磨不透。秀宗不愿和这种人打交道;而姐夫在三教九流间穿行自如,他不知该叹服还是提防。

"既然德高望重,本庭特许你做证。"署长首肯。

"抗议!"方律师却提不出抗议的理由。阿爸起立,正要开口。

"我要证明陈秀宗无罪。"黄玉堂清了清喉咙。

庭上喧哗。黄姓族长指着黄玉堂说不出话。

黄玉堂扬起一张报纸请署长看:"新会县上周枪决了两个匪首,曾洪寿、曾洪福,烧杀淫掠,恶贯满盈。这里有他们的照片,各人右手上都有梅花刺青,请大人跟法医拍的照片对比一下。"

署长接过报纸审视一番："曾氏匪徒的刺青与黄姓敢死队的别无二致嘛。"

"其实不然,署长大人。在下年少气盛时,也入过黄姓敢死队,可惜手上刺青年头太久,已模糊不清,请大人叫敢死队长再展示一下手腕的刺青。"

敢死队长踯躅,警察推他上前,拉起他的袖子。

"请看,黄姓敢死队的梅花刺青,首先,位置在手腕内侧,而更特别的是,花开六瓣!请大人明察。法医照片里的死者刺青,请问大人,在什么位置?梅花有几瓣?"

署长眯眼细看,又叫法医和书记官对证,最后说:"在手腕外侧,是五瓣梅花。你这样说,难道,这两具尸体,是曾氏匪徒的?"

"署长大人,我不清楚这两具尸首的来历,但由此至少可以证明,那不是黄姓敢死队员的尸身,也不可能是陈秀宗事发当晚指使护勇开枪打死的。"

署长思忖道："你是黄姓宗族之人,为何要替陈秀宗说话?"

"现在是民国了,新时代,新法庭,该讲公道正义,怎能以宗族义气蒙蔽真相,模糊是非呢?"

"黄老板所言极是,本庭正是要长浩然之气、树公道之风。"署长与书记官低语,最后拍案宣布："证据确凿,本庭宣布陈秀宗无罪,立即释放!"

黄玉堂竟然是来替他说话的,难道是他以貌取人判断错了?秀宗疑惑着,从袁律师咄咄逼人的目光里走出来。黄玉堂做证时,阿爸一直站着,咬着下唇,随时要替他迎战;此时过来紧握他的手:"说清楚了就好,清楚了就好。"阿爸手心湿漉漉,全是冷汗。

他们还未坐定,署长又猛一拍惊堂木:"大胆白沙黄姓,假造伪证,欺瞒本庭。两具尸体来自何处?从实招供!"

黄姓族长被推到台前,哆嗦着说他没参加当晚突袭,都是听敢死队长事后报告的。敢死队长于是被推上被告席,眼中带着狠劲,嘴边浮着不屑:"我一人做事一人当,火烧工棚那天,曾氏匪徒被处决,尸体是我找新会典狱长买来的;敢死队员都听我指挥,他们的证词都是我教的;哭丧妇也是我找来的,阿贤他妈的太没用,一问就穿帮!要杀要剐,署长大人看着办。不过我这样做,全是为白沙黄姓出口恶气,让陈宜禧知道,我们不是好欺负的!他吃了马姓贿赂,要把车站修到马圩,好处都给马姓……"

"大胆,敢在本庭信口诬陷台山的大功臣陈老前辈!"署长喝住敢死队长,"黄姓火烧工棚,又欺瞒本庭,诬告无辜,如今供认不讳。本庭责令黄姓,赔偿新宁铁路公司全部损失,判敢死队长监禁十年,即刻押送惩教场!"

阿爸在惊堂木落下前起立拱手:"署长大人明鉴。老夫有个不情之请。"

"老前辈请讲。"

"白沙支线的线路走向是个难题,铁路公司目前的选择,从经济上、工程上来讲,都是最优,能给股东带来最大利益,但从民意上来讲,显然考虑欠周到。黄姓敢死队长硬汉一条,为他的宗族承担全部责任,祈望大人从宽处理。"

黄玉堂也撑着拐杖起立:"陈总办大人大量,黄某叹服之至。其实马圩到黄圩,距离不过四公里,倘若铁路公司能从马圩站再修一段,接通黄圩,想必黄姓乡亲也不会再有话说。"

"黄老板高见,老夫也正有此意,这段工程虽不在原计划中,若能再集资二十万,该足以覆盖成本。"

"好说,既然是特地为我黄姓父老修的一段铁路,这二十万,我来筹集。"黄玉堂作揖。黄姓族长忙附和,说一定尽力协助筹资。

阿爸又躬身:"黄老板顾全大局,高屋建瓴。老夫恳请你,务必屈尊纡贵入新宁铁路董事局,替白沙乡民和广大股东谋福利。"

随着阿爸话音落定,秀宗看清了那只黑夜里逡巡的野狼——如此铺陈的一出闹剧,原来是为黄玉堂公然赢得人心、名正言顺地被阿爸请进董事局。四年前筹备会上,除了吴楚三,其他人都不待见他,他硬挤进来也无趣。阿爸应该也看清这点了吧?赢了官司,却还要妥协让步,引狼入室,是否明智之举?黑面罩般的窒息感愈加浓厚起来,以致秀宗根本没听清署长对阿爸的赞许,对白沙两姓达成协议的祝贺,以及对黄姓敢死队长的宽大处理。

广州

  台山庭审十天前,珠江边蓬莱仙舫的黑衣小厮,再次把高大帅气的吴文案迎上船。说实话,吴文案虽然贴士给得大方,可他五年前挖走台柱红山茶,大损仙舫元气;尤其龙济光最近被护法军政府打得落花流水,逃去北京,红山茶下落不明,仙舫生意更无人看顾。所以小厮见到他并不是那么爽,脸上堆起的笑有些僵硬,但毕竟是黄老板待见的客人,怠慢不得。

  小厮递毛巾冲茶,跑前跑后,又端出加利福尼亚赤霞珠,斟满两只高脚杯。吴黄二人杯觥交错间的话语,不时往他耳朵里钻。

  "立了董事局,还是他父子两人说了算!"

  "毕竟人家擅长修路嘛。"

  "哼,经营不善,光知道修修修。修到哪,堵到哪。我早提醒他们,白沙支线的走向不能草率。"

  ……

  "黄老板何故谦让,不做董事?"

  "不急,吴文案精通兵法谋略,该知道凡事最好水到渠成。"

  ……

"利而诱之,乱而取之,实而备之,强而避之……"

小厮不懂他们说什么,也不在意。他只是不明白,吴文案这样儒雅清爽的新人物,为何跟黄老板走这么近?黄老板纵横黑道白道,可不好惹,派他干过的好几桩事都不可告人。

黄老板跟吴文案喝得差不多,舫上又来两位乡绅和一个跟班。跟班光着粗壮的膀子,右臂上盘缠一条青龙文身。乡绅们跟黄老板熟络地说台山话,吴文案挺着腰板坐在一边,鹤立鸡群,好像那些唾沫横飞的台山土话与他完全无关。

小厮被吩咐再去取些米酒,转身回来,吴文案挺直的肩背已松懈放低,脑袋与其他四人凑成一圈。"地价……地价……"这个词像骰子似的,被高低不一的声音抛起掷下。

"去拿张四邑地图来。"黄老板又吩咐。

地图被铺开在桌面,吴文案掏金笔圈点,五颗脑袋又凑成一圈。"三成……五成……"

伺候老板们一晚上,小厮把飞进耳朵里的片言只语凑一处,大概弄明白:这是桩大生意,与地价相关,在座各位皆有好处可得。

第三十章

山下的热闹山上的心

民国九年（1920年）　台山

新宁铁路分段通车十一年，斗山作为起点站，早已楼宇重叠，街巷如网，车水马龙。然而在斗山河边伫立了半个多世纪的大兴茶楼，依旧是镇上最热闹的去处之一。每周日，秀宗都会抽空，带莉莉和艾米从台城坐一小时火车过去，接沐芳到大兴饮早茶。这次赶上除夕前一天，各家各户张灯结彩。商铺添货延时、彩旗飘飘。办年货、行花街的乡亲接踵比肩。年前的熙攘繁华，跟省城比也不逊色。

他们在二楼靠窗的茶座，阿妈指着楼下斑斓的水果档跟艾米说："阿嬷小时候跟你太公趁圩，就在那个摊位卖生菜。"

阿妈腿脚虽不方便，气色还不错，皮肤透亮，眼神清澈，七十多了，发髻依然乌黑。平日在朗美，红柳悉心照料，宗全医师定期调理，秀宗虽不担忧，却难免惦记，所以回乡八年来，每周日陪阿妈饮茶的习惯雷打不动。阿爸很多时候同他们一起来,但今日他和伍老伯约了,商讨建铜鼓商埠。

"台城到白沙的铁路修了三年,终于快通车了,也不歇一歇。"阿妈不是抱怨,顺便提一下的口吻。

秀宗有时觉得,其实,阿妈并不需要他每周来陪。相反,是他自己更需要时常感受阿妈的气定神闲。阿妈的宁静里,有种柔软的力量,如水流,坚守自己的节奏,有条不紊,又势不可挡。

"太公跟阿爷长得像吗?"艾米拨弄辫梢的彩虹丝带。

"阿爷是你阿爸的阿爸,太公是阿嬷的阿爸。"莉莉跟艾米解释。艾米更迷糊,眨着黑洞洞的圆眼睛。

"你阿爸长得像太公。"阿妈剥好糯米鸡,拨到艾米碟子里。

"美琪姑妈长得像太婆吗?"

"美琪这一阵在忙什么?"阿妈问。

"督促明叔爷开办的新宁中学堂招收女学生呢。"莉莉说,"学堂开办五年了,明叔一直说政府不允许男女同校,没按跟美琪预先约定的那样招女生,美琪去省城教育部找人写了批文,明叔才无话可说。"

闲聊间,一顶红绸花轿甩着金黄的穗子,劈开人流,停在茶楼门口。

"结婚啦!"艾米趴在窗沿上欢呼。

掀帘下轿来的却是个少妇,高挑英武,梳着时髦的齐耳短发,戴墨镜,粉红斜襟短袄搭紫红灯笼裤。身旁两个侍女黑袄黑裤,麻溜警备,都像是会功夫的人。

秀宗觉得粉袄女人更像个有钱没地方花的金山婆。台山侨眷多,银信多,匪劫时常发生。金山婆独守空闺,更是匪帮盯紧的肥肉。他们出门带保镖不出奇,但怕劫的金山婆大多低调行事,像今天这位坐花轿招摇过市的,秀宗倒是头一次见。

女人领着侍女们上来二楼,也挑个临街的桌子坐下,与秀宗一家只隔一张空桌。侍女叫来一大桌点心,女人挑挑拣拣,并不怎样吃,端着茶杯,看天,看窗外人来人往。而更多的时候,秀宗感觉她那两片黑镜后透出的目光,是在打量他们一家,尤其在打量他。

楼下忽然骚动,几个黑衣警察推搡人群,绕来绕去跑过来。

女人"嗖"地起身,两步跨到临河的窗边,单手一撑,敏捷地跃出窗外,落到斗山河边的乌篷船上。两个侍女也紧跟着跳窗而去。

秀宗早已站起,把阿妈和妻女挡在身后。

"别让钟姑跑了!"警察嚷着冲上楼,瞄着已到河心的乌篷船打枪,子弹射起白浪水花。钟姑左右开弓"回敬"了两枪,很快消失在对岸甘蔗林里。

"他妈的又晚了一步。"领头的警察队长跺脚。

"那就是钟姑?"秀宗诧异。

"陈公子?"队长回头认出他,"是啊!你这么好身手,早知出手帮我们一把啦。"秀宗是护勇队副统帅,铁路沿线警察都打过交道。队长往他腰间瞄一眼,有些失望。秀宗陪阿妈饮茶从不带枪,虽然靴子里总藏着一把匕首。

"生吃人肉、热饮人血的女土匪?"莉莉惊恐捂嘴,又赶紧捂住艾米的耳朵,怕吓到她。

盘踞铜鼓群峰之巅的女匪首钟姑,相传是七年前,被横行台山的信宜匪帮从铜鼓村掠去,做了匪帮师爷的压寨夫人。师爷与赤溪镇乡团枪战丧命后,钟姑脱颖而出,成了信宜帮中赫赫有名的头领之一,独占铜鼓山头。听说她的双枪百发百中,要射鸟头,鸟眼开花;要射鸟腿,鸟爪落地。钟姑平日抢劫海上商轮,为匪帮供应枪支弹药,但有时也下山打家劫舍,"捉羊牯"——绑架人质,勒索高价赎金。尤其每年春节前后,钟姑总放出风声,称她缺钱给手下弟兄姐妹派利是(发红包),要下山"饮茶"。

去年大年初三,钟姑带领人马去了端芬镇的梅家大院"饮茶"。这一阵台山各镇都防备着,猜她今年不知几时下山?会"光顾"哪个镇子?

"没想到她今天来了斗山!"秀宗以拳击掌,"谁家被劫了?"

"没一家被劫,奇怪。"警察队长茫然看着秀宗。

"她今天是冲你来的。"阿妈轻声道,眼神难得凝重。

茶楼门口,人群汇集在钟姑的花轿旁看热闹。后窗外,斗山河的汩汩流波已复归平稳。

春节后不久,白沙支线收工通车了。斗山至铜鼓支线,以及铜鼓商埠的建设正式提上议程。铜鼓地处台山南端海隅,崇山峻岭,秀宗带勘测队去探测地貌,绕不开信宜匪帮出没之地。匪首陈祝三传出话来:佩服陈宜禧修铁路,欢迎勘测队进山下海。可两名技术员在一个春雨迷蒙的清晨突然失踪,活不见人,死不见尸。公司上下人心惶惶,都猜陈祝三的传话是个圈套,失踪的技术员一定是被匪帮捉了"羊牯"。

勘测队不敢再继续展开铜鼓地区的测量工作。陈宜禧找人传信给统领铜鼓山头的钟姑,请她高抬贵手,不要为难探测人员。钟姑回信:派你家二仔,那个金山返来的靓仔上山来商议,不许带随从和武器。

钟姑的巢穴深藏高山密林间,上山的路径,长年住在山脚的村民都无人清楚。村民为自保,按期给山顶供奉,都摆在预先指定的地方,由钟姑派喽啰下山收取。山顶是神秘王国,云缠雾绕,苍鹰盘旋,飞瀑直泻。偶尔晴空无云,隐约能见一座灰色石屋,苍鹰的嘹唳间,似有人号,传说是"羊牯"正被女魔头生剐。

陈宜禧断然不肯让秀宗去冒险。他在法庭上对黄玉堂公然让步,除了不想白沙黄姓再闹事,更因为他意识到,威胁逼近到了家门口,董事局的权力争夺怎可与秀宗的平安相提并论?他不是没预感到阴谋,但让对手站到明处、走在近旁,应该比任其躲在暗处放冷枪,好提防些。

　　铜鼓商埠的设想,他早开始酝酿,两年前去广州,向孙大元帅倡议:设铜鼓为特别自治区,招各国投资,开作通商口岸,与香港争衡。孙文的名字,大多海外华人早就熟悉,见了面,大元帅也没摆架子,握着他的手,赞他是中国当代了不起的伟人,亲口任命他为筹办铜鼓商埠委员。这个宏大的规划,是他生命晚年的航帆,可乘风破浪一路驶向夕照佳境。可大元帅被军阀政客排挤,自顾不暇,对铜鼓建埠一时也提供不了实质性支持,连四邑蜂起的匪盗都抽不出足够的兵力来清剿。匪巢凶险,再美好的蓝图也不能用秀宗的性命去换。

　　"盯紧秀宗。"他吩咐李是龙。于是是龙派了卫兵,二十四小时轮班跟着秀宗。秀宗回家睡觉,卫兵就守在他家门口。

　　可秀宗偏如他阿爸一般执拗。十天不到,是龙拿着一张皱巴巴的纸条跑来:"总工偷偷上山了。"

　　"两名失踪的技术员,是我带去铜鼓的,我有责任去找,而且钟姑点名要我上山,此事非我去解决不可。我已做了充分准备,切勿忧念。"秀宗写道。

　　"他几时溜走的?"

　　"应该不过两小时,我已派人去追了。"

　　"你亲自去把他追回来!"

秀宗清晨蹬上球鞋,跑出家门。两个卫兵立刻跟上来。

"好,跟我练长跑。"秀宗迈着轻盈的步伐,身披薄雾,跑进霞光里。

待他跑到潭江边,跳上一艘快艇,两个卫兵才醒悟过来:"总工要去哪里?""总工不能离开台城!"一个卫兵机灵些,紧跟着跳上船,却又不敢阻止秀宗启动马达。

秀宗对跟上船的卫兵笑:"跟我入匪巢,你想好了?"

"总工去哪里,我就跟到哪里!"

秀宗又把早写好的纸条揉成一团,扔给岸边的卫兵:"告诉李队长,不是你们失职。"

秀宗驾着快艇纵横河网湖荡,一路南行,出了三夹海,沿广海湾东岸驶到鱼塘湾。这是水路能到达的最近距离了,听说从鱼塘湾海滩上铜鼓主峰,还要翻越几座小山,从峰底攀缘直上。

秀宗和跟来的卫兵把快艇拖上沙滩。一早被秀宗暗中派过来接应的三队长跑来,把秀宗叫到一边,递给他一个牛皮挎包:"之前我们在铜鼓村听说的有关钟姑的传闻都核实了,如果我找得到上山的路,所需之物都在这里。"

初春时节,秀宗身穿法兰绒衬衫,咔叽吊带马裤,要是换上皮靴,就是他平时在铁路工地的装束。他挂上挎包,检阅一遍包里的物件,从腰间抽出勃朗宁手枪握在手中。钟姑不让带武器,可上山的路崎岖莫测,不能出师未捷身先死,他没那么傻。

三人跨越海滩,尚未走入山林,前方土道上传来"砰砰"枪响和几个男人恼羞成怒的狂叫:"衰女!够胆开枪!""不识抬举!本来让你上山压寨!""捉她开斋!"尽是不堪入耳的下流话……

一个年轻女子飞奔而来,披头散发,衣衫褴褛,仍伺机回头,对紧追来的三个男人开枪。

三队长迅速把秀宗按倒在地,怕他中流弹。秀宗却推开他,一跃而起,朝天开两枪。土匪和女子都愣了一秒,女子随即往秀宗身后跑。三队长和卫兵不得不拉动来复枪:"站住!"

土匪大概被三队长和卫兵的褐色制服震住,以为来了剿匪正规军,看清只有三个人,即刻又开枪挥刀冲过来。领头土匪正要冲秀宗飞出手中弯刀,女子从秀宗身后闪出,一枪射中土匪手臂,弯刀"当啷"落地。

另两个土匪拖着同伴退进林子里,却不断冲匍匐在地的秀宗一行射击。

秀宗喊:"我是新宁铁路总工程师陈秀宗,应钟姑邀请来拜山头。"

"拜山头?他妈的不上供,还劫我们到手的'羊牯'!"

"我有大礼送你们钟姑!"

"把女仔放过来,否则休想上山……"

对面的枪弹和叫喊忽然停止,李是龙和两个护勇押着三个土匪从林子里走出来。原来是龙追到鱼塘湾,靠岸听见枪声,暗自斟酌情势,包抄到林子后,缴了匪徒的械。

秀宗这才有机会打量被土匪围追的女子。二十上下,身段灵巧柔韧,瓜子脸,高鼻梁,虽然尘土满面,眼神干净而机警。

"你真是新宁铁路总工程师?"女子先开口,说的粤语口音怪异。

秀宗脱下自己的衬衫让女子披上:"我是。你不是本地人吧?"他明知故问。女子身上被撕破的衬衫西裤,像美国西部男子穿的工作装,即使从澳门或者香港来走亲戚的女人,也不会这样打扮。

"I'm Rose, from San Francisco.(我叫玫瑰,从旧金山来。)听说陈总工也是在金山出生长大?"女子大方地伸出手。

流畅的美式英语,手掌柔软却结满茧,还知道他的来历,秀宗瞬间充满好奇。

玫瑰说她是来找父亲的。在澳门搭上渔船,本想先去斗山,然后坐火车去白沙镇,没想渔船在这里被劫。她趁乱偷了土匪的枪逃跑,这几个匪徒却穷追不舍。

"你怎么会打枪?"

"十三岁就开始在旧金山郊外农场打工,要守护牛羊,不会打枪怎么行?"玫瑰从胸前摸出一张照片给秀宗看,"我父亲叫黄有财,旧金山唐人街上,人们叫他财哥。你认识吗?"

照片里两个艳冶的唐人女子挽着个唐人青年,白衣白裤,风流倜傥。秀宗却不认得:"白沙黄姓多,你去那里找是对的。是龙,请你带弟兄们护送玫瑰小姐去白沙找父亲,我按计划进山。"

"那怎么行?你得跟我回台城!"是龙自然不肯。

"是龙,你看看这片金黄的沙滩,想象一下,这里建成自由商港,千帆云集,万国来朝,从金山跨洋驶来的巨轮一艘接一艘,直接停靠在台山海岸,世界各地的物资、旅客直接从铜鼓港载上火车运到台城,台山比香港还热闹繁华……这样美好的未来,难道就因为不能跟钟姑沟通,全盘放弃?我阿爸年事渐高,我不帮他实现多年的梦想,谁帮他?"

"那也不能冒这么大的风险,那匪婆狠毒没人性,台山妇孺皆知,小孩都怕被爸妈'送给钟姑',而且总办托付我……"

"三队长核实了钟姑身世,我也亲眼见过真人。她要是还有心下山坐花轿饮茶,应该还是个人。"

争论一番,最后是龙决定由他陪秀宗上山:"匪婆说不带随从就不带?怎可听那女魔头的鬼话!"

秀宗和是龙挑了个土匪押着带路,翻山越岭往铜鼓主峰去。另两个俘虏给了三队长看管。

秀宗平日忙工程,是龙守护阿爸左右,两人难得独行。与白沙黄姓法庭对质后,他一直有个疑问:"是龙,你怎么知道去找光雅街的哭丧妇来做证?"

"公司大楼门口,黄姓摆尸的帐篷里,我去验尸身,瞥见那扮母亲的女人脚边一地瓜子皮。刚死了儿子的母亲哪会边哭边嗑瓜子？就到光雅街去打探了一番。可恨黄姓收买了半条街，好不容易打听出实情，肯做证的就更难找。"

"多亏你胆大心细，及时赶到。"秀宗庆幸此时有是龙伴在身边。

"吴文案从香港请的那个方律师，请总工恕我直言，只会甩袍子踱方步，中看不中用。我都找来哭丧妇做证了，他还是辩不过黄姓的袁律师。"

"短短几天内要找律师，紧迫情况下，吴文案也算尽力了。"秀宗虽知姐夫与自己不是一路人，尤其他与黄玉堂的关系不明不白，但他毕竟还是家里人。

翻过两座山头，铜鼓主峰隐约显现云端。脚下山谷长满金灿灿的朗古（野菠萝），带刺的长叶如一支支冲天利剑。一路百年老树丛生，大叶榕、小叶榕、苦楝、香樟，都饱吸南国的阳光雨露，疯长成障；蕨类、菌类、藤类攀附而生，枝蔓交错，铺天盖地，让人无处插脚。古柏上的白色苔藓，一绺绺垂悬而下，长约丈余，像一张张拦路网。雷电击倒的枯树，横七竖八拦在面前，长满透明的木耳和扇形灵芝。

置身在静谧的亚热带雨林，秀宗想起阿爸年轻时，夜闯杜瓦米希森林化险为夷的故事。不知是因为穿越密林的海风，还是渗透叶丛的光点，他似乎能触到阿爸当年在陌生地界里抽紧的呼吸和心跳。这片蛮荒的雨林，他也是头一回涉足。这是他的"西部"，待他施展拳脚。

一旦搞定丛林深山的匪帮，与令人闻风丧胆的钟姑约法三章，公司里该再无人说他不懂本地人事了吧？他今天来闯铜鼓匪巢，不缺勇气，而且，他与脚下的土地还有层血缘关系，该比阿爸当年在西雅图多些优势。只愿他也有阿爸的智慧，随机应变、化敌为友。他不仅要替阿爸守住铁路，还要帮他开辟新地界、新线路。

秀宗和是龙一个举着月形砍刀，一个挥舞短剑，左砍右伐，劈开上山的通道。无路可走时，他们就攀上棕绳般粗硕的古榕气根，脚一蹬，从这块岩壁荡到那片树颠。

两人跟带路土匪攀着爬着，快接近白云深处的山顶时，早已汗流浃背。正透气抹汗，忽然"哎呀"一声，两人脚下踩空，跌入深坑。刚要爬起来，立刻被一张粗网套住，越挣扎，网收得越牢实。

坑顶上，那个带路的土匪断喝："该死的狗杂种，劫我'羊牯'，打伤我大哥，还敢来闯山寨？"一群喽啰呼啸着将两人拉上去，缴了枪械，捆绑扎实，又用黑布紧紧蒙住他们双眼。

秀宗疾呼："小兄弟，别胡闹，我们是你们寨主请来谈公事的，还不快去禀报！"

喽啰不理睬："山寨规矩，凡上山来，先见识见识本寨风光！"

阴风扑面，他们被拖进了山洞。喽啰粗暴地吆喝，有人咽咽哀泣。待蒙眼黑布解开，秀宗见靠壁暗影中，十来个学生模样的年轻人席地而坐，套着脚镣。秀宗用目光搜寻失踪的技术员，却没找到。

一个小头目正勒令"羊牯"们写家书,按手印:"三千银元换条命,好抵(很划算)了,汇到澳门钱庄!"

跟在头目身后的喽啰,冷不防一刀割下"羊牯"耳朵,装进牛皮纸信封。被割耳朵的人号啕,喽啰一脚踢上去:"再号,老子割你鼻子!"

排在后面的"羊牯"都死死抱头捂耳,想以此躲避耳朵被割的命运。喽啰拉不开捂耳朵的手,就用刀戳。一时洞里惨叫连连,惊起倒挂在洞顶的蝙蝠,"噗噗"拍打翅膀,如同噩运使者盘桓。

收齐了家书和耳朵,小头目吆喝:"再说一遍,钱到账,放人。两月后不交钱,再收另一只耳朵。过两月还不交,对不住,丢落铜鼓湾喂鲨鱼!"

有个后生两耳只剩黑洞,显然大限将近家里仍未汇钱,听完此话,豁出去了:"不长人心的狗东西!老子就是没钱,宁愿去喂鲨鱼!"

小头目冷笑:"喂鲨鱼湿湿碎,先跳跳火衣舞!"

两个喽啰把后生拉到洞外,套上葵衣,浇上煤油,就要点火。

秀宗怒喝:"野兽!住手!"

喽啰过来"啪啪"扇他耳光:"你他妈的想老子割你舌头!"

是龙大骂:"敢碰陈公子,老子让你粉身碎骨!"

"嘿,这条'羊牯'够大只,刚来煲沙葛(地瓜)、炒香椿,够弟兄们吃两顿。"喽啰们把是龙推倒在一块砧板样平滑的巨石上,塞一把杀猪刀给穿葵衣的青年,用枪抵着脊梁逼他举刀对准是龙胸口。另两个喽啰把山洞里的"羊牯"都推出来"看大戏"。

"我做不来禽兽……"青年厉声惨叫,昏倒在地。

秀宗被捆绑得不能动,情急之下放声高喊:"小心火烛,提防盗贼……"

"谁在外面闹得鸡飞狗跳?"从石屋出来的高挑女人,正是秀宗除夕前在大兴酒楼见过的钟姑。她今天没戴墨镜,吊起柳叶眉,凤眼凌厉逼人,短发抹了油,光溜溜紧贴头皮,露出男人般刚硬的颔角。

"报告寨主,这两个人阻住(妨碍)我们打理'羊牯'。"

"阿伍和'山猫'被他们手下人扣留了,他们还说你是女魔头!"带路的土匪泄愤道。

钟姑捋捋身上斜襟窄袖蓝花衫,紧一紧腰间宽皮带,不知是要秀宗注意她插在皮带上的两把手枪,还是她凹凸有致的身段。钟姑从侍女手中接过鸾凤和鸣的银质水烟壶,走到秀宗身前,吸两口,慢悠悠把烟雾吐到他脸上。秀宗眨眼咳两声,却不回避她的逼视。

钟姑忽然软声细气数落喽啰:"混账东西,有眼不识泰山,还不快给陈大公子和保镖松绑!既然陈大公子不喜欢看火衣舞,就免了吧。"又盼咐侍女备酒,给陈公子压惊。

喽啰们解开秀宗身上的绳索,正要给李是龙松绑,是龙却已从石板上跃起。他不知何时运足了气,全身绳索都似被剪刀剪过,手脚一抖,即刻断成碎条散落。喽啰们惊讶不已,齐赞好功夫。

钟姑端着水烟壶绕李是龙转一圈,瞄着秀宗:"说好不带随从的嘛,陈公子为何信不过我?还带个会神功的大只佬(大汉)来。也好,等我们谈完公事,还可以玩一下比武。"

秀宗这才看清山寨全貌。山顶一大块平坝,野生吊钟花丛中,孤零零立着一座石砌平顶屋,屋前空地种了几垄烟叶,正开着粉红的喇叭花。石屋该是寨主房、忠义厅。后面山壁上三个宽大的石洞,该是喽啰与"羊牯"的去处。不知失踪的技术员被关在哪个洞里?

钟姑令侍女带李是龙去山洞休息,叫秀宗独自跟她进了忠义厅。迎面靠墙是红脸关公神龛,燃着红烛香火。下置一张飞龙吐珠的酸枝椅,是寨主宝座,部属的座位是环绕石桌的石墩。钟姑没上她的宝座,而是背对关公,让秀宗和她在石桌旁并肩坐下。

"两周前……"秀宗要问明技术员的下落。

"不就是修路护路吗?酒足饭饱了再说!"钟姑击掌,侍女便端来酒菜,为两人斟满酒杯。钟姑举杯一饮而尽:"先饮为敬,陈公子,我手下多有冒犯,这里赔罪了!"

秀宗也饮尽一杯:"多谢钟姑款待!"他是客,还得看主人意思行事。

侍女退下,留两人对酌。几杯来回,钟姑两颊泛红,捧着腮帮:"此前与陈公子也算有过一面之缘。"

"真是惭愧,秀宗孤陋寡闻,威震四方的钟姑当日就坐在对面,却有眼不识泰山。"

"哪里,我早闻陈公子是能文能武的英雄,伟岸俊朗,所以今年下山,不为捉'羊牯',只为一睹公子风采。"钟姑眼中的犀利被醉意化开,透出风情来,左手软绵绵搭到秀宗肩上。

"夫人过奖。当今英雄是孙中山,孙大元帅,他委任家父开辟铜鼓商埠,秀宗今日来打扰,是想请夫人多关照……"秀宗转移话题,微微耸肩,可不但没甩掉钟姑的左手,还把她的右手引到他嘴唇上。

"嘘……陈公子上山,劳累一天,今晚就在这里休息,明天再谈公事。"钟姑说着,拽起秀宗往后面挂珠帘的卧室去。

秀宗习武多年,当然体会到钟姑貌似娇柔的一拽里,内功相当深厚,他很用了点定力才稳住脚跟:"夫人的深闺,秀宗岂敢打扰。"

钟姑乘酒兴撒野,把秀宗扑倒在桌上狂吻,盘碗杯碟碎了一地。秀宗左右躲闪,使了点劲推开她:"请夫人尊重,你有山寨,我有妻女。"

"你们城里人那套规矩,进山就废了。"钟姑又扑过来。

秀宗欠身一让,她扑空,险些倒地。钟姑恼了,鲤鱼打挺跃过来,一把扯开秀宗的上衣,从他肩上狠狠咬下一块皮肉,抹嘴嚼着:"你说我是女魔头,没错,老娘就是这片山头的魔王,你上得来,下不去。识时务,就归顺我。我爱你英武,封你做师爷,荣华富贵都与你共享。若不依,嘿,老娘每天割你一块肉下酒吃!"钟姑抽出一把雪亮的匕首拍桌上,吊起柳眉瞪着他。

秀宗愕然,顾不及肩头疼痛钻心。这女人果然不负"盛名",生咬人肉,暴戾成性。他上山前做的准备,以晓之以理为主,他所了解的钟姑的过去,和他在大兴茶楼见到的女人,都似乎具备人之常情;可眼前的女人,却是头野豹,若逆了她的性子,就要被生吞活剥。黑面罩般的窒息感升起,秀宗头皮抽紧、手指发麻,心仿佛跳到他和野豹女人中间,随时要被她手中的匕首刺穿。

可面对山中野豹,示弱的表现可能更致命。秀宗一把抓回自己的心脏按进胸口,作揖道:"夫人如此赏识,小弟受宠若惊。此次上山,特意为夫人准备了两份礼物,请夫人先看看。"

"老娘金山银山自己挣,不稀罕男人的礼物,只要你!"钟姑抓起匕首,红唇凑过来,刀尖抵到秀宗心口。

秀宗脑子里闪过两个选择:动手交锋——迅即侧身让刀尖从胸前滑过,右掌倏起,切中钟姑腕上脉门,匕首落地,再点她肩上曲垣穴。可钟姑武艺高强,他没有必胜的把握;就算一时能制服她,就算是龙能以一敌十,他俩不熟悉地形,恐怕也难冲出喽啰们的重围。第二个选择:动之以人情——他选择了后者,顶着刀尖,在钟姑耳畔低诵:"小心火烛,提防盗贼……"抵在他胸口的锐利瞬间深入、带来刺痛,又立刻退离半寸。

"刚才你在外面,就喊'小心火烛',搞么嘢鬼?!"匕首架到他脖子上,刀刃紧贴喉管。

秀宗不敢动,努努嘴:"小弟带来的礼物就在贴胸口袋里,请夫人自己取来看。"

钟姑一刀削去秀宗胸前纽扣,刀尖又立刻对准他脖头,左手从他胸袋里掏出一张照片。照片里是钟姑上山前的丈夫,陈茂林的山坟,新砌了花岗岩墓碑,刻写着"先夫陈君茂林千古,妻钟姑泣拜"等字。

钟姑盯着照片,胸脯一阵起伏,提起桌上茶壶,连灌两杯浓茶,酒醒了,正色坐进太师椅:"还有一样呢?"

"在我的挎包里,被你手下人收去了。"

侍女送来秀宗的牛皮挎包。钟姑亲手打开,抖出一串竹篾编的小虾、小鱼、小螃蟹,还有用朗古叶编的米笼鸡盒子。米笼鸡是台山村里人的"便当",朗古叶包起泡软的米粒豆粒蒸熟,上山砍柴放牛时拆开来,饭团散发野菠萝的清香。如果再加几条鱼干虾干,便似茶楼里的糯米鸡一样令人垂涎。

钟姑一样样拿在手里翻看,又凑到鼻尖上嗅着,突然放声哭起来,以至拍腿号啕。侍女在一旁进也不是,退也不对,大概从没见过彪悍的寨主如此挥霍眼泪。

钟姑哭够了,抹一把涕泪:"这是我的宝贝儿子小狗子编的,陈公子哪里找来的? 你去过铜鼓村?"

秀宗点点头:"夫人从前住的泥屋几乎全塌了,但这些东西还在,想必对夫人来说很珍贵,就替夫人收集起来。"

"我的小狗子,你也见到了?"

"还没有。"秀宗如实回答,"我正让人四处找他。铁路公司给陈茂林大哥扫了墓,立了碑。"

"谢了,陈公子!"钟姑恭恭敬敬鞠了一躬,又坐下抚玩小狗子的玩具,手指顺着竹篾的纹路摩挲,"小心火烛,提防盗贼,闭门关窗……"

钟姑被劫上山前,陈茂林害眼疾瞎了,只能编箩筐鱼篓挣铜板买上味(盐),家里靠钟姑替人种地洗衣养活。天黑后,小狗子提着陈茂林糊的红灯笼,腰间系根草绳,牵着父亲走村串巷,敲更报时:"小心火烛,提防盗贼……"乡邻们随意给父子几个钱补贴家用。小狗子懂事,才五六岁就会去溪边捉鱼捞虾,给钟姑打工时吃的米笼鸡添点美味。日子艰难,却也苦中作乐,有牵挂,有寄托。

钟姑入山砍柴,被陈祝三的喽啰抢去后,其实从匪巢逃走过。回到村里,却被全村老少唾弃,甚至被人泼屎泼尿。陈家祠堂的族长还拿条麻绳到她家,勒令她上吊,否则隔天要装猪笼游街,然后丢下海。钟姑不堪威逼,又跑回山上,做了压寨夫人。村里人迁怒于她前夫和小狗子,逼他们天天提灯笼挨家挨户喊:"小心火烛,提防盗贼,钟姑是陈祝三的贼婆!""我是贼婆老公!""我是贼仔!"父子俩若不喊,就被掷石头、射弹枪。

小狗子每天被打得鼻青脸肿,终于逃走了,说是去找阿妈,但没人知道他的下落。没有小狗子牵引,村民还要瞎子陈茂林提灯笼四处高喊:"小心火烛……我就是贼婆老公!"他喊得心干舌燥,拄着竹棍到塘边饮水,滑倒下去,再没爬起来。

"要是在山下过得去,谁又愿意上山来背贼名?"秀宗叹。

"上山就是贼?山下才他妈的男盗女娼!浪子可以回头,妓女可以从良,我被土匪强暴,却该扔进海里去死?连我盲眼老公和六岁的仔都不放过?都知道欺负我一个无依无靠的女人,却没人敢找陈祝三算账!山下人欺软怕硬,良心都被狗吃了!老娘被逼上梁山,只有用枪打出公道,用刀斩出王法!"

钟姑擦燃火柴,点亮挂在石屋四角的红灯笼。她的脸被映得血红,眼里又蹦出要吞噬活人的野兽。陈茂林和小狗子就曾提着这样的灯笼走村串户吧?她每天都这样记恨着山下对她和前夫、儿子的无情与不公?

"其实,山区闭塞,长年累月的贫穷和无知,是习惯性冷漠、群体性欺凌弱小的主要原因。我和家父之所以要把铁路修到铜鼓,就是想把现代文明的繁荣与通达也运载到穷乡僻壤,改变山区的落后……"

钟姑瞪他:"陈公子,铁路我知道,开火车运货载人,几解还运么嘢文明?你说得文绉绉,我一个乡下女人,听不懂。"

秀宗从挎包里取出几张照片:"这是香港、美国旧金山和西雅图,都是海边山城,铜鼓建成商埠,以后要靓过香港,和旧金山、西雅图比美。"

钟姑翻看照片："这么高的洋楼,这么漂亮的车马!码头上插进云里的铁塔几解还有只长手臂,挂个大箱子在半空?"

"那是起重机,把装货的集装箱吊上岸。你去过公益吧?铁路通了,小渔村就成了小广州。铜鼓一旦开埠,很多外国大老板都会来开工厂、开商铺,还有银号、戏院、大医院、大学堂,比洋楼还高的大轮船从全世界开过来,跟我们做生意,到时香港的生意可能也被我们抢过来。铜鼓一边是水路,一边是铁路,好不热闹!"

钟姑听得有滋有味,忽又铁青了脸："山下的热闹,同我有鬼关系!我原本是要被装猪笼扔海里喂鱼的人,这些年得罪的山下人更多。这片山头我说了算,自由自在,何苦要跟山下扯瓜葛?"

"孙大元帅要打北方军阀,正在收编民军……"

"山下人狼子野心,这元帅、那将军,狗咬狗,老娘几解要带弟兄们去做炮灰?"钟姑眼里对"山下人"的憎恶烧成两盏红灯笼,秀宗一时半会岂能消解?

他言归正传："夫人不屑与山下人纠葛,小弟理解。可小狗子在山下呢,他今年才十三吧?你不希望他进大学堂,以后做大老板?"

钟姑不语。秀宗从挎包里掏出炭笔和笔记本,认真端详了她的轮廓,快笔勾画出一幅素描:小狗子提着灯笼在前,牵引挂竹竿的陈茂林走村串巷;他们的衣角在风中扬起,灯笼被吹得歪斜了。

钟姑看着他画完，惊叹："你没见过我的小狗子和前夫，几解画得这么像？"

"我听过小狗子和茂林大哥的传闻，懂得夫人的悲愤，心里看得见这幅画。"

"你的心看得见我的小狗子？"

秀宗笑："山下的人，也不是都没心没肺。如果夫人同意，我就送这幅画去印刷厂刻印，把寻人启事散发到铁路沿线各个村镇、在四邑各家报纸上刊登，帮你找到小狗子。"

"都说他像我，有两个酒窝，脸要圆些，长得好看呢，过节摆色①，村里选他扮潘安，站花车游街……"钟姑盯着素描回味，颌角放松了，嘴边浮现的酒窝被怜爱填满，先前"野豹"的凶猛消散无踪。

秀宗按她的描述改了几笔。钟姑拿去一看，又抹泪："这就是我的小狗子啊，太像了，也不知他现在哪里？有冇饭食？是死是活……"她拿起匕首往食指一刺，朝"父子敲更图"按下去，鲜血染红了图中灯笼，跃然纸上，素描立即厚重起来。

"陈公子，谢谢你，为我老公修了山坟，给我带来小狗子的东西，还要认真帮我找小狗子。我的两个弟兄，今天被你们抓去的，放他们归山；你的两名探测工，我就都完整奉还。我还向你保证，只要是在我罩住的地盘，铁路公司的人，今后

---

①台山民俗，亦称飘色，选俊美儿童装扮成神话传说中的人物，由村民用"色柜"抬着出游。

远道苍苍 The Road Afar /下

一根毫毛也不会受损。不过……"钟姑狐媚地瞄着他,眼里有"野豹"弓起腰身。

秀宗怕她再逼他留下做师爷,抓起素描:"一言为定! 我保证尽快找到小狗子!"

钟姑狂浪的笑声一波接一波,从石屋荡进山林,不知惊跑了几只野豹。秀宗忽然意识到,那黑面罩般的窒息感已荡然无存;山风拂面,野花浓郁的香不由分说涌进鼻孔。

侍女们慌忙跑进屋,身后跟着李是龙。

钟姑收起笑声,强悍道:"你这大只佬保镖武艺高强,来,跟我比试一下枪法。赢了,明天一早就送你们下山!"

"现在比? 天都快黑尽了。"

钟姑两步跨出门槛,击掌号令:"掌灯!"

喽啰们迅速点燃火把,分头跑向山峰各个角落。火光与海平线上残余的晚霞辉映,点亮了一个橘红的奇幻世界。

"按山寨规矩办事!"钟姑掏出腰间双枪,大喝一声,山间飞禽纷纷惊起。她向空中连发两响,两只苍鹰随即坠地。

李是龙几乎同时朝天举枪,勾动扳机,两只惊飞的斑鸠应声落下。是龙做得恰到好处,显出了好枪法,又没跟寨主抢风头。钟姑点点头,喽啰们拾起四只鸟,扛进忠义厅,把鸟血滴在两碗白酒里。

秀宗随钟姑捧起酒碗,仰头饮尽:"违约,就是鸟一样的下场!"

公益岸边的醉仙舫随着潭江的春日碧波荡漾。黄玉堂从檀木雕花床上坐起,右腿先落到床边脚榻上,双手再把沉寂的左腿抬下床。这是他每天最灰暗的时刻,五十多年来,僵硬的残腿不断提醒他:这一世,他不是主宰所有的王。虽然他想要的很多东西,钱、美色、权力、威望,都一一得到、正在得到,但从前那条强健的左腿,那条为他踢出局面、踩出气派的腿,却再也长不好了。

黄玉堂闭上眼,做一遍每日晨课:让自己再次看见那条冲他脑袋飞来的腿,白布唐人裤、黑布鞋,地府阴风"嗖嗖"刮过耳边;那条腿忽然悬在半空,没稳住,"咔嚓"踩下来,致命地痛,他的心脏停跳一拍……他再次感受到至深的伤害,才抓起挂在床头的拐杖,撑起晃悠悠的躯体。

对面墙上的镜子,照出个陌生走样的人形。五十多年,他从没接受过镜中那个扭曲的废人,那不是他。从前那个强悍的威水(威风)后生,藏在那团不堪入目的皮肉里。他长时间盯着镜中人的眼睛,直到那里跳出复仇的火焰,点亮记忆中他从前健全、风光的身姿,驱散黑夜残存的糜腐。

侍女端脸盆到镜前,伺候他梳洗。他还有一头不算稀薄的黑发,和眼中火焰。那个夺去他左腿、让他生不如死的人,他必须以牙还牙!他想象着仇人眼中的生趣被他一点点掐灭,逐渐感到一股活力流遍全身,甚至抵达到残腿的脚后跟。他再端详镜中人,富态的脸庞,向下撇去的嘴角足够不屑,足够威严,但眼里太多锋芒。他揉揉眼角,收起瞳仁里的剑光,转转眼珠,眸子便陷进含笑的肿眼泡里。复仇的火焰点燃每个灰暗的早晨,让他记得自己是谁、仇人是谁就好,他得省着用。他活了足够的年头,已经知道,无论是爱是恨,都会被时间耗尽。

不是吗?曾经恨他入骨的北花地厨子,在加州内华达县大牢里,原本要一脚踢掉他小命的人,五十多年后,却认不出他了。董事筹备会,他本等不及要跟北花地的中国厨子说"久违",可仇恨输给了时间,厨子脸上划满岁月的痕迹,却搜不到一丝对他的记恨了。他只好失望地说了声"久仰"。

北花地厨子如今修成了近二百八十里①的新宁铁路,成了万人瞩目的名人,台山新会各乡各镇都在凑份子,要为他立铜像,在五月庆功大典上揭幕。不过,那厨子的人生已经爬到山顶了,爬得越高,跌得越惨。再正确、再耀眼的人也有失误的时候,他靠得越近,看得越真,随时找得到机会放暗箭。至于打明枪,还不到时候。跟仇人玩猫抓老鼠的游戏,他有的是闲暇与兴致。

为了近水楼台,黄玉堂又在公益岸边开了醉仙舫,这艘紫洞艇的规模不亚于广州的蓬莱仙舫,很快成为台山的时髦去处,与岸上的中华酒店日月争辉。仙舫上酒好、曲妙、夜色怡人,光临的客人中不乏四邑各界名流,连江门驻军司令部的参谋许继涛也成了座上客。

黄玉堂在二楼包间坐定,正准备享用早茶,小厮领着许

---

① 138公里。

271

参谋走进门来。

"少校真乃青年才俊,国之栋梁。"黄玉堂这马屁拍得一点不过分。许参谋毕业于日本陆军士官学校,文武双全,气宇轩昂,到哪里都让人眼前一亮。黄玉堂见过的军人不少,这一位,他断定前途无量。

许参谋摘下硬壳军帽和白手套,一并放在八仙桌上:"黄老板是侨乡商界名人,新宁铁路大董事,许某近日遇到难题,特来求教。"

"许参谋折煞黄某。粗野村夫,哪有资格对参谋指手画脚。请先饮茶,尝尝仙舫的早点。"侍女端上来热气腾腾的鲜鱼饺、蚝仔炖蛋、荷叶田鸡蒸饭。

"哎,黄老板,哪里吃得下。你知道,大元帅北边要打曹锟、吴佩孚,南边要防沈鸿英、陈炯明;为了从洋人手里收回两广海关,还要对抗英、美、日、法的军舰,每天军队开支都要三万到五万银元。孙科秘书长为了筹集军费,把广州城拆卖了个遍,城墙、空地、寺庙、炮台,还拍卖珠江两岸码头的使用权,仍入不敷出。昨日江门驻军收到广州命令,本月起不再拨发我部日常开支,要我部自筹军饷。两千人开伙,这无米之炊,让许某头大啊。"

"理解,理解。"黄玉堂到门口,叫小厮去楼下找账房,回来对许参谋说:"国家安定,兵强马壮,商家才有生意做,农民才有田种。商也好,农也好,自古都有责任交军粮,怎能让许参谋做无米之炊?"

272

"清廷都不给农民加税，如今民国了，军队更不能强征捐税。"

小厮抱来个洋铁匣子放桌上。黄玉堂掏钥匙打开，满满一盒袁大头。"少校为国为民操劳，黄某尽点绵薄之力，替少校分忧。"他把匣子推到许参谋面前。

"黄老板深明大义，许某没看错人。"许参谋又把银元匣子推回来，"只是杯水车薪，黄老板一人之慷慨，解不了本部燃眉之急。"

黄玉堂无须再点拨，立刻把匣子推回去："少校放心，这只是黄某个人一点劳军的心意，至于江门驻军的军饷……"他指向窗外码头上的人流和车站，"四邑各镇繁荣兴盛，新宁铁路畅通无阻，江门驻军稳固侨乡安定之功不可小觑，各大商会和铁路公司都理当承担驻军开支。我去跟他们说。"

许参谋戴上手套，拿起军帽，脚跟一靠："如果四邑商家都如黄老板这般通情达理，许某真无须大伤脑筋。请敬告各位老板，我部只是借款，日后财政改善，必定连本带息一并奉还。"

走到楼梯口，许参谋便不让黄玉堂再送。他进包间见银元匣子还摆在桌上，喊小厮过来："许参谋的洋铁匣子忘记拿走，快追去给他。"

平日不好轻易攀附的关系送上门来，他还不得好好伺候？有江门驻军做后台，他今后什么事做不成？黄玉堂夹个鱼饺丢嘴里，虽已经凉了，仍嚼得津津有味。

273

喝完早茶，黄玉堂立即动身坐火车去台城办公室。下午的董事会要商讨铁路竣工庆典，大家兴高采烈之际，替许参谋借点军饷该不难。

公司大楼门前，陈秀宗正跟一个年轻女仔说英语。

"找到你父亲了？"陈秀宗问女仔。

北花地厨子生出这样魁梧的儿子，也不知中了哪门子彩票？黄玉堂心里咒着。听说替他生这儿子的老婆在西雅图被洋人拖下楼，残了，也算报应，但比起自己被残腿蹉跎的几十年，远远不够，远远不够……

"问遍了白沙镇，都没人知道'黄有财'。"女仔的话，闪电般截断了黄玉堂脑中怨恨的咒语。很多年都没听人叫这名字了，骤然听见就好像撞上前世幽灵。女仔穿件白底黄花衬衫，套一条工装背带裤，两条黑辫搭在肩头，很洋气的打扮，一看就是金山过来的，也不过二十来岁，跟这名字有什么关联？

"别着急，我帮你找。"陈秀宗闯一回匪巢后，脸上原来土著仔的盲目自信添了不少底气，似乎更笃定了，铁路公司总办接班人的气场更是强大。

"就是来找你帮忙的。"女仔翘起下巴，脸蛋和身段的弧线都很撩人。

"必须帮。我还怕再碰不到你，没机会感谢你那天一枪打中土匪手臂，救我一命。"

"不，是我该感谢你和你的兵们救了我。"

远道苍苍 The Road Afar／下

"黄老板,真巧!"陈秀宗见他走来,竟难得露出欣喜,"玫瑰小姐从金山来找她父亲,也姓黄,你认识的黄姓多,帮帮她吧。"又对女仔说:"黄老板是宁路董事,白沙黄姓的头面人物,一定能帮到你。"

叫玫瑰的女仔打量他,愣一下:"我阿妈说,我阿爸年轻时跟人打架,瘸了腿……"

"哈哈,黄老板,莫非玫瑰是你女儿?"

"陈总工拿我讲笑(逗趣)。大半截身子入土的八耶公(老头),哪来这样后生、漂亮的女儿?"

玫瑰掏出照片,对着他端详,又跑过来把照片举到他眼前:"这是我阿爸年轻时候的样子。"

照片里,曾经风流倜傥的财哥,左手挽着风韵犹存的小玉,右手挽一个年轻女子——阿青还是阿凤?黄玉堂竟想不起那唐人街妓女的名字来。小玉替他生的头胎儿子留在美国不肯回来,他跟乡下发妻生的两个儿子都去了香港,难道,玫瑰是他跟阿青还是阿凤厮混生的女儿?小玉生第二胎难产,母子都没活下来,他此后再无固定女伴,无事便去青楼解闷。

他重新打量玫瑰,颧骨上两点小雀斑,略微飞起的眼角,似乎带点阿凤或者阿青当年的媚态,此外看不出跟青楼有何瓜葛。他过去几十年的污浊中,怎么脱颖出如此干净明亮的女儿?阿凤阿青都不止他一个相好,如何肯定玫瑰真是他的女儿?

275

"我阿妈说,阿爸叫黄有财,名副其实,生财有道。"玫瑰盯着他,像要从他一身松散的皮囊中,盯出照片里那神气的财哥来。

"姑娘,很抱歉,老夫名叫黄玉堂,不是照片里的人,也不认识他。兵荒马乱的年头,瘸腿的人到处都是。"

"我阿妈还说,她知道怀上我的时候,阿爸去了香港,断了音讯。阿爸那时五十多岁。"玫瑰不甘心。

"黄老板,天上掉下来个漂亮女儿不认?那我认啦?"陈秀宗今天兴致高。

"你才多大?做我阿爸?做情人差不多。"玫瑰娇嗔。陈秀宗竟然脸红,讪讪不知所云。

灵光乍现,黄玉堂看出了门道。北花地厨子的左臂右膀,吴楚三已被他离间;陈秀宗是人家亲儿子,一直不好下手。本来陈秀宗在白沙镇惹了祸,以为可借白沙黄姓之手送他锒铛入狱,黄姓却不成器,布局被李是龙看出破绽;厨子在台山的声誉一时也难颠覆;好在自己随机应变,至少是名正言顺地进了董事局。现在操控陈秀宗的机会不请自来,不能再错过。

"总工说得对,天上掉下来个美人,就算不是亲爹,谁不想认来做女儿?"黄玉堂亲热地拉起玫瑰的手。

第三十一章

他的信心从何而来

民国九年（1920年）　台山

"AhHee,you did it!（阿禧，你成功了！）"托马斯·伯克在新宁号贵宾车厢里一锤定音。窗外车轮轰鸣，掠过的田野村庄、河流山峦，车站上挑担的商贩、挎篮的农妇，虽然都是新奇的景象，却不觉陌生，因为十四年来，他在阿禧的信中不止一次读到过，但毕竟，百闻不如一见。

热衷旅行的妻子卡罗琳（Caroline）坐在一旁，也是满眼欣喜。他曾陪她游览印度、埃及，瞻仰过梦幻般的泰姬陵，在骆驼背上赞叹过金字塔的宏伟浩大。而从香港坐船经广州到江门，再登上火车，一路过来，中国南方的秀美，既让人惊艳，又触手可及；既有云遮雾绕的清婉、神秘，又遍地是可餐可饮的热闹与欢愉，无处可比。而且，与他们去过的其他东方古国不同——阿禧在这里。他们这次来访，不仅是游山玩水，更重要的是来见证老朋友创造的奇迹。

277

"八十六英里①,比你替西雅图修的第一条铁路长近三倍②!你怎么修出来的?政府更迭不休,战火纷飞、贪官污吏、乡民无知、资金匮乏,你还不肯借外债……我一直替你提心吊胆,可此刻,我就坐在你的火车里,奔驰在你的铁路线上!"伯克从车厢这头跑到那头,试试这张皮椅,拍拍那张茶桌,难以置信。

"英语不是有句老话,if there's a will, there's a way.(有志者事竟成。)"阿禧穿着中式长袍短褂,整个人显得瘦长,两颊凹陷,可眼里的光亮不减当年。单凭他那不服输的劲头,估计再修十四年铁路也没问题。

"你的意志的确像钻石般刚强,什么阻碍都能打通。呵呵,你还活着,人们就要给你塑铜像,就因为你修了一条铁路,新宁人真厚道!我给西雅图修了那么多铁路,还没人给我塑像呢。"

"等等,西雅图那些铁路,不也是我修的? 当然,没你筹到大把的greenbacks(绿背纸币,美钞),是根本修不成。我修宁路没找你筹钱,别灰心,呵呵,接下来修公益大桥、水电站、铜鼓港可都要老兄你帮忙找投资呢。"

"嘿,老兄,你那牛脑筋怎么转过来了?"

"美国佬的银元也是银子,呵呵,我希望西雅图的'蚊子舰队'继续壮大到铜鼓商港来!"

---

① 138公里。

② 西雅图—瓦拉瓦拉铁路长22.5英里。

他们像年轻时一样玩笑着。阿禧的笑声结实爽朗，相比起三十五年前，他在西雅图排华暴乱中为中国人呼救而发出的声音，层次更为丰富，除了阅历成就的信心，还听得到全力以赴之后的无憾，更开阔更具沉淀的人生境界。

伯克小时候家境清寒，个头小，被人欺负，打不赢只能粗着嗓子替自己辩护，却因此发现了意志和语言的力量。中学里，他的宏辩，以及洪钟般的声音，吸引了同学，征服过老师；后来打零工攒够钱，就去大学学习法律，探究"让小个头不受欺负的社会依据，让人区别于兽、文明区别于野蛮的分界线"——他曾这样对阿禧解释法律的意义。他之所以选择做律师、法律的仆人，就是要为弱者鸣不平，代那些"没有声音的人"说话。

与阿禧交往之初，伯克以为阿禧虽已是成功的商人，却和大多数中国人一样，或许因拘泥民族礼节、传统，总担心惹是生非，有想法也不说，"没有声音"。可西雅图暴乱前夕，阿禧让他吃了一惊。在华道杂货店的昏暗客厅里，阿禧朴实却有力的陈词，让他和雅斯勒等市政要人听到了中国人的声音，触摸到他们为自己争取立足之地的意志。西雅图的华人有这样敢于出声说话的领头人，才有希望与排华暴民对抗。阿禧当时的声音，虽然还有点犹豫，也不算响亮，却已足够激发伯克在大庭广众下为中国人呼吁的意愿。

后来阿禧又跟他联手，替西雅图华人打赢了官司，美国政府间接赔偿了华人在暴乱中的损失；到阿禧带领上千华工为詹姆士·希尔修大北方铁路，并受其嘉奖时，伯克以为，那该是阿禧此生在事业与声誉上可能达到的顶峰了。

可今天，奔驰在阿禧为家乡修筑的铁路上，听他侃侃谈着铁路沿线的矿藏开发、电站建设，还有铜鼓自由港的远景，伯克意识到，眼前的阿禧才是在充分而完整地实现着他此生的价值。拿橄榄球比赛打个比方，在西雅图，阿禧想做个边锋接球、开路，已被人侧目；多数人习惯的中国佬角色，是在球场边上捡球、递水的球童；可他却天生是做四分卫的料，是组织进攻、传球、冲锋的全才，在他自己出生长大的故土，才如鱼得水，人尽其才。

希尔因修建大北方铁路，策划、推动沿线的工业和社区发展，而被称作empire builder，帝国建设者。"阿禧，你是中国的希尔啊。"伯克由衷赞叹。

"我哪敢当？希尔先生建了近一千七百英里的铁路，把沿途的荒原野地改造成热闹的市镇，我不过把新宁的村镇连通到江门，差太远了，要做的事还有很多。"

看来他真打算再修十四年。"可中国现在军阀混战，政局动荡，老朋友，你修成这条铁路已经很了不起。有没想过退休？像我这样陪老婆周游世界？"

"他真退休了吗？"阿禧笑问卡罗琳。

"嘴上说说，哄我开心而已。"卡罗琳摇着在香港买的花鸟绢扇，"四年前关了律师楼，又开办中国俱乐部，要促进西雅图和中国的经济交流。这次来中国南方，名为陪我玩，实际是来考察投资机会,跟你谈生意。哼,以为我不懂他的如意算盘。"卡罗琳鼓起腮帮子,斜睨着他假装抱怨,依旧是伯克当年热烈追求的麦格尔拉大小姐的可爱模样。

"中国时局是令人担忧,不过新宁是世外桃源,军阀打不过来,否则我也修不成新宁铁路,对吧?我去广州拜会过孙中山元帅,他正联合各方力量,平定战乱,局势不久就会稳定下来。伯克法官、伯克夫人,请让我带你们好好游览新宁,你们一定会跟我一样喜欢这里。"

"孙元帅,他真能制服各地军阀?"伯克从英文报纸上读到的评论并不乐观,说中国群龙无首。西雅图中国俱乐部的会员们虽对阿禧提供的投资机会感兴趣,对中国时局却都持观望态度。他和卡罗琳一到香港,阿禧的儿子克里斯(Chris)[①]便带一队荷枪实弹的护勇迎上前,他开始以为是老朋友特意安排的欢迎仪式,但一路被严密护送过来,意识到是必要的安全措施,心里更添不安。

"我相信他能。"阿禧点头,"我能修成这条铁路,跟我在美国受的商业训练和高价值影响分不开,我从你和希尔先生那里学到的太多。你和西雅图的老朋友们在一八八六年为保护中国人所做的一切,我除了终身感激,无以回报。而孙元帅也是有幸接触到美国影响的华人,进步、有远见,还有我们广东乡下人不服输的牛脾气,我相信他最终能建成一个伟大的现代的国家。"

---

①秀宗的英文名。

"老朋友，别忘了，一八八六年你也保全了我和科尔曼的性命。"伯克对阿禧这样的精英中国人不乏信心，只是，建国家的难度可比建铁路高太多太多。阿禧的信心到底从何而来？伯克拭目以待。

秀宗随阿爸陪同伯克夫妇参观完公益机器厂出来，伯克夫妇对厂房洁净有序、除铁轨车头外一切部件皆能自主生产大为赞赏。厂门口路过的乡民大多认得秀宗和阿爸，笑嘻嘻点头，见他们陪着洋人，又都羞怯地保持距离，只有位白衫婶子提个竹篮在旁边等着。秀宗以为她想进厂送饭，过去询问，婶子把篮子捧给他："端午节快到了，我和姐妹包的咸水粽，送给总办尝尝，多谢他为台山修铁路。"

伯克夫人拿起一只粽子凑到鼻尖："真香，做午餐正好。"

秀宗便请是龙去工厂食堂端来凉茶、红豆粥，即兴在潭江边的石桌石凳上摆开台山风味野餐。伯克夫人的注意力很快被公益埠齐整熙攘的石板街道吸引，说要去逛逛。

"美琪去了新宁中学堂，准备迎接你们下午到访，只好委屈夫人，让我这莽汉来陪你逛街。"秀宗很绅士地倾斜上身，抬起胳膊。

卡罗琳欣然把手搭上："这样年轻帅气的东方美男陪我，恐怕一向大度的伯克先生也会嫉妒了。"

"我来陪伯克夫人逛街如何？"玫瑰恰巧走来，红格衬衫，工装背带裤，流利的英语让伯克法官和阿爸也一时停下交谈望过来。

"这是宁路董事黄玉堂的女儿,玫瑰,从三藩市回来不久。"秀宗介绍。

"干女儿。"玫瑰更正,大概只有秀宗听出她语气里的失落。

"这姑娘伶俐又好看,我想我会享受她的陪伴。"卡罗琳伸出另一只手,挽上玫瑰的胳膊。

"那就这样定了。让这对漂亮的年轻人陪麦格尔拉小姐去逛街。阿禧,我和你需要找个地方,好好享受中国南方的啤酒。"

阿爸再次审视玫瑰,终于对秀宗点点头,与伯克法官携手走去中华酒店。

玫瑰的确伶俐,很快猜到卡罗琳的喜好,帮着挑选的丝绸、器物独具中国南方特色,又大方得体。卡罗琳尤其喜欢她选的玉绿珍珠手袋,立刻挎腕上用起来。

路过五颜六色的作料铺,玫瑰触景生情显摆她新学的台山话:"盐叫'上味',就是上等珍品。听说在欧洲古代,盐也是最高级的赠礼,对吧,夫人? 台山话沿袭的是欧美的古老习俗呢。"

走进木器店,她帮卡罗琳挑一堆彩绘新宁山水的漆盘漆具:"锅铲,台山叫'镬脷',镬就是锅,脷是舌头,锅的舌头,生动吧,夫人?"玫瑰吐吐舌头:"店家,'阿罗'帮夫人包上。对了,夫人,台山话里有不少英语呢。'阿罗',就是 all,全部的

283

意思。"

"有趣。"卡罗琳打开珍珠手袋掏钱。

"夫人,你直接说'how nice',店家也听得懂。呵呵,台山话'好泥',就是好漂亮的意思。对吧?阿宗,噢,克——里——斯。"玫瑰拖长音调叫他的英文名字,不知为何笑不停。

秀宗对这个自来熟的小辣妹也没脾气,由她打趣,由她"叽叽喳喳"讨伯克夫人开心,乐得在一旁当跟班,替她们拎包提盒子。

逛了一阵,天上洒下过云雨,西边现出一道绚丽的彩虹。

秀宗忍不住:"玫瑰,再教你两句台山话,下雨叫'落水'。"

"这我早知道。"

"什么都知道吗,那彩虹怎么说?"

"Rainbow……唔,雨弓?"玫瑰转眼珠。

"聪明! 不过,差一个字,下雨是'落水',那么彩虹就是……"

"'水弓'!"

"对啦,这个词也是从英语演变来的。"

"Rain 就是'水',bow 就是'弓',对不对?"卡罗琳插话,"克里斯,你真是好老师,我也会说你的家乡话了。"

"不,是夫人智慧。"秀宗意识到自己开了个小差,脸上一热,赶紧把心收回来,不敢再跟玫瑰接茬。

284

下午去台城参观明叔与美琪筹办的学堂，卡罗琳盛情邀请玫瑰同行，还说在新宁余下的行程，玫瑰要是有时间，最好都来陪她。

新宁中学堂傍山而立，三层高的西式红砖主楼，点缀着中式绿瓦飞檐。运动场、学生宿舍掩隐在翠竹花树间，春末夏初，粉黄的鸡蛋花、米兰、嫩白的栀子、茉莉争相吐芳，整个校园清甜馥郁。主楼内的教室、图书馆窗明几净，空气流畅，地板上铺着白底红菱图案的方砖。正埋头自习的学生们，听闻客人到来，纷纷起立说："Welcome!（欢迎!）"男女都是一色的白上衣，男生穿深蓝长裤，女生蓝裙过膝。

"How wonderful!（太棒了!）"卡罗琳招手，请美琪帮她和学生们拍合影，又请秀宗和玫瑰把她千里迢迢带来的两箱英文读物分送给学生。

伯克法官对美琪竖起大拇指："这学校比你当年念的艾略特海湾中学漂亮，我们多拍些照片，带回去给丽兹校长看。"

美琪指明叔："是明叔爷找到的风水宝地，又动员各乡富豪捐资。我只是宽慰，新宁女子也能上中学了。"

秀宗却了解姐姐三言两语概括的艰辛："为了让新宁女子进学堂，美琪多年努力不懈，像我父亲修铁路一样执着。"

"美琪，我当年没看错你，你是女中豪杰。"伯克法官又夸明叔，"阿明，你是有识之士，建学校与修铁路一样，推动新宁进步。"

285

"不同的是,阿禧有钱赚,我是连本都没得收。"明叔头发掉光了,十指扣在滚圆的肚子上,嘴里抱怨,脸上却笑嘻嘻,看得出他对这桩"亏本生意"其实是满意的。

阿爸也夸明叔:"你投资新宁的未来,多培养几个铁路工程师,找我分红。"

学生们对外宾表达了足够的热情与谢意,都围到阿爸身边,要听陈总办修铁路的故事、夜闯印第安人营地的故事。

玫瑰拉美琪到一旁:"像我这样的超龄学生,中学堂收吗?"

秀宗听见逗她:"我以为你什么都会,还要上学?"

玫瑰这次却没跟他斗嘴,嘟囔说在金山她得自己养活自己,该念书的时候都在农场打工,说着眼圈红起来。秀宗内疚无措,卡罗琳连忙过来抚慰。

美琪眉头扬起,显然诧异玫瑰如何突然成为大家关注的焦点。

"黄玉堂的干女儿。"秀宗又解释。

"十八岁以下的女子都可以报初中,通过基础考试就行。"美琪答得官方。

"可我刚过十八了。"眼泪从玫瑰脸颊滚落。才十八?秀宗吃惊。如果没见她今天当众哭鼻子,他以为她二十多了。玫瑰看上去比实际年龄成熟,是很早就得自谋生路的缘故吧?他心中怜惜,有抱抱她的冲动。

"可以破例吧?"卡罗琳问美琪。

286

远道苍苍 The Road Afar／下

"伯克夫人说情,岂有不收之理? 特招,不用考试。"明叔圆场,邀大家去食堂喝绿豆糖水,消热解渴。

秀宗没想到,自己拥抱玫瑰的闪念,在一场风暴中成为事实。

为带伯克夫妇考察铜鼓港湾,秀宗特地租了艘游艇。沿海岸线巡视完毕,玫瑰说何不多开十海里,跨广海湾去上川岛,请法官和夫人看看"东方夏威夷"? 玫瑰说起岛上潮涨而隐、潮退而现的红树林,遮天蔽日的巨鹰群,顽皮的猕猴,"当然还有洁白的沙滩,百年椰子树,海上丝绸之路的古老桥头堡……"

"好像你去过一样。"秀宗举起望远镜。

"从澳门搭船过来听渔民说的,可以吗?"

"我看你是借口带伯克夫人游玩,其实是自己想去上川岛。"

"这个岛听起来有趣而神秘,我倒是想去看看。"卡罗琳对伯克法官闪动栗色眼睛。

阿爸抬头看天,海天一片蔚蓝,风平浪静,海鸥啾鸣。"也好,从岛上能远观铜鼓湾全貌。现在过去逛逛,日落前就回来。"

一行人上岛,登象鼻山。山道旁开满野生山稔花,雪白、粉红、淡紫相间的花浪起伏跌宕,从山脚涌向山顶,与蓝天相接。渗透清风的花香淡朴本分,默默升华着游人的身与心,

287

无一丝造作、勉强。

卡罗琳撑着绸伞四顾:"这是仙境啊。"

玫瑰欢呼着扑进花丛打滚,又把脸埋进去,亲吻肉墩墩的花瓣,像要融化在花海里。她年轻的恣意感染了大家,连随行的李是龙和护勇们都驻足流连。玫瑰贪婪地采花,把杯口大的鲜花织成花冠,戴在头上,又给伯克夫妇各编了一只。

正当潮汐高涨的午间,海岸边的红树林隐没水下,树颠如万千海藻漂浮,随风起舞,看得人心旷神怡。从红树林延伸向碧蓝海面的码头长堤,是海上丝绸之路的遗址,明朝锁国后,成为葡萄牙人与中国人走私贸易的据点。天主教来华闯关第一人,圣方济·沙忽略出师未捷身先死,一五五二年病逝在岛上,后来天主教会为他建的墓园就在半山坡上。伯克夫妇是天主教徒,自然前往瞻仰,垂首走进哥特式的尖顶墓室,献上玫瑰编的山稔花冠。

大家与山间猕猴逗趣尽兴后,日头偏西,便下山准备上船。玫瑰问:"能不能再等等?巨鹰归山的奇观,听说太阳下山才有。血红落日中,上千只巨鹰披着霞光比翼归山……伯克夫人,地球上哪里还能看到?"

"群鹰归山?北美的鹰都特立独行,你听的是神话吧?"秀宗不信。

"中国的鹰或许不一样呢?即使是神话,在这样洁白的沙滩上看日落、等待神话发生,不也是美妙的享受吗?"

玫瑰这样说,秀宗也不想错过了。于是护勇们在沙滩边

288

椰林间搭起帐篷让大家歇脚。是龙从渔船上买来活蹦乱跳的鱼虾,架起篝火烧烤。护勇们爬上椰树,摘下金黄的椰子,用弯刀劈开。

卡罗琳喝着甘甜的椰青,面对湛蓝的南海感叹:"阿禧的家乡太美了,民风淳朴,真希望西雅图的老友们都能来亲身体验。"

伯克法官举起鱼虾串烧向阿爸致意:"阿禧,你推荐得没错,这片海域美丽富饶,位置也好,的确如世外桃源,坐在这里,谁能想象中国其他地方正战火纷飞? 我回西雅图后,就动员中国俱乐部组织投资考察队再来。"

阿爸今天穿着衬衫西裤,卷起袖子咧嘴笑:"开发铜鼓是我有生之年最后的梦想,你们理解支持,我很幸福,没有语言能表达。我希望能在家乡款待所有西雅图的朋友们。一旦铜鼓商港建起来,美国朋友就可以直接来新宁,无须先踏上英国人管辖的香港。而你们,我最亲爱的老友,我要在铜鼓为你们建最美的别墅,让你们随时能来享受新宁的美景美味,甚至,期待你们来长住,中国南方清新的空气食物会让你们永葆健康。"

阿爸兴冲冲地夸口,像个毛头小伙,秀宗很久没见他如此快活。秀宗侧身悄悄赞玫瑰:"来上川岛的主意太好了。"

玫瑰用粤语轻声问他:"听说这片海域也是钟姑的地盘,我们一路畅通无阻,是你冒险入匪巢的功劳吧? 你找到她儿子了吗?"

"找到了,可小狗子不愿上山,不要认贼作母。我拍了些照片找人送给钟姑。她倒义气,汇了一笔钱,让我送小狗子去读最好的学校。"

"小狗子比我幸运,虽因母亲受辱,却还有母亲惦记。我阿妈虽也被人看不起,我倒愿意她还活着,陪着我,我受辱也心甘。"玫瑰定定地望着海面。

秀宗怕她又掉眼泪,众人面前,却只能说话打岔:"你母亲离世时,你还小吧?"

"十岁,在妓院扫地刷马桶。偷听到老板要'抬举'我,就逃走了。在街上混了几天,被修女收进孤儿院,后来阿妈的一个相好郭叔找到我,带我去了他在圣荷西的农场。"

"你确定郭叔不是你父亲?"

"你还笑? 我出世后,郭叔才认识我阿妈。"

秀宗递给她一颗刚打开的椰子:"回台山来,好歹也算找到了一位父亲嘛。"

"哼,那没心没肺的老头,他是看你面子才认我做干女儿,让我在醉仙舫打杂帮厨,也不过有口饭吃、有张床睡觉。"

"你缺什么来找我……"

谈话间,天色忽暗,劲风扑面。众人抬头,西边海天交接处,密密麻麻的黑点逐渐连成一片,几声清亮的长啸划过,传说中的巨鹰群展翅比翼,如云似雾浮动推近,"呼呼"掠过头顶。霞光中,每只翅膀都染上橙红的光晕,像一簇簇飞翔的火焰,点亮了它们归去的山林。

远道苍苍 The Road Afar／下

群鹰飞过的瞬间，秀宗似乎也随它们腾空而起，身体的重量消失，只觉凌空翱翔的快意、风在发梢的清冽，还有与同伴羽翅相接的亲密无间……他发现自己紧握着玫瑰的手，慌忙松开。玫瑰和其他人都还仰望天空，脸上是历经奇迹后的恍惚、迷醉，空中飞旋的羽毛如同声声回音，触到耳畔眉心，证实刚发生的一切并非幻象。

只是，羽毛怎么化成了水？天边昏黑一片，巨浪翻滚，迅速吞没了晚霞。那不是鹰群，滴到脸上的也不是羽毛化的水，而是豆大的雨点，疾驰而来的风暴。大家惊起，狂风掀翻了帐篷，椰树"哗啦啦"倾倒相撞。

是龙喊："台风！大家快去象鼻山脚的教堂避风！"

秀宗挽起卡罗琳，是龙架着阿爸和伯克法官，顶风冒雨往教堂跑。南海的风暴说来就来，今晚船肯定不能开，但愿教堂的神父楼能有间空房给伯克夫妇栖身。进了教堂，大家浑身上下淌水，神父请工人点火盆给大家烘烤衣衫。秀宗左右巡视，不见了玫瑰。

卡罗琳在火盆边坐下，说她的新宠珍珠手袋丢在半路："玫瑰那傻女孩，是不是帮我找手袋去了？"

秀宗冲出门外，被雨点砸得睁不开眼，狂风刮倒的树干横七竖八，阻断了本来就不宽敞的山道。"玫瑰……"他的声音立刻被海天的呼号淹没。他爬上横在面前的树干，滑倒了再爬。翻过几道树干，凭直觉摸索到来路上。玫瑰若是真去为卡罗琳找手袋，不会离原路太远。

291

秀宗在昏天黑地里迂回搜寻,被风雨抽打得东倒西歪,对玫瑰的呼唤却只有电闪雷鸣和树枝折断的声响回应。他突然被一个念头紧紧抓住:他还没抱过她!随之而来是怕这个遗憾变成事实的恐惧,就像他十岁那年,扑倒在阿妈的血泊中,怕她再也睁不开眼。

他更执着地搜寻,无论如何要找到玫瑰,哪怕这是他此生要做的最后一件事。

似乎是回应他内心的决定,风雨的喧嚣中,他忽然听到一丝额外的动静,微弱如叹息。寻声追到椰林,闪电的余光中,见玫瑰夹在两棵被刮倒的树木间,正企图推开压她腿上的树干,使不上劲。秀宗冲上前,用力抬起树干,玫瑰缓缓拔腿爬出来。

"你怎么才找到我?"她不忘撒娇。

秀宗担心她的腿:"能站起来吗?"

玫瑰撑着他的手,试着站立,却马上歪倒,他一把抱住了她。

"腿麻了……"她被雨水湿透的身体在他怀中战栗。

他抱她坐到树干上,检查她被压过的腿,似乎没有伤口流血,但他的手碰到她小腿时,玫瑰大声喊疼。不知是否骨头受伤?他揪心,却安慰她:"知道疼就没事。"

"你抱紧我就没事。"她抬头望着他。

他看不清她的脸,只感觉她的青春气息冲开暴雨黑夜袭来。他不禁把她抱得更紧,稍一低头,她的唇迎了上来。她的身体如火团点燃了他,灼干了两人被雨水湿透的衣襟。

秀宗胸口被什么硌了一下。玫瑰掏出珍珠手袋:"沾水变了颜色,伯克夫人可能不喜欢了。"

"她一定会更珍惜。"秀宗心里翻涌的爱意都深深印到玫瑰滚烫的唇上。

他们居然建了一座石头凉亭?铜像揭幕那一瞬间,陈宜禧差点笑出声。

半年前,龙保真在董事会提出要铸造铜像,为总办记功扬威,董事会一致赞成。他推辞:"我活得好好的,古今中外,哪有给活人塑像的?"

吴楚三说:"新宁铁路不仅是四邑第一条铁路,也是世界第一条中国人完全用自己的人力物力修成的铁路,总办为全中国、全世界破纪录、创了新风,四邑也必须开创先例,现在就为总办塑像。"

黄玉堂附和:"宁路为四邑拖来一车又一车繁华,一座又一座闹市新城,总办的铜像立在台山总站前的广场上,很有象征意义,就像火车头,继续为台山和四邑拖来大桥、商港,兴旺发达。"

"你们口若悬河,我说不过你们。不过,公司要是有钱铸铜像,不如好好扩建一下台城总站。弄个铜像在广场上,日晒雨淋,我还怕中暑感冒呢。"

龙保真说扩建总站和塑铜像是两回事,塑像不用公司的钱,四邑乡亲感激总办的功德,正愁报答无门,捐资一定爆棚。"至于日晒雨淋……"吴楚三跟龙保真耳语,神神秘秘,还不肯告诉他,只说总办不必担心,有办法解决。

原来他们的办法是搭一座凉亭。铜像长袍马褂,脚蹬便鞋,是陈宜禧平常的样子。钻石眼、黄金喉,由龙保真的珠宝公司赠送,寓意总办有为四邑预见未来的眼光,还有说服乡亲共同建设家乡的口才。

他真有这样的本事?修成二百八十里铁路的是他,还是铸进铜像里的那个人?陈宜禧有点恍惚,好像铜像里真有个自己。能耐和成就都属于铜像里那个人,曾经的千难万苦、心酸曲折也都是他的;他在广场中央四角飞起的凉亭里,被万人瞩目。他的确了不起,完成了一个梦想,为四邑乡亲做了件大事,可从此,他就是一尊沉甸甸的铜像了。而铜像外这个自己,有未了的梦想充盈着,像广场上的阳光般真实、鲜活,没有过往成就的负担,随时可以腾空。

沐芳专程从朗美过来,为了成全他的轻盈,执意不坐轮椅,让美琪搀扶着,玫瑰红长裙在他身旁飘飞。她知道,轮椅载着他们的痛与憾、他的负疚,他多年埋头建设,对外是造福桑梓,对内是抵御无常世事。洋人排挤也好,官府刁难也好,他只要能把心中的城市和道路修筑成现实,"锦绣"家乡,战火也烧不到他的性灵。"阿爸昨晚来梦里跟我说,阿禧做了他该做的事,荣耀当之无愧。"她轻轻告诉他,好像父女俩早知道今天的盛况必定会发生。

远道苍苍 The Road Afar／下

他上台讲话,除了感谢还是感谢,余灼兄、王清穆大人、伍督办、吴楚三……两万五千个宁路股东,公司的工程师、筑路工、火车司机们,为宁路出力出钱的每位乡亲,都是他的贵人,台山、四邑是他的福地,没有贵人福地,二百八十里的铁路,对铜像里那个人而言,永远只是个梦想。

还有一位贵人,陈宜禧把伯克法官请到台前:"一八八六年,没有伯克法官拼死相救,我和西雅图的很多新宁人可能再也回不到家乡,后来如果没有他竭力成全,我们也不可能得到美国政府的赔偿。"

"可惜大北方铁路的首席执行官希尔先生四年前去世了,否则,他看到陈宜禧先生今天的成就,一定很骄傲。希尔先生曾问我,你知道我为何信得过阿禧?因为他小时候也卖过杂货,跟你我一样,至少我们从小就会算账,保持收支平衡,呵呵。"伯克的调侃经秀宗翻译成台山话,引来全场大笑,"中国人、美国人其实都一样,需要信任,需要会算账的人,更重要的是,需要有梦想,并有意志力实现梦想的人。"

面对上万民众,伯克忽然明白了,阿禧的信心自何处而来。阿禧做的事有实效,给家乡带来摸得着看得见的好处,朴实的乡民便真诚地回报赞誉与敬爱给他。伯克这些天在车站、工厂和学校看到的,以及现在台下那一张张脸上的喜悦和期待,如不远处的山脉河道般清晰,如夏日热烘烘的气浪般有升华效应——给我们更先进的城市、更丰足的生活。对阿禧血脉里流淌的建设者来说,乡民的拥戴信任无疑是强

295

大的动力。

伯克请卡罗琳把一张嵌在镜框里的烫金证书捧到台前："今天，我首先祝贺新宁铁路从梦想成为现实，然后，我要代表西雅图，向陈宜禧先生郑重致谢，感谢他为西雅图城市建设所作的重大贡献，并请他赏光，成为西雅图商会的终身荣誉会员。"

曾经，阿禧被西雅图商会堂皇的俱乐部拒之门外，即使他西装革履、是伯克特意邀请的客人；大北方铁路竣工后，重要贡献者的合影也没让他参加。这些不公待遇出于某些人的狭隘与偏见，这些年伯克一直致力于改变。授予阿禧荣誉会员的决定，便是他努力的结果之一。

阿禧脸上的微妙表情都在伯克预料之中。这件事他没预先告诉阿禧，怕他拒绝；跟卡罗琳筹划一番，决定借今天庆典的气氛来化解阿禧心中芥蒂。还好，阿禧很配合，没让广场上的静寂拖太久，从卡罗琳手中接过荣誉证书，又与伯克握手拥抱。

长久的掌声刚停歇，一位中年绅士冲到台前，指着阿禧大声嚷嚷。伯克当然听不懂绅士的话，但能听出激动与不满。阿禧的警卫拉开了那位绅士，秀宗护着伯克夫妇退到台下。吴楚三用东洋腔英语结结巴巴跟伯克解释，说乡民着急，要总办尽快把铁路修到他们镇子去。

"阿禧，你是大明星了，追随者的需求要快点跟上。"伯克调侃。

陈宜禧却笑得勉强。那绅士是白沙黄姓族长,指责他贪污,拿了钱不办事,马圩到黄圩的支线迟迟不动工,可黄玉堂目前筹集的资金仍不够修那条短线啊。也幸亏伯克听不懂台山话,否则这团乱麻他如何跟老朋友理得清?

"吴文案你要替我们说话!"黄姓族长最后那句话更令他不安,楚三跟黄姓又有什么瓜葛?

庆典持续了一周,每天都有精彩看点,最热闹的是各商会和铁路公司之间的龙舟赛、排球赛。秀宗带的护勇桨手们,个个精壮生猛,训练有素。秀宗在船头击鼓号令,护勇们整齐划一地仰俯摆桨,在潭江上一马当先,是亮煞人眼的阳刚风景。玫瑰右腿受伤,裹着夹板绷带,支着拐杖,在岸边单脚跳着,冲一船隆起的肌肉欢呼鼓掌,冲秀宗连连飞吻。

已升任司机科科长的秀年,在排球场上也显示了一番龙腾虎跃的功夫,单手救球、飞身传球,空翻扣球……卡罗琳惊叹"没看过这样漂亮的球艺表演";伯克法官赞阿禧的儿女都身怀绝技。

"台山小姐"选美是黄玉堂安排的压轴节目,说是让伯克夫妇看看台山开放的社会新风,"我们不仅有男女混读的学校,还有展示女子风采的舞台。三藩市、西雅图有的,我们台山都有"。

选美会场在公益中华酒店大厅,半圆的舞台,背景是秀宗挥毫的油画"台城新貌"。然而,台山虽繁华堪比广州,却毕竟还不是旧金山、西雅图,正经人家的青春女儿谁愿意在大庭广众中让人评头品足?无人报名,黄玉堂便把仙舫上的莺莺燕燕扮成女学生推上台。台上唯一的自愿参赛者,只有玫瑰。

除黄玉堂外,裁判席上还有杨秋阁、龙保真等四邑名绅,美琪是唯一的女性。美琪本来对选美活动很不屑,但秀宗和楚三这次都赞同黄玉堂,说选美是台山进步的表现,她才勉为其难坐到裁判席上做女性代表。

第一项才艺比赛是自选项目,仙舫姑娘们搬出各自的看家本领,都不逊色。笛子悠扬、琵琶珠圆玉润,乃至洋气的钢琴弹唱,还有水袖舞、彩扇舞、荷花舞,精彩绝伦。玫瑰拎一把吉他上台,说她本来会跳踢踏舞,但伤了腿只能坐着给大家唱英文歌。玫瑰的歌喉略微沙哑,歌声浑然天成,与每天演练的歌舞班风格截然不同。

"Many say she is an evil temptation, but she is my only salvation; Many say she steals without hesitation, but she loves me with no reservation...(很多人说她是邪恶的诱惑,可她是我唯一的救赎;很多人说她偷窃毫不犹豫,可她爱我毫无保留……)"

仙舫姑娘们扭捏作态,秋波乱投,美琪已招架不住,见玫瑰撑着拐杖上台,记起她在新宁中学堂当众撒娇的表现,断定这是个为出风头不遗余力的女子,更不耐烦。可玫瑰一开口,美琪却被什么击中,一阵清风越洋吹来,带着美西旷野的孤寂与闯荡，一颗流浪的心渴望回家却不知家在何处……她回头看一眼贵宾席上的秀宗，很显然，弟弟的魂被玫瑰的歌声收走了。那天在新宁中学堂，她就隐约觉察到秀宗与玫瑰间的相互吸引，这些天两人陪伯克夫妇四处游玩，朝夕相处，是否已发生了什么？她为弟媳莉莉担忧。

玫瑰唱完，卡罗琳起立为她鼓掌："这首歌很特别，很动人，我会弹的西洋歌不少，却从没听过这首，你一定要把歌谱给我。"美琪记得在西雅图去伯克法官家做客，卡罗琳常给大家弹钢琴唱歌。

"是我自己编的，纪念我的母亲。"玫瑰难堪，"我不会记谱。"

"你是天才呀，回头我帮你记。"伯克夫人青睐，众人更是赞口不绝。杨秋阁对黄玉堂伸出大拇指，说黄老板捡到这个女儿真是福分。黄玉堂不语，脸上却难禁得意之色。

"我也有一首自编的歌献给大家，不过歌词是一位大才子的馈赠。"一位窈窕佳丽登台，打断了众人的回味，"抱歉，我刚听闻有这场选美比赛，不知各位裁判是否还肯给我个献丑的机会？"女子约二十岁，白绸中式短衫，翠绿长纱裙，短发用一枚金发卡别在一边，素雅又俏丽。

"先报上姓名。"龙保真说。

女子正要开口，黄玉堂站起来："诸位，这是为宁路作了重要贡献的红山茶小姐，七年前正是因她谏言，龙将军才遣兵白石桥。山茶小姐今天来参加选美，是本次比赛莫大的惊喜啊。"

白石桥,红山茶?全场轰动。黄玉堂献艺妓给龙济光的事,在场不少人听说过,现在与真人对上号了,又是这样少见的美人,都兴奋莫名。美琪回头,想看看楚三嘴角挑起的自得神情。虽然他对这件事一直低调,推说是黄玉堂的功劳,美琪却直觉解围白石桥的美人计是他的手笔;他不居功,或许是因他对此类计谋不齿,美琪倒是赞赏。然而楚三一脸愕然,撞上她的目光有点慌乱。红山茶的出现太突然,听说龙济光战败逃去了北京,竟没顾上带走这位绝色。

山茶鞠躬道谢,借来一位仙舫姑娘的琵琶,"琮琮"拨响:

梨涡星两点,隐隐溢琼浆。

彩蝶眉心舞,山茶齿下香。

拨弦瑶翠溅,弄管乐成行。

问是谁家女,嫦娥下粤江。

"此曲只应天上有!"黄玉堂鼓掌。

"敢问山茶小姐,赠你歌词的大才子是何方神圣?"才高八斗的杨秋阁难免好奇。

山茶笑着不语,眼波划过美琪,投向贵宾席。美琪顺着山茶的目光回头,又与楚三眼神相撞。他不动声色,她却知道他留意着她的反应。歌词莫非是楚三的杰作?为了说服山茶,作首艳诗奉承美人大概也无可厚非,虽然不是她赞成的举措。美琪动动嘴角，近似宽宏一笑。

第二项比赛是个小游戏，选手们被蒙上眼睛，凭嗅觉辨别植物。山茶首先应试，白衣侍者捧来三株观赏花卉，她欠身逐一嗅过。第一株绯桃，第二株吊钟，山茶都茫然摇头，只辨出了第三株水仙。

轮到玫瑰，侍者捧来三株菜花。她鼻尖凑近，很快自信地回答："白菜、芥菜、豌豆。"都答对了。

黄玉堂惊问："几解又快又准？"

玫瑰摘下蒙眼布笑："我在美国种地五年，花香菜香太熟悉啦。白菜清凉、芥菜苦，豌豆又甜又香。不信，阿爸闻闻。"

侍者把菜花端来裁判席，每人闻过，果然如玫瑰所说。美琪虽为莉莉担着心，也不禁对朴直活泼的玫瑰生出好感。

几番角逐，台上只剩下玫瑰、山茶和醉仙舫的头牌，凤霞。最后一项是比见识口才，裁判们预先写好话题，现场请贵宾伯克法官抽一题给选手们发挥。伯克法官从侍者捧来的银盘中拈一个信封拆开："这太难了，天书一般，我连题目都看不懂，祝各位选手小姐好运！"秀宗翻译完伯克的话，全场乐开了花。

秀宗接过纸笺："中文出题，伯克法官自然看不懂，我荣幸代读——'现代中国女子之要务'，哇，的确不好答。"他对美琪挤挤眼。

美琪心里好笑，怎么正好抽中她随手出的题？这个话题，她直觉难不倒玫瑰，但两位烟花女子如何应答不好说，但愿秀宗替伯克夫妇翻译时灵活处理。

凤霞显然紧张，尖着嗓子小心答道："我以为,现代中国女子之要务是受教育。"

"很好,请展开阐述。每人有五分钟时间。"美琪没想到仙舫头牌有如此进步的思想,真心鼓励。

"女子受了教育,懂常识、通晓道理,不必事事求人,治家有条不紊,实际上减轻了男子内顾之忧,让丈夫在外更专心进取。所以,为新宁女子办学堂,其实也是为新宁男子办学堂呢……"

观众鼓掌。只有美琪知道,凤霞是一字不漏地把她当年筹办新宁女子学校的演讲背了一段。美琪的讲稿后来登过报,新宁中学堂的女生宿舍门厅里就贴着一张。看来黄玉堂预先给凤霞漏了题,美琪哭笑不得。

玫瑰没直奔主题,跟大家说起旧金山附近的蝴蝶谷,离她曾经打工的圣荷西农场不远:"那里是上万只玛瑙蝶①过冬的地方。每年十月,它们双双对对从落基山北部,day and night(日夜兼程)飞两个多月,跨几千英里过来。第二年春天又向北飞去加拿大。它们最多能活一年,半生都在空中飞行。

"现代女子,无论中西,我认为,要像玛瑙蝶,有一双美丽坚实的翅膀,与男子fly side by side(比翼齐飞),在天空留下colorful and bright traces(斑斓璀璨的痕迹)。"玫瑰的灼灼目

---

① 黑脉金斑蝶。

光落在了谁身上，美琪不回头也猜得到。

玫瑰粤语不流畅，不时夹杂英语，最后为表示她中文并不差，她引了句俗话："现代女子，要上得厅堂，下得洞房……"哄堂大笑。

黄玉堂急了："厨房，下得厨房！乖女，答得好好的，何必画蛇添足？"

山茶给大家讲的故事也有关蝴蝶："远古年代，我的家乡大理被魔王盘踞，放出猛兽毒虫伤害百姓。大理最英勇的猎人杜朝选，带领猎人们抗击，魔王的猛兽毒虫却越杀越多。最后猎人所剩无几，兽虫大军就要吞光大理老弱妇小。魔王发话，把最美的女子献到神魔山，就放过大理老小。最美的女子，是与杜朝选热恋的彩蝶姑娘，她不忍看杜朝选每日与魔王无望地拼杀，不辞而别，偷偷上了神魔山。魔王放过了大理百姓，杜朝选却因失去彩蝶而痛不欲生，投身龙潭。他跳进龙潭的瞬间，天空飞来五彩缤纷的蝴蝶，围着泉水翩翩起舞。人们说那是彩蝶的魂魄飞来与杜朝选团聚，就把龙潭改名叫蝴蝶泉。

"呵呵，这个蝴蝶泉的故事，是我改编的版本。救国救民，不仅仅是男人的责任，现代中国女子也要有担当，有为国为民献身的勇气。"

会场忽然安静，只听见秀宗低声为伯克夫妇翻译。如果说玫瑰的见解没让美琪失望，山茶的论点着实让她震撼了一下。风尘侠女啊，她暗叹。

303

阿爸率先起立鼓掌:"山茶小姐为宁路作的贡献,不亚于传说中献身魔王的彩蝶姑娘。四邑父老感恩不尽,铭记在心。"

"是啊,我们应当送锦旗给山茶小姐。"杨秋阁等人感慨。

"岂止锦旗,必须发奖金,不,山茶小姐有空到敝人公司挑珠宝,喜欢的,敝人一概奉送!"龙保真拍胸脯。

山茶大概没想到她的话激起这番反响,也不清楚称赞她的绅士们都是谁,眨眼睛对台下深深鞠了一躬。

"玫瑰和山茶的总分一样,并列冠军,凤霞获亚军。"黄玉堂最后宣布。侍者端来三只头冠,两只金色,一只银色。

玫瑰不肯接金冠:"山茶为宁路立过大功,是真正的冠军,我甘拜下风。"

新宁中学堂的女生们献花给当选的三位佳丽,又捧出《新宁铁路诗集》要山茶签名。山茶翩翩下台,借用裁判席一角桌子,脂粉香立刻充盈一方。

明叔在不远处"呸"一声:"为婊子立牌坊!"

美琪正要理论,却见山茶从上衣斜襟抽出一支派克金笔,箭形笔夹尾端,左右各三撇羽毛,简洁大方、与众不同!她当年在西雅图挑的独特款式,一眼就认出,国内还没见谁用过。

美琪曾跟楚三问及金笔下落,他承认她送那支确实在白石桥丢了。可只怕,他是把金笔丢在山茶的闺帷里了吧?楚三先前慌乱的眼神、对她察言观色,山茶故事里热恋的猎人

304

与姑娘，忽然有了具体的含义；金笔的真相，忽然不言而喻。

她如此在乎这支金笔，不是小家子气；那是她从情变的泥潭中站立起来的重要象征，笔管里重新装满她对真爱的憧憬。她给他的，是一种超越自身的信任，他却随手给了一个青楼女子，哪怕那女子仗义为宁路出过力。美琪胸口一片冰凉，眼眶不争气地发酸，双腿发软。她下意识回头寻找，楚三却不见了。

第三十二章

连画布都要没收

民国九年至十二年（1920—1923年） 台山—香港—广州

福无双至，祸不单行。吴楚三当天傍晚刚到台城家门口，狂风大作，楼上来不及关紧的门窗"噼啪"甩到墙上，玻璃碴与风暴卷裹的雹子一同砸来。"该死的台风天！"他咒着推门上楼，听见阿春、艾米在天台疯跑乱叫："下金子咯……"

莉莉追在后面着急的声音："都给我下来，小心冰雹砸穿脑袋！"

吴楚三跑上天台，阿春蹦过来："阿爸，快看，台风刮来一地金元！"

两缸吊钟都被大风刮倒，一地瓦片花泥中，细碎的金光如鬼眼般闪烁，倾盆而下的暴雨也冲不散。今天是他妈的什么鬼日子！"天台不安全。"他假装什么也没看见，请莉莉立刻带孩子们下楼去，脑子里飞转着对策：只有莉莉一个大人看见，孩子和主妇的话，别人大概不会当真；趁其他人还没回家，赶紧收拾狼藉；卧室木箱里的蓝布被套够不够结实？拿来用上再说……转身，美琪正冷眼注视，电闪雷鸣中，青丝翻飞，如风暴女神。

美琪默然下楼，走进卧室，他紧紧尾随，关上房门，顾不得脱下雨水渗透的白衬衫。雨点"咚咚"紧扣窗门，与他同样急于打破屋里的沉默。总办和秀宗应该还在台城陪伯克夫妇，他得先稳住美琪。

美琪坐到沙发上，身体绷直、冷面冰唇，表明她什么都知道、都看透了，你还有什么可说？

她大概记起他曾在天台上移植吊钟花，记起黄姓族长上周在铜像揭幕式上对他含沙射影，"可我都是为了你和阿春，为我们这个小家"。

乏力的陈词滥调，但是实情。伯克法官说总办会算账、懂收支平衡。他真懂？他其实是个疯子、建设狂！铁路一段接一段，项目一个接一个，公司这么多年却没钱赚，股息发不出，还欠一堆债。做实业为什么？不能单为兴邦利民吧？情怀他不缺，可他也是个大活人，有妻有子。跟总办干了这么多年，名，都归总办，理所当然；但他多少也该分些利吧？恩师余灼说无功不受禄，可他这些年立的功够多了，是有功而无禄，受乡民一点孝敬有何不妥？"我们这么多年还跟大家庭挤一栋楼里，我想跟你和阿春住自己的独门小院。"

"你是想有自己的三宫六院吧？"美琪终于开口。

她猜到山茶与他的瓜葛？美琪说话就好，她的沉默太令人窒息。山茶突然出现在选美台上，他比在场谁都惊诧。七年前，观音山上最后一瞥，应是诀别，她怎么又来了台山？龙济光自顾不暇，始乱终弃？她插在斜襟上的金笔，他一眼就看到了，显然是暗示他旧情未了，还讲个煽情版蝴蝶泉传说，不是明摆着给他添乱吗？可也怨不得山茶，她或许不知道裁判席上的女子就是他的太座。他提早退场，是怕美琪和山茶当众跟他闹得鸡犬不宁。

可美琪不骂不闹，只沉着脸，脑子里的翻江倒海锁紧在眉头。她跟他向来有话直说，此刻一反常态，倒让他拿不准侧重点该放哪边。金元她眼见为实了，山茶的事，她只是猜，或许还有周旋余地？先绕开山茶，继续说天台上的金元吧："为公司摆平各种麻烦，总得有些应酬交际，我那点工资哪够？"湿水的衬衫贴在身上，凉意渗进脊背，头发被他心中翻腾的热锅蒸出了水汽。

第一次，是在白沙镇，黄姓马姓各送来一篓蜜橘，请吴文案尝鲜，顺便请他确保铁路修到自家地界。他提回家，才发现其中一个篓子还装了金元，用淡褐色的油纸包了三层，却记不清是黄姓还是马姓送的篓子。马姓族长递蜜橘给他的时候，轻轻碰了下他的衣袖，可黄姓族长的眼神当时也异常闪烁。不明不白的财物，他不应该收，可退回去——倘若能退回去的话，更不明不白。他拎着篓子不知如何处置，上天台见美琪打理"黄金树"，才灵机一动；埋进花缸里，那些金元便似乎与他无关了。

远道苍苍 The Road Afar／下

铁路的走向,他其实无意帮任何一方说话。反对秀宗改变原先经黄圩的线路,不过要显出他棋高一着。而最终令他沮丧的,是无论线路走黄圩或马圩,他都没有裁决权,更不要说公司的经营策略。父子俩都热衷修建,不重经营,心思都在各种扩建上。兵荒马乱的非常年月,这条路能走多远?他实在不敢认同。那是他意识里的分水岭——他一个倒插门女婿,怎可能与总办最宝贝的儿子分庭抗礼?可至少,他要在经济上给自己留条后路。

"这两百金元,就当我们先替公司收着、替阿春攒着,以备不时之需?"他当然不敢告诉美琪,阿春房间里,相框夹层中,还有张一万金元的银票。埋进花缸里的,不过是个零头,这几年各种场合积累下来的"不动声色的馈赠";而大笔"进账",来自他和马黄二姓头领在白沙支线沿途地价上做的文章。公司愿意出高价购地是真,但到底高到什么价位、具体到哪块地付什么价,随机性很大,他负责置地,当然他说了算。两年前,黄玉堂把二姓头领招至广州蓬莱仙舫上,两人听到地价的利润空间,四眼放光,争相发誓配合。黄姓族长那天冲到台前点他的名,无非是不满线路更多从马姓地界过境,他分到的膘还不够厚罢了。哎,人欲的沟壑太难填满。"世道如此混乱,过分洁身自好,什么事都办不成,更别说做大事。"

他跪到沙发前,拉起美琪的手:"你要是不同意,就全部收到公司账上去,乡民的捐赠,这点小数目,也不必惊动

309

谁……"

美琪把手抽回去,别过脸,目光落在旁边案几的结婚照上。

美琪向来识大体,他们十四年的夫妻情义,她不会不顾吧?他可是一直把她捧在掌心,随时怕碎了。白石桥解围,那么大的贡献,总办和美琪问及,他低调,不居功,推说是黄玉堂的本事。归根到底,他是怕自己与山茶的纠葛伤了美琪的心;这几年他担负的内疚,她肯定想象不到。他追着她的眼睛,要她看见,他为她和阿春还留着真心,虽然这几年心底的负疚和矛盾,使他的眼神不由自主地刚硬、躲闪。"做人做事,我的标准不低,你知道的,但总有事与愿违的时候。"他叹。他常在该与不该之间钟摆般徘徊,不是总能达到对自己的高尚要求。

美琪却一字不答,也不看他。他恨不能拧开她紧锁的眉头,任她脑子里的巨浪怒海席卷而来,哪怕将他淹没!美琪的缄默太……居高临下,太不屑,让他完全暴露在聚光灯下,自惭形秽。衬衫在背上结了壳,头发倒塌在脑门上,他说的每一句话,都像是猥琐的供认。

"你倒是说话啊!"他终于无法忍受,扯开衬衫领扣站起来,一把推开美琪聚焦的相框,"别以为我真喜欢吃你们台山白斩鸡,那比不上我们云南汽锅鸡!"吼完,他又后悔,对美琪发火没风度。他真想说的是什么?白斩鸡与汽锅鸡是两码事?美琪虽然是他高攀的"金砖",却从来就不是他理想的女人？她生在富商家、长在钱罐里，有资格鄙夷名与利，却不能因此鄙夷白手起家、对俗世还有追求的他！

美琪也站起来，扫一眼被他掀翻在地的相框，玻璃裂开几条缝，他和她留在照片里的笑脸都被割裂。"是，我们来自不同的文明。"美琪说了句英语。她到底是他的妻，他没说的，她也都懂："请不要用你擅长的计谋，来对付我、对付阿爸和秀宗！"美琪拉开卧室的门，等他移步。

美琪与吴楚三离婚三年后，有时仍怀疑自己是否没沉住气，尤其当一道横蛮的接管令划过七月闷热的天空，从广州的陆海军大元帅大本营建设部横飞而来。她如果忍一忍，不惊动秀宗和阿爸，吴楚三继续留任总文案，现在阿爸与广州军政府间的关系，或许不至于弄得这样僵？

她那天冲上阳台，本是要理论金笔的下落，吴楚三却跟她说金元。原来天台风雨里一地金光，不是她伤心目眩的幻象；他不仅对她不忠，凉了她的心，还对公司不忠，以那样没格调的方式；还自以为是闪烁其词，跟她各种开脱。原来，她多年看不透的，是他极度缺失安全感的晦暗内核。美琪当时气得捋不清头绪，找秀宗商量。秀宗说："吴楚三必须走人，姐何必为稳定公司人心受委屈，跟他维持婚姻假象？"

说到假象，美琪甚至怀疑，吴楚三当初娶她，不过是利用她的感情走捷径——得到总办的千金，就如同得到一枚闪亮的奖章。怪她看走眼、真心付错人，还是人生的再次嘲讽？

311

她对爱情的信念，几番辗转，竟落在一位烟花女子手中。她不会再让他接近自己，可她担心："吴楚三门面扫地后，万一倒戈，做出伤害阿爸和公司的事来……"

"他敢！"秀宗闯过铜鼓匪巢，直面过生啖人肉的女魔头，再没有他对付不了的人与事。

"他毕竟是阿春的父亲，我也不想阿爸阿妈再为我的婚姻烦心。"

最后姐弟俩跟阿爸只说了吴楚三受贿的事，不提他对美琪的负心。

阿爸先是不信："楚三工于心计，常有我不懂的想法，可也不至于……他的工资在公司里是最高级别了啊。"

美琪便跟他说吊钟花换缸的事。秀宗提醒他铜像揭幕式上，黄姓族长点了吴楚三的名。

阿爸叹："楚三这些年辛苦，二百金元，数目也不算大，都充公，留他在公司察看一段时间再说吧。"

秀宗坚持："不是数目大小的问题，他瞒着我们，拿乡民的钱中饱私囊，谁知他还瞒着我们干了什么？我带人去走访铁路沿线乡民，好好清查他！"

"那样会闹得公司上下人心惶惶，不好。"

"连是龙都看出来，上次跟白沙黄姓上法庭，吴楚三给我请的律师中看不中用。我再信不过他，留他在公司还得提防他跟黄玉堂联手算计。"

"董事和文案职务暂停，调他去教育股，负责职工培训吧。也不要发公告,给他留个面子。"

"降职?还不如直接开除他。"美琪最了解吴楚三心高气傲。

果然,阿爸还未来得及约谈,吴楚三就在阿爸办公桌上悄悄放了份辞呈,说他有愧于恩师和总办栽培,不能再继续为总办效力了。

阿爸捏着吴楚三的辞职信,抑郁、惋惜:"年轻人都这么意气用事,跟我干了十几年,说走就走。美琪啊,你该知道楚三藏哪里去了,叫他来跟我当面说清楚。"

然而三年里,美琪没再见过吴楚三。听说他常在公益醉仙舫厮混,也有人说他跟山茶去了广州。总之,他可以随性吃他的云南汽锅鸡了。

董事局里,黄玉堂日渐成了红人。白沙镇火烧工棚一案他为秀宗开脱,得了人心;四邑为阿爸塑铜像,他积极筹款、办庆典,与开始对他心存戒备的龙保真和杨秋阁凑到一处,虽然他自告奋勇为黄圩短线集资的事不了了之;他跟江门驻军许参谋的交情,一度还似乎为公司缓解了部分资金压力。

大本营驻江门办事处去年已向公司借款四万多元做军饷,另外军舰借用煤炭、运兵专车半价等又耗资六万多。对大本营的军需要求,公司尽力配合,却因此树大招风,成了大本营紧盯不放的"摇钱树"。年初,江门办事处又要借两万。

美琪跳起来:"欠着一百多万,养路的钱都没有,去哪里弄两万给江门驻军?"

秀宗与阿爸轮番去江门办事处申辩无果。最后是黄玉堂通过许参谋说服大本营，以公司为驻军代收代缴附加二成车费的形式来满足军需，并与办事处签了协议，明确此后除附加车费外，公司无须再借钱给大本营。

然而刚过半年，广州建设部直接派专员踏进阿爸的办公室，要借款三十万，限时两周。阿爸叫苦不迭："大元帅为中国人谋福，老夫及公司上下由衷拥护，这几年政府借钱、运兵、送炭，我们样样听令服从；可三十万，公司目前实在拿不出。"

专员名陈德润，衣冠楚楚的官少爷，戴副椭圆金丝眼镜，打钉的皮鞋在花砖地上踩得"可可"响："陈总办这偌大一条铁路，是潮汕铁路的三倍长还有多，比京张铁路也短不了多少；我中国南方的交通要道，区区三十万拿不出？那么本专员只能判断，是你经营不善，管理不力，该被撤换！要么公司改选总理，要么本部派人接管。总办七十九了，自己赚不到钱，让后生仔赚嘛，别占着茅坑不拉屎。用句革命术语，这叫长江后浪推前浪，世上新人赶旧人。自然规律，也是社会发展规律。"

陈专员出言不逊，阿爸急了："江门办事处刚刚才许诺宁路，除附加车费，不再借钱，政府怎么说话不算数？过去张鸣岐还帮公司周转资金；混世魔王龙济光，还派兵护桥；胡汉民也下过保护令，朱庆澜帮我们打官司。现在护法政府怎么只会找宁路要钱？是这样护法的吗？"

"老前辈，怎么说话呢？你原是清朝三品大官，张鸣岐的心腹、龙济光的红人，现在可是民国了，当心，不要滑到陈炯明那边去。抱怨共和政府，这是立场问题！"专员使劲挤两下眼睛，像是眼中有沙子，硌得很不舒服。

改选总理，公司上下都说荒唐，而政府接管，大家认为那是陈专员施压的说辞而已。不料两周后，大本营建设部的接管令传到："照得本部职掌，有管理国有铁路、监督民业铁路规定。查新宁铁路本属民业，应受本部监督。乃该路总理陈宜禧，屡违部令，不受监督。当此军政时期，铁路与军事运输，息息相关。岂容该总理肆意把持，破坏路政，贻误军事。查民业铁路法第五十条，民业铁路，不论平时战时，有供给军用之义务。征之欧战时期，美国政府收管民业铁路，亦有先例。本部于本月十七日，奉大元帅第四九号令开，着建设部长，暂收新宁铁路归政府管理，以利军行等因……"

"破坏路政，贻误军事？军政府东征西讨，战场都不在台山，打沈鸿英在粤北，打陈炯明在东江，阿爸贻误了什么军事？"秀宗头发立起来。

"欲加之罪，何患无辞？"阿爸叹。

"三十万敲诈不成，就来抢，还要治阿爸的罪？还借口欧美有先例！这样的政府，让北边军阀打垮了倒好！"

"阿宗！"阿爸捂住秀宗的嘴，"让黄老板再找许参谋通融……"

"阿爸，黄玉堂跟江门办事处签的协议半年就失效，要么他跟许参谋的交情不够深，要么许参谋后台不够硬，达不到广州大本营上层？"美琪说。

"要么他们都不过在敷衍，乐得看阿爸遭殃！靠人不如靠己，我们四百护勇死守，大本营也好，护法军也好，要收铁路，先过我们四百壮汉这关！"

"护勇队哪能跟人家正规军硬扛？"美琪跟陈宜禧都摇头。公司也再没有吴楚三的锦囊妙计去通达政府高层的"天"、横渡刁民军痞的污泥浊水，美琪只能道："让我先陪阿爸去香港躲避风头，想办法缓解僵局吧。"

"阿宗千万沉住气，别用鸡蛋去碰石头。"阿爸一再叮嘱。

美琪换上白绸男衫和西裤，阿爸扮成小商贩，墨镜、小草帽，是龙持枪护送，抄山边小路赶到广海湾，登上去香港的花尾渡①。

南方八月的夜晚，湿热难当，海面吹过的风黏稠灸脸，岸上青蛙热得不耐烦，鼓噪声此起彼伏，吵得人心神不宁。陈宜禧躺在头等舱厢房里，抚着胸前的红丝吉祥结。耄耋之年，竟又如芥草一蓬漂泊海上。吉祥结是临行前沐芳特地为他新编的。"早点回来陪我种瓜摘豆。"她说。吉祥结丝滑线软，握在掌中，确信有她在朗美等着他，他心安，又更是感慨。

窗外海浪平缓，却漆黑一团，星月无踪。大半辈子过来，他从没像现在这样迷失过。第一次出洋，闷在船底统舱喘不

316　　　① 19世纪末到20世纪80年代珠三角地区主要的水上交通工具。

过气，被风浪掀翻摔打，他还在头顶找到一线光亮当坐标；此后每次茫然，都有内外的光指引：爱情、友情、乡情、技术工程、法制人心……回国修路，他心中的建设者一直领着他披荆斩棘。可此时窗外浓密的黑，似乎比他开辟过的任何一座山都沉重庞大，他心中的建设者也觉得累、觉得渺小，挥不动手中标尺、铁锹。

三年前，伯克法官问及中国时局，他答得那样乐观，毕竟是在自己人地皮上啊，可孙文一统天下的速度和坚守民权民生的力度，莫不是自己一厢情愿的幻想？他埋头修路建埠，专心在故土描绘壮阔蓝图，可一瞬间，人家连他的画布都要没收？若不能继续建设，他还是他吗？

是龙见他睡不着，替他点了支吕宋烟。他夹着烟卷跨出厢房，靠到船栏上，风一吹，忽然不见了自己。黑夜与他、海浪与他，边界在哪里？刚才让他感觉无力对抗的山一般的存在去了哪里？他用尽一生力气去搏斗、掌控的是什么？他真能掌控什么吗？他为什么不能是黑夜，无边无际，没有起始也没有终结？为什么不能是海浪或者风？一声呼啸，就已经到达？临空滑翔的感觉真好，舒展、自在……啊，似曾相识的痛快，他想起来，一八八六年，在西雅图雅斯勒码头，洋人要把他和同胞们往海里赶；太平洋女王号上，他第一次为自己的灵魂"放了风筝"，超然于虚实真假之上。他可以放下此生重负，尽享旁观的轻盈了吗？

烟灰烫到手指，陈宜禧回过神，随口唤道："楚三，来帮我拟份声明！"在他与黑夜风浪真正混为一体之前，他还得搏一搏；通不了"天"，他多少还能说几句心里话，告白天下吧？应声走进厢房的却是美琪。

"楚三呢？是不是山里长大的云南人上船就晕？"

"阿爸，你想说什么，我试试帮你起草。"美琪打开笔记本。

"可你的中文远不及楚三呢。"

"我尽力而为，请阿爸多指点。"

香港及北美、南洋的华文报纸很快刊登了《陈宜禧之挥泪陈词》：

自大本营建设部令宁部筹借军饷三十万元一事发生以来已两月矣。公司财政困难，无法应付，迭经吁恳维持，冀以挽回万一。不图力竭声嘶，不蒙体谅。最近政府且布告实行将宁路收管，前路茫茫，不知所届……

窃宜禧丁年旅美，操路矿业者垂四十余年，光绪卅一年回国。窃叹尔时我国实业不兴，路权多握外人之手，曾无一人以创筑铁路为国人倡者。乃不揣绵薄，倡筑宁路……自开办至今，凡历时有八年，宜禧始终支撑，实已艰苦备尝，劳怨饱受。不特毫无权力思想，且数十年远涉重洋胼手胝足所积之金钱产业，亦因路事变用已尽。区区之志，无非为桑梓谋交通，为祖国兴实业耳！

方冀政府予以维持，徐图发展，何图惨淡经营至于今日，竟以无力遵缴借款之故，致被政府收管。宁路之命运如此，诚宜禧初念所不及料者也！

……

尤有进者，伏读建设部布告，以屡违部令，贻误军事责宜禧。夫宁路因无力遵缴借款，致违部令，原不可讳。唯宁路对于军事运输，向皆竭诚效力，并无贻误。本年一月间曾停客货各车两月，以专运第三师由白沙赴北街矣。五月间亦曾停车十余日，以全路车辆昼夜拨供军用矣。其余平日军人乘车概不给费。此等事实，地方军民共闻共见，今以此责宜禧，宜禧诚莫晓其得罪之由者也。

唯念我缔造艰难之新宁铁路，就个人言，固为宜禧半生心血及身家性命之所寄；就股款言，实为华侨血汗铢积寸累之所成；就地方言，尤为四邑交通治安民食之所系。宜禧个人不足惜，如灰华侨投资祖国之心何！如后之倡办地方公益者，引以为戒何！除向政府为最后之请求外，祈望各界人士，主持公论，代达政府，予以维持。不特宜禧及全路股东之幸，实业前途，实利赖之。挥泪陈词，伏唯亮鉴。

陈宜禧谨识　一九二三年八月二十五日

随后各报又刊登了《宁路股东第二次宣言》及远在京师的乡亲马小进《致新宁路股东董事会函》等文，皆对军政府接管铁路表示惊诧愤懑：

全国各界伯叔兄弟诸姑姊妹钧鉴。自建设部颁布收管新宁铁路后，我全体股东曾为一度之呼吁。今复见部令特派员及助理员前往公司实行收管，瞻望前途，宁有幸乎！夫新宁铁路者我四邑人之命脉也。吾侪悯祖国实业之不兴，交通之不便，适值陈宜禧翁游埠演说倡筑铁路，众见其在美洲操路矿业者数十年，又诚实可靠，犹是节衣缩食，踊跃认股，不数月而公司成立。原望路工告成，日益发展，得获赢利使所以事父母蓄妻子者胥赖乎此。今虽未能获利，而前者龙莫时代，吾粤战云弥漫，断绝交通，粮食之艰困，莫可言状。独宁路辗转输运，快捷异常，四邑人民，得免饥饿。不有斯路，乌能若此！即就现时而论，其报效于江门大本营者，或借款或借煤及运兵车费统计六十余万元，对于政府未始不勉效微劳也。谁料青天白日之中，更来惊魂动魄之事。而收管新宁铁路特派员监理之明令，蓦然而下。吾股东闻之，奔走骇汗，转相告语。明知螳臂不足以挡车，鸡卵不足以敌石，区区股东尽属蚁民，有何能力，敢曰违抗命令乎？第思我股东多是华侨中人，前中山到美之时，或出财或出力，诚望中山一旦返国革故鼎新，必能维持路政，保护实业，予吾民以无穷之幸福也。以清廷政治之窳弊，官僚之淫威，而张鸣岐于新宁铁路，犹且代为筹划拨借巨款，力与维持。今若此，实我股东意料所不及者矣！用特再掬愚诚，披沥于各界明公达人之前，伏乞代达政府曲谅下情，或能挽救于万一。全体股东馨香祝之迫切陈词，统祈亮鉴。

新宁铁路股东黄卓卿马殿臣李增南陈殷学陈总全陈宗活伍于堂马孔政陈国撰等一千二百人同叩　一九二三年九月三日

启者，顷阅报章，知吾邑宁路，因孙文勒借不遂，竟行收管，殊深悲愤。夫亡国之权，私有财产，尚得保全。乃号称护法政府，提倡民治之党魁，竟敢强夺吾邑共有之铁路，使吾邑人所受之苦痛，甚于亡国。此而可忍，则中外人士，必卑视吾邑为无人矣。抑尤有进者，此而不争，则孙文恃强肆暴，贪得无厌，将吾邑人之田园庐墓取求殆尽矣。维今之计，谨请贵公司速将此事始末通告全国各界，电告海外邑侨，用申公愤。并劝吾邑侨胞从今以后，勿再捐款助中山之军费党费。因近十年来，中山受吾邑工商资助不少,乃有今日。兹竟尔忘恩负义,以怨报德。吾邑人断不能认贼作父也。进恨远处京师,未能与诸公共谋挽救之善法。又愧进不获拥十万横磨,对孙一战,夺回此路,保卫乡邦,引为莫大耻辱。然吾邑英勇之士,车载斗量,其必有攘臂崛起,拔矛先登者。是则进翘首故乡,所朝夕祝祷也。临楮神驰,率此布臆,并颂公安。唯希亮鉴不宣。

　　　　乡末马制小进谨启　(农历)七月廿六日

　　十一月中,香港商号的门口铺面、居民阳台上,都点缀了金黄的秋菊,满城尽带黄金甲,清风散逸淡淡苦香。而香港城的季节摆饰"黄金甲",在四邑实打实地绽放。原野田间,青壮年汉子们早晚操练,扳弄枪支,剑拔弩张。

　　自己一篇挥泪陈词,让家乡的深秋弥漫火药味,陈宜禧始料未及。秀宗每天打电话来香港汇报,说大元帅忙着平定叛军,广州政府一片混乱,杨秋阁等去广州找建设部通融,要么找不到负责人,要么被驳回。同时海内外舆论、街谈巷议纷纷指责军政府"强盗劫路""土匪打单";铁路沿线乡民摩拳擦掌,预备武装抵御政府夺路。"我们不能辜负乡亲,阿爸。"

　　"也不能逞一时之勇,阿宗,我们再想想办法,千万要稳住!"宁路是四邑命脉,他肩负众望,每一步进退都牵系全局。

正招呼着，楼下来了位穿深蓝中式对襟褂的男人，身后跟着两名配枪卫士，一个捧着蟹爪菊花，一个提着红纸包装的礼盒。

男人五十来岁，微胖，问宁路办事处门卫："陈总办在吗？"

"不在。"

"我是广州大本营来的，找他有要事。"

是龙抱臂横到门口："明说是来捉人的，好吧？总办不在，去美国了。"

"绝不是捉人，的确有要事，我叫古恭卓，孙大元帅派我来给陈总办道歉。"

古恭卓，这个名字肯定听说过。美琪在旁边整理文件，提醒他："就是半年前跟我们签协议，说以后不再借款的江门办事处主任。"

"有这等好事？诱捕吧？像当年美国清使馆诱捕孙文一样，请君入瓮！"是龙故意放大声音，让他有所准备。

"绝对不是，我这副探亲访友的模样，是捕头吗？我和陈总办也算是打过交道的。"古恭卓松弛的面皮托起耐心的笑。

"那先缴枪。"是龙话毕，几个护勇上前，缴了古恭卓随从的兵械。随从们都很配合。

古恭卓摊开两手："该相信我的诚意了吧？"

是龙仍不放心，要护勇们把三人的手都绑起来。古恭卓的卫兵不干了："谁敢对堂堂大本营财政部长动粗！"

323

"半年就升任财政部长？看来是孙文面前的红人，敛财有方，不辞劳苦追到香港来勒索。"美琪打眼色让他别理会。

陈宜禧想想，还是走下楼去："好啦，两国相争不斩来使。"

古恭卓随他走进会客室："总办，我们在同一份文件上签过字，也算达成过共识，呵呵。今天我是替大元帅给你道歉来了。这是大元帅送给你过节的礼物。亲友从檀香山带回来的火鸡罐头，马上感恩节，大元帅特意让我给你带来几罐，聊表心意。大元帅说，民众就是上帝，总办和四邑民众对革命的一贯支持，大元帅感恩不尽呢。"

感恩？强行接管我们苦心经营的铁路作为报答？陈宜禧想立刻反问，但见古恭卓一脸诚恳，不妨听他先说两句。

"新宁铁路的事，大元帅前一阵实在是没精力和时间过问。四月中，桂军总司令沈鸿英叛变后，他全副精力对付叛军。打退了沈鸿英，又去前线督战，讨伐陈炯明叛军，行营就设在石龙江面一艘军舰上。大本营的其他事，都委任胡汉民在广州全权代理。对宁路，大本营的作为十分不妥，大元帅诚心诚意向老前辈和四邑人民道歉。请前辈也不要怪罪政府其他人，他们都是为了筹集军饷。大元帅被两股叛军搅得焦头烂额，亲自冒着枪林弹雨，登上山头发炮；又调动滇军、豫军、湘军，海陆空各方配合，才把叛军逼退惠州，真是千头万绪，压力重重。"

"那大元帅什么时候才想起来过问宁路？"一统天下的艰

难,他是不可想象,但作为强行接管宁路的借口,不成立。

"就是昨天,刚击退陈炯明进犯广州,喘一口气,我才有机会跟他汇报这几个月的要事。他读了旧金山《中西日报》一连串有关宁路的报道,尤其是老前辈的挥泪陈词,连夜召集大本营各部长紧急会议,专门讨论了宁路问题。

"大元帅说群众的批评虽然尖锐,但忠言逆耳。老前辈和股东们哀鸣、请愿;马小进和旧金山的报纸不在我们辖区内,敢说话,对立情绪强、火药味重。可他们的火暴情绪是我们引发的,说明在宁路问题上,我们不得人心,不得侨心,侵犯了华侨利益。过去我们筹款,华侨踊跃捐输,献出我们十一次起义所需的全部军资,更不用说为革命挺身而出的华侨敢死队、飞行员。现在做了执政党,地位变了,我们就下命令,用野蛮手段剥夺华侨财产,无异于清朝政府、军阀土匪,四邑侨乡父老怎能不伤心?不失望?"

大元帅自我批评到这一步,陈宜禧气顺了些,仍不说话,关键还要看大本营如何解决这件事。

"大元帅要各部门研究出几条保护华侨权益的具体规定来,让全党有法可依,还要成立一个专门机构来实施。对宁路的偏差,他很自责,说他以前对这个问题重视不够,官僚了。因为我在江门工作过,熟悉侨乡情况,所以派我翌日便来与老前辈沟通、道歉,向四邑民众道歉。"

"大元帅礼贤下士,记得华侨的好……"客套还是必要的。

325

"都是空话嘛,对宁路的接管令,改选令怎么处理?"是龙插嘴。

"呵呵,年轻人性急。喏,这是大元帅签发的取消接管令,已经在大本营层层下达。"古恭卓掏出一张手谕。

"改选令呢?"

"老前辈,依我看,改选就改选嘛! 选来选去,还不是选你陈老先生,众望所归,人心所向,哈哈。不过,大元帅还是让建设部写了一份取消改选令的书面通知,还说要成立侨务委员会,下设债务清理课,财政情况一旦好转,以前政府借的债务都要偿还。

"还有啊,老前辈,大元帅说,台山是第一侨乡,劳苦功高,跟其他县不同;民主共和,要特别试点,让台山人民享有自治的权利。他想邀请你当省参议员呢,还要约个时间见你,和你当面探讨阳江支线、铜鼓商埠等民生问题。"

陈宜禧心里热起来。他到底没看错人,孙文一边打江山,一边还为侨乡动心思,还记得他的梦想,也算难得了。"古部长,谢谢你亲自来解释,我理解了。现在政府财政状况究竟如何?"

古恭卓舒口气,抹抹稀疏的头发:"现在两广海关的关税收入,除了分期支付清政府欠的庚子赔款和债务外,余下的部分,北京外交团都交给曹锟、卢佩乎,还给陆荣廷、沈鸿英、陈炯明来攻打我们。所以大元帅坚决要把两广海关收回来,惹恼了洋人,英美日法等二十几只军舰,长驱直入珠江,炮口

远道苍苍 The Road Afar ╱下

对准大元帅府。但大元帅铁了心，非收回海关不可。若收回来，经济上就会好些。另外，我们跟奉系张作霖联合对付曹锟、吴佩孚，张作霖也会给共和政府部分军饷。"

"说来说去，大元帅也在做无米之炊啊……美琪，来，我们一起替大元帅想想办法，估算一下，下半年宁路盈利会有多少?"他太需要他的"画布"尽早稳固了，而孙文是他所知的唯一希望。

美琪闻声下楼："加收了二成车费，坐车人次减少，下半年不一定盈利。再说，古部长，你半年前在江门做主任的时候，跟宁路签过协议，承诺大本营不再借钱……"

"女儿，乐观点，等孙元帅坐定天下，宁路盈利的机会大把，呵呵。"陈宜禧打断美琪，想自己是老夫聊发少年狂。不过，站高点、想宽点，超越自己，五十年前他在西雅图雅斯勒会堂听了伯克演说，就企望达到的境界，这不是，机会又来了："古部长，三十万对宁路目前来说，遥不可及，但五万，公司和股东们节衣缩食，再推迟一段时间发股息，年末结算后，大概还拿得出来。上次跟你签的加收二成车费的约，再延期两年，也能凑出五六万来，总共十一万，算宁路再度对大元帅的微薄效力。"

古恭卓跨前一步，紧握陈宜禧双手："老前辈，谢谢，太谢谢了! 大元帅再三重申，华侨是革命之母，千真万确啊。请原谅儿子对母亲所犯的过失。我们一定加快北伐，尽早统一全国!"

327

吴楚三被美琪请出房门的当晚,上了公益醉仙舫。

"人在河边站,哪能不湿脚,沾点泥水,湿湿碎啦。"黄玉堂喊人把仙舫最华丽的房间腾给吴文案和山茶,"春宵一夜解千愁,哈哈。"

山茶在红纱帐前拢一件白缎绣花睡袍,酥胸半透:"我知道你不会像传说中的杜朝选对彩蝶那样,为我投水殉情,但你到底来了。"

吴楚三喝着加利福尼亚赤霞珠不说话,一时还走不出被美琪鄙夷的低谷。他本来可以抵赖,美琪见过他换花盆,却没看见他埋金元;而黄姓族长的话,纯粹是捕风捉影嘛——他假装对台风刮来的金元一无所知,大概也能蒙混过关。他跟她说真话,是以为美琪的沉默里,还对他留着一线宽容。毕竟,他还那么在乎她,难得对她袒露真心,以求夫唱妇随,她却报之以不屑,根本不在乎他。千算万算,没想到对美琪计算失误。

"在陈家受气了?"山茶雪白的手臂绕上来。

他是真受够了,高攀了十几年,还是攀不上美琪的清高。他再怎样对她好,人家还是陈家二小姐,她爸的女儿,而不是纯粹的他的女人。

"你当年也不见得是真心疼我,才上了观音山吧?"吴楚三接上山茶前一句话,把脸埋进她香软的胸脯。被美琪理想主义的原则底线赶出家门的痛,似乎渐渐缓解。

328

山茶推开他："表哥,人在江湖,活路为上,其余真真假假,又何必计较？龙济光五年前逃去北京,说安顿好就派人来接我,我要是信他,还不得哭倒长城？"

"表妹率真,我喜欢。"他把山茶扑倒在席梦思床上,抽掉她的衣带,山茶任他摆弄。这个以"活路"为人生准则的女人,绝不会对他的为人处世嗤之以鼻："龙济光气数已尽,表妹跟着我,以后活路越走越宽敞。"

的确,三年来,山茶对吴楚三从没不屑过；他为"活路"所做的任何事,都对、都值得她奉上软语香吻。再说,他也没有杀人越货,不过是与山茶在珠江边上替黄玉堂打理蓬莱仙舫,结交些合适的权贵而已。

山茶熟门熟路,在仙舫上前后照应,左右逢源。他乐得在幕后逍遥,偶尔招呼一下顺眼的客人。山茶爱跟人说,我们吴老板是大才子,做过新宁铁路总文案呢。有时便有人专门上船来找吴文案饮酒作诗。陈德润找来那天,梅雨季刚过,江上雨幕消散,日头仍犹犹豫豫,拿不定主意是否要在云缝里露个脸。

"建设部官员本不该来这种场合,但孙科市长和胡汉民总参议为筹集军饷废寝忘食,我也不能拘泥小节。"陈德润摘下金丝眼镜,用手帕擦去镜片上的雾气,"新宁铁路是广东实业里数一数二的龙头老大,却总喊没钱,甚是蹊跷,吴文案或者更清楚其中缘由。"

"烦劳陈专员大驾光临。其实要了解情况,招敝人去贵部办公厅待命就好。"吴楚三灵敏的触角瞬间通电。陈专员比自己年轻，看上去已是志得意满、有后台，打通这道关节，他或许又能"通天"了。

"我听说吴文案在此，不敢相信，得眼见为实。为宁路屡立大功的能人才子，怎会沦落成珠江上歌舞班的老板？"

"唉，说来话长。"吴楚三让厨子准备酒宴款待专员。

"不必了，我是来公干的。"

"了解。不过现在开饭时间，几块番薯就粥，望专员屈尊，随便吃点，边吃边谈。"

厨子奉上的，是一桌别出心裁的番薯宴。薯块垫底的粉蒸肉排香滑酥嫩，入口即化；干贝咸蛋拌薯叶，用鸡汤捞过，色美味鲜；煎得焦脆喷香的薯饼，配红白黄蓝紫五色薯粒镶嵌的糯米粥，更像一道桌面风景，让人不忍吞咽……饭后甜点是鲜椰奶滚紫薯丸，尽显岭南佳果的原汁原味。

酒当然不可少，番薯酒只是点缀，请专员尝个新鲜，法国白兰地主场才够分量。酒足饭饱，吴楚三递上汗巾："新宁铁路总长二百八十里，倘若经营得当，不仅公司周转顺风顺水，股息源源不断，每年报效政府三五十万也不成问题。可惜宁路十几年被一人把持，刚愎自用，年迈昏聩，只管自己修路建埠出风头，而无心无能为股东人民谋福利。"

"原来这样，那是该由政府干预整顿一番了。"陈德润再擦擦眼镜戴上，挤挤眼睛，像是眼中有沙子，硌得不舒服。

临走，吴楚三让小厮抱一箱番薯送专员车上："这品种原产海外，华侨引进种植，成了台山特产。箱子里有白皮红心、红皮白心、红皮蓝心、白皮紫心等等种类，甚是有趣，甘甜爽脆，各有风味。请专员笑纳，聊以犒劳为人民操碎心的各位大员。"

第三十三章

玫瑰玫瑰我爱你

民国十四年三月十五日（1925年3月15日） 台山

My dear friend Judge Burke（亲爱的朋友伯克法官），

This letter contains an explanation of what I am trying to do for my country. And of course, I need the help of all my friends.（这封信是要说明一下我正试图为我的国家做的事。当然，我需要我所有朋友的帮助。）

把铜鼓建设成自由港，是我此生最后的愿望，我希望在走完人生旅途之前实现此愿。你上次到访新宁也看到，铜鼓湾水深，不受台风侵扰，可以停靠任何型号的船只，离澳门三十英里，香港七十英里，实在是得天独厚的港湾。

三天前，孙中山博士不幸去世，但所幸的是，他生前已委任我为铜鼓市长，中国政府通过了开办铜鼓自由港所需的一切程序文件，没有人能阻止我了。用句中国话来说，万事俱备，只欠东风。

东风，是建设商港所需的资金。我恳请你，亲爱的朋友，跟西雅图的老朋友们呼吁，跟美国的银行家、洛克菲勒们宣讲，让他们了解这个自由港的巨大潜力和价值。在此附上我们绘制的铜鼓港地图和相关材料。

上月西雅图对外贸易协会来香港访问，时间太仓促，基本上是打个招呼就走，除了寒暄，我没机会跟他们深谈。虽然见到不少西雅图老友，但没见到你和伯克夫人，我心里非常空洞失落。我几乎每天都想念你们。听朋友们说，你最近贵体欠佳，我很想邀请你和伯克夫人再来新宁小住，在这里，你们一定会重返青春。我去年冬天也小病一场，现在完全好了。

老朋友，有时候我仿佛已经听到祖先的召唤，但回应他们之前，我还要完成此生最后一件大事，修建铜鼓商港。你一直是我真诚的挚友，永远都是。我真心期盼你带着美国的资金来新宁，我们再次像年轻时一样，并肩建造一座伟大的海港城市。

对了，秀宗要结婚，要给我生孙子了。希望你和伯克夫人能来新宁参加他的婚礼。

陈宜禧

美琪如实替阿爸打完给伯克法官的信,并没提醒他:秀宗早结婚了,他是要娶妾。

阿爸去年冬天大病一场后,对生活细节似乎模糊了许多,尤其子孙的家事,不时混淆,叫错孙子孙女名字,唯独对铜鼓建埠兴趣不减。公司负债累累、政府催逼军饷,似乎都无妨,修建铜鼓商港和铜鼓支线才是他面对的唯一真实。可孙元帅病逝,时局将经历新一轮变更,阿爸倚重的那些建埠文件,即使已签署孙元帅的大名,恐怕也会很快失效。美琪当然也不忍心跟阿爸提这些,不忍心惊扰了他的梦。

秀宗和玫瑰的恋情曝光后,莉莉找美琪哭:"我和他青梅竹马,门当户对,这么多年相濡以沫,我相夫教子——教女,好,就算我还没给他生出儿子来,也不能这样对我啊。"

"是不应该。"美琪当然站在与她情同手足的莉莉一边,可是,"感情的事,天长地久,或许只是我们一厢情愿的幻想。"

"他是基督徒,我们在教堂结的婚,我是他的夏娃,他是我的亚当,他只能有我这一条'肋骨'。"①莉莉浓密的翘睫毛被泪水洗刷得耷拉下来,"我不同意离婚,他也娶不成⋯⋯"

"他说过要离婚?要娶玫瑰?"

美琪问莉莉那时,秀宗尚未公然与玫瑰谈婚论嫁,可三天两头不回家,让美琪记起吴楚三曾经的劣行,对弟弟很是

①《圣经》里夏娃出自亚当的肋骨。

不齿。在家她只陪莉莉和艾米,在公司对秀宗也爱理不理,虽然阿爸身体欠佳以来,秀宗实际上已成为公司的代理总理,大家对他更为尊重。

秀宗某天走进美琪办公室,关上门:"家姐,你要帮我拿主意,我实在不知该怎么办。"

秀宗目光温良,带一丝探询,就像小时候求家姐替他写中文作业时的眼神。美琪当没看见:"你要还当自己是真正的基督徒,就和玫瑰一刀两断。"

"是,我当然是基督徒,我也不愿意离开莉莉和艾米,可玫瑰……"

秀宗回想起来,第一次在鱼塘湾遇见玫瑰,已被她强烈吸引,但当时与土匪枪战的危急境况不允许他觉察自己的心意。与钟姑交涉完毕,从铜鼓顶峰下山,经过海边土道,他开始期待玫瑰再次出现眼前,脑子里闪回她反身射击的机警模样、脏兮兮却散发玉一样光泽的脸。不知她到了哪个镇子?三队长是否妥当安排好她的衣食住行?她是否找到了父亲?自己为什么对一个来历不明的女子如此牵挂?甚至因为可能再也见不到她心中空落落。

玫瑰说,因为他们一见钟情,两颗久违的灵魂再度相逢,一眼就会认出对方。大概真是她说的那样,此前他没为哪个女子走过神,以至魂牵梦绕,直到抱她在怀里才安心。这种不由自主的失魂落魄,跟莉莉没发生过;莉莉和他从小玩到大,亲如兄妹,却没震撼过他的身心。

335

秀宗这样说,美琪想,她哪里拆得开两颗如此纠缠的灵魂?可仍为莉莉不平:"玫瑰可是黄玉堂的女儿。"

"干女儿,黄玉堂拿她当勤杂工使。"秀宗虽辩解,却不得不承认,因为玫瑰,他对黄玉堂的戒备近来有所松懈。尤其是玫瑰在那次选美比赛上表现出彩,为黄玉堂挣足了面子,黄玉堂对玫瑰态度突变,人前人后拥着玫瑰叫"乖女",最近还在公益专门给她买了栋带阳台的小洋楼。玫瑰被家乡接纳,渴望的父爱被回应,快乐得说话都像唱歌。秀宗自然也开心,哼着新潮的时代曲,"玫瑰玫瑰我爱你……"陪她四处逛店买家什装饰新楼,与黄玉堂几乎每天打照面。

前一天他和玫瑰逛街回来,黄玉堂送来两株橙红渐变玫瑰,正让人往院子里搬:"刚从金山运来的,四邑没第二家有,跟我乖女一样,独一无二。"

玫瑰欢天喜地去摆弄花株,黄玉堂把秀宗拉到一边:"我女儿好歹是正经的黄花闺女,跟你这样不明不白,连个名分都没有,如何长久?玫瑰天真不计较,我做阿爸的可看不过去。"

也许因为这几句话,黄玉堂在秀宗眼里多了点人情味——知道疼女儿,或许他不全是自己认定那样,只会耍伎俩谋私利。"黄老板,你说得对,我对玫瑰的真心,你该看得出,我何尝不想给她该有的名分?只是,我是基督徒,只能有一个妻子……"

"哎呀,陈总工,你舍不得发妻,就入乡随俗嘛。你在新宁，又不是在西雅图，娶二房不犯法，热热闹闹办个婚礼把玫瑰娶过去，再替你阿爸生个孙子。"

说到生孙子，美琪沉默了，她知道阿爸阿妈的心事——这么多年，只有外孙没有孙子。"我试试说服莉莉……"她惊讶自己说出这句话。

莉莉更惊讶："家姐，你，我以为……"她说不出一句完整的话，颤抖着翘睫毛往楼道跑。美琪其实刚开口，说："其实秀宗很在乎你，不过……"莉莉敏感又聪明，不需要她把话说完。

美琪追出去，莉莉已把自己锁进房间。拍门喊她，莉莉不应。美琪慌了，更使劲地拍门，一边让艾米、阿春去楼下叫人。佣人街坊一并惊动，都跑上楼来；壮实的男人撬开门锁。莉莉在床头搭了张凳子，正晃悠悠踮脚尖把头往梁上绳圈里套，好在高度还差点，受惊腿软，跟凳子一同倒下，落在大家同时伸出的臂弯里。一只白皮鞋蹬掉了，倒挂在床沿上。

美琪抱着号啕的莉莉，羞愧难当。她脑子搭错了哪条神经？竟想劝跟自己受过相似教育的莉莉接受秀宗纳妾？己所不欲，勿施于人啊。父母老去，她自觉肩负起大家庭当家人的责任，可传宗接代，难道比莉莉的尊严和感受更重要？她的原则底线，一不留神，也会滑走。

莉莉哭完，坚决要带艾米回西雅图娘家："家姐都不替我说话，我在台山真是无依无靠了。"美琪怎样痛心疾首地道歉也没用。

337

事情闹到阿爸阿妈那里，阿爸叹气无措："怎能让阿秋知道我们让莉莉受了委屈？阿秋是我最好的兄弟……"

还是阿妈淡定，让莉莉先回朗美陪她住几天："回西雅图那么远的旅程，有个合适的人一路护送才好。"

黄玉堂像丝毫没听说陈家的鸡飞狗跳，张罗着玫瑰乖女和陈总工的盛大婚礼，不时提醒跑前忙后的手下："我就这么个女儿，婚宴必须办得体面，四邑大小人物都要请到。"公益中华酒店整个包一天，上午花园婚礼，下午天台鸡尾酒招待会，晚上大厅宴会，每桌都要有鱼翅、鲍鱼和加利福尼亚赤霞珠。"对了，还要请台城的蓝眼睛洋人神父来主婚。"

玫瑰说："我虽然在天主教孤儿院待过，可秀宗信的不是天主教，神父不合适，要找牧师。"

黄玉堂挠头："乖女，就别考你老爸了，你们信的不都是洋人上帝？神父牧师有么嘢不同？"

虽然这一切热闹与忙碌之后藏着不可告人的目的，黄玉堂还是把自己吓一跳——他像是真的在享受嫁女儿的洋洋喜气。是玫瑰的快乐感染了他，还是他命里本该有个讨人喜欢的女儿？陈秀宗这样一表人才、家境富裕的乘龙快婿，谁家不抢着要？假如他与北花地厨子无冤无仇，也会跟中彩票似的欣喜若狂。

黄玉堂正品味着这样的好心情，秀宗迈着英气的步子踏上醉仙舫舷梯。黄玉堂拄杖稳稳立在窗前，等小厮把秀宗带进他的专用套间。秀宗第一次主动来找他，第一次上醉仙舫，他到底乖乖向自己靠拢了，玫瑰这张牌歪打正着。黄玉堂对墙上镜子拉下嘴角，柔和了目光，摆出丈人对爱婿应有的样子，庄重又和蔼："阿宗，坐。难得来仙舫，莫不是，呃，如果洋人神父不合适，我让人去找牧师。"

秀宗没接茬，也不坐，等小厮带上房门走远，直愣愣丢出话来："黄老板，还是我该叫你财哥？"

"阿……"是不是阿宗叫得太早，土著仔被冒犯了？"总工，我不懂你的意思。"

"你的腿怎么瘸的？"陈秀宗横眉冷目，哪是拜见未来老丈人的态度？分明是兴师问罪，他知道了什么？

黄玉堂扯开话题："总工，小女惹你不快了？"

"与玫瑰无关！不，有关，我知道你就是黄有财，玫瑰要找的父亲。一直否认，是怕老底被揭穿？"

玫瑰那衰女又闹脾气？"我不是黄有财，可玫瑰比我的亲生女儿还亲。"

"你不承认，我也知道你是谁，我还知道，你的腿是五十多年前，在加州北花地谋财害命，被人打瘸的。听清楚，你马上辞去宁路董事职位，离我和玫瑰远点，离我们全家远点！今后别让我在台山再看到你！"陈秀宗虽压着嗓音，那狠劲，就差没拍桌子了。

北花地厨子终于想起来他是谁了？可最近厨子很少在公司出现，据说病了一场，犯糊涂了。再说，依那厨子的脾气,还不得亲自来找他算账？怎么是他儿子独自跑来？陈秀宗大概是道听途说,得诈他一诈:"总工,常言道,冤有头债有主,你今日平白无故指责老夫,先不说对你未来丈人大不敬,就算看在你我共事多年的分上,黄某奉劝你一句:莫轻信小人谗言。你我联手,阵容何其强大,一定有人不服、嫉妒……"

"我有足够的证据,黄老板,是你收手的时候了,否则,等我把你不光彩的过去公之于众,以后别说台山,恐怕在整个广东、金山,你都别想再做生意!"

不容分说？陈秀宗拿住了他什么把柄？不对啊,向来是他黄玉堂拿住别人的把柄要挟谋利,这不知天高地厚的土著仔,竟想跟他作对?"总工,不管你对我有么嘢意见,玫瑰是我女儿,我替你们操办的婚礼,后日就举行,我要是不参加,玫瑰该多伤心?"

一提玫瑰和婚礼,黄玉堂能感到陈秀宗的棱角收敛起来。他忽然明白,陈秀宗拿到把柄,不直接公开他的老底,私下来让他滚蛋,多半是想给玫瑰留个面子。软肋啊,软肋,再貌似无懈可击的对手,只要留心,都有机可乘。利而诱之,乱而取之,实而备之,强而避之——吴楚三背得烂熟的兵法,他黄玉堂无师自通。

"办完婚礼,你必须消失!"陈秀宗往窗外抬起下巴。李是龙和两个护勇守在仙舫舷梯口,各自腰间的兵器反射着潭江的粼粼波光。

340

陈总工：

请提防你身边的黄玉堂。此人原名黄有财，金
山唐人称财哥，原籍台城近郊黄家村，现在却说自
己是白沙黄姓，改名、隐瞒出生地，可见深有图谋。

五十多年前，在加州北花地，黄有财为争夺利
益收买镇上恶棍，烧死对手阿金，烧掉半座城。他
坐监，还连累镇上五位唐人，包括令尊和我被收监。
黄有财的腿，是我们在狱中为阿金报仇打瘸的。黄
有财威胁阿金性命，我亲耳所闻，出庭前被他利诱，
没在庭上做证，没让他得到应有的惩处，后悔至今。

后黄有财在三藩市谋骗众人大笔钱财，销声匿
迹，没想当上了新宁铁路董事。我偶见报上照片，
才知他还活着。令尊与他共事，是原谅他了，还是
日久月深没认出他？此人老谋深算，心狠手辣，绝
非善类。近来又听闻总工要与他联姻，在下替总工
捏一把汗，故书此函敬告，以免终身抱憾。

当年北花地唐人叫我"蒜头"，令尊应该记得。

秀宗收到"蒜头"的信当天傍晚去了趟朗美。阿爸阿妈
在地堂边纳凉，两把竹椅靠在黄皮树下，阿爸不时用手中葵
扇替阿妈赶蚊子。莉莉提着茶壶出来给他们添茶，一见他，
立刻转身进屋。艾米快十七了，灵秀聪慧，一颦一笑透着阿

嬷年轻时的影子。她提着刚摘下的一篮白兰花,叫声"阿爸",也躲进屋去。

秀宗很想与莉莉平心静气说说话,但这次回朗美的目的是确认"蒜头"信里的指控。"阿爸,记得你说过,当年在北花地有场大火?"他接过阿爸手中葵扇,替二老扇凉驱蚊。

"是啊,我还丢了一百块美金,那时攒钱不容易呢。"

"镇上的其他唐人也遭了火灾?"

"是啊,唐人街烧掉一大半,阿……唐人街的头,叫什么?阿金?对,阿金,被烧死了,老王、阿贵……虾仔还有,对,还有'蒜头',跟我被差人拉去坐监,说有放火嫌疑,其实,真正的嫌疑人是财哥,当年拐走青松他阿爸的骗子……怎么想起问这个?"

"噢,忽然想起来,阿妈说过,她编的红丝吉祥结保佑阿爸水火不能犯,不知阿妈肯不肯给我编一个?"秀宗随口找个理由。来朗美前,他已决意独自处理这件事,阿爸精神不济,不该拿陈年老账烦他,核实几点关键信息,他就知道该怎么办。难道还有比铜鼓峰巅钟姑的巢穴更险恶的境地?

"遇到不顺心的事了?"阿妈却当真,"我明天就给你编。"

中华酒店后花园里,玫瑰婚纱席地,搭着黄玉堂的胳膊,穿过白拱门向秀宗走来,笑容比她手持的玫瑰花束更绚烂芬芳。她一出现在红地毯那头,秀宗的目光便一刻没离开过她,她的幸福满足,像天公作美的阳光,洒遍全身,烘热他的心。他确信自己做对了两个决定：娶玫瑰；让黄玉堂送玫瑰出嫁。虽然他并没告诉玫瑰，黄玉堂的确是她父亲。

是，"蒜头"的信和阿爸的确认，足以说明玫瑰身旁的瘸子就是她要找的亲生父亲，可黄玉堂原来不仅诡计多端，还心狠手毒。污浊黑暗之人，根本不配有玫瑰这样纯净透亮的女儿。秀宗不忍心把黄玉堂的真实身份告诉玫瑰，尤其在婚礼前夕，等他从台山滚蛋后再说。他准备明天一早就派是龙去醉仙舫，监督黄玉堂当日走人。他相信自己的爱最终能弥补玫瑰缺失的父爱。

从早上婚礼到下午鸡尾酒会，秀宗用炽热的注目、温情的呵护簇拥着玫瑰，让她在春日和风里绽放飘香。美国长大的土著仔、土著女，在几百位宾客眼里，理当能毫无顾忌当众接吻拥抱。他们不负众望、有求必应；玫瑰在台上唱英文情歌，浑然天成的乐音直接出自为爱欢跃的心，即使最拘谨的乡绅也被感染，放下冷眼观望的姿态，喝彩举杯。

美琪搀着阿爸出现在晚宴上，倒让秀宗有点措手不及。本来与美琪说好，为照顾莉莉的感受，婚礼细节对爸妈一字不提，而且陈家人都不参加婚礼。他提前跟玫瑰解释过，玫瑰似乎也不介意："我嫁的是你，不是你家的人。"

玫瑰拉着秀宗迎上前："阿爸，姐姐，你们能来，我们的婚礼就完美了！"她抱过美琪，又抱阿爸。

"秀宗结婚，我怎能缺席呢？"阿爸拍拍玫瑰的手，像是第一次见她，"好姑娘，好儿媳。"

343

黄玉堂一瘸一拐过来拱手："总少，恭喜恭喜，我们是一家人啦。"

"黄老板，多谢你打电话提醒，我真是老糊涂了，怎么连儿子的大喜日子都忘了呢？"

原来是黄玉堂打电话给阿爸了，他搞什么鬼？秀宗警觉地盯着他。黄玉堂若无其事堆着笑，指引阿爸同在亲家席位落座，正对他和玫瑰。刺鼻的焦煳味袭来。婚宴的喧嚣中，两位老父举杯谈笑，秀宗本能地想冲过去守护阿爸，可他什么也做不了。玫瑰在一旁仰起下巴凝视他，娇嫩的笑、晶亮的眼，他实在不能有任何焦躁之举，以免打搅到那双眼中闪光的幸福。

第一道菜是腊味、烧鹅、白云猪手等等搭配的"十全十美"拼盘，盘子中心点缀一朵欲滴的红玫瑰，随后是鱼翅羹、姜葱龙虾。下一道菜上来之前，一群归侨宾客按西方传统拿叉子把酒杯敲得"叮当"响，要新郎新娘接吻。没问题，玫瑰的唇吻过秀宗，再用含笑的眼吻他。

芝士焗鲜鲍上过后，又有几个年轻人站起来举杯喊："该喝交杯酒啦！"

白衣侍者过来替秀宗和玫瑰斟酒，加利福尼亚赤霞珠，殷红的酒浆倾注而下。秀宗忽觉窒息，松了松红蝴蝶领结。白衣侍者鼻梁上有颗痣，好像在哪里见过？

玫瑰举杯，手臂修长，美美地伸过来与他相绕，他放低腰身，为了就玫瑰的个子。这是个别扭的中国传统，记得在西

远道苍苍 The Road Afar /下

雅图唐人街与莉莉结婚的时候,他也是勉强为之。玫瑰近在咫尺,他怎么想到莉莉?他忙把思绪抓回来,吸一口玫瑰的香醇,看进她眼里,仰头,各饮半杯。然后换杯,深深地对视,各自饮尽。

胸口蹿起一道火,头晕目眩,自己这么快不胜酒力?

"女儿!"黄玉堂大喊一声。人群纷乱,向他们涌来。

玫瑰往后倒,酒杯摔到地毯上,秀宗伸手要接住她,够不着,因为他也正不由自主向后坠。他往脚跟使劲,要自己稳住,脚跟到腿根却像被抽掉了筋,完全松垮下去。玫瑰的酒杯像碎在他肚里了,肠胃被刺穿切碎,无数细小的血柱冒涌,捂也捂不住,迅速汇集成一股冲进鼻腔。窒息,黑面罩终于将他扑倒在地。

姐姐张大的嘴,阿爸扭曲的脸。阿爸,没事,他说,听不见自己的声音。黑血涌出鼻孔、嘴角,冲破了黑面罩,他终于吸进一口气,腥血倒流,下半身成了骷髅,连骨头也化掉,血流一地……阿妈浸泡在血泊里,不,他浸泡在血泊中,他痛着阿妈的痛,他就是阿妈。阿爸抱紧他,抱紧阿妈,擦拭着他们身上的血污,抓起渗血的沙土,却不能让他们还原。

阿爸狂扯马褂前襟,掏出红丝吉祥结往他头上挂,手抖得像失控的筛子,怎么也挂不上。美琪握住阿爸的手。阿爸捂住胸口,咬破了嘴唇。阿妈真的给他编了个吉祥结啊……

阿妈从黄皮树下的竹椅里猛然起立,失声追向阿爸:"吉祥结记得给阿宗啊……戴上身才好……"莉莉手中的茶壶

345

"噼啪"碎在地堂上，艾米篮子里的白兰花雪片般飞来。好冷……

玫瑰屈腿侧躺在一边，眼睛还望着他，却不再闪光。她用尽力气伸手过来，拉住了他伸向她的手。黄玉堂捶胸飞泪："谁毒死了我的乖女？我好不容易找到的女儿啊，谁这样狠心！"

白衣侍者斟完赤霞珠，看了他一眼；白衣侍者似曾相识，鼻梁上有颗痣，像醉仙舫上的小厮，前天见过……秀宗张嘴，却再喊不出声。

阿爸阿妈都躺到病榻上，几天不言语，茶饭不思。美琪的心滴血不已，挥不去秀宗和玫瑰同时倒地那个瞬间。春日鲜花般饱满亮丽的生命，在她眼前转瞬枯竭，她除了惊呼，什么都来不及做。一对璧人的白衣白纱上，紫黑的血迹如死神的封印。全场惊愕、痛惜，三层奶油雕花蛋糕顶上，手牵手的新人玩偶还立着，突然不合时宜，荒诞，像墓志铭。

秀宗和玫瑰是手牵手走的，或许她该像人们劝解那样，至少为这一点稍感安慰，美琪眼下却没空安置自己的情绪。她要安排秀宗和玫瑰的后事，追查下毒凶手，稳定公司人心。谁能如此邪恶？让一对儿女在两位老父眼前丧命？让一场喜宴眨眼变成噩梦？她百思不解，李是龙也不知从何处着手调查。大家都说，总工平日正直公允、与人为善，连土匪婆都能化敌为友，哪来的仇人？至于吴楚三，美琪不是没想过，他对秀宗虽妒且恨，也不过耍诡计争权夺利，绝无杀人的胆，况且他离开台山已经好几年。

美琪最大的难题，是如何排解爸妈的哀恸？她不能再失去他们。红柳做了爸妈爱吃的黄鳝饭，煲了粉葛猪骨汤，美琪亲自端进屋，请二老多少吃点。阿爸靠在床头，紧咬着下唇，目光在虚空游荡，不时揉揉胸口。美琪担心他心脏受损，宗全医师看过，说是伤心积郁，开了汤药调理。阿妈躺在竹榻上，忧伤的眼睛示意美琪坐下。二老对饭香汤氲无动于衷。美琪坐在父母中间，坐在他们的沉默里，窗外知了的轰鸣像时间的河水漫进来。

她跟阿爸初回家乡的那个夏天，天地祥明，蝉鸣如延绵不断的雪纺纱，滤过的人与物都闪着奇妙的光……如果能回到那个夏天，她能改变什么？阿爸的沉默里，是不是也在追问，回来修铁路，到底值不值？倾家荡产也罢了，可丢了秀宗的性命，连凶手都无从追查，这笔代价是不是大大超出了一家人的负荷？阿妈或许在默默梳理因果的藤蔓，几十年承受的痛苦灾难，是哪一世欠的债、结的仇？就算阿妈理得清时空的脉络，美琪也不能够接受。他们一家人实在不该遭受这些苦难，天地不仁啊，上帝和他的天使们都睡着了。

阿爸忽然下床，走到美琪身边，拉起她的手："欢欢，阿爸回来修铁路，是为了带阿妈回家、带你们回家，给子孙后代建一处安稳的落脚之地，这些年的辛苦、付出，都无怨无悔。"阿爸是听到了她心里的疑问？阿爸的手冰凉，却柔韧有力。"阿

347

宗……阿宗……"可一提到秀宗,还是哽咽,"不知是谁在暗中算计我们,军队、政府都可以明抢嘛……哎,自己人地皮上,也抵不住人欲横流、人心险恶。可不管是谁,就算他们害死阿宗,我们还有阿春、艾米。一代人、两代人不行,我们一代代接着修。我只要一息尚存……"

大门外忽然人声嘈杂,打断了阿爸的肺腑之言。男人粗重的吆喝,纷沓的脚步。

"你们要干什么?"莉莉柔弱的声线被惊恐削尖拉长。

艾米扯嗓子哭喊:"我阿爸刚刚去世,你们为什么抓我阿妈?"

美琪跑出房间,见四名黑衣警察把莉莉堵在大门口。领头的警察说:"我们奉命调查陈秀宗、黄玫瑰婚礼谋杀案,陈莉莉有犯罪嫌疑,必须跟我们去趟台城警局。"

"她是秀宗明媒正娶的太太,你们搞错了!"美琪气得发抖。

"夫人,我们有证人,台城街坊都知道,陈莉莉因为陈秀宗要娶黄玫瑰,上过吊。她还能做出什么?我们必须调查清楚。"

"你们简直是在往伤口上撒盐!莉莉丧夫哀恸,人瘦了一圈,你们竟然……伤害自己与谋杀亲夫怎能混为一谈?荒唐!"

"夫人,因妒生恨、谋杀亲夫的事也不是头一回听说吧,两条人命呐,马虎不得。"警察说完拿出镣铐要往莉莉手上套。

"警官大人,请给老夫留个面子。"阿爸搀着阿妈一步步走出来。

警察见到陈总办,自然放尊重了些。

阿妈在门边长凳坐下:"婚礼那天,莉莉一直陪在我身边,艾米也在,就算她不愿意秀宗娶玫瑰,也不可能隔着上百里路,在公益的婚礼上投毒吧?"

"阿妈一直跟我和阿嬷在一起。"艾米趁机把莉莉拉到自己身边。

"总办,我们是奉命来抓……不,请你儿媳去警局协助调查,你们不配合,我们如何交差?"

"奉命? 谁人之命? 我儿子死了,就算我儿媳有嫌疑,也轮不到别人审!"阿爸忿而不怒,垂着双手,挺直的身板自有一家之主的威严、一方首领的凛然。

"陈总办,死的不仅是你儿子,还有黄老板的女儿,黄老板那里,我们追查不力,也不好交代。"

"他怀疑我儿媳? 那让他自己来,我跟他一起审。"

玫瑰出现之前,美琪、秀宗和阿爸对黄玉堂都存着戒心。倘若玫瑰与黄玉堂无关,美琪自然会怀疑他,尤其李是龙说,婚礼两天前,秀宗破天荒上了一次醉仙舫。但即使玫瑰只是黄玉堂的干女儿,美琪也不能想象,他出于何种目的要连玫瑰一起加害? 黄玉堂乐颠颠操办婚礼、痛失玫瑰的悲哀,众人有目共睹。秀宗去仙舫大概是关于婚礼的事? 美琪后悔自己碍于莉莉的情面,对这场婚礼一直不闻不问。

"总办,我们实在不能空手回去……"警察不罢休。

"这样吧,我也不想警官大人为难。艾米,去把你阿妈的美国护照拿来。他们怕你阿妈逃走,护照我收起来,人要是跑了,拿我是问。是龙,你给我看好莉莉,她不得离开楼门半步!"

"怎么,陈总办的话你们都信不过? 还要他立字据不成?"李是龙黑着脸,左脸刀疤隐隐发光。

警察走了,阿爸扶墙在阿妈身边坐下,揉胸口长叹,额头虚汗浸湿了头发。为免去莉莉受牢狱之苦,他用尽了心力。他能为秀宗做的,也只有这件事了。

350

第三十四章

该与不该之间

民国十五年至十六年（1926—1927年） 台山

西历新年刚过不久，阿爸又让美琪起草一封给伯克法官的信，再次恳请他帮忙筹款修建铜鼓商埠及斗山至铜鼓支线。"附上秀宗绘制的线路图。"

秀宗离世后，美琪第一次走进他在台城总公司的办公室。半年来，除了警方一次敷衍的调查，这里一直锁着，她和阿爸都不愿进来，也不让其他人进。好像，只要一切原封不动，秀宗就还在，还会突然推门出来，光彩照人地请"家姐总会（计）"批款，请"阿爸总办"终审设计图。

一道阳光斜进窗棂，划过秀宗的办公台，落在美琪脚尖，尘埃在光束里旋转，仿佛还染着秀宗的气息。她走向办公台，台面有几张未完成的草图、两三封公函。右边的抽屉装着圆规、尺子等等绘图工具，还有几张照片。全家福上秀宗斜靠椅背坐着，两手舒适地搭在扶手上，温良的目光带一丝

351

探询;艾米和莉莉各站一边,艾米抓着秀宗右臂显得紧张;莉莉的表情很小心,双手交叠在裙摆前。还有一张玫瑰长裤马靴,骑在马背上,在山花间徜徉,应该是秀宗拍的,虽是远景,仍看得清玫瑰仰头大笑……

"陈总办,还是那句话,长江后浪推前浪,你八十有二,该告老还乡啦!"隔壁传来无礼的叫嚣。

美琪顾不及找线路图,往阿爸办公室奔去。到门口,急刹住脚步。立在阿爸办公桌前的两个男人,其中那高挑挺拔的身影太熟悉。虽然五年没见,吴楚三临风玉树的外型仍不乏冲击力。另一人矮半个头,也是笔挺的蓝灰中山装,头发抹油,皮鞋闪亮。

"占着茅坑不拉屎,国民政府必须干预!"趾高气扬的调调,美琪记起来,是建设部的公子哥专员陈德润。

吴楚三听见她的脚步,转过身,叫一声"美琪",熟络亲昵,好像他们昨天刚一起吃过饭睡过觉,他那些见不得人的勾当从未发生过,甚至五年多的时间也不曾流逝。

美琪没搭腔,径直走到阿爸身边。"欢欢,他们要查账,说有股东告我营私舞弊,侵吞公款。呵呵,人正不怕影子斜,你把我们二十年的账本都拿给他们查。"

"新宁铁路是私营企业,你们凭什么随意查账?"美琪盯着吴楚三,愤怒,更鄙夷。他受贿,阿爸没查他,他现在倒跟官府勾搭来查阿爸?她从前以为,吴楚三心术不正,但多少还知道廉耻。

352

远道苍苍 The Road Afar／下

"总会计,我这里有股东的告状信。新宁铁路二十多年,只在一九二三年发过股息,还不包括斗山至公益线路完工①后入股的股东,政府这两年征集的军饷也迟迟不交。四邑最大的实业,对股东无益,对国家和政府无贡献,若不是有人蚕食股东血本,供其家肥屋润,何至于此? 建设部责令我与吴顾问彻底清查公司财务,这是公函,有孙科部长的签名、建设部公章,手续齐备了吧?"陈德润把两封公函拍到桌面,挤挤眼,像在调侃,其实是眼部肌肉不自觉地抽搐。

吴楚三不说话,平淡着脸,并无得意之色,但整个人挺拔地立在那里,新刮的脸青铜般发暗光,已是一种耀武扬威。

"吴顾问?"美琪扬起下巴,"你都出了什么馊主意?"

"楚三,你为何不辞而别呢? 我一直想跟你好好谈谈,却苦于没你音讯。"阿爸对陈专员的训斥似乎充耳不闻,一味惋惜失去了吴楚三。

"总办,晚辈实在……"吴楚三的儒雅谦卑,美琪现在看来,全是他演戏的行头。

"吴顾问,别客套了,我替你直说吧。"陈德润推一下眼镜,"老家伙,吴顾问这样百里挑一的才俊,你以为,该一辈子乖乖替你做文案?"

"你!"阿爸撑着桌面站起来,手臂晃得厉害。美琪不动声色移步靠近,用身体一侧支持着阿爸。对面两个男人乐于看见的,不就是陈宜禧全家分崩离析吗? 只要她还活着,就

———————————
① 1908年5月16日。

353

不会让他们满意的。美琪掏出账房钥匙扔过去:"吴顾问熟门熟路,请自便,恕不奉陪。"

晚上在台城家中,美琪替阿爸打电话逐一通知公司董事,近日内召开紧急董事局会议,商讨如何应对政府干预,保全公司正常运营。与黄玉堂通话,她一贯地小心,例行公事。

"阿宗和玫瑰的命案悬而未决,又遇到政府来清查,流年不利啊。"黄玉堂感慨。可美琪听到的,怎么是他不加掩饰的眉动色舞? 秀宗的死与黄玉堂的关联或许不止表面上那么简单,她直觉险恶的风暴不仅冲公司翻滚而来,还要吞没陈家人的性命。

打完电话,美琪立刻以阿爸的名义写了封信,请伯克法官帮助艾米和阿春去西雅图念大学,安排他们到港后的一切,包括阿春的入境手续。随后她把艾米和阿春叫到自己房间,艾米与她一般高了,阿春也开始蹿个,马上高过她。

"还记得西雅图吗?"美琪问艾米。

艾米摇头,她离开的时候才四岁。阿春只在照片里见过阿妈出生的城市。

"你们马上高中毕业,我想送你们去西雅图上大学。"

"什么时候?"艾米睁大眼。

阿春挠头不说话。美琪和吴楚三离婚后,阿春就不爱说话了。

"明天开始,你们不要去学校了,在家收拾行李,一买到船票就出发。"

远道苍苍 The Road Afar / 下

"你跟我们一起去吗?"阿春问得怯生生。

美琪抱住他已渐宽厚的肩,另一只手搂住艾米纤长的腰:"我要帮阿爷打理公司,这次没空陪你们。但到了西雅图,有伯克法官照应。阿爷像你们这样大的时候,已经独自闯金山,坐两个月的帆船漂洋过海,没人接应……你们现在坐蒸汽船,只要二十天,一定可以的。"

"我阿妈早想回西雅图,她可以跟我们一起去吗?"艾米问。

美琪踌躇。让莉莉带两个孩子去西雅图,她自然想过,但莉莉的护照锁在阿爸办公室的保险箱里。半年来,莉莉因妒忌毒死亲夫和玫瑰、被公公软禁的谣传闹得路人皆知,警方却没再找过莉莉的麻烦——这要归功于阿爸那晚扣押莉莉护照的随机应变和他在台山的声誉。

只是,阿爸二十多年在台山的努力与坚守,是要子孙在"自己人地皮上"落地生根、开花结果。她现在送艾米、阿春去美国,恐怕阿爸一时难以接受。所以她以阿爸的名义给伯克法官写信,先斩后奏,让艾米和阿春登上去美国的轮船再说。可是,跟阿爸要莉莉的护照,需得说明原委,或者另找借口。

时至今日,美琪还会从一八八六年西雅图排华暴乱的噩梦中惊醒,被梦中阿妈身体流泻的血河呛得喘不过气,额角一跳一跳地痛。她很理解阿爸立足家乡的信念,可目前陈家在台山被小人暗算、恶人豪夺,她奋力撑开羽翅,怕也不能为

355

艾米和阿春抵挡铺天盖地的凶险。西雅图有伯克法官在，或许能做一时的避风港，让孩子们先去那里躲避，将来大概还有机会回来开花结果？

"我去跟阿爷说，要是阿妈不能去西雅图，我也不去。"艾米粉嫩的眉头蹙起笃定的主意。

"不，我去说。"美琪怕艾米捅娄子，决定"借用"阿爸的保险柜钥匙，把莉莉的护照"偷"出来。公司做财务的相关证件都在同一个保险柜里，她应该能找到开保险箱的借口。

不出吴楚三所料，陈德润想从财务上找陈宜禧的碴，不过是竹篮打水，枉费心机。虽然公司负债一百四十多万，但所谓陈宜禧的"营私舞弊"，至少从账面上看，是全部倒贴给了公司：董事局议决给他月薪一千元，他只拿六百元；他与香港洋行所购车头、车卡、铁轨、煤炭等等，按惯例，该给介绍人百分之二到百分之三的佣金，但二十多年，他分文未收，全入了公司账号；一九一一年向交通银行借的三十万，到还款时，交通银行纸币贬值，只还二十万就够了，剩下的十万，他仍给了公司；公司资金紧缺，他贱价出售自己在西雅图的高楼一座、沙坦市店铺五间所得二十万元，全部给公司作了资金周转。

董事局紧急会议，陈德润非要拉着吴楚三，不请自去。伍于政重病，明叔代为出席，指着他俩鼻尖，骂得唾沫横飞："你们还没投胎，我就同阿禧在金山开公司捞世界，他做生意即使不够精明，可指责他贪污公款，哼，他妈的还轮不到你两个仆街（该死的）衰仔！"

董事局除了黄玉堂，一致联名，并发动股东们上书政府，登报声明、请愿，反对当局派员插手民营路政，违背孙中山先生的"三民主义"，要求建设部立刻收回成命，以顺舆情，不要灰了侨民投资建设家乡的心。

陈德润在董事局碰一鼻子灰，拿吴楚三撒气，说他金玉其表，其实长个猪脑子。吴楚三也不生气，让黄玉堂在醉仙舫最流光溢彩的包间摆上丰盛的酒菜，为陈德润消气。

"三年前，你就说让建设部直接下令接管，我说服胡汉民下令，结果被孙文拦截推翻，孙文训胡汉民，胡汉民他妈的训我！"陈德润坐到桌边还是一肚子气。

"上次实在是小弟不了解广州政府内政，让专员受累了。"吴楚三和颜悦色，心里叫屈。他比陈德润大，谦称小弟，自然是要借他的光，何时敢直接让建设部下令了？他出身卑微，也不像陈德润有革命前辈做老爸，一切靠自己的脑瓜，从来都是夹缝中求生，容易吗？当然，他极少花时间自怜，他知道只要投靠对人，他这辈子仍然有做人上人的指望。三年前整顿新宁铁路未果，其实是陈德润沉不住气，低估了陈宜禧的威望。"不过，现在孙文不在了，孙科跟胡汉民追随蒋总司令北伐，还要忙着内斗，建设部里说话管用的，还不是陈专员一人？一旦摆平新宁铁路这个烂摊子，建设部长的高位非你莫属。"

"摆平？你看现在这样子，摆得平吗？"

"请专员无忧。自清查开始以来，公司各大债权人业已警醒，纷纷上门讨债，急如星火，向政府投诉是迟早的事。况且，我们这次来清查的，除了公司财政，还有人事管理，财政上找不出问题，人事问题嘛，呵呵，依专员的才干，可以大有作为。"

"怎样作为？"

"请专员起筷，先饮杯。"黄玉堂斟满一杯白兰地。

陈专员哪有心思吃喝？摘下眼镜擦来擦去。黄玉堂拍手，两个婀娜的姑娘飘然而入，陪坐在专员左右，一个剥游水虾递到嘴边，一个举杯莺声劝酒。专员无动于衷，继续拖着长脸。

黄玉堂再拍手，陈秀年带着机器工会的五个骨干走进来。吴楚三介绍："陈大公子，司机科科长，这五位也分别是技工各科科长，陈公子的拜把兄弟，人称'六大头'。"

"陈大公子？陈宜禧的……"专员的眼镜片后蹦出火星。

"对，当年陈大公子被清廷贪官诬陷入狱，陈宜禧任其在大牢里发霉不救……"

"多亏吴文案，不，吴顾问，为小人四处奔走借钱搭救，后来又提拔小人开火车。吴顾问是小人的再生父母，没齿难忘。"秀年摘下鸭舌帽，对吴楚三连连欠身。

"别这样说，秀年大哥，你我一家人……来，坐，各位弟兄，坐。你们先跟陈专员汇报一下公司内部共党势力渗透的情况，说说他们对公司各方面造成的危害。"

"哦，专员大人。"秀年又是一串弓腰。秀年发福了，九十度鞠躬勉为其难，鼻子差点碰到肚皮，当年飞身打狗的武功估计全废了。"是这样，铁路工会有共党做后台，人多势众，遍布公司各部门，路面工、道班工、勤杂工、清洁工、厨房工都是他们的人。我们机器工会人少，可干的都是技术活，司机、司炉、车工、钳工、电焊工……"

"机器工会是国民政府劳工局直接管辖的组织，本该在公司起主导作用。"吴楚三打断秀年，直切主题。

"是啊，可铁路工会仗着人多，什么都拿大头。涨工资、发奖金优先，过年过节分肉、分橙也是他们先挑，连他们的办公室都比我们的大几倍……"秀年继续婆婆妈妈。

陈专员不耐烦："你们不会显示一下机器工人的力量？司机不开火车、车工不开机床，他陈总办还做什么生意？资本家嘛，都是想用最低的成本获得最大的利润。机器工会把持公司的关键部门，不把你们管得服服帖帖，反倒让你们得意？任你们开狮子大口要福利、涨工资？那不是陈总办的噩梦吗？"

"专员教导极是。"吴楚三恭敬点头。陈德润自我感觉良好的真知灼见，其实是顺着他吴楚三铺设的思路给机器工会下命令，他接着发挥："机器工人才是公司的核心主力，其他这会、那会都是跑龙套的，只知一味奉承陈宜禧'修修修'的错误经营观念。现有的线路不赚钱，总以为再修支线、商埠能盈利,可孙文批的铜鼓商埠,现在不就是一纸空文?"

"六大头"齐齐点头称是:"那么,专员和吴顾问的意思是?"

陈德润不说话,解开风纪扣,搂着两位姑娘到窗边观赏潭江夜色。醉仙舫前的潭江此刻灯火通明,挂着玲珑珠帘的花艇在染了油彩般缤纷的水面排成队,殷勤招呼来喝花酒的风流客。半卷珠帘的光鲜女人、婉转煽情的粤曲八音、暖香四溢的艇仔粥……样样撩得人心旌摇荡,不亚于桨声灯影里的秦淮河。

黄玉堂叫人添酒加菜:"六位兄弟,来,边吃边说,今晚一醉方休!"

吴楚三笑:"黄老板,再叫几位姑娘嘛,'六大头'都是堂堂人物,招女人喜欢,呵呵。"

黄玉堂击掌,六位窈窕女郎闪现,各自坐到一位工会头目腿上。六人一时乱了心性,只顾与女人们调笑胡闹。

吴楚三在旁边自斟一杯赤霞珠。给一群聒噪的粗人规划任务之前,他再次在该与不该之间自省了一回。美琪还是那么性感,身体的每道曲线都蓄满激情,虽然秀宗被害——他惹恼了谁? 又冲又直,迟早的事——美琪不得不担负掌门人重任,原本鲜活的脸刻板起来,但在她高不可攀的冷面下,他仍察觉到留恋,对他也好,对他们曾经有过的小家也好;只有他能触及她内里那个极致的女人。阿春十六了,是不是已跟他一般高? 会不会想他?

360

不过，陈总办一意孤行，他吴楚三也是被逼无奈，才决定走一步"毁室取子"的棋，这其实是为宁路好，为了不让余灼恩师和陈总办多年的辛劳付之东流。对，逼总办和美琪"退位"，其实是为他们好、为阿春好，是拯救宁路的唯一选择。

入秋，江门、台城、白沙和公益的调度员接连挂电话到总公司报告：三条线的火车开到台城，司机罢工，甩下全车旅客，卸了车厢，火车头单独驶回公益停车场，再不发动。各站挤满吵吵嚷嚷要退票的旅客，有的甚至对站上员工大打出手。

混乱中，秀年领着机器工会的头目来谈复工条件，美琪吃惊，也不吃惊。虽然这些年跟这位同父异母的长兄交道不多，尤其二妈阿娇五年前去世后，在朗美过年过节的家宴上也再见不到秀年的影子，可她隐约还记得初回新宁时，秀年被鸦片熏黄的牙和指甲、凹陷的脸颊、散淡的目光，还有他处处找机会在阿爸面前出风头的焦躁，以及因此而来的弄巧成拙。秀年的外形有了很大变化，戒烟多年，脸和身体都横长了两寸，皮光肉滑，但那难得占了上风的自得神情跟当年一样可笑。

秀年坐在"六大头"正中，提出六个复工条件："每月工银一元以下的加八成，一元以上的加六成；罢工期间，工银加一倍；每日工会取伙食费一百元；每年年终要发一个月恩饷；每月工会取教育经费三百元；现在的机器工人不能辞退，即使总理要用新人，也须经本工会同意。答应这六条，否则没有商量余地。”

阿爸的脸绷成一块板，鼻梁都差点绷平了，点燃吕宋烟一口接一口地闷抽，不知是被秀年的反骨气得说不出话，还是又沉浸在他自己的世界里。前几日阿爸收到伯克夫人的讣告，得知伯克法官一个月前病逝，神情便开始恍惚，不时自言自语，像在跟伯克法官隔空对话。伯克夫人在同一封信中提到很愿意安排艾米、阿春去西雅图念大学，阿爸似乎根本没看见，只字不提。

美琪努力保持心平气和：“大哥，各位工友，公司向来主动改善工人待遇，每年工资奖金都有一定程度上调，如果大家觉得上调的幅度不理想，可以先跟管理层商量嘛，为何连声招呼都不打就停工呢？”

“我们不罢工，资本家、大小姐哪会听我们说话，恐怕连这间电风扇吹爽的豪华办公室也不让我们进呢。”秀年叉开两腿，身体松垮垮摊在酸枝椅里，瞄一眼天花板上徐徐旋转的吊扇。“六大头”哄笑。

最能吃喝玩乐的浪荡子秀年，眨眼成了工人代表，荒唐。美琪耐着性子：“公司近来财政困难，大家想必都了解，总办变卖家产给公司周转，也暂不能扭转局面。还望各位工友体谅公司的难处，先复工，董事局会尽快讨论你们提的条件，能满足的一定满足。”

“呵呵，欢欢，你当工会弟兄们都是三岁小孩，好哄，是吧？谁不知道如今做决定的，就是你跟总办。老头子闷着不出声，你往董事局推，最后不了了之。"秀年当众叫她在家的小名，显然要扫她的威信，像当年刚回新宁，他有机会便提醒她：你阿妈排在我妈后面。

其余五人嬉皮笑脸："就是，总办不表态，妹就听哥的，马上解决了。""陈家让个娘们当家，自己没得发达，还耽误我们……"

"你们把公司挤对破产了，对诸位有什么好处？"美琪翘起下巴，白了脸。

"我们要资本家看清楚，主宰新宁铁路的到底是资本还是工人阶级！"秀年的眼神聚焦，戳到她脸上。

美琪这才意识到，秀年可笑的自得，跟当年比，添了狠劲，添了无所忌惮。这群人是来示威的，根本就没打算讲理。他们身后一定有人挑拨、撑腰，吴楚三、陈德润、黄玉堂，大概都脱不了干系。她感觉被逼到角落，拿起电话，要叫李是龙进来送客。

阿爸按住她拨号的手，掐灭了雪茄："秀年，这么多年，阿爸盼你醒目、成才，你现在开火车一流，很好，可是你开火车在宁路上跑这么多年，怎么不明白：宁路是条有血有肉的生命，股东资本是左臂，工人劳动是右膀，缺了哪一边，宁路都活不成。宁路是四邑经济的大动脉，宁路瘫痪，对四邑乡亲有害无益，哎，四邑子子孙孙都受拖累……"

阿爸口气温和，声音结实，既是对秀年说话，也是对其他五个人说,就像他们都是他的儿孙。"六大头"再愚钝也感受到阿爸话里的分量,都有点发愣。秀年讪讪却死撑:"阿……爸,你老糊涂了?铁路是一堆钢轨枕木,哪来的生命?"

阿爸无奈摇头:"宁路虽是我创办的,凝结的却是公司上下所有人二十多年的心血。公司是股份制,我和美琪虽管理日常经营,你们提的这些条件,尤其最后'招聘工人要经工会同意'那条,对公司运作有重大影响,根据公司章程,必须由董事局讨论决定。各位先回去吧。"

"六大头"讨个无趣,骂骂咧咧往外走。秀年狠狠丢下话:"三天,限你们三天时间答复,否则,哼!"

李是龙听到秀年的威胁,立刻要送阿爸和美琪回朗美:"派护勇队守卫,让董事们去朗美开会。"

美琪犹豫,因为按计划,当晚她要送莉莉、艾米和阿春从公益坐船去香港。可阿爸下午开始发烧作呕,像是受了风寒,美琪改了主意。

傍晚的斜阳落在台城陈家楼前,是龙先把阿爸背上雇来的马车,护勇队三队长随美琪登上了同一辆车。马车启动,"哒哒"踏响石板街道。阿爸在前座昏睡,美琪回望。

是龙带莉莉、艾米和阿春上了另一辆去公益的马车,阿春在后座拧转身,目光穿过橙红的晚霞追到她这里,稚嫩、无辜。她扬手,想给儿子多一点离家的勇气,却挥不动;她怕挥走先前把阿春抱满怀的感觉。这个感觉,她得紧紧抱住,直到与阿春再见的一天。尘埃翻滚,终于隔断了母子的对望,

364

美琪眨眨眼，才觉面颊早被泪水浸湿。

　　大概除了他刚出世不久，陈家摆酒庆祝第一个男婴满月，秀年从没像现在这样感到自己举足轻重，当然满月酒宴的热闹隆重、人们对那个男婴的器重厚望都是他开始记事后才听说的。

　　机器工会其他五个"大头"在醉仙舫看懂了秀年跟吴楚三的关系、吴楚三跟陈德润的关系，又被黄玉堂许诺了荣华富贵，个个抢着喊秀年大哥，对他言听计从。而多年对他不屑一顾的阿爸，曾经山一样让他仰望战栗的阿爸，缩水成个干瘪老头，挥手赶他们走的时候，他甚至窥视到老头子显现的一丝颓丧，否则，他大概还狠不起来，吼出"三天的期限"。他跨进阿爸办公室之前，虽然在同伴面前表现得大无畏，其实相当忐忑。这么多年，阿爸给的挫败感仍然笼罩着他。不过，当他吼出"三天期限"那一刻，他意识到，阿爸怎么说、怎么看，都无关紧要了。

　　吼归吼，"三天期限"不过是个幌子，吴顾问说"兵不厌诈"。第二天，"六大头"领着机器工会上百人，冲进了公益办公楼二楼的铁路工会办公室，喊着"打倒工贼""扫除资本家走狗"，挥舞棍棒一通鼓捣，桌椅板凳全散了架，墙上的玻璃匾额、柜子里的茶杯花瓶碎了一地。随后他们端起枪，涌上一列专车开到台城，包围了新宁铁路总工会。众人任性扫射，把总工会楼面打得千疮百孔。秀年又指挥搭人梯，拆下

365

总工会的巨幅招牌,砸成碎片。

枪声停息后,楼里跑出来三个人,中间戴白边眼镜的方脸盘自称是中华铁路总工会的特派员,挥舞双手要调解纷争:"大家都是工人弟兄,劳动者……"一句话没说完,失控的机器工会成员涌上前,拳打脚踢。若不是秀年及时制止,恐怕特派员和他的随从早被打断了气。

其他"大头"问:"大哥怕什么?吴顾问和黄老板不是说过,我们打击共党势力,上有北伐总司令蒋中正领头,下有江门驻军司令许继涛做后盾!"

秀年也说不清。阿爸说铁路有生命,他不懂;可人命关天,他儿时在肇庆庆云寺习武,就被教导手下留情。再说,中华铁路总工会的人命,这祸到底惹不惹得起?他心里没底。尽管黄玉堂跟江门驻军关系密切,众所周知。

秀年的担心三天后成了噩梦。中华铁路总工会广东办事处属下的纠察队五百余人乘船从广州直抵公益;新宁铁路总工会组织起上千名工人;邻县开平、新会、鹤山的工人纠察队、农民自卫军也赶来增援,声势浩大近两千人的工农联军,把机器工会三百多人死死围堵在公益机器厂里。

"六大头"早派人在机器厂门前架了电网,在厂房四周构筑了掩体工事,成堆的沙包上架着机枪。秀年不停给醉仙舫拨电话找吴楚三、黄玉堂,说好的江门驻军后援部队呢?开始还有小厮接,说两位老板都不在。后来没人接,电话铃阵阵空响,让人心慌。再后来,电话线大概就被围攻的纠察队剪断了。三百人对两千人，就算厂里有足够的弹药食物，他们能坚守多久？

每天外面大喇叭都冲机器厂喊话："机器工人弟兄们，我们本是同路人，要团结一致，搞好交通，支援北伐。'六大头'受人挑拨教唆，带你们走错了路，打错了人，但是，只要你们放下武器，欢迎你们出来，加入铁路总工会，加入工农联盟。就算是'六大头'本人，只要投降认罪，也会宽大处理……"

大喇叭里还说，机器工人是产业工人、技术工人，应该是先进的、革命的力量，跟吴楚三在醉仙舫宣扬的差不多。不过，吴楚三更加强调的是：资本家陈宜禧剥削压迫工人，工人阶级必须团结起来罢工，和资本家斗争，而新宁铁路工会却讨好、迎合陈宜禧，不罢工，是资本家的走狗、出卖工人阶级利益的工贼。

说实话，秀年对这些大道理似懂非懂，也不想费功夫搞清楚自己到底属于工人阶级还是资产阶级。与阿爸对峙的时候，令他如鲠在喉的，是阿爸一直对三房偏心，对秀宗、美琪偏心。秀宗死了，将来产业大部分会留给美琪。他不能被困死在机器厂，不能让应得的家业落到美琪手中。他应该让所有人看见，陈秀年也能成大事！

"大哥，外面说宽大处理……"

"我们砸了铁路总工会招牌，重伤了人家特派员，他们会心慈手软？别信大喇叭，那是骗我们缴械投降的鬼话！"秀年立刻和五位"大头"组织了三十人的敢死队："跟我冲出一条血路,找江门驻军出手!"他率先爬上坦克一样坚实的护路铁甲车,掀开车顶"乌龟壳",单手一撑跃进车里。身体是比当年沉多了,但这点童子功还在。秀年把定操纵杆,身后敢死队员"咚咚……"随他跳进车内的声响,如战鼓激荡着他的心。

铁甲车在铁轨上来回穿梭,机枪"咯咯咯……"横扫不停。纠察队的前锋接连倒地。但工农联军很快组织起密集的炮火,掩护路面工拆除了铁甲车前行的路轨,把敢死队逼回到工厂附近。

另一路工农联军冲进工厂防线,冒死往铁甲车上爬。机枪接连扫中了率先爬车的两人,却不料第三人从背后爬上来,"哐当"揭开"乌龟壳",将整桶煤油倒进车里。

"哄"一声,火光爆开,"乌龟壳"下的人立刻燃成火团,左奔右窜,而脚下铁板上流动的煤油带着红蓝火舌伸向四方,燎人脚板,烧上衣衫……车里人成了油锅里的鱼虾,有的往底座逃生门钻,有的顶开"乌龟壳"往外爬。无奈两处出口都狭窄,每逃出去一人,就成了联军的活靶。抢在秀年前面出去的"大头"们都先后"开花",死于乱枪之下。

秀年被烫得不停跳脚,憋到衣服着火,才硬着头皮从逃生门钻出去。子弹在耳边呼啸,他闭上眼,等待被击中的瞬间。火烧到了背上皮肉,灼痛如刀锋切割着意识,又如二十一年前清朝大牢里的皮鞭,无处躲闪,穿透皮肉的疮烂,深入脊骨……秀年觉得自己整个人都烧化了,只剩一块多灾多难的脊背。

"陈秀年出来了!"有人吼。循声一看,竟是上周被打伤的特派员。

一桶沙土泼到秀年身上,他全身便像灰烬般散落一地。身后陆续逃出来的敢死队员也都匍匐在地,哆嗦求降。

特派员走过来,头上还缠着绷带:"你上周放我一马,我今天也饶你一命。陈总办只剩你这个儿子了,好好活着。"

秀年的意识终于把自己身体的灰烬刨拢到一处时,想,不管他属于工人阶级还是资产阶级,是少时铭记的一条准则,救了他的命。

黄玉堂没看错许继涛。在讨伐叛军陈炯明、沈鸿英等战役中,许继涛屡建奇功,从江门驻军司令部参谋荣升北伐军十三师师长,兼任江门驻军司令,辖四邑十九县警备。一九二六年夏天,许司令率大军荡平在台山横行十一年之久的陈祝三匪帮,救民于水火。

陈秀年与机器工会三百人被铁路工会集结的工农联军围困,打爆电话找黄玉堂搬兵救援之际,黄玉堂正乘着四邑民众对许司令及其英勇之师感恩戴德的清波,带头慷慨解囊,与四邑商绅合议出资,在广海镇名胜,明代石刻"海永无波"近旁,为平匪英雄建纪功亭。八角亭柱、翼然飞檐,与古老的烽火台相望,四周滔滔海浪、山光水色,蔚为壮观。亭内竖汉白玉纪功碑,刻"山永无匪",对应"海永无波",赞许司令平定土匪，与明代平定海盗一样功德无量。

黄玉堂与许司令私交多年，加之劳军卖力，更讨官兵欢喜。"六大头"与铁路总工会对峙，他出面求许司令派兵稳定局面，应当不难。可他根本就不想烦扰许司令去接应"六大头"的胡闹，好钢要用在刀刃上。再说，要的就是混乱，两边工会死伤无数。吴顾问"毁室取子"的妙计，不就是这个意思？

春节前夕，黄玉堂又在醉仙舫大摆劳军酒宴，许司令赏光，亲自率领部下前往。宴会厅里，各县商绅赠送十三师的金匾、银鼎、锦旗、书画镜框举目皆是。黄玉堂更是别出心裁，精制了一批戒指，银的送连排级军官，金的送营团级，正副师长则赠送钻石戒指，皆刻"平匪功臣"及"邑民黄玉堂敬献"字样。

美酒佳肴，莺歌燕舞，军民畅饮正酣，陈德润和吴楚三进来。两人打扮像孪生兄弟，同款白西服套装，黑白接头皮鞋，头发抹油，梳成贴头皮的中分样式。唯一的区别，是陈德润打了个黑蝴蝶领结，吴楚三的是蓝灰色。

"恭喜黄老板。"陈德润说，坐进许司令副官让给他的酸枝椅。

"喜从何来？"许司令问。

"司令还未听说？省建设厅颁布整理新宁铁路令，称去年九月下旬工潮发生以来，总理陈宜禧处理无方，闹出数条人命，工潮至今尚未平定，必须官督商办，由政府派熟悉路政之人整顿董事局、管理层，对陈宜禧撤职查办。请许司令看看，在座熟悉路政之人有谁？"

"噢，那当然是黄老板咯。"许司令举杯，邀黄玉堂一饮而尽。

黄玉堂却只喝了一口："陈专员话只说了一半。据老夫所知，整顿令虽然下达，宁路上下却一致拒不接受。"

"陈总办还跟三年前一样，煽动股东，不仅要在中外报纸上大做文章，还组团去广州上访、请愿。恐怕护勇队也在天天摩拳擦掌，预备阻挠政府接管。"吴楚三再添把火。

"这也太放肆了吧？"许司令拍案，"新宁铁路这几年借口收益微薄，一再拖欠军饷，好好一条铁路，若非管理不力，何至于此？政府此举使陈宜禧不敢把持，各股东有权整顿，应兴应率，积极改良，该路交通事业才有发展之望！"

"英雄所见！"陈德润对许司令举杯。

"皮连长，"许司令召唤邻桌军官，"节后带兵听命于陈专员。"

第三十五章

清澈的忧，深切的伤

民国十六年（1927年）　台山

　　清晨一声闷雷把陈宜禧从梦中惊醒，闪电的剑锋划透窗玻璃，点亮了墙上尚方宝剑的红蓝宝石七星图。自从在白石桥被李是龙提醒——"现在是民国了，尚方宝剑不灵了！"他便把这老佛爷所赐的宝物带回了朗美，挂在他跟沐芳的居室里。"虽不能用来发号施令了，镇邪应该还可以的。"的确，挂上这把剑后，屋里别说风雨雷电，就算蚊虫蟑螂似乎都不敢来侵害了。

　　先前的梦好像预示着什么，他努力要记起梦中的情景，却只想起来一堆眼睛，密密麻麻，层层叠叠，猫眼石般在黑暗中闪烁。倒不恐怖，也不觉得是威胁，更像是守望，预警。

　　他翻身下床，感觉到久违的清爽，连空洞胃囊的隐痛都带着劲道。风寒反反复复拖了许久，终于好得差不多。身体还有点不适应站立的姿态，脚下轻飘飘，但头不晕，腿不软，该回台城去了。

工会纠纷一停歇，美琪就去台城与各方协调，每天跟他打电话汇报：机器工会合并到铁路总工会，损坏的铁轨、机器、厂房和办公室正在修缮；"五大头"的家属一度到公司吵闹喊冤，美琪跟总工会首领商量，给枪战中丧命的十几个员工家属，包括"五大头"的家属各发了两百元抚恤金；还答应了总工会涨工资、发教育经费等合理要求；三条铁路线年初都复工了。

复工就好，其他损失、各方追逼的债务，总会有办法补救。公司价值八百多万的资产，二百八十里的铁路、三栋办公大楼、机器厂、三座码头、车站及附带工厂四十多间、车头、车辆、电话线等等，都好好地摆在那里，他没理由不能重建债主和股东们的信心。

不管怎样，至少他今天回台城不用坐马车了。修了二十多年铁路，前月回朗美竟还得坐马车，好在他当时病得发昏，没力气骂人。吃过红柳蒸的葱花虾米肠粉，喝完普洱茶，陈宜禧换上灰布长衫、黑锦缎夹袄，叫是龙："出发！"

"还在下雨呢，总办，明日再去台城吧？"是龙问得小心。

是龙从香港回来后，一直有点愧疚似的，尽管陈宜禧跟他说，送孙子孙女去西雅图读书是迟早的事，四五年后学成归来，正好接班。而台城、公益的工会混战，幸好是龙和护勇队没搅和进去，否则大概要被人指责为资本家镇压工人罢工。

哎，现在这些分类真是说不清。他不也曾是打工仔？厨房工、建筑工、铁路工样样做过，当老板也是想着带大家一起捞世界，何曾想过要剥削谁、压迫谁？在西雅图，玛丽·肯特发的传单上也有类似的分类，说雅斯勒、伯克代表的富商阶级，借廉价唐人劳力来盘剥白人劳动者，煽动白人工驱赶唐人工……记得雅斯勒说过："什么主义啊、阶级啊，都是他妈的借口，归根到底是利益。"

"禧哥。"沐芳唤。

他怎么又走神了？"噢，日日落水，等不及了，是龙，麻烦替我拿雨鞋、雨衣来。"

是龙去拿雨具，屋里只有他和沐芳。她的一呼一吸那么熟悉亲近，仿佛出自他自己的心肺；她脸上的每道纹路，一定在他脸上找得到对应的痕迹；时光这把电焊枪，早把他和她的生命熔焊为一体。她的不安，他立刻察觉到："担忧什么呢？就是去台城，半个时辰的火车，又不是漂洋过海去金山。"

她清亮的眸子流动忧伤，触动他的心尖。他第一次去金山，在村口芭蕉林送他吉祥结的多情女仔阿芳，还有西雅图那个噩梦般的清晨，在欢欢客栈三楼催他去带领楼下弟兄的贤妻阿芳，还有秀宗被害后，在家与他无言相对的慈母阿芳，都用这样的眼神看过他。清澈的忧，深切的伤，没有怨恨的云雾遮挡，一片平滑如镜的湖，映照他整个人，从头到脚、到魂魄，甚至前世、来生。梦中那些眼睛，莫非都是阿芳的凝视？

他发愣的瞬间，沐芳穿过淅淅沥沥的雨声，取来了尚方宝剑："带上吧，或者有用。"

最近联合股东抵制建设厅接管的其实是美琪。接管令下达之时，阿爸还在重病中，她如何忍心让老人家旧伤未了、又添新愁？每天打电话到朗美报喜不报忧，只说公司状况在好转，逐渐恢复常态，也不让是龙等人通告。

接管令说宁路"工潮迭起，管理不善"，可她与铁路工会已达成共识，工人复工，火车正常运行，春节期间客运货运皆满，建设厅分明是借不实之由，强取豪夺。至于工潮中闹出人命，秀年背负一身烧伤，趴在床上痛哭流涕，跟她投诉了吴楚三、黄玉堂对机器工会的挑拨利诱、背信弃义。"我陈秀年只要还有一口气，绝不轻饶他们！"秀年最后眼神聚焦在床边的木头拐杖上，咬牙发誓。

美琪起草了申诉书，又与明叔爷、杨秋阁联手，动员中外股东们致信报刊声明真相，上书政府相关部门，恳其收回成命，还宁路公道。杨秋阁还自告奋勇，组织新宁铁路股东维持会请愿团，去广州上访。她是在效法阿爸三年前的对策，借阿爸的声威和股东的拥戴，努力排除干扰，恢复公司正常运作。阿爸说，只要一息尚存，绝不放弃。她当自己就是阿爸说的那"一息"。

当然她深知自己面对的是什么。政府的混乱腐败，掺杂吴楚三、黄玉堂的野心贪婪——一只狡诈险恶的庞然怪物。

而她的联盟里，不乏明叔爷和杨秋阁那样在四邑举足轻重的绅商、大儒，也有李是龙带领护勇队巡查守卫公司各处财产，但她亟需而缺乏的，是吴楚三曾经为宁路打通军政要道的政治嗅觉和锦囊妙计。她不知自己还能坚持多久。过去一年，政府清查、债权人追债、工会罢工混战，让人疲于应付，而最近这道接管令来势汹汹，恐怕凶多吉少。

值得欣慰的是，阿爸终于病愈，早上来电话说要回台城，还让她把秀宗绘制的铜鼓支线图找出来，等他一到就开管理层会议，商讨振兴宁路的举措。这是个新春好兆头；阿爸亲自来坐镇，她心里会踏实许多。

美琪推开秀宗办公室的门窗，早春的风带着雨后的清冽一涌而进，积尘的地板上，她刚刚踩出的一串脚印，瞬间就被吹散了。她在办公桌左边的抽屉里找到了需要的线路图，抽图卷时，一把钥匙"当啷"跳到地上。她注意到左右抽屉中间还有段浅长的挡板，带钥匙孔，落地的钥匙是开挡板的。挡板后的隔层里，玫瑰的照片堆成叠，还有玫瑰写给秀宗的英文情书，压干的花瓣、树叶，印着红唇的信笺……一个牛皮信封上用中文写着"陈秀宗总工程师 亲启"，显然不是玫瑰的手笔。

谁的信如此重要，竟能跻身秀宗的秘密爱情宝盒中？

美琪展开"蒜头"的信，心中再次泣血，额角一跳一跳地痛。她仿佛看见率真的君子秀宗，单枪匹马、不知畏惧地登上醉仙舫与黄玉堂对证，把自己晾在明处做了靶子。这么重要一封信,他在众人面前只字未提,一定是怕伤了玫瑰的心。可怜的玫瑰万里寻父,怎能面对生父其实是个恶魔的真相?而"心狠手辣"的黄玉堂怕老底被秀宗揭穿,连带牺牲了自己的女儿,也不过掉几滴狐狸眼泪。

她怎么没早点来秀宗办公室查找线索?去年进来时,一束阳光落在她鞋尖,旋转的尘埃还带着秀宗的气息,都像是暗示,是秀宗冥冥中的指引,她怎么没有会意?她甚至已经拉开了右边的抽屉,看见秀宗温良探询的眼神从照片里透出来,那一刻,她离真相只差一个挡板、一把钥匙,却被吴楚三、陈德润在隔壁打了岔。秀宗是要她替他申冤雪恨啊!

美琪眼前又闪过秀宗倒在红地毯上,张嘴说不出话的惨状。她怎么让他等了这么久?现在立刻告官还来得及吧?即使黄玉堂黑白通吃,军政都有后台,她不信正义就不能伸张。朴直莽撞的秀宗,始终不懂人心险恶、防不胜防,他若是早把黄玉堂的底细告诉她和阿爸,是否就能幸免于遇害?美琪正拿着"蒜头"的信,在浮尘中连连追悔,阿爸走了进来。她该先跟阿爸汇报接管令还是"蒜头"的揭发?

后来美琪反复回想今天的细节,断定自己在一连串痛心追悔中,不假思索递给阿爸的那张薄得透明的信笺,已是压倒骆驼的最后一根稻草。阿爸读信之时,必定已清楚,因他十三年前没认出财哥,给了黄玉堂近身捣鬼的机会,还让他在董事局折腾这么些年,最终导致秀宗命丧黄泉。阿爸的意识瞬间陷入自责的泥沼,对她急迫的询问"我们立刻报官吧?"似乎充耳不闻。

阿爸攥着"蒜头"的信,一步一个灰印,踱向自己的办公室:"财哥、阿发、阿金、'蒜头',还有阿贵、老王、虾仔……财哥那目光从外眼角斜下来,以为一辈子都忘不了,怎么到了鼻子底下倒不认得了呢?连恨也会输给时间?"他坐进办公桌后的高背皮椅,把信笺铺展在桌面,抚平,再抚平,反复念叨:"财哥的眼神、阿发的银元……阿金的洞箫、蒜头的鼓……"

电话铃炸响,打断了阿爸对时间与淡忘的沉吟。美琪拿起电话,是江门的调度员,结结巴巴,说陈德润、黄玉堂刚征用了两节车厢,带一队荷枪实弹的军人往台城去了。

措手不及。虽有所预料,美琪还是懊恼自己低估了对手的迫不及待。她匆忙向阿爸汇报了建设厅最新下达的接管令。阿爸紧咬下唇,挥起带鞘的尚方宝剑"砰"地砍到办公桌上,茫然四顾。面对他无言的愤怒,美琪欲哭无泪,后悔自作主张,没尽早通报阿爸,让一位久经沙场的老将失去了从容部署决战的时机。

黄玉堂伙同军队奔来,是夺权,还是夺命?美琪随即醒悟她更该担心阿爸的安危:"是龙,快护送阿爸回朗美。"

"不!"阿爸却不肯离开,抖擞精神坐定皮椅里,"敢破坏我宁路商办之局面者,不管与官府还是军人沆瀣一气,都不合法。只要一息尚存,我绝不弃股东之重托、四邑乡亲之利益而不顾!"

378

"阿爸,黄玉堂跟你仇怨如此深远……"他是来报私仇的——美琪话没说完,额角的痛加剧,似有棒槌敲打,随之而来的,是十三岁那年在欢欢客栈从昏迷中醒来时的焦灼、惊恐。她不能失去阿爸!她不由得像儿时那样抱紧他。

阿爸拍拍她的手,像说起一桩遥远的家事:"财哥当年拐走了阿发,青松他爸,怪我没带好他。不过青松娶了秀欣,又给阿发养了三个孙子,我都还没孙子……"

"阿爸,'蒜头'信里说,黄玉堂就是财哥。求你快跟是龙走吧!"阿爸此时的淡然让美琪觉得,他好像不愿,或者不能,在那两个名字之间画等号。

"黄玉堂闹退股,千方百计立董事局、进董事局,他还能干什么?铁路属于成千上万个股东,他敢图谋私利,胡作非为,我们上访、告官,一直告到老佛爷那里去!"

"老佛爷?"阿爸是被气糊涂了?

阿爸没作答,挪动腰身,在皮椅里坐得更舒服些,尚方宝剑横握胸前,历练的目光投向办公室门口,似乎一切都安排就绪,任何事都能面对。

窗外鸟雀"扑扑"成群惊飞,齐整的脚步声如闷雷趋近。

那一刻,美琪感觉阿爸一分为二,成了两个人,一个稳坐在她身边,另一个飘然而起,临空俯瞰往事、现世,再无任何人与事能够伤及。

是龙冲下楼去,指挥守楼的十来个护勇队员迎敌,却又怎能与一连正规武装对抗?美琪事后倒是庆幸,是龙没像她担心那样孤注一掷，让护勇队的弟兄们白白送命。

皮连长带兵冲进办公室之时，美琪仿佛再次站在一八八六年西雅图欢欢客栈的三楼上，面对强行拖走阿妈的墨菲警长和朋克尼，像是被噩梦魇住了。呐喊与挣扎迎头撞到一堵无形的墙上，毫无回应，无声无息就消失了。虽然她早已不是当年十三岁的少女了，她以为，岁月已赋予她足够多的智慧与底气，但面对那堵墙，她仍然微不足道，脆弱无助。她即使把自己整个人撞上去，碎为齑粉，也不能改变什么。

脸宽腿粗的皮连长办事扎实，一连精兵不但带了步枪，还有十挺轻重机枪。火车从江门一到台城，官兵跳落站台，列队向新宁铁路办公大楼齐步跑，脚步震荡广场，惊飞了陈宜禧铜像四周的燕雀鹭鸭。皮连长带人迅速收缴了护勇队的刀枪，在大楼正门、后门各架起两挺重机枪；每个办公室门前派两名士兵把守，任何员工未经清查不许走动。

在来台城的火车上，黄玉堂与陈专员商量好：陈宜禧创办了新宁铁路，撤职也应该先"敬酒"，让他先作为公司董事，一对一地劝诫陈总办识时务，和平退休。当然，老家伙要是负隅顽抗，只好让皮连长绳之以法。至于事情的真相，他筹谋了二十年的精彩揭幕，他为了阻止陈秀宗提前剧透，不惜搭上女儿玫瑰的性命，也要确保适时才隆重推出的复仇高潮，只有天知、地知、他知、届时让北花地厨子知。

奇怪的是，吴楚三今天没出现，似乎刻意将这辉煌时刻单独留给他。不过,那小子从来都是在利用他,何时真替他打算过?估计事实是,吴楚三忽然动了恻隐之心,不想面对前妻与前岳父被驱赶出局的惨烈。

黄玉堂理了理仍然堪称浓密的头发,用银雕蛇头手杖捅开了总经理办公室的桃木朱漆门。

"我知道你是谁。"北花地厨子坐在他的高背皮椅里,没戴瓜皮帽,头顶稀疏地立着几根毛。

不对啊,黄玉堂一愣,他准备多年的开场白——你知道我是谁吗?还没出口,怎么被北花地厨子抢了先?

"阿发,儿子替你养大了,铁路也替你修了,就差去天上当面跟你赔不是啦,你再等我几日。"厨子口气谦和而无奈,眼里尽是苍凉。

"阿爸,他不是阿发,他是当年拐走阿发的财哥!"陈美琪守在北花地厨子身旁,银灰西装,长筒马靴,像穿盔戴甲的保镖。陈秀宗死了,陈秀年被烧掉一层皮,厨子只能拿女儿当儿子使。一丝快慰漾起在黄玉堂胸肋下。

"财哥?"北花地厨子恍惚不解,"财哥被大火烧死了,尸骨无存,罪有应得!"

厨子举剑敲一下桌子。黄玉堂不禁往后躲闪,怕被咒语击中。

"阿爸,秀宗收到的信,'蒜头'说黄玉堂就是财哥啊。"陈美琪指向办公桌上摊开的信笺,眼光如箭,嘴唇发抖,"黄玉堂,你做的恶,迟早要加倍偿还!"

"正如令尊做的恶,今天我来算总账。"陈美琪的愤怒更令他胸中快意激荡、脸上笑纹涌动,黄玉堂拉把酸枝椅在厨子对面坐下,手杖点到自己的残腿。

"秀宗,再美好的蓝图,阿爸也不能用你的性命去换。"北花地厨子像在对空说话。喊完阿发喊秀宗,是神经错乱还是在糊弄他?

黄玉堂决定先不管,胸中怨毒须得一吐为快:"可惜啊,阿禧,你儿子的命也换不回你打下的江山。"

"黄老板,你是宁路董事,即使不赞同我的经营方式,也该为宁路股东、四邑乡亲谋福利,不能只考虑个人得失。"

北花地厨子挺清醒啊。那好,那我黄玉堂今天就告诉他:"你以为,我真在乎你的铁路?铁路修不成,我够爽;铁路修成了,归我,我也够爽!"

"余灼副总理刚去世,你就趁乱闹事,挑动股东退股!"陈美琪这才如梦初醒。

"总会计,你也太小看老夫了。"早在那之前,你厨子老爸四处筹款要回新宁修路,闹得路人皆知,我就注意上他了。你们带股东去甄家庄跟余乾耀唱反调,提前透风给他的便是老夫。在那之后,收买会城浪荡子在猪姆岭扮鬼的也是老夫。不过,就算挑动退股,那也只是小打小闹,没太大意思。大戏从你前夫吴楚三受我离间、白沙黄姓收我重金听我指挥开始……不过,老夫懒得跟个扮嘢(做作)的后生女啰唆。

黄玉堂把椅子拖得更近,紧盯北花地厨子的脸。他要看的,是厨子生不如死的样子:"阿禧,吴楚三倒戈,陈秀宗一命呜呼,你的左臂右膀都被我卸除,新宁铁路你玩不转了,也不归你玩了。当年你踩断我一条腿,给我留条残废的命,让我大半辈子都不好玩,其实,你那时还不如一脚踢死我。嘿,今天我收走你的公司,让你也有得玩,我们算是扯平了。"

"余灼兄,老佛爷赐我尚方宝剑了,我们可以开辟铜鼓商埠了。老佛爷说,谁敢阻拦,就砍下他的人头!"北花地厨子眼一瞪,嗓门突然放大。

黄玉堂一怔,留神再看,厨子似乎瞪着他,又似乎瞪着虚空。不知自己刚才的话,他听到了没有?

"老佛爷一身锦绣,福寿绕身,脚踩祥云……"厨子举起尚方宝剑左右比画,剑鞘上的宝石诡秘闪烁。

"是龙!"陈美琪喊着往门口跑。

李是龙半条腿刚跨进门,皮连长就带一队士兵涌进来。六个兵前后左右上下一起开弓,才把李是龙按到地上,牢牢绑起来。陈美琪张口结舌,说不出话。

皮连长并腿立在办公室中央,打开文件宣读:"奉省建设厅第四十九号令、中国国民党中央执行委员会政治会议决议批准,即日起,由建设厅特派专员陈德润、李新元、潘宏光,会同新宁公司董事局董事黄玉堂、前董事吴楚三组成'新宁铁路整理委员会',接管陈宜禧总理和董事局的一切权力,负责对新宁铁路进行为期六个月的管理整顿。此六个月期间,责成江门驻军配合监督,新宁公司每月支付三千元军饷为酬劳……"

陈美琪回过神,大声抗议:"长官,你们搞错了! 你们该逮捕黄玉堂,怎能让他接管宁路? 他是金山唐人街谋财害命的流氓,在家乡又破坏宁路建设,毒死我弟弟陈秀宗,我有证据……"两个士兵同时用枪对准她胸口。

"老家伙疯了,他女儿也疯了,别理他们!"黄玉堂拄拐杖站到一边。

"陈总办,你该退休了!"皮连长一挥手,两个士兵持枪走向北花地厨子,但厨子把宝剑挥得"呼呼"响,两个兵竟不敢近身。

"笨猪!"皮连长喝道,亲自拿麻绳拴个套。皮连长好身手,绳子一抛一拽,马上套住了北花地厨子的肩膀,厨子动不了手臂,死死抓住椅子把手,瞪眼蹬腿大吼:"老佛爷说,谁敢阻拦,就砍下他的人头!"

"老佛爷早死啦。"皮连长拽不动厨子,下令:"既然他那么喜欢那把交椅,好,成全他,把他给我抬出去!"

两个兵抬起椅子,皮连长伸手去夺厨子手中宝剑,一把抽下来的却只是剑鞘。厨子紧握的剑身异光四射,龙鳞凤羽宛如活物,腾空驰翔。皮连长惊诧得直喘粗气,手如风扇急转,让士兵赶紧把厨子抬走,把陈美琪、李是龙架走,把新宁铁路二十多年的最高决策中心清扫一空。

"老佛爷说,谁敢阻拦,就砍下他的人头……"楼道里,厨子癫狂的叫声经久不散。

远道苍苍 The Road Afar ／下

总经理办公室终于空寂下来，黄玉堂一拐一瘸，从门口走到窗边，又到办公桌前，拿起陈美琪先前指过的信。原来是"蒜头"那厮给陈秀宗通风报信，没本事当面对质，只会背后捅刀子的小人！黄玉堂把信笺揉成一团，塞进胸襟内袋。现在就算"蒜头"有胆亲自来揭发，也没人信他的鬼话咯。

书桌对面的墙上，除了伯克夫妇的画像，还挂着孙文给北花地厨子的铜鼓商埠市长委任状、西雅图商会终身荣誉会员证书，以及各县各商会送的锦旗、匾额。黄玉堂摘下委任状，一松手，玻璃框落地迸裂，几点玻璃碴溅老远；他再扯下一面锦旗抛到地上，踩上一脚、再踩一脚，没感觉到想象中的淋漓尽致、神清气爽，反倒被手杖击地"咚咚"的声响敲得心里空荡荡。再缜密的复仇计划，结局也不一定尽如人意。

几分钟前，被剥夺了职权的陈宜禧，握着过时的古董剑，吼着疯话，脸上的神情，却像还有什么他根本剥夺不了。那阵势、那动静，好像被抬出去的并不是个输得精光、生不如死的败将，而是一位头挂光环、人心所向的圣人。

385

尾声

远道苍苍

民国十六年至十八年（1927—1929年）

的确，在黄玉堂能伤及他性灵之前，他已经跳离，与广场上栖息在他那具铜铸躯体四周的鸟雀一同起飞，又好像是借了当年凯瑞公主撒进火塘里的一把蘑菇，与一蓬异香四溢的烟花同赴夜空。

人们都说他疯了，不堪打击、心力交瘁，却不知道他是在"放风筝"。一八八六年，在雅斯勒码头太平洋女王号上，他的神智第一次放飞了灵魂的风筝，与大洋上的巨浪同体、疾风同速。灵魂挣脱了身体的羁绊，超越了死神编结的蛛网，临空任性翱翔。如今他熟悉了这有趣的灵魂跳离，不惊不乍，收放自如。他终于允许自己放开了毕生去担负的重任、掌控的命运，旁观人世的玩偶们为权柄名利、贪妒仇嫌劳心苦骨，甚至不惜伤天害理。

其实，西雅图排华暴乱前夕，凯瑞公主驾车躲难远去的

远道苍苍 The Road Afar ／下

瞬间，还有一九二三年，抵制大元帅府接管令，在避往香港的花尾渡上，他不是没想过放任自己，卸下那牛轭般的使命感，尽享旁观的轻盈。但那两次，他始终没批准自己那样做。

沐芳常说因果的藤蔓，他从来半信半疑。从初到金山阿发被绑架，到西雅图沐芳致残，命运的巨手一再刮他耳光，要他臣服，要他承认自己渺小无能、回天乏术。可他要是放手，停止较量，他便放弃了自己安身立命的根本啊。

然而这一次，他们强行没收他的"画布"，剥夺他建设的权利，无异于匪盗，他与匪盗有什么可说？他描绘蓝图的"画布"，是人家争权夺利的工具，是野心角逐的战场；他们跟他完全不在同一个层面上。他眼睁睁看着秀宗的性命在"自己人地皮上"一滴滴流逝，不得不承认，不通人性的兽类无处不有，即使会说人话，也是满嘴谎言，凶残成性，他唯有愚痴疯狂以对之。他是真累了，不屑再与这玩偶世间纠缠。

当然，他"放风筝"，沐芳是知道的，她耐心安静地守着他的神智、他的心。他在空中飞迷糊了，只要看见她清澈的眼睛，就能安置自己的灵魂。她又给他编了三个红丝结，他全都挂在胸前，线软丝滑握在掌中，踏实。可他比以往任何时候都清楚：庇护他的，从来都不是红丝吉祥结，而是她的牵挂、惦念，她为他燃放的生命的能量。现在，她忧伤的凝视，是让他着陆的锚。

他有时在沐芳的凝视中，还能看到更多的眼睛，密密麻麻，层层叠叠，猫眼石般闪烁，和他某次在梦里看见的一样。有些眼睛会突然闪亮、放大，有意让他能够辨认。他见过亲

387

生父母和养父养母,亲生母亲的目光像他记得的那样,柔和地将他环绕。有一次,他还看到了章叔。章叔说,修成了铁路,带我女儿坐着车荣归故里,还有铜像立在宁城广场上,比我替你算的卦更犀利。

"可是,章叔,铜鼓商埠还没修,新宁没有自由港,不能替代香港呢。"

一想到铜鼓,他急忙收回灵魂的"风筝",唤美琪来帮忙写《致宁路股东及各界诸君书》:"让股东们急举贤才。到《台城舆论报》登广告,召集股东大会,让大家选举总理、董事、监察人……"

美琪拿来一份报纸。头版头条:"新宁铁路董事黄玉堂潭江溺水身亡。"照片里,被水泡涨的脸,面目不清,像发霉的面团。他是谁? 旁边沾了血迹的银雕蛇头手杖似曾见过。"失足落水,还是他杀? 头盖骨破裂,可能落水前遭棍棒重击所致,也可能落水时碰撞江中顽石所致,法医无从判断……"

"欢欢,别念了,别打岔。快让是龙去买船票,我要去香港、去西雅图,筹款融资、开新闻发布会,让中外投资人都了解铜鼓港的巨大潜力。"

可是,他不需要坐船啊,他怎么又迷糊了? 他已经会飞了啊,与大洋上的浪同体、风同速!

看,闪念间,他便站在西雅图商会灯火辉煌的宴会厅里了。他扶着雕刻了花边的红木栏杆走上讲台:"伯克法官,我亲爱的朋友,感谢你盛情邀请,我终于又回到西雅图了。感谢商会,给我再次向老朋友们致谢的机会。我一生的成就,都要归功于我在西雅图学到的一切,没有西雅图,没有你们,我不可能修成新宁铁路。希望你们继续支持我,开辟铜鼓,为中美贸易造一座坚实的港湾。"

台下,伯克法官拇指搭在裤袋口,一手握着怀表,是信心的化身。伯克夫人眼含悲悯,丽兹诙谐,雅斯勒带着狂奔的劲头……一双双望着他的眼睛,闪亮,放大,如天花板上一盏盏吊灯,照亮壁画里商业之神赫尔墨斯的翅膀;又如凯瑞公主抛撒的一蓬蓬烟花,散放无边夜空……

六月的暴雨冲散了浓黑的夜,上万双眼睛如流星穿透灰色雨幕,最终被雨水打湿、黯淡。那些眼睛和他梦里看见的一样,密密麻麻,层层叠叠……他随那些眼睛望去,长达七八里的队列前,有人抬着一副厚实的松木灵柩。纸钱在雨线间飞不动,直往泥土里扑,白花花铺了一路。挽联密集如林,随风飘摆于道旁:

> 远道苍苍,况瘁奚辞,当年铸像光荣,曾逢盛会;
> 仁心荡荡,劳怨不恤,此日盖棺论定,允洽公评。

> 铜像铸三台,铁路完成数百里;
> 清风遗两袖,路权空握廿余年。

民路辟先声,时势英雄看造就;
暮年甘息影,平生功罪任公评。

年登耄耋,望重枌榆,鲁殿灵光唯一老;
功著交通,名轰中外,台城铜像足千秋。

溯铁路经始之劳,四邑交通,人受其赐;
仰铜像长留不朽,千秋纪念,公殁犹荣。

只手揽路权,当年斩棘披荆,特后宁阳歌坦道;
九旬终天数,此后高车驷马,大兴朗美颂名门。

公为铁路伟人,瞻铜像巍峨,应与石化同不朽;
我是颍川后辈,睹寿星黯淡,空嗟梁木忽其颓!

团防资策划,会务赖维持,方期自治完成,以固
结和六村族势;
路政启交通,事权经确定,岂意哀音传播,又发
生此一种工潮!

公是天上人,柔不茹,刚不吐;
他为后死者,仁勿让,利勿争。

路竣犹欲展鹏程，驳佛镇，接阳江，伏案尚怀千里志；

年耄忽然乘鹤驭，谢鳌峰，辞朗水，登堂竟失百龄人！

朗水苍茫隆栋折；

台山惨淡大星沉。

是中国铁路伟人，四邑交通，功勋不朽；

为天下商界巨子，一朝归去，死有余荣。

……

他死了？那是四邑乡亲为他送殡的长龙？可他为什么还能看见，是借了杜瓦米希神鸟无所不见的眼睛吗？他要是死了，为何看见日军飞机狂轰滥炸、牛湾渡船破底沉水之时，恍如自己堕入潭江，没顶窒息？为何看见国军为防日军侵占、拆毁宁路之时，如自己的筋骨一条条被折断、分割，流落他乡？他与他建造的铁路化为一体了？

可为何在秀宗向他走来之时，他五脏六腑都被刀割枪刺，还是那个痛不欲生的垂垂老父？秀宗穿的是护勇队英武的褐色制服，不是那套浸透血污的新郎官白西装。谢天谢地，秀宗，你到底没事了。可阿爸实在对不起你，老眼昏花，竟没认出歹人，引狼入室，害你先赴黄泉，我与你阿妈白发人送黑发人，肝肠寸断。

秀宗丝毫未埋怨，挽着他，指向他们脚下。阿爸，我们在时间的河流之上呢。你看，奔流不息、无始无终。疾疫、饥荒、兵乱、阴谋，天灾人祸，皆是平常；上天随时赋予，又随时夺走。个人的作为，留下的痕迹微乎其微；个人恩怨，历史潮汐一带而过。人生精彩平淡，最终都是落幕。倘若早看到这一切，看清人一生诸多不可控的因素，阿爸还会执着于建设者的选择吗？

他终于适应了无实无虚的状态，静观了许久才作答。秀宗，一个人、一生，或许微不足道，但看远一点——他指向九十年后，一列从广州驶向台山的火车。那是火车吧？子弹一样的车头，雪白的车身在绿野上飞驰。闪电般神速啊，三百二十多里的路，半个时辰就到了。台城火车站，红砖墙、花岗石拱门，三层高的金顶钟楼，西班牙风格，正是他想建的样子呢。

后 记
POSTSCRIPT

缘起

最早听说陈宜禧和新宁铁路是在北大大二结束的暑假，第一次跟父亲去台山，第一次返乡下（回老家）。

父亲在广州出生。日本人占领广州后，在广州行医的祖父把诊所迁至台城，全家老小回乡躲避战乱。父亲对台山的情感，渗透他那些有关家乡人情风物的散文，从解饥救渴的藤酸果，到为乡亲避日挡风的山间凉亭。乡下留给父亲的记忆无疑是美好的：质朴的童年玩伴，慈爱的长辈乡邻，青翠的山野、悠然的牛群……战争、土匪和饥馑或许逡巡在童年梦幻的边缘，但始终不能入侵。

对那次走访我印象模糊，只笼统地记得满眼的绿。好像

刘怀宇大二暑假与父亲刘子毅在台山

我们带的胶卷有点过期，色调分配不匀，拍出来的照片都偏绿，池塘绿、水库绿，碉楼也别有风味地绿着，衣裙都染绿了，笑容由衷地青翠。回头看这些照片，更觉得是乡村的绿浸染了我们的镜头。

随后的二十多年里，父亲移民、打工，到退休带孙女，生活翻大波起小浪，他却一直没中断对新宁铁路历史的调研和撰写。无论我在爱荷华大学还是加大洛杉矶分校念书，他来看我，便总会让我带他去学校图书馆查找相关史料。让我陪着度假，首选是西雅图，因为陈老前辈曾在那里生活过。每次回国，有机会便去台山各地走访，到档案馆查询资料。那是信息网络兴起之前，调研实打实，拂去上百年的浮尘，指下触摸的都是有质感的岁月留痕。

父亲来洛杉矶治疗期间，还坚持写了一章。那却是他最后的坚持了。六年里与癌症的两次搏斗耗尽了他的精力与灵感。也是在那段时间，他开始劝说我帮他写这个题材。虽然多年耳濡目染，但我当时对这个题材的了解笼统而表层：清末华侨自筹资金回国修铁路，宏大、陌生，遥不可及。我劝说父亲努力康复，也期望他能逐渐好起来，完成他后半生的心愿。医生们都说，写作有疗愈的功效啊。

父亲走得急促，从医生发出病危通知到心脏停止跳动不到一天，令人措手不及。接到病危通知当晚，我乘末班飞机从洛杉矶赶到旧金山医院时，他已被送进加护病房，输了麻药，口中插了管。我对他说的话，或许他听到了，他却不能对我再有所嘱托。

父亲走后第二天上午，哥转来他基督教会一位朋友罗伯特的邮件。罗伯特写道：他在梦中见到了刘伯伯，灵体很健康，还嘱咐他让哥把一本小说翻译成法文。罗伯特此前不知道父亲是作家，所以对此嘱咐并不理解。但看到这里，全家人都明白了：父亲放不下他未完成的书稿，二十多年的心血和寄托。

罗伯特的邮件，在某种程度上慰藉了我在父亲临终时无法与之对话的苦楚。

再没有推辞的理由了。

发心要接着父亲的遗愿写下去，我却不确定自己能否完成这个宏愿。但人生的事大多这样，有了意愿，一步步走下去,尽心尽力,有时候就成了。

寻访

父亲留下的史料、手稿几乎全部是关于陈宜禧六十岁后回台山创办新宁铁路的二十五年。史料称陈老前辈大概于一八六一年,才十七岁就漂洋过海闯金山了。那么从他到美国后,到回国修铁路之间四十多年里,除了一八八六年在西雅图排华暴乱中为保护华人挺身而出这段史实外,他还经历了什么? 他如何在当时种族歧视极其严重的环境中,从一位乡村少年长成让西雅图创市先父们信服的华人企业家?

父亲收集的史料中留下的这段空白让我很好奇。感谢互联网时代,经过一番搜索研读,虽然踪迹寥寥,我还是发现了一些线索。比如华盛顿大学图书馆收藏的英文信件和账本。第一次动用美国庞大的图书馆联网系统,通过比华利山市的图书馆从西雅图借调这套收藏,先前并不知道行不行得通,心里一直忐忑。

大约两周后,帮我借资料的图书馆负责人Yael终于打来电话,说资料到了,因年久老化,实物已经不能碰触,全部拍成了微型幻灯片。

那仍然是个激动人心的时刻。在图书馆的幻灯机上,

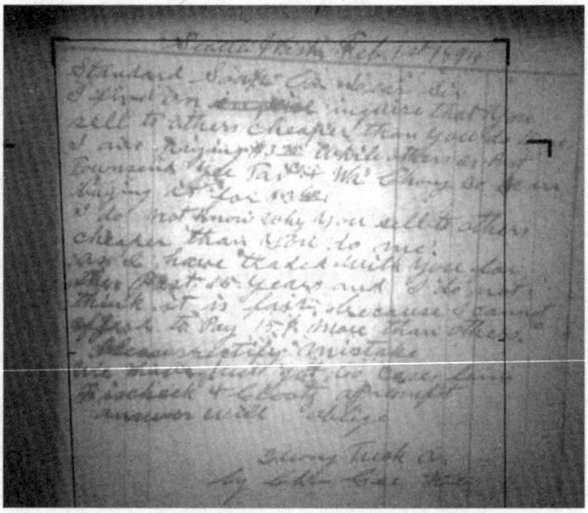

远道苍苍 The Road Afar／下

陈宜禧1894年的亲笔英文信

翻动一张张泛黄的幻灯片，仿佛是透过岁月的云雾，一段段辨认着那些朦胧的黑墨花体字。而同时，横隔在我和陈老前辈之间一百年多年的时光，在一分一秒地融化。那些曾经存在过的人与事，如墨迹般晕开，渗进我所在的时空。

譬如在一八九四年二月一日的信里，广德公司老板陈宜禧跟标准肥皂公司讨价还价："为什么给别家公司的价格比给我们的便宜一毛五分？我跟你们做了十五年的生意，这不公平。"精明得力的华商老板形象活脱脱跃然纸上。不少信笺上标有英语单词的中文注解，还有一张画格子的账本页做了生词表。他做生意的同时也不忘努力学英文。

从这些书信里了解到，陈老前辈刚到美国时，在加州北部的淘金小镇打过工。二〇一六年五月，我便开着车，邀约年逾八旬的母亲一同去走访。从旧金山经加州首府萨克拉门托(Sacramento),开了约一百八十英里,手机上的导航信号突然断掉,才惊觉前不着村,后不着店,四周唯有参天密集的松林。

为了不让坐在一旁的母亲担忧,我硬着头皮往前开。反正此前导航显示,到北花地(North Bloomfield)金矿遗址只有一条路。经过一座铁架木板桥,只顾拍照,也没注意负重标牌。上了桥才想起不知是否能过汽车,但已经没有退路,便加大油门迅速冲过桥,尘土飞扬地爬上了狭窄的盘山土道,瞥见母亲一只手紧紧吊着车窗边上的手把。她捏着一把汗,怕惊扰我开车,一声没吭。

还好不虚此行,母亲没被我白白惊吓。在深山老林里,我们见识了水力淘金的开山水炮、曾经被水炮冲刷得光秃秃仍未恢复元气的山丘。吹动发梢的清风或许也曾拂过陈老前辈的衣角吧?还有松针和野花的香,清澈的山泉,一百五十多年过去,是否也都依旧?

北花地主街上,只有我和母亲两位参观者。教堂、马厩、药店、酒吧、理发店等还保存完好。小小博物馆的一角,陈列着华工的旧物,衣衫、斗笠、淘金工具、铜锣……那个把主人爱吃的罗克福干酪当发霉食物扔进小河的中国男佣"阿汉",仿佛就在那件米白的中式褂子里,呼之欲出。

二〇一六年七月及二〇一九年五月,我两次走访台山。市博物馆的蔡馆长、小冯和宣传部陈主任、文旅集团小刘,在暑热高温里不辞劳苦带我走村串乡。从台城到公益,斗山、

远道苍苍 The Road Afar / 下

北花地博物馆一角陈放的华工当年用品

朗美到广海,趁圩、访古、听八音演奏、采访农家,造访祠堂、私塾遗址、庙堂、侨办中学……在那片依然秀丽清明的田野村庄走过的每一步路,都成为我在书桌旁面壁码字时的依傍。

回头望去,大概是在福安里,浩荡潭江边上的福安书室的废墟前,我仿佛听到了"章叔"私塾传来的琅琅读书声;我凭空构想的女主人翁"阿芳",似乎也从一团模糊的意象中现出秀美的身姿、清亮的眼眸。

"陈宜禧为什么六十岁离开西雅图的富商生活,回台山修铁路?"我曾请教蔡馆长。商业行为升华到爱乡爱国的高度,他答得简洁。

爱国爱乡,在风雨飘摇的清末民初是怎样一个难以企及

399

的高度？而陈老前辈最终是否甚至超越了乡与国，纯粹因创造力而为所不能为？就像我在创投工作中接触过的执着的创业者，即使孤注一掷砸锅卖铁，也要把自己开创的事业做下去。他们响应着血脉里的召唤，被源源不断的创造力推动着，要突破所有个人的极限，甚至与个人紧紧相关的乡与国的极限。

还记得一个惊喜的瞬间，发生在二〇一八年八月走访西雅图的时候。在华盛顿大学图书馆里，伯克法官成箱的书信文件中，我翻阅到陈老前辈回台山后写给伯克法官的十几封

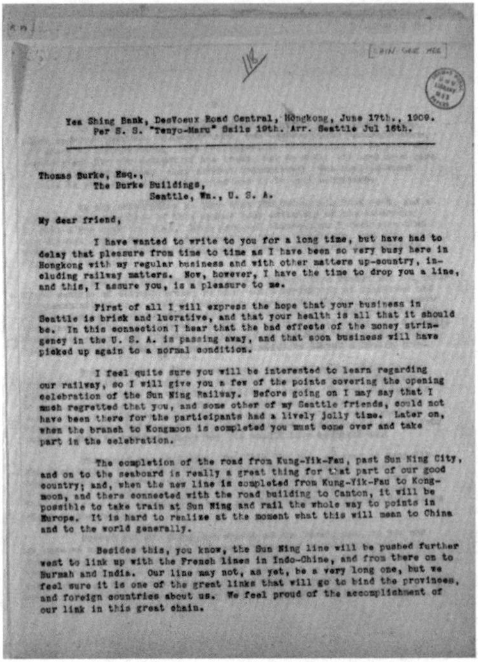

1909年陈宜禧给伯克法官的信

信。他用流畅优美的英文，描述一九〇九年斗山到公益通车后庆祝典礼的盛况，诉说对老朋友的思念，恳请老朋友协助筹建铜鼓商港……

这的确就是我在寻访的那位热血奔涌、要突破一切极限的建设者陈宜禧啊。这样的印证，仿佛是冥冥中的注定。那个瞬间，仿佛头顶生风，我站起来想大喊一声，宽旷的特别收藏阅览室里只有我和图书管理员，安静得能听见自己的呼吸，窗外绿树在盛夏的风中摇头晃脑。

陈老前辈的英文水平比起他二三十年前在账本里记单词的时候，有了质的飞跃，声情并茂，遣词用句的儒雅精确，让英文专业出身的我也叹为观止。

等待与对话

采风、调研中所收集到的种种片段，带情绪或不带情绪，如何组合编织，才能展现一段波澜起伏又涓涓细流的人生？

创作过程中，脑洞大开的瞬间并不总是招之即来。许多时候需要耐心等待，安静聆听。等小说人物向我走来，带着那时的天光和月影，有时候如果幸运，还有鲜活的色彩和气味。我听他们诉说，他们要我讲怎样的故事，他们曾追寻、拥有过的爱与幸福，被剥夺后的愤怒与伤痛，他们的领悟和那个时代留下的刻骨铭心的烙印。

我与陈老前辈(陈老伯)曾隔着电脑屏幕不止一次地"对话"。第一次对话发生在二〇一六年三月:

怀宇:最想问您的问题,自然是,为什么,在美国生意做大了,积累了足够的财富,还是想回家乡新宁去修铁路?

陈老伯:后生女,你生在好时代啊。现在在美国,没有人敢公开欺负华人,你们现在叫什么? 种族歧视。我在美国那四十多年,白人对黄人、红人、黑人,总之,对有色人的欺压是明目张胆、理直气壮的。我虽然幸运,交了几个开明的白人朋友,但在西雅图生活,还是小心翼翼,担惊受怕。一八八六年的排华暴乱,你怕是难以想象,街上被白人流氓把持,见到华人就打就抢;还冲进华人家里、店里,损失不计其数。你沐芳阿婶被他们生生拖下楼梯……

怀宇:沐芳阿婶是您一生的挚爱吗?

陈老伯:哈哈,我们那个年代,哪里会这样直白地问答?

怀宇:原谅我失礼,但我觉得,您回台山修铁路,除了建设家乡的理想,一定还有个人的情感。

陈老伯:是啊。家乡交通不方便,乡亲生活苦,想发达都没门路。我在西雅图见识了交通便利带来的好处:一个伐木小镇,铁路通车就成了西部重要城市,早期的开拓者都发达了,哈哈。

怀宇:就像您。您还要提携新宁乡亲发达。沐芳阿婶是怎样一个人？

陈老伯：哈哈，穷追不舍。她年轻的时候，是远近闻名的靓女，那时识字的女人少，她跟她爸读书练字，算个大才女了。

怀宇：您什么时候认识她的？

陈老伯：她阿爸带她返乡那时，她四五岁吧，我还不到十岁。记得她阿爸在村头摆个摊子给人把脉看病，她就安安静静坐在旁边，像个小菩萨。我第一次看见她，觉得她额头放光，人虽小，眼神却那么沉静，不像凡人。

怀宇：她不像凡人？您那时就爱上她了？

陈老伯：哈哈，你们后生如今讲个爱字太随便了。十岁的小孩，哪知道爱是什么？当时只是喜欢看她。每次碰见她，雨天就晴了，夏天的日头也不毒了；她只要在那里，全世界都亮堂，没有苦。

怀宇：您这是完全发自内心、毫无杂质的喜欢啊。

陈老伯：不只是我一个人喜欢她，全村老少都喜欢她，连平时最百厌（调皮）的男孩，看见她都会乖起来。

怀宇：如果我现在能看到您，您的眼中一定充满了爱意。

最后一次对话是在二〇一九年一月：

怀宇：上卷还剩最后一章了，这一年您四十二岁，收获的年纪，经历了很多很多，有了成熟的思考。陈老伯，这次经历

（一八八六年西雅图排华暴乱），使您看清了什么？

陈老伯：脚下的土地，对华人是虚的，站不稳。即使我有了美国籍，我的脸，在他们看来还是异类，对，不仅仅是异族，是非人的异类。

怀宇：您损失了什么？

陈老伯：钱财是身外之物，可阿芳差点丢了性命，丢了行走的自由，丢了我们的第二个儿子和以后再生孩子的可能，断了香火。华人种族整体被抑制、扼杀，被掏空生命力，阻断了延续。就是从那时开始，我明白了，不管这里有多少钱给我赚，我都要回到新宁去，生活在同类之中。

因为一百多年的时差，接近小说中的人物和他们的灵魂并不容易，每一步都耗费心力。但我相信无论哪个时代的人，来自哪个地区、国家，都对爱和家有渴望，都会不懈地建设、守护自己身与心的家园，都会选择奔赴更好的生活，逃离不堪承受的苦难。

陈老前辈和沐芳向我不断靠近，沉静细腻地对我展示剖析。我听到陈老前辈血脉中 builder（建设者）的呼唤——天生的诗人，不能不写诗；天生的创业者，也不能停止创造。我看到他们在中美两重文化和价值体系间的冲撞与平衡，信心的逐步建立，从不可能到为什么不能、再到没有什么不可能的通达。我追随他们的人生，解读他们的性灵，为他们个性与潜能的释放欢欣，为他们的寻求、坚守与无奈妥协扼腕，他们每次短暂的获得、抓住又失去，都让我感同身受。当他们率领后代、带着拓荒者的无畏果敢向时代与命运的壁垒义无反顾地撞去之时，我揪心、惊叹。

疫情、骚乱

小说下卷因有上卷人物、情节的铺垫，更有父亲多年梳理、撰写的详细素材和史料稳稳支撑，我放开其他工作，全力以赴，创作进展加速。就快一气呵成时，却遇上了新冠疫情暴发。

全世界因这个未知而凶猛的病毒困扰、停滞，从未想到在商业和物流高度发达的美国，也会发生断货、囤货的恐慌，日常生活的节奏一度被严重打乱。

也好在小说还没写完，虽难免被外界的混乱分心，每天必须在书桌旁面壁敲字的习惯，就像一条结实的缆索，不断把我从现实的纷扰中拉回一百多年前的时空。除了对病毒小心防范、对遭受病毒侵害的同胞以至整个人类同情、捐助，我只能紧紧抓住写作这条熟悉可靠的缆索。父亲无意中给我留下了这个抗疫时期安顿心灵的锚，使我的书桌不至被疫情带来的狂风巨浪掀翻。

比起父亲年轻时经受过的战乱、批斗、关牛棚，我在舒适的家里闭关一年半载,自力更生做饭烤面包,出门进门添几道防护消毒程序,戴口罩躲到人迹稀疏的草坪上跑步,这简直算不得什么。

全稿完成后,重读、梳理上卷。读到最后两章,美国又发生了抗议警察执法不公的示威游行,一度演变成打砸烧抢。连续五天,比华利山市从下午一点开始、整个洛杉矶县从下午六点开始,宵禁至第二天早上六点;警方直升飞机每天在窗外轰隆隆盘旋。电视上,警车被烧,警察对示威人群挥棒,催泪弹烟花般爆开,国民警卫队进驻市区。人群在愤怒中失控的氛围,回应着小说中一百多年前的暴乱场景。

小说中,伯克法官等有远见、胆识和正义感的西雅图先驱们,努力建立、维护"法律的梁柱",在排华暴乱中坚持法制,保护华人。一百多年过去了,美国法律的梁柱显然仍欠完善,还有待天地良知的改建。一百年,在人类社会发展史上只是很小的一步,而每一次小小的进步,都离不开伯克法官和陈老前辈那样的勇士,以及他们超越种族、国界的博大胸怀。

关于爱
○ ○ ○

这是我写的第二部小说,从《罗马·突围》到横亘两个世纪的历史长篇,跨度很大,但万变不离爱。《远道苍苍》虽然写到了个人和族群之间的冲突仇怨,但整体依然是关于爱:情人之间千山万水也阻隔不断的心心相印,异乡游子对故土延绵不绝的眷恋,父母子女十指连心的关爱,挚友间超脱国界种族的信任与厚谊,以及建设者对创造和建设本身的热爱。

这部小说起于我对父亲的爱,知难而上,花五年时间来写他留下的课题,也是想在他离世后,仍然能够通过钻研他感兴趣的题材向他靠近。吸引了父亲二十多年的历史人物和故事背后还有什么?他生前我们没机会深入探讨。

很显然,父亲和陈老前辈都深爱故乡台山:陈老前辈十七岁离乡出洋,谋求生路,父亲十七岁离家从戎,热血报国;陈老前辈六十岁回家乡为儿孙"建一处安稳的落脚之地",而父亲也是年近六旬,一马当先移民来美国"打头阵",为儿女开辟新天地。父亲二十多年研究撰写新宁铁路的史料书稿,也如陈老前辈修铁路一样执着。然而这些生命转折点和性格上的巧合,似乎都还不足以说明父亲的痴迷。

写完终篇,回顾之时,我明白了陈老前辈一生的遭遇里最让父亲共情的是什么:撞到一堵无形的墙上,却也无力改变什么的无奈与悲苦。

而我很幸运,因为被爱围绕,得以尽我所能实现父亲走后还托梦来重申的愿望。

感谢我的先生,五年来给我时间空间,容忍我在小说的虚幻世界里长久逗留。尤其是最后这一年,他竭力替我遮挡世事的不测风云,使我能够心无旁骛地伏案书写。

感谢重庆出版集团的领导和编辑们,从我开始构思这部小说到两次去台山采访,整个创作过程都给予高度关注和大力支持。在疫情蔓延、各种不确定因素的困阻下,责编、美编和发行老师们坚持不懈的辛勤付出,使这部书能够完美地呈现在读者面前。

感谢台山市委宣传部的邓荣湛先生、陈新贺先生、梁园园女士,市博物馆的蔡和添先生、叶玉芳女士、冯浩然先生,市文旅集团的刘嘉鸿先生,还有李军辉老师、周敏威老师、刘婉仪姐姐。没有你们盛情周到的接待、详细耐心的介绍,暑热中汗流浃背陪我实地走访,我对家乡的了解便永远停留在三十年前的记忆里。

感谢比华利山市图书馆的Yael女士,陆荣昌亚洲博物馆的Bob Fisher先生,以及华盛顿大学图书馆特别收藏室几位不知名的管理员在我调研中提供的热心帮助。

感谢母亲、亲友和文友们的鼓励鞭策,尤其燕姐从影视角度的关注,羽涛一贯热情洋溢的捧赞,翼虎小心温暖的提示,江春费心安排铁路专家核查技术细节,刘荒田先生对史实的较真,李硕儒先生和梁鸿鹰先生的诚挚勉励,还有北大原石舫塔影群校友们对下卷一首古体诗的推敲斟酌。

没有大家一路的支持陪伴,我不可能完成这项漫长浩大的创作。

最后,虽然不言而喻,还是来句老生常谈:本书是基于陈宜禧先生生平而创作的文学作品,书中除主要历史人物和重大历史事件谨循史实外,其人物、情节、环境描写,均遵循小说创作的原则,如与现实雷同,纯属巧合。

2020年6月11日,洛杉矶

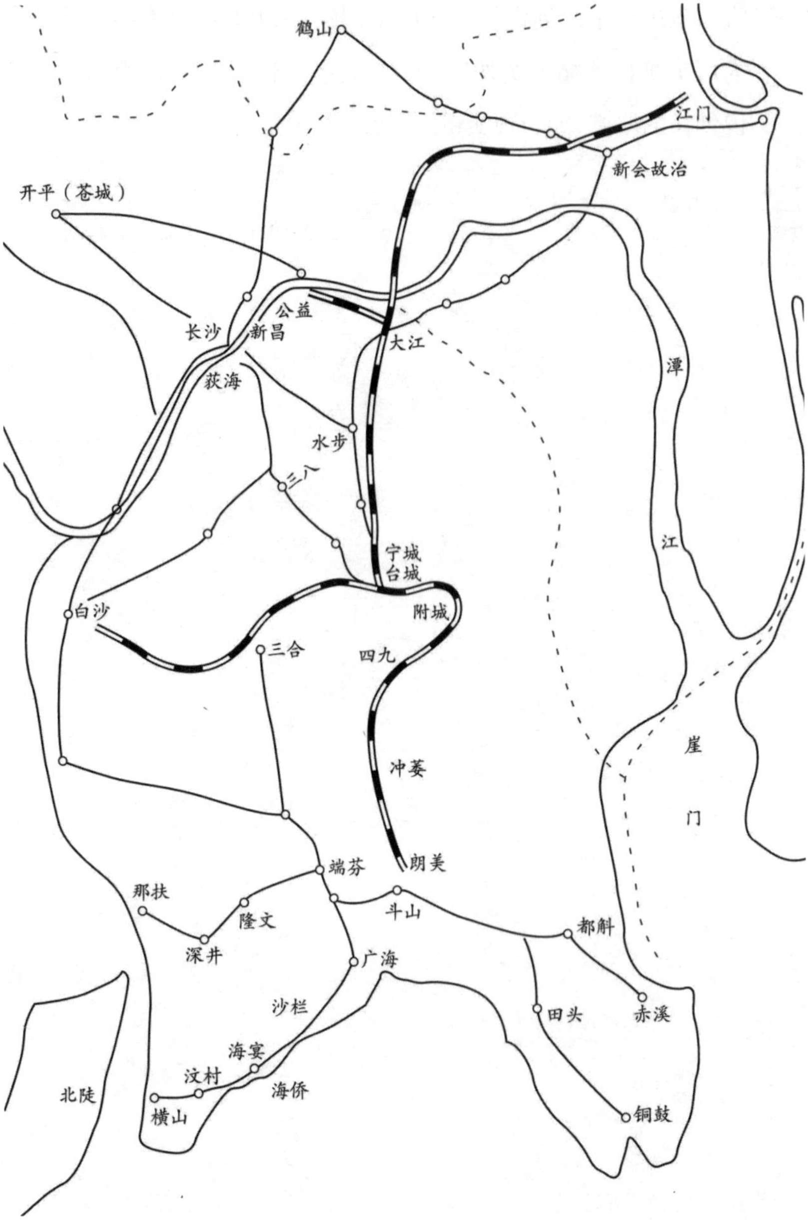
鹤山
江门
新会故治
开平（苍城）
公益
长沙
新昌
大江
潭
荻海
水步
三八
江
宁城
台城
白沙
附城
三合
四九
崖
冲蒌
门
端芬
朗美
那扶
隆文
斗山
都斛
深井
广海
沙栏
田头
赤溪
海宴
汶村
海侨
北陡
横山
铜鼓